녹두장군

# 녹두장군 5

지은이 ㅣ 송기숙
펴낸이 ㅣ 김성실
편집주간 ㅣ 김이수
책임편집 ㅣ 손성실
편집기획 ㅣ 박남주 · 천경호
마케팅 ㅣ 이동준 · 이준경 · 강지연 · 이유진
편집디자인 ㅣ 하람 커뮤니케이션(02-322-5405)
인쇄 ㅣ 중앙 P&L(주)
제본 ㅣ 대흥제책
펴낸곳 ㅣ 시대의창
출판등록 ㅣ 제10-1756호(1999. 5. 11)

초판 1쇄 인쇄 ㅣ 2008년 7월  1일
초판 1쇄 발행 ㅣ 2008년 7월 10일

주소 ㅣ 121-816 서울시 마포구 동교동 113-81 (4층)
전화 ㅣ 편집부 (02) 335-6125, 영업부 (02) 335-6121
팩스 ㅣ (02) 325-5607
이메일 ㅣ sungkiller@empal.com(책임편집자)

ISBN 978-89-5940-116-1 (04810)
        978-89-5940-111-6 (전12권)
값  10,800 원

녹두장군

5
대동세상을 향한 봉기

송기숙 역사소설

시대의창

| 일러두기

1. 이 책은 1994년 창작과 비평사(현 창비)에서 완간한 《녹두장군》
   을 개정하여 복간한 것이다.
2. 지문은 원문을 최대한 살리되 현행표기법에 따라 표준말을 기
   준으로 바로잡았다. 대화에서는 사투리와 속어를 포함한 입말
   의 느낌을 살리기 위해 한글맞춤법에 맞지 않더라도 그대로 두
   기도 했다.
3. 외국 인명人名은 외래어표기법에 따라 고쳤으나, 옛사람들이 쓰
   던 발음과 크게 달라지는 경우 그대로 두었다.
4. 독자들에게 생소한 어휘와 사투리 및 속담은 어휘풀이를 달았
   다. 동사 및 형용사는 사전에 등재된 기본형을 표제어로 삼았으
   나, 그 밖의 용어나 사투리 및 잘못된 표현은 본문 표기를 그대
   로 표제어로 삼은 것도 있다.

# 차 례

## 제5권 대동세상을 향한 봉기

백성은 나라의 근본입니다. 바로 그 백성 한 사람 한 사람은
천지지간 만물 가운데서 가장 귀한 존재이며, 또 그 한 사람
한 사람이 바로 하늘입니다. 그 사람들의 먹을 것을 빼앗아
가고, 그 사람들을 죄 없이 잡아다 곤장을 치고, 그 귀한 사
람들을 잡아다 죽이는 자들이 문책을 당해야 하겠습니까,
그 잘못을 외치고 나선 우리가 문책을 당해야 하겠습니까?

# 1. 조병갑 목은 내가 맨다

전봉준은 지금재에 올라서자 걸음을 멈추었다. 겨울바람이 세차게 몰아치고 있었다. 뒤따르던 정길남과 김만수도 걸음을 멈추었다. 전봉준은 재 꼭대기에 서서 잿빛 하늘 아래 저 멀리 아득하게 펼쳐지는 호남평야를 바라보고 있었다. 광막한 평야에는 솔밭 무더기가 점점이 박혀 있고, 여기저기 동네들이 추위에 웅크리듯 을씨년스럽게 붙어 있었다. 정길남과 김만수는 전봉준의 모습을 보며 숨을 죽이고 있었다. 전봉준은 아까 김개남 집을 나오면서부터 한마디도 말이 없었다. 전봉준은 평소에도 말이 적은 편이었지만, 오늘은 마치 바위처럼 말이 없었다. 겨울바람이 유독 매섭게 몰아치고 있었다. 전봉준은 *망두석처럼 그 자리에 서서 호남평야를 바라보고 있었다. 두 젊은이도 그대로 굳어 있었다. 젊은이들은 행여 전봉준의 생각을 방해할세라 숨소리도 죽이고 있었다.

전봉준은 젊었을 적부터 이 재 꼭대기에 올라서면 이렇게 이 호남평야를 건너다보는 버릇이 있었다. 만물이 생기가 돌아 들판이 파랗게 싹이 나는 봄이면 봄대로, 따가운 햇볕 아래 벼가 자라는 여름이면 또 여름대로, 벼가 익어 황금물결을 일으키는 가을이면 가을대로, 잿빛 하늘 아래 겨울바람이 몰아치는 겨울이면 겨울대로, 전봉준은 이 재 꼭대기에 올라서면 이렇게 들판을 바라보았고 그때마다 그의 표정은 굳어 있었다.

20대의 혈기 방장하던 청년 시절에 팔도를 주유하고 나서 세상에 가난한 사람이 너무도 많고 그들의 생활이 모두가 너무도 비참하고, 그들이 그렇게 가난하고 비참한 것은 세상의 법도가 처음부터 틀려먹었기 때문이라는 것을 알고 나서는 그 표정이 한층 더 굳어졌다.

"앞에 나설 사람들이 그렇게 철석같이 뜻을 모았다면 단호하게 결행을 하시오. 수령 목을 매다는 일은 근자에 없던 일이라 그 파장은 클 것이오. 그 불이 제대로 불으면 그 불은 호남 일대에만 번지지 않을 것이오. 임술란 때 보시오. 순식간에 삼남 일대로 불이 번졌소. 이번에는 삼남뿐만 아니라 팔도로 번져나갈 것이오. 그러면 우리가 어찌 구경만 하고 있겠소."

아까 김개남이 전봉준에게 마지막으로 하던 말이었다. 김개남의 거쿨진 목소리가 지금도 이들 두 젊은이 귓가에 쟁쟁 울리고 있었다. 이미 전봉준 가슴에는 불이 타고 있는 것 같았다. 이 모진 겨울바람 속에서 지금 전봉준의 저 가슴 속에서는 대장간의 화덕처럼 불이 이글거리고 있으리라.

"고맙소. 바로 내일 결행하겠소."

김개남 앞에 펴놨던 사발통문을 거두어 오며 전봉준이 마지막 한 말이었다. 이 말을 마지막으로 전봉준의 입은 지금까지 바위처럼 무겁게 처깔이 되어버렸고, 그 몸뚱이도 바위처럼 굳어버린 것 같았다.

전봉준은 이내 발을 옮겼다. 두루마기 깃이 바람에 깃발처럼 세차게 휘날렸다. 두 젊은이도 발을 옮겼다. 두 젊은이 가슴에도 불이 이글거리고 있었다. 사발통문, 조병갑趙秉甲 목을 매달고 군아 무기고의 무기를 탈취하여 무장을 한 다음 진주감영을 함락하고 한양으로 직행한다는, 그 사발통문의 결의를 바로 내일 결행한다는 것이다.

정길남은 전봉준이 오늘 새삼스럽게 이 세찬 겨울바람을 맞받으며 이 재 꼭대기에 서서 저 들판을 건너다보는 심정을 알 수 있을 것 같았다. 특별한 생각이 아닐 것이다. 전에 서당에서 자기들한테 매양 했던 그런 소리일 터이다. 봄에 논을 갈아 모를 심고 여름에 김을 매어 가을에 곡식이 영글어지면, 그 곡식이 영그는 풍성한 들판은 보기만 해도 배가 부르다. 그런데 가을이면 그 풍성한 곡식이 지주와 관가 놈들 창고로 들어가 그들의 창고만 가득해질 뿐이다. 그 곡식을 자식처럼 사랑하며 뼈마디가 물러지게 가꾼 것은 농민들인데, 그것을 가로채 가는 자는 누구이며 그렇게 가로채 가도록 되어 있는 이 세상의 법도는 또 어찌된 법도이냐? 그렇게 고되게 농사를 짓는 농부들의 소망은 그저 처자식 하루 세 끼 배 굶리지 않고 오순도순 살아가자는 것뿐인데, 저 들판에 게딱지처럼 붙어 있는 저 작은 집들의 작은 방에서 하루 세 끼 밥 굶지 않기만을 바라는, 그 가냘프고 애절한 소망을 깡그리 앗아가도록 되어 있는 이 세상의 법도는 어찌

된 법도인가? 우리는 그 못된 법도 밑에서 그냥 눈물이나 흘리고 있어야 하는가? 우리 모두 곰곰이 생각해 볼 일이다.

전봉준이 서당에서 하늘 천 자 한 자를 놓고 늘 하는 소리가 하늘이 비를 내려 곡식이 자라게 하는 이치였고, 땅 지 한 자를 놓고도 이야기가 매양 그 비로 땅을 주물러 농사짓는 농부들의 피땀이었다.

"임술란 때 보시오. 순식간에 삼남 일대로 불이 번졌소. 이번에는 삼남뿐만 아니라 팔도로 번져나갈 것이오. 그러면 우리가 어찌 구경만 하고 있겠소."

"고맙소. 바로 내일 결행하겠소."

마지막 나누던 전봉준과 김개남의 말이 정길남 귀에서 매미소리처럼 앵앵거리고 있었다. 저 드넓은 호남 벌판 저 많은 동네 집집마다 가슴가슴 사무치고 있는 농부들의 원한에 불을 지른다는 소리였다. 그 불은 이 넓은 호남평야를 몽땅 휩쓸어 하늘을 찌를 듯 거세게 탈 것이고 그게 번져 팔도를 휩쓸 것이다. 김개남은 분명 팔도라고 했다. 내일은 섣달 초하룻날이다. 정길남은 오늘 전봉준이 김개남을 찾아갈 때 무엇 때문에 찾아가는지 짐작을 하고 있었다. 고부에서 봉기하겠다는 사실을 손화중과 김덕명에게 알렸으니 그들과 같은 대접주급 거두인 김개남에게도 알리는 것은 당연한 일이었다. 그러나 김개남에게 알린다는 것은 앞의 두 사람에게 알리는 것과는 다른 의미가 있었다. 김개남에게는 단순히 알리는 것으로 끝나는 것이 아니라 알리는 것 그 자체가 당신이 앞장을 서서 나를 도와 달라는 소리가 되었다.

오늘 전봉준과 김개남 두 사람 사이에 이야기가 선선하게 오가는 것을 보고 정길남은 김개남도 역시 큰 인물이라는 생각이 들며 그에게 새삼스럽게 깊은 신뢰가 느껴졌다. 그도 이 세상을 걱정하고 이 세상을 바로잡겠다는 의기를 가진 만만찮은 협객이며, 항상 그런 눈으로 그만큼 예리하게 세상 돌아가는 추이를 보고 있었던 것이다. 전봉준이 일어서면 그 불이 전국으로 번질 것이라는 소리는 세상을 그만큼 널리 보고 있다는 것을 말해주고 있었다. 정길남은 정말 이제 뭔가 일다운 일이 벌어지지 않을까 가슴이 벌렁거렸다. 삼례집회나 한양 복합상소, 보은집회 등 그렇게 많은 사람들이 모여서 그렇게 아우성을 쳤지만 동학 법소 사람들은 지금껏 너무도 답답하기만 했다. 그러나 전봉준은 처음부터 그런 사람들과는 달랐다. 그는 적어도 조병갑 목을 틀림없이 매달고 말 사람이었다. 정길남은 읍내 삼거리에 목이 매달려 있는 조병갑 모습을 상상하면 지레 가슴속에서 방망이질을 했다.

일행이 원평에 당도하자 김도삼과 조만옥이 기다리고 있었다. 웬일인지 그들도 몹시 상기된 표정이었다. 최경선의 얼굴도 굳어 있었다. 최경선은 요새는 거의 전봉준 곁에 붙어 있었다.

"조병갑 소식 알고 계시오?"

김도삼이 전봉준에게 물었다. 전봉준은 무슨 소리냐는 표정으로 김도삼을 건너다보았다.

"조병갑이 익산 군수로 체개(전임) 발령이 났답니다."

"뭣이?"

전봉준의 눈에서 빛이 번쩍했다. 마치 노리고 있던 먹이를 놓친 맹수의 눈초리였다.

"오늘 아침에 전주로 달려갔답니다."

"아주 가버렸단 말이오?"

"그럴 리가 있습니까? 떠나려면 *해유(解由 사무인계)를 해야 할 것이니 한 번은 올 것입니다."

전봉준은 잠시 입을 다물고 있었다. 그때 김승종이 전봉준에게 편지 한 장을 내밀었다. 전주에 있는 김덕호한테서 온 것이었다. 전봉준은 얼른 봉투를 뜯었다. 간단한 내용이었다. 조병갑이 익산 군수로 발령이 났다는 내용이었다. 사정이 있어서 소식이 늦었다는 사과 말이 곁들어 있었다.

"전주 감영에 내가 줄을 대고 있는 분도 같은 소식을 전해 왔습니다."

전봉준은 그들에게 편지를 보이며 무거운 소리로 말했다.

"고부로 돌아오면 바로 그날 결행을 합시다."

김도삼이 단호하게 말했다.

"그놈이 당일 왔다가 당일 갈지도 모릅니다. 눈을 박고 있어야겠습니다."

조만옥이 맞장구를 쳤다.

"사정이 달라졌는데, 통문에 기명한 사람들 뜻을 다시 묻지 않아도 되겠소?"

최경선이 물었다.

"그게 무슨 말씀이오? 사정이 달라진 것은 그놈이 다른 데로 갈려 간다는 것뿐입니다. 통문에 결의한 것은 그자 목을 달아매자는 것입니다. 쫓아내자는 것이 아니라 목을 매달자는 것이었습니다. 쫓아내자고 한다면 제 발로 가게 되었으니, 혹시 다른 뜻을 물을 필요가 있을지 모르지만, 분명히 목을 매달자고 했습니다. 전혀 그럴 필요가 없습니다."

김도삼이 명쾌하게 말했다.

"나는 여기서 조병갑과 감영의 동태를 알아보겠소. 사발통문은 그 내용이 더 퍼지지 않도록 단속을 하시오. 혹시 저자가 고부에 오는 것이 며칠 늦어질지도 모릅니다."

전봉준이 말했다. 그는 당황했던 마음을 얼른 수습한 것 같았다.

"염려 마십시오."

감영의 동태는 김덕호를 통해서 알아볼 참이었다. 김덕호는 내일 이리 오기로 되어 있었다. 김덕호는 삼례집회 때도 감영 아전을 통해 감영의 내막을 뽑아냈다. 요사이는 영장 김시풍金時豐하고 맥이 통하는 것 같았다.

"사발통문 단속을 잘 해야겠습니다."

최경선이 말했다.

"통문이 더 번지지 않게 단속을 하고, 언제든지 당장 일어날 수 있도록 만단의 준비를 하고 기다리시오. 그리고 화호나루터에다 내일부터 밤낮으로 사람을 박아 조병갑이 고부로 오는가 지켜보게 하시오. 나도 저쪽 길목에다 사람을 박아놓겠소. 조병갑이 고부로 가면 바로 그날 밤에 일어나야 합니다. 그자가 고부에서 하루 이상 머물지 않을지도 모릅니다. 그 기회를 놓치면 그만이오."

"염려 마십시오. 우리는 지금 바로 고부로 가겠습니다."

모두 다 말이 짧았다. 김도삼과 조만옥이 발을 돌렸다.

16

모두가 조병갑 목을 매다는 일 이외에는 아무것도 안중에 없는 것 같았다. 그들에게는 오로지 조병갑 하나 죽이는 것으로 삶의 의미가 응축되어 버린 듯했다. 그저 조병갑을 죽이는 일이 있을 뿐이며, 그 결과로 자기들도 목숨을 잃을지 모른다는 위험 같은 것은 이미 아무 의미도 없는 것 같았다. 그런 위험 때문에 도리어 감미로운 흥분을 느끼고 있는 듯했다. 대의를 입에 올리고 있었으나, 이미 그런 것은 그들에게 구차스런 소리이고 조병갑을 죽인다는 사실 바로 그것 하나밖에는 달리 무슨 여유가 없어 보였다. 죽음을 넘어선 사람들만이 가질 수 있는 집념이었다.

어두워지자 손화중이 오고 곧 이어서 김덕명과 송희옥이 왔다. 조병갑이 익산으로 전임 발령 났다는 소리를 듣자 그들도 잠시 어리둥절했다.

"한 번은 다녀갈 것이니 그 기회를 노리겠습니다."

전봉준이 결의를 보이자 그들도 적이 안심하는 표정이었다.

"치밀하게 대처를 해야 할 것 같소."

손화중이 말했다.

"배들 쪽 사람들은 김도삼 씨가 맡아 동원하고, 읍내 쪽은 정익서 씨가 맡기로 했습니다. 좀 특별한 것이라면 젊은이들로 30명씩 별동대를 다섯 대 짜서 군아 습격도 그들이 앞장서고 돌발적인 일이 있을 때도 그들을 내세워 발밭게 대처를 하기로 한 것입니다."

최경선이 설명했다. 별동대는 배들 안통에서 3개 대, 읍내 쪽에서 2개 대를 짜기로 했다. 배들 안통은 지해계원들을 주축으로 짜기로 했으며, 대원은 미리 대충 점을 찍어놓고 있다가 당일 자원을 받아

조직하기로 하고, 우선 그 우두머리만 정해 두었다. 배들 쪽 별동대장은 김승종, 장진호, 그리고 도매다리 총각대방 김장식이 맡기로 했고, 읍내쪽은 송늘남과 고미륵이라는 젊은이들이 맡기로 했다. 김장식은 지해계원도 동학도도 아니고, 송늘남과 고미륵도 물론 지해계원이 아니었다. 송늘남은 동학도였으나 고미륵은 아니었다.

"현재까지는 15,6개 마을에서 7,8백 명쯤 나설 것 같습니다. 각 마을에는 동임이나 집강 혹은 두레 영좌로 우두머리를 한 사람씩 정해 놨습니다. 그 사람들이 자기 동네 사람들은 책임을 지고 동원할 것입니다. 동네마다 동네 임직들이 4,5명씩 거들고 있습니다. 지금까지 사발통문 내용은 동네 우두머리만 알고 있는데, 날짜가 오래 가면 그게 소문이 날까 두렵습니다. 관가 놈들 귀에 들어갈까 그게 제일 조마조마합니다."

최경선이 말했다. 동네 임직들은 동임, 집강, 그리고 두레 영좌나 도감, 유사, 총각대방 등이었다. 이 사람들은 사실상 한 동네의 주축이었으므로 이 사람들만 움직이면 한 동네가 전부 따라 움직일 수밖에 없었다.

"그쯤 짰으면 단단합니다. 동임들이 나서는 동네는 몇 동네나 됩니까?"

"배들 안통은 거의 동임들이 나서는데, 읍내 쪽은 주로 동학도들을 중심으로 두레가 움직이는 셈입니다. 배들에 논 벌고 있는 동네는 수세 때문에 동네 사람들이 거의 전부 나설 것 같습니다. 그러니까 제절로 동임이 우두머리가 될 수밖에 없지요."

"그렇겠습니다."

그때 전봉준이 곁에 있는 두루마리를 폈다. 최경선이 받아 그들 앞에 활짝 펼쳤다.

"이게 그날 내걸 창의기고 이것은 각 동네다 내붙일 방문입니다."

창의기에는 '보국안민輔國安民'이라 크게 씌어 있었다. 글씨가 씌어 있는 비단 길이가 15자가 넘어 보였다. 다른 기에는 '탐관진멸貪官盡滅' '오리징치汚吏懲治'라고 세 가지가 씌어 있었다. 이런 창의기만 20여 개였다. 방은 50여 장을 필사해서 창의기와 함께 따로 감춰두고 있었다.

"음, 대단하구려."

두령들은 창의기에 감탄을 하고 나서 이번에는 창호지 전지에 쓴 방문을 읽어내려갔다.

"사발통문하고 좀 다르구먼요."

손화중이 전봉준을 보며 말했다.

"우선 이렇게 해놓고 보아야 할 것 같습니다."

전봉준 말에 모두 고개를 끄덕였다. 사발통문에는 "전주영을 함락하고 한양으로 직향한다"였으나, 여기는 "우리는 감영군이 출동하면 과감히 대항하여 우리가 내세운 대의를 실현할 것이다. 그때는 팔도의 의혈지사들이 방관하지 않으리라"로 되어 있었다.

그때 밖에 손님이 왔다고 했다. 전봉준이 나갔다. 임군한이었다. 전봉준은 그들을 옆방으로 맞아들였다. 임군한은 김확실과 시또, 기얻은복 이렇게 졸개 셋을 달고 왔다. 그들의 눈에서도 빛이 나고 있었다. 조병갑이 전임 발령이 났다고 하자 임군한도 깜짝 놀랐다. 전봉준은 그에 대처할 계획을 간단히 설명했다.

"잘 하십시오. 그렇지만, 혹시 일이 잘못되더라도 낙심 마십시오. 그때는 우리가 나서겠습니다. 익산으로 가서 그놈 목을 베어 오겠습니다. 그런 놈은 그렇게라도 목을 베어다 고부읍내 삼거리에 매달아 고부 사람들 포한을 풀고 이 땅에 대의가 살아 있다는 것을 보여야 합니다."

임군한은 아주 쉽게 말했다. 세 졸개의 눈에서도 연방 빛이 번쩍였다. 전봉준은 이들을 보면 언제나 조금 위태로우면서도 시원시원했다.

"그럼 손님이 있는 것 같으니 가보겠습니다. 일이 급하게 될 것 같으니 매일 사람을 보내겠습니다."

임군한은 훌쩍 일어섰다.


전임 소식을 들은 조병갑은 득달같이 감영으로 내달았다. 조정의 전임 전보를 받은 전라 감사 김문현은 앉은 자리에서 조병갑에게 파발을 띄웠던 것이다. 이런 일은 본인한테 빨리 알려주는 것이 도리겠지만, 조병갑한테는 더 서둘렀다. 사돈 간이라는 개인적 관계도 있고, 조병갑이 조정에 원체 뒷배가 든든한 사람이라 김문현은 평소에도 조병갑을 그만큼 가까이 해왔기 때문이었다. 전임이 되었어도 멀리 가는 것이 아니고 전임지가 전라도 관내인 익산益山인데다 더구나 익산은 바로 감영의 코앞이었다.

조병갑의 발령일자는 11월 30일이었다. 후임은 평안도 안주 목사 이은용이란 사람이었다.

"한창 조세를 거두어들이고 있는 판에 체개를 시키다니, 이 사람들이 나한테 무슨 억하심정이 있길래 이런단 말이오?"

조병갑은 감영에 당도하자마자 김문현한테 따지듯 대들었다.

"억하심정이야 무슨 억하심정이겠소? 나한테 의견을 물어서 한 일이 아니라 잘은 모르겠소마는, 익산서 민란이 있던 다음이라 그 뒷수습을 할 만한 사람을 고르다보니 그렇게 된 것이 아닌가 싶소. 조군수는 다른 수령에 비하면 전임될 때도 여러 번 지난 셈이고, 또 익산이라면 고을 크기도 고부하고 어금지금하니 별로 홀대한 것도 아닌 것 같소이다. 더구나 민란 뒤 민심을 수습하라는 뜻이 분명하니, 조정에서 조군수의 역량을 그만큼 높이 평가한 것이겠지요. 익산은 임술년 민란 때도 전라도에서 일어났던 36개 고을 가운데서 가장 억세게 일어났던 곳인데다 이번에도 전라도에서는 근자에 없던 일이 그곳에서 벌어졌으니 후임을 고르는 데 그만큼 신중을 기했을 것 같소."

김문현이 조병갑 비위를 맞춰가며 달래듯 말했다. 그러나 김문현 말 속에는 익산은 만만한 곳이 아니니 조심해야 할 것이라는 위협도 들어 있었다. 김문현은 지금 조병갑이 고부에서 저질러놓고 있는 일이 만만찮다는 것을 잘 알고 있었다.

익산에서는 지난 11월 14일 민란이 일어났다. 이포吏逋, 즉 아전들이 유용한 공금을 보충하기 위해서 그만큼의 세금을 군민들한테서 더 걷은 것이 발단이었다. 익산 사람들은 동학 접주 오지영을 장두로 앞세워 감영으로 몰려갔다. 감영에서는 이들을 난민으로 취급, 장두 오지영을 총살하려 했다. 그러나 사건의 발단이 원체 터무니없는 짓인데다 군민들이 하도 거세게 아우성을 치자, 감사는 군민들의 기세에 굽히지 않을 수가 없었다. 그들이 요구하는 대로 전부 들어주고 군수 김택수는 파직을 시켰다. 방금 김문현이 전라도에서 가장 억셌다고 하는 것으로 보아 임술년(1862년)의 악몽도 김문현의 태도를 누그러뜨리는 데 결정적인 영향을 준 것 같았다. 그가 말한 대로 30년 전 임술민란 때는 전라도 53개 군현 중 36고을에서 민란이 터졌는데, 함평과 함께 여기 익산이 어느 지역보다 격렬하게 일어났다.

"그런 역량 두 번만 인정해 주다가는 나중에는 *삼수갑산에 꼬라박겠소. 아시다시피 일반 조세도 그렇거니와 수세야 뭐야, 내 형편이 지금 고부를 도저히 뜰 수가 없습니다. 저를 고부에 눌러 있게 해달라고 순상 각하께서 조정에다 한 말씀 해주셔야겠소이다."

"허허."

김문현은 껄껄 웃었다. 조정의 영은 바로 상감의 영인데, 제 개인 형편을 들어 못 가겠다고 떼를 쓰고 있으니 어이가 없는 모양이었다.

"일 년 반이 넘도록 한 곳에 계셨으니 요사이 수령들 갈리는 예로 보면 실히 너댓 번은 갈렸을 기간이오. 그런 사람을 더 눌러 있게 해달라고 하려면 그만한 구실이 있어야 할 것인데, 그런 구실을 어떻게 만들겠소? 사정이 정히 그러시다면 내가 여기서 뭐라고 하는 것보다 조군수가 직접 한양으로 올라가서 일을 보는 것이 되레 쉬울 듯합니다."

김문현은 은근하게 말했다.

"민영준閔泳駿 대감께는 이미 사람을 보내놨습니다. 하오나 그것은 어디까지나 사사로운 부탁이고, 이미 조정의 영이 떨어진 다음이라 순상 각하의 공적인 장청狀請이 있어야 하지 않겠습니까?"

민영준은 예조판서로 지금 그 세도가 서릿발이 치는 권신 중의 권신이었다. 그는 민비는 물론 고종의 신임도 두터웠고 무엇보다 궁중의 요녀 진령군과의 사이가 이만저만 가까운 게 아니었다. 민영준과 조병갑의 관계는 조병갑 아버지 대부터 맺어졌다. 조병갑 아버지 조태순趙泰淳은 조대비의 아우로 전 영의정 조두순과는 형제간이었다. 물론 지금은 다 죽고 없지만, 대원군 집정 초기 조두순이 영의정을 지낼 때 그는 대원군의 눈치를 보면서 민씨들을 웬만큼 거들어주고 있었는데, 그 다리 역할을 했던 사람이 바로 조병갑 아버지 조태순이었다. 그래서 민비를 비롯한 민씨들은 27,8년 전 일이지만, 지금도 조병갑이라면 괄시를 할 수 없는 처지였다. 요사이 그 세도가 하늘을 찌르는 민영준은 더 그랬다. 그 동안 많이 울궈먹어 맨입으로는 안 되지만 무슨 일이든지 무관하게 부탁할 수 있는 처지였다.

　"허, 이거 참 딱한 일이구만."

　김문현은 입술을 빨았다.

　"이것이 저만 좋자는 일이 아니잖습니까? 지난번에 승인해 주신 4개면 *재결災結은 지금 제가 잘 처리하고 있는 중인데, 사실은 그게 뒤가 어지러운 일이라 그 일만 가지고도 제가 떠나서는 안 될 형편입니다. 지금까지는 그 일이 잘 되어가고 있습니다. 그때 각하께 약속한 1백 석 값을 오늘 챙겨왔습니다."

　조병갑은 주머니에서 어음 한 장을 내놨다. 줄포 일상의 어음이었다. 어음을 받아든 김문현은 입이 대번에 함지박으로 벌어졌다.

　"허허, 고맙소."

　김문현은 너털웃음을 터뜨렸다.

"그 일도 그 뒤처리가 많이 남았고, 새 보 수세도 그렇고, 환곡도 마찬가집니다. 하여간, 지금 제가 고부를 떠나면 뒤가 이만저만 어지럽지 않겠습니다."

"그럼 잉임仍任의 구실을 뭐라고 했으면 좋겠소?"

잉임이란 갈릴 기한이 차거나 갈리게 된 관리를 그 자리에 그대로 유임시키는 일이었다.

"글쎄요, 저도 창졸간이라 뾰족한 구실이 생각나지 않습니다마는, 이번 익산 사건도 있고 하니 이렇게 둘러대면 어떻겠습니까? 고부에는 전부터 포흠逋欠이 많이 쌓여 있었으나 조아무개가 도임한 이후 그것을 잘 해결해 나가고 있는 중이므로, 이때 전임이 되면 뒤가 어지럽겠다고 말씀입니다."

포흠이란 관의 재물을 사사로이 사용하여 축내는 일이었다. 이때 이런 일들은 어느 고을에나 너무도 많은 일이었다. 어떤 놈이 어떻게 먹었는지도 모를 지경이었다. 익산만 하더라도 아전들이 먹어치운 것을 군민들에게 나눠 물리려다 사건이 터졌던 것이다.

"포흠이 있다고요?"

김문현은 한참 웃더니 그렇게 해두자고 고개를 끄덕였다.

"감사합니다. 저는 잉임 발령이 날 때까지 여기 눌러앉아 한양 동정을 살필까 합니다."

"고부는 비워 두어도 괜찮겠소?"

"날마다 사람을 내왕시켜 일에 차질이 없도록 하겠소이다."

"그럼 이조에 칠 전보 문안을 한번 잡아보시오."

조병갑은 한참 생각하다가 붓을 들었다.

24

이번에 익산으로 개차 발령이 난 고부군수 조병갑은 도
임 전부터 누적되어 온 포흠을 조금씩 해결하여 가고 있
는 중인데, 바야흐로 금년 조세를 거둠에 있어 미처 일이
아직 단서가 잡히지 않았으므로, 지금 그를 다른 고을로
옮겨 조세 수납을 새 수령에게 맡기면 자못 그르침이 없
지 않을까 저어되니 당분간 잉임토록 조처하여 주시기
바라나이다.

공금 유용이나 횡령인 포흠을, 금년 조세 수납과 관련지어 더 눌
러 있게 해달라고 공공연히 말을 하고 있으니, 그 수령에 그 감사요,
또 그 조정이었다. 건성으로 전보 문안을 훑어본 김문현이 고개를
끄덕였다.
"기왕 전보를 치는 김에 예조 민대감께도 한 장 칩시다."
조병갑은 또 전보 초를 잡았다.

기체후 강녕하십니까? 전라도 순상 각하께서 이조에 올
린 특청을 잘 조처하여 주시기 바라옵나이다. 따로 사람
을 보냈사오니 만나주시기 바라나이다.

예조판서 민영준에게 보내는 전보였다. 따로 사람을 보내니 만나
달라는 소리는 돈을 보냈으니 추심해 달라는 소리였다. 감사가 두
장의 전보 문안을 챙겼다.
"이조로 보내는 전보는 예조판서한테도 따로 한 장 보내라고 해

주십시오."

김문현은 알았다며 *설렁줄을 잡아당겼다.

조병갑이 4개면 재결 어쩌고 하며 김문현한테 1백 석 값의 어음을 내놓은 그 재결이란 두 사람 외에는 아무도 모르는 일이었다. 금년에는 어느 곳이나 비가 고르지 않아 여기저기서 한해가 있었는데, 고부 배들이 있는 궁동면 등 고부의 북부 4개면의 경우 물길이 옅은 산다랑이는 거의 반수확도 못 먹을 지경이었다. 그곳 사람들은 그 4개면의 결세(국세)를 재결로 처리하여 결세를 물지 않도록 감영에 장청을 해달라고 조병갑한테 호소를 했다. 조병갑은 농민들한테는 가타부타 대답을 않고 슬그머니 김문현한테 가서 은밀하게 그 4개면의 결세를 재결로 처리해 달라고 부탁을 했다. 김문현은 거기보다 더 심한 데가 수두룩하다며 고개를 저었다. 그러자 조병갑은 상등미 백 석짜리 어음 한 장을 내놓으며 빙긋이 웃었다. 나중에 백 석 값을 더 주겠다고 하자 김문현은 어음을 챙기며 대번에 너털웃음을 터뜨렸다. 재결 승인이 난 것이다. 조병갑은 그 사실을 누구한테도 알리지 말라고 김문현한테 당부를 한 다음, 고부로 돌아와서는 그 4개면에서 그대로 결세와 전운미를 모두 받아냈다. 세미 운반 비용인 전운미는 별의별 세목이 다 붙어 그 총액이 결세의 2배가량 되었다. 그러니까 조병갑은 4개면 결세의 3배를 받아 챙긴 것이다. 그러나 그는 그것으로 만족하지 않았다. 북부 4개면은 재해를 입었으니 그 결세를 다른 면에서 물어야 한다며 그 결세를 고부 19개면 가운데서 그 4개면을 제외한 15개면에다 날파를 했다. 그 4개면에서 이미 결세를 받지 않았느냐고 하자 그것은 군아 경비인 읍용 등 다

26

른 잡세를 제외한 다음에 도로 그쪽 사람들한테 나눠주겠다고 했다.

"전운미까지 물라는 것은 아니고 결세만 물면 돼요. 전운미는 그쪽에서 이미 받아논 것으로 물겠으니 결세만 내시오."

조병갑은 전운미까지 물리지 않는 것을 고맙게 생각하라는 투로 되레 생색을 냈다. 그렇게 날파한 것이 바로 5일 전이었다. 엉뚱한 벼락에 그 15개면 사람들은 어리둥절하고 있는 판인데 조병갑의 전임 발령이 난 것이다. 그가 4개면 결세는 읍용 등 잡세를 제외하고 도로 내준다고 했지만, 그것을 믿을 사람은 아무도 없었다. 그러니까 3배도 부족하여 4배를 받아먹자는 배짱이었다.

그 입으로 많이 어질러져 있다고 한 것들도 모두 그런 농간을 부려 어질러놓은 것들이었다. 그는 지난 초가을부터 북부 지역의 한해를 구실로 고부에 방곡령을 내려 고부에서는 쌀 한 톨 고을 밖으로 나가지 못하게 닦달을 했다. 어기는 사람이 있으면 대번에 잡아다가 곤장을 쳤다. 돈 나올 데라고는 쌀밖에 없는 곳이므로 쌀값이 폭락했다. 그는 자기 돈을 잔뜩 풀어 헐값에 쌀을 사들였다. 읍내 천가 가게와 빡보 가게 등 두 쌀가게는 말할 것도 없고, 따로 자기 친척을 한 사람 데려다가 농가에서 쌀이 나오는 대로 사들였다. 그렇게 쌀을 사들이면서, 결세는 방곡령 전에 매겨놓은 값으로 모두 받아들였다. 쌀값이 더욱 떨어질 수밖에 없었다. 시장에 쌀이 나오지 않으면 결세전을 내라고 벼락같이 독촉을 했다. 그는 수천 석을 사들였다. 쌀을 사들일 만큼 사들인 다음에 방곡령을 풀고 그 동안 자기가 사들인 쌀로 결세를 냈다. 그 차액이 엄청났다. 더구나, 그는 1결당 상등미로 16말 값을 받는데 조정에다 세미를 낼 때는 하등미로 12말

값싹만 냈다. 이것도 한재를 빌미로 감영과 결탁하여 농간을 부린 것이다. 그러나 이런 일도 군민들은 까맣게 모르고 있었다.

그 동안 환곡은 방곡령이 내려 있던 동안에 쌀로 받았다. 그 환곡은 물론 상등미로 받아 그 상등미를 몽땅 팔아넘기고 지금 줄포에서 하등미를 사고 있는 참이었다.

12월 2일. 봉기하기로 예정했던 다음날 아침때였다. 봉기는 1일 밤중에 하기로 했으므로 제대로 일어났더라면 조병갑 목이 고부읍 내 삼거리에 매달려 대롱거리고 있을 시간이었다. 송태섭과 이싯뚜리 등 민회 패 8명이 원평으로 전봉준을 찾아왔다. 모두 전봉준 앞에 너부죽이 절을 했다. 예정대로 봉기할 줄 알고 오늘 고부에 가려고 송태섭과 이싯뚜리가 모아들인 사람들이었다. 그들은 전봉준이 고부에서 일어나면 금방 따라 일어날 준비를 하고 있었다.

"이제 어떻게 하실 참입니까?"

송태섭이 물었다. 그들은 모두 얼굴이 좀 굳어 있었다. 전봉준은 앞으로 대처할 계획을 간단하게 설명했다.

"눈에 불을 써고 있어사 쓰겄는디라우."

이싯뚜리가 말했다.

"조가가 고부에 오는 것만 알면 실수는 없을 걸세."

"그놈이 언제쯤 고부로 올 것 같습니까?"

송태섭이 물었다.

"글쎄. 그게 답답하구만. 벌써 사흘쟀는데 이 작자가 감영에서 꼼짝도 않고 있구만."

"그럼 우리 민회 패가 거들 일은 없겠습니까?"

"고부 일은 우리끼리 해도 충분하네. 조병갑이 고부로 오는 것을 알아내는 것이 중요한데 그것도 단단히 대처를 하고 있네."

민회란 지난 2월 한양에서 복합상소를 할 때 전주에서 모인 집회를 전주민회, 그 한 달 뒤 보은집회 때 원평에서 따로 모인 집회를 원평민회 했고, 그 민회를 주도한 사람들을 민회 패라 불렀다. 한양 복합상소나 보은집회는 동학 교단이 주도한 것인데, 전주집회와 원평집회는 동학 교단과는 상관없이 일반 농민들 가운데서 자연발생적으로 주도자가 나와 이끌어간 집회였으므로, 동학 교단이 주도한 집회에 대응해서 민회라 부른 것이다. 동학도들도 그렇게 불렀고 그들 스스로도 그렇게 불렀다.

여기 온 사람들은 전주 고덕빈高德斌, 전여관田汝寬, 순천 강삼주姜三柱, 이성근李聖根, 영광 고달근高達根, 이만돌李萬乭 등이었다. 이 가운데서 영광 이만돌을 제외한 5명은 원평집회에는 참여하지 못한 사람들이었다. 그들은 전주민회 대표로 한양 갔다가 붙잡혀 원평집회 때까지 좌포청에 갇혀 있었기 때문이다. 그때 전주민회 대표 20명은 한양에서 복합상소를 하고 있는 동학도들과 합류하려고 했는데, 복합상소 패는 해산하던 날 한강 나루터에서 포졸들한테 납치되듯 끌려가 옥살이를 하다가 원평집회 뒤에야 풀려나왔다. 그때 조정에서 복합상소 패에게 돌아가서 안업에 종사하면 소원대로 해준다는 거짓 약속을 하며 그들을 해산시켰던 것은 이 전주민회 대표들이 그들과 합류하면 그 기세를 도저히 감당할 수 없을 것 같았기 때문이다.

"전주서는 더 버티고 있을 수가 없습니다."

송태섭이었다.

"거기 사정이 급하겠구만."

전봉준이 고덕빈을 봤다.

"마름 놈들이 감영 나졸들까지 앞세워서 족치는 바람에 농민들이 어서 일어나자고 아우성입니다. 더는 못 버티겠습니다."

고덕빈이 곤혹스런 표정으로 말했다. 그는 지금 같이 온 전여관과 함께 전주에서 봉기 준비를 하고 있는 참이었다. 그것을 전봉준이 며칠만 기다렸다가 일어나라고 했던 것이다. 전주는 지금 과일이 익어 저절로 떨어지려는 것을 못 떨어지게 이들이 손으로 받치고 있는 꼴이었다.

"*도지를 내라고 나졸들까지 풀어 설치고 있는데다가 익산 사건이 터진 뒤로는 사람들이 야단들이그만이라. 처음에는 사정을 몰랐다가 눈 뻔히 뜨고 생논까지 뺏길 판이라 모두 눈에 생목이 올랐소."

전여관이었다.

전주 사건은 진황지 관계 사건인데 이 사건은 일반 진황지 결세 사건과는 또 달리 이건 숫제 날도적질이었다. 여기도 병자·무오 양년 가뭄에 거덜이 나서 세미를 견디다 못하고 주인들이 도망친 진황지가 엄청나게 많이 생겼다. 호남벌판을 가로지르는 만경강가의 옥답들이었다. 균전사 김창석은 여기에 엉뚱한 입맛을 다셨다. 어느 날 그가 여기 와서 느닷없는 생색을 냈다. 진황지를 일구면 진황지는 물론, 그 곁에 있는 논들도 진황지로 쳐서 대동미 등 결세를 일체 물지 않게 해주겠다고 한 것이다.

30

"결세 대신 나한테 도조만 조금씩 내면 됩니다."

그곳 사람들은, 진황지를 일구라고 그런 선심까지 쓰는 줄 알고 얼씨구나 했다. 그래서 그 무지막지한 결세 안 물 욕심으로 멀쩡한 논을 진황지라고 문서에다 도장을 꾹꾹 눌러줬다. 만경강가 8개면에 걸친 일이었다.

그런데 금년 추수를 한 다음에 김창석이 자기한테 내라는 도조를 보니 너무 엉뚱했다. 나라에 내는 결세보다 훨씬 많았다. 그곳 사람들은 처음에는 도조가 세미보다 비싼 것만 가지고 불만을 터뜨렸으나, 여기에는 무슨 흉계가 있는 것 같다는 공론이 나돌기 시작했다. 그렇게 의문을 품고 숙덕이고 있는 사이, 그곳 진황지는 다른 곳 진황지와는 달리 김창석이 자기 개인 명의로 진황지 개간 허가를 받았다는 사실이 밝혀졌다. 그러니까 그곳 진황지는 김청석 개인 명의로 개간 허가를 낸 것이므로, 개간을 하면 그게 모두 김창석 개인 소유지가 된다는 것이었다. 진황지 아니던 멀쩡한 논까지 모두 김창석 논이 될 판이었다. 논 주인들이 제 손으로 그게 진황지였다고 도장을 찍어 주었으므로 김창석한테 논을 바친 꼴이 되고 만 것이다. 더구나 금년에 도조를 내면, 이건 또 어떻게 되겠는가? 자기가 김창석 논을 소작으로 벌고 있었다는 것을 사실로까지 증명해 주는 일이 될 판이었다.

그런 무지막지한 흉계를 몰랐을 때는, 멀쩡한 논을 진황지라고 도장을 찍었던 약점이 있었던 터라 억울한 대로 도조를 물고 말까 하고 어정쩡한 사람도 있었으나, 이 작자가 처음부터 생논을 빼앗을 배짱으로 그런 무지막지한 흉계를 꾸몄다는 사실이 분명해지자 논

임자들이 두 길, 세 길 길길이 뛰었다. 그런 사람들이 한두 사람이 아니라 만경강 주변에 논을 벌고 있는 8개면 사람들 수천 명이었다.

김창석은 지금까지 행적으로 보아 그런 짓을 백 번 하고도 남을 자였다. 그는 전주 감영에서 아전질을 하다가 그런 무자비한 짓으로 돈을 벌어 돈으로 과거에 합격하고 순전히 돈으로만 승지가 되었다가 이번에는 이곳 균전사로 내려와 여기저기서 진황지로 사기를 쳐서 돈을 갈퀴질하고 있는 놈이었다.

"일은 때가 있는 것이니 거기 사람들이 그렇게 성화라면 일어날 수밖에 없겠네. 그런데 어떻게 일어날 참인가?"

전봉준은 조용히 물었다.

"모두 몰려가서 감영에 등소를 하자고 허요."

"이 일을 감영에서 해결을 해주시오, 이러자는 것인가?"

"그렇습니다."

"그러면 균전사한테 사실 여부를 알아볼 것이니 돌아가서 기다려라, 이래놓고 천연보살하고 있든지, 아니면. 이놈들아, 너희들도 세미 안 물라고 그런 못된 짓을 한 놈들이 아니냐, 그 일은 김창석하고 너희 개인들 상관이다. 따지려면 김창석한테 가서 따져라. 십중팔구 이렇게 나올 것 같은데, 그럴 때는 어쩔 참인가?"

전봉준이 웃으며 물었다.

"그러면 우리는 김창석하고 따질 것인게, 감영에서는 나졸을 내보내서 닦달하지 말라고 할 참입니다."

"그래야겠지. 감영에다 등소할 때는 그것만 물고 늘어져야 할 걸세. 그러니 등장에는 처음부터 그 점을 앞에다 못을 박아 다짐을 받아내야 할 걸세. 그 다짐만 받아내면 이 싸움은 반은 이긴 싸움일세."

"알겠습니다. 감사합니다."

두 사람은 가닥이 잡히는 듯 고개를 끄덕이며 전봉준에게 허리를 굽혔다.

"내 말 더 듣게."

전봉준이 가볍게 웃으며 말을 이었다.

"그 다짐을 받아내기가 말은 쉽네마는, 일이 그렇게 쉽지가 않네. 상대가 누군가? 김창석일세. 싸울 때는 적을 알아야 하네. 김창석이란 자는 돈으로 날개를 달아 조정을 업고 하늘에서 노는 자일세. 이 자가 생원시에 합격할 때 얼마를 바친 줄 아는가? 그때 돈으로 10만 냥을 바쳤다는 소문이네. 생원시에 합격하면 제절로 양반이 되니 이 자는 그 10만 냥으로 과거에도 합격하고, 중인이 양반까지 되고, 이중으로 입신을 했네. 중인이 양반이 된다는 것은 이무기가 용이 된 것이 아닌가? 이런 조화가 모두 돈으로 이루어진 것일세. 그때 민영준을 잡았는데, 그 끈을 지금도 단단히 잡고 있네. 민영준은 잘 알다시피 금송아지 대감 아닌가? 김창석이 지금까지 민영준한테 금송아지를 몇 마리나 바쳤는지 모를 일일세."

두 사람은 고개를 끄덕였다. 민영준은 평양감사로 있을 때 고종에게 금송아지를 만들어 바쳤대서 금송아지 대감이었다.

"도조 닦달에 나졸을 내보낸 것은 감영이 아니라 두말할 것도 없이 이 김창석일세. 감사가 김창석을 거역하고 나졸을 안 내보내겠다고 대답을 하겠는가? 어림도 없는 일이네. 그 대답을 받아내려면 그 김창석을 휘어잡을 만한 힘이 있어야 하네. 그 힘이 무엇이겠는가?"

두 사람은 눈만 멀뚱거리고 있었다.

"민영준이 뒤에는 임금님이 있으니 관의 힘을 빌리기는 처음부터 틀린 일이고 바로 논을 빼앗긴 당사자들 힘밖에 더 있겠는가? 당사자들이 얼마나 단단히 뭉쳐서 힘을 내느냐, 바로 이것이 열쇠일세. 어떤가, 그만한 힘을 낼 수 있겠는가?"

전봉준 말에 두 사람은 서로 얼굴을 보았다.

"모두 생논을 뺏길 판이라 물불 가리지 않을 것입니다. 한번 해볼 만합니다."

"면밀하게 계책을 세우고 단단히 뭉쳐야 하네. 상대가 김창석일세. 별의별 농간을 다 부릴 걸세. 드세게 나온 사람들 몇 사람한테 돈을 듬뿍듬뿍 집어 줄지도 모르고, 하여간 상대가 김창석이라는 것만 명심하게."

전봉준이 말을 맺었다.

"감사합니다. 기왕 나선 것 죽기를 각오하고 앞장을 서겠습니다."

두 사람은 무거운 얼굴이었으나 결의에 차 있었다.

"전에도 말씀드렸지만, 순천도 지금 일이 무르익었습니다. 부사 김갑규란 놈이 이만저만 흉물이 아니라 부글부글 끓고 있습니다. 전에 말씀드렸던 노인들도 나서 주겠다고 허락을 했습니다. 이 사람들이 앞장만 서면 수천 명이 벌떼같이 일어설 판입니다."

강삼주가 말했다.

"부민들 신망이 높은 노인들입니다. 젊은이들은 여남은 명이 단단히 뭉쳐 있습니다."

강삼주는 허우대도 헌칠하고 목소리도 거쿨졌다. 외모부터가 여간 듬직해 보이지 않았다.

"영광도 마찬가집니다. 영광서는 그 동안 농민들이 모두 두 오씨만 처다보고 있다가 동학도들 믿기는 이미 틀렸다고 등을 돌리고 있소. 벌써 김국현 씨를 찾아와 어서 일어나자고 다그치고 있는 사람들이 여럿이오."

고달근이 말했다. 두 오씨란 거기 동학 접주 오하영과 역시 동학 거두 오시영을 말했다. 그리고 김국현은 군아에 등장을 낼 때마다 여러 번 장두를 선 사람으로 농민들의 신망이 여간 두터운 사람이 아니었다. 전봉준과는 전부터 잘 알고 있는 사이였다. 고달근과 이만돌은 바로 그 김국현의 손발이나 마찬가지였다. 김국현도 이 두 젊은이와 마찬가지로 동학도가 아니었으며, 특히 이 두 젊은이는 거기 동학 거두들을 별로 탐탁스럽게 생각하지 않았다. 김국현은 무던한 사람이라 그런 내색을 안 했지만, 이 두 젊은이는 두 오씨를 내놓고 빈정대기까지 했다.

"전주 말고 다른 데는 조금 더 기다려 보세. 내가 늘 하는 말이지만, 우리가 일어날 때는 한 고을 한 고을씩 따로따로 일어나면 힘을 쓰지 못하네. 지난번 익산의 경우를 보더라도 그렇지 않은가? 우리 개개인의 경우를 봐도 알 수 있는 일이네. 두 사람이 힘을 합치면 두 사람 힘을 내는 것이 아니라 세 사람 네 사람 힘을 내고, 다섯 사람이 힘을 합치면 스무 사람 서른 사람 힘을 낼 수 있네. 더구나 한 군데만 일어나면 다른 데서 선뜻 따라 일어서기가 어렵겠지만, 한꺼번에 서너 군데서 일어나면 다른 데서도 따라 일어나기가 그만큼 쉽지 않겠는가? 그것이 어느 단계에 이르면 엉뚱한 데서도 덩달아 일어나네. 마른나무가 타면 생나무도 타는 법일세. 이 이치를 깊이들 새기고 일을 하세."

"백번 옳은 말씀이오."

영광 고달근이 맞장구를 쳤다. 이싯뚜리도 그렇겠다며 깊이 고개를 숙였다.

"그럼, 모두 여기서 점심들 먹고 가게. 전주일 잘 하라고 내가 한턱 내지."

"감사합니다."

전주 고달근과 전여관이 고개를 숙였다.

"허허, 사또 나리 행차에 우리 비장 나리들도 호사하게 생겼구나."

이싯뚜리가 걸쭉하게 웃었다.

"점심 먹고 우리도 모두 전주로 가서 거들겠습니다."

송태섭이 말했다. 송태섭과 이싯뚜리는 여기저기 각 고을을 돌아다니다가 요사이는 거의 여기 원평에 머물며 전주만 왔다갔다하고 있었다. 그들이 각 고을을 돌아다닌 것은 전주민회와 원평민회 때 앞장섰던 민회 패들을 찾아다니며, 만약 어느 한 고을에서 들고일어나면, 동학 접주들과는 상관없이 민회 패들이 주도해서 독자적으로 일어날 수 있는 고을이 몇 고을이나 되겠는가 알아보기 위해서였다. 수령에 대한 농민들의 원성이 들끓고 있는 고을 가운데서 그런 고을은 우선 전주와 순천, 그리고 영광 등 세 곳이었다.

그때 고부서 사람이 왔다고 했다. 정익서와 송대화였다. 전봉준은 송태섭 등에게 여기 있다가 같이 점심을 먹자며 잠깐 다녀오겠다고 밖으로 나갔다. 김만수에게 닭을 잡아 점심을 잘 차리도록 하라고 이른 다음, 정익서 등을 데리고 옆방으로 들어갔다.

"특별한 일이 있어서 온 것은 아닙니다. 김도삼 씨한테 지시하신 대로 모두 모여서 다시 결의를 다졌습니다. 어제 저녁에는 읍내 쪽 동네 우두머리들이 신중리에서 모였습니다. 한 사람도 *엄발나는 사람이 없습니다. 그리고 화호나루에는 발이 잰 젊은이 너댓 명을 대거리로 보내기로 했습니다. 조병갑이 오면 여기하고 우리한테 두 군데로 달리라 해놨습니다."

정익서가 그쪽 준비 상황을 보고했다. 키가 껑충한 정익서는 얼핏 심약해 보였으나 겉으로 보기와는 달리 매사에 치밀하고 집념이 강한 사람이었다. 김도삼과는 여러 가지로 대조적이었다. 같이 온 송대화는 정익서와는 달리 여간 과격하지 않았다. 김도삼보다 더 과격했다. 그는 몸피도 우람했고 성격도 우질부질했으며 매사를 똑똑 끊었다. 정익서보다는 한두 살 아래였는데, 두 사람은 성격이 서로 대조적면서도 잘 얼렸다. 사발통문에 서명한 신중리 3명의 송씨 가운데 한 사람이었다.

"조병갑은 익산으로 먼저 가서 거기 군수한테 해유를 받은 다음에 고부로 오려고 이러고 있을까요?"

송대화가 물었다.

"나도 그런 속은 깜깜합니다. 그런데 이자가 익산으로 가는 것이 아니라 고부에 더 눌러앉으려고 잉임운동을 한다는 것 같소."

"뭐요, 그 무지막지한 놈이 더 눌러 있으려고 잉임운동을 해요?"

정익서가 놀라 물었다. 전봉준이 고개를 끄덕였다.

"좋습니다. 꼭 잉임만 되라고 하십시오."

송대화는 이를 앙다물며 주먹을 쥐었다.

"어쨌든 오늘이라도 고부로 올지 모르니 눈을 밝히고 지킵시다."

"염려 마십시오. 그런데 군아로 쳐들어갈 때는 무작정 쳐들어갈 것이 아니라, 쳐들어갈 때 각 동네가 맡은 일을 면밀하게 나눠서 미리 맡겨야 할 것 같습니다."

송대화가 말했다.

"그러지 않아도 어제 그것을 의논하려 했는데, 계획이 달라지는 바람에 못했습니다. 오신 김에 오늘 그것을 짜봅시다. 맨 앞에 쳐들어가면서 아문 파수 등 병거지들을 처치해야 할 패, 내사로 돌입해서 조가를 잡을 패, 담을 넘어 도망칠 것에 대비해서 군아 담 밖을 둘러쌀 패……."

"아전 놈들도 같은 시간에 잡아야 합니다. 군아에서 소동이 벌어지면 그놈들이 도망쳐버릴 염려가 있습니다."

"그렇겠소."

"조병갑만 목을 매달 것이 아니라, 진짜 목을 매달 놈들은 그놈들입니다."

송대화는 주먹을 쥐었다. 전봉준과 정익서는 같이 웃었다. 아전들도 목을 매달 것인가, 재산만 빼앗고 곤장만 칠 것인가 하는 문제는 벌써 여러 번 논의한 일이었기 때문이다.

"하여간, 조병갑 그자를 잡으면 그놈 목은 꼭 제가 매겠습니다."

"그러시오. 그놈 목맬 사람이 많습니다마는, 송생원이 제일 듬직하겠소."

전봉준이 말하며 웃었다.

# 2. 궁중의 요녀

　민영준은 어디 원행을 나갔다가 며칠 만에 돌아와 조병갑의 전보를 봤다. 민영준은 문간 서랍에서 조그마한 치부책을 하나 꺼냈다. 한참 뒤졌다. 중간쯤에서 책갈피를 앞뒤로 여러 번 넘겼다. 손을 멈췄다. '조병갑 1만 냥. 잉仍'이라 씌어 있었다. 그는 다시 책갈피를 한참 앞으로 넘겨갔다. 한 쪽에 20여 명가량 이름이 씌어진 책장을 2,30장쯤 넘겼다. 또 조병갑 이름이 나왔다. '조병갑 고부 군수 임진 4월, 3만 냥, 중中 1만, 진眞 5천'이라 씌어 있었다. 조병갑을 고부 군수로 보내면서 3만 냥을 받아 만 냥은 중전한테 주고 5천 냥은 진령군한테 주었다는 소리였다. 자기는 만 오천 냥을 먹었던 모양이다. 아까 만 냥 다음에 씌어진 '잉'자는 만 냥 받고 그 자리에 잉임시켰다는 뜻이었다.

　"일 년 반이 넘었구만."

민영준은 혼잣소리를 하다가 다시 고개를 갸웃거렸다. 던져놨던 치부책을 다시 집어들었다. 만 냥이라 씌어진 데서 책갈피를 한 장 한 장 뒤로 넘겨갔다. 30여 장쯤 넘기자 조병갑 이름이 또 나왔다. '조병갑 2만 냥. 재잉再仍'이었다. 이만 냥을 받고 재잉임을 시켰다는 소리였다. 처음 재임할 때는 만 냥인데, 6개월 뒤에는 이만 냥이었다. 물가가 하늘 높은 줄 모르고 뛰고 있으므로 이런 뇌물도 그런 물가에 따라 당연히 뛰고 있을 터였다.

"이조, 이 싸가지 없는 자식들이 이런 발령을 내면서 왜 나한테 의논도 없어?"

민영준은 잠시 미간을 찌푸렸다. 전화 수화기를 들었다. 전화통에 붙은 손잡이를 잡아 한참 돌렸다. 금년부터 전화가 들어와 궁중과 고관들 집에 가설되었다. 전화가 가설되면서 전보만 취급하던 '전보총국'의 업무가 확대되자 그 명칭도 지난 8월에 '우정총국'으로 바뀌었다. 신문물이 급속도로 들어오고 있는 중이었다. 시계 같은 것은 요사이 와서는 웬만한 부잣집에서는 거의 갖추고 있었다. 얼마 전에는 구리개 네거리(현 을지로 입구)에 이종우란 사람이 시계포를 낼 정도였다.

"북관묘 대라."

북관묘는 요녀妖女 진령군이 거처하는 곳이었다. 요사이 진령군의 세도는 서릿발 같았다. 충청도 장호원 시골의 한낱 점쟁이가 민비의 점괘 한번 맞춰가지고 훈신의 작위까지 받아 진령군이었다. 백성한테는 하루하루가 송곳 같은 세월이지만, 이런 사람들한테는 사람 살 맛이 꿀맛일 터였다.

"대감마님 계시냐? 나 민영준이다. 바꿔라."

민영준은 자세를 바로 하고 기다렸다.

"아이고, 저 민영준이올시다. 안녕하십니까? 그간 뵙지 못해 죄송합니다."

저쪽에서 뭐라 한참 나불거리는 것 같았다.

"하하하, 항상 유념해 주셔서 감사합니다. 요사이 며칠간은 일본 공사관 그 골치 아픈 일 때문에 정신이 없었습니다. 예, 예, 하하."

가성이 잔뜩 섞인 민영준의 웃음소리가 한참 흐드러졌다.

"예, 중전 마마께서야 마님 덕분에 만사대통 아니십니까? 하하하, 예, 예."

저쪽에서는 낄낄거리며 뭐라 정신없이 나불대고 있었다.

"아, 그건 전혀 염려할 것이 없습니다. 일본 공사관에서도 실화라고 통보를 해왔습니다. 예예."

일본 공사관 화재 사건인 모양이었다. 지난 25일 일본 공사관에 불이 나 공사관이 전소되어 버린 사건이 있었다. 이게 방화가 아닌가 소동이 벌어졌으나 방화가 아니고 실화였다는 사실이 밝혀진 것이다. 그러지 않아도 일본 놈들은 조선 조정에 찌거리 붙을 언턱거리만 찾으려고 눈에 불을 켜고 있는 판이라 조정에서는 안절부절못했으나, 며칠 만에야 실화였다는 사실이 밝혀졌고 일본 공사관에서도 하는 수 없이 사실대로 통고를 해왔던 것이다. 그날은 양력으로 1월 1일이어서 양력을 쓰는 일본 사람들한테는 설날이라, 누가 일부러 그런 날을 골라 불을 지른 것이 아닌가 조정에서는 잔뜩 겁을 먹었던 것이다. 더구나 지난봄에 동학도들이 일본 공사관을 비롯한 여러 공사관에 괘서를 붙인 뒤로는 더 전전긍긍이었다. 물러가라고 협박을 당한 당사자들보다 조정에서 더 벌벌 떨었다.

"예예, 제 입을 쉽게 열어주서서 감사합니다. 제가 찾아뵙고 말씀 드려야 할 일이온데, 급한 약조가 하나 있어서 우선 전화로 말씀드립니다. 기억하고 계실지 모르겠습니다마는, 전에 영상을 지내셨던 조두순 나리 족질이 지금 고부군수로 있습니다. 그자를 그리 보낼 때 마님께서도 거들어 주신 일이 있습니다. 그자가 이번에 다른 데로 체개 발령이 났사온데, 그냥 거기 눌러 있고 싶답니다. 예예."

저쪽에서는 또 한참 깔깔거리는 것 같았다.

"하하, 예, 예. 나대로 사정이 있으니까 마님 힘을 빌리자는 것이지요. 사실은 제가 지금 중전 마마께 일을 하나 제대로 못해 올린 것이 있사온데, 가서 뵈면 핀잔만 쏟아질 것 같아 잠시 뵙지 않고 있습니다. 예예, 그런데, 일단 체개 발령이 나버린 것을 번복해야 하니 특별히 마음을 써주서야겠습니다. 예예, 아, 그 아이 이야기십니까? 그것은 조금만 말미를 주십시오. 들어온 지가 얼마 되지 않아 방도를 좀 생각해 보아야겠습니다. 예, 어련하겠습니까? 예, 고부 군수 조병갑. 예, 익산 군수로 발령이 났습니다. 예예, 그럼 마님만 믿겠습니다. 예예, 하하하하."

민영준은 너털웃음을 웃으며 수화기를 놨다.

"에이, 더러운 쌍년. 그런 이야기 하나 *여줄가리가 없구만. 돈 받고 점이나 쳐 먹던 년이라. 끌끌."

민영준은 돌아앉으며 욕설을 퍼부었다. 예조에 쑤셔넣은 지 몇 달도 안 된 놈 승급을 부탁했던 것이다. 민영준은 자기는 부처님 가

42

운데 토막인 것처럼 진령군한테 더러운 년이라고 욕설을 퍼붓고 있었다. 그러나 돈에 환장하기로는 두 사람 다 더럽고 무자비하기가 어금지금했다. 민영준은 평양 감사로 있을 때 금으로 송아지를 만들어 고종한테 바친 뒤로 고종의 신임을 독차지하고 있었다. 전임 감사도 고종한테 금덩어리를 자주 바쳐 신임을 얻고 있었는데, 민영준이는 내려가자마자 대뜸 금으로 송아지를 만들어 바쳐버렸던 것이다. 그러자 고종은 입이 바지게가 되며 전임 감사를 도적놈이라고 했다는 것이다. 그곳은 그렇게 금이 흔한 곳인데, 자기한테는 조금만 보내고 제놈 혼자 배를 채웠다는 소리였다. 그때부터 세상 사람들은 민영준을 '금송아지대감'이라 불렀다.

민영준은 이런 위인이라 유유상종으로 진령군과는 전부터 배가 잘 맞았는데, 요사이는 유독 혀를 맞물고 살았다. 지난 8월 두 사람이 힘을 합쳐 어윤중을 귀양 보낸 뒤부터였다. 진령군은 지난 봄 동학도들의 보은집회 때 양호선무사로 내려갔던 어윤중에게 이를 갈았다. 그 집회 사건을 빌미로 어윤중이 충청 감사 조병식의 부정을 파헤쳐 모가지를 떼어버렸기 때문이다. 조병식은 진령군과 결의형제를 맺어 진령군을 누님이라고 부르는 사이였다.

어윤중은 동학도들의 보은집회 때 동학도들이 제시한 요구를 들어주려고 나름대로 노력을 했다. 그래서 동학도와 농민들 원성이 가장 빗발치던 충청 감사 조병식의 비행부터 집중적으로 조사했다. 그의 비행을 조사하는 사이 어윤중은 너무도 잔혹한 조병식의 횡포에 분노를 감추지 못했다. 공금 횡령은 제쳐두고 백성의 재산을 늑탈하며 한 짓들이 너무도 잔인무도했기 때문이었다. 어윤중은 그런 횡포

를 낱낱이 파헤쳐 하나도 숨기지 않고 그대로 장계를 올렸다. 그 잔
학무도한 예로 든 사건 가운데는 연엽 집 재산을 빼앗으려고 그 동
네 사람들 전부를 작살낸 사건도 들어 있었다. 어윤중은 조병식의
그런 무지막지한 횡포에 분노를 참지 못한 나머지 그런 사건들을 기
록하면서 "산천도 울었다" "초목도 울었다"는 식으로 자기감정을
그대로 드러냈다. 연엽 집 사건을 적으면서는, "그의 가산을 전부 몰
수한 뒤에 군대를 동원하여 나팔을 불고 그 동네로 쳐들어가 동네
사람들을 모두 눈 오는 밤거리로 몰아내니, 늙은이나 어린애 가운데
얼어 죽은 사람만도 5,6명이고 동네는 폐허가 되니 초목도 서로 *붙
안고 울었다(籍其家産 發軍鳴鑼 敺逐其男 婦於凍天雪夜 老弱之致斃者五六
村落爲墟 草木相弔)"는 식이었다. 군대가 동네 사람들을 밖으로 쫓아
낸 것은 여자들을 겁탈하기 위한 것이었으나, 차마 그 이야기까지는
쓰지 못했다.

이 장계로 조병식은 목이 날아갔다. 그 장계를 가져오라 해서 읽
게 한 진령군은 어윤중에게 부득부득 이를 갈았다. 자기와 조병식
관계를 번연히 알면서 그의 비행을 그렇게 샅샅이 파헤쳐 목을 자르
다니 그것은 바로 자기 자신에 대한 도전이라고 생각했던 것이다.
민비가 언니라고까지 받드는 진령군이 이렇게 이를 갈고 나왔으니
어윤중인들 무사할 수가 없었다.

어윤중의 목을 날리려고 민영준과 힘을 합쳐 민비를 상대로 공작
을 했다. 민영준도 어윤중을 눈엣가시로 보고 있었으므로 제대로 죽
이 맞았다. 넉 달간의 집요한 공작 끝에 드디어 성공했다. 어윤중이
그때 공무집행을 하면서 불공정했다는 죄명을 덮씌우는 데 성공을

한 것이다. 조병식의 비행만 집중적으로 파헤친 것은 공무집행에 불공정했다는 것이다. 어윤중은 공무집행 불공정죄로 경상도 영일현으로 유배를 가게 되었다. 지난 8월의 일이었다. 어윤중이 없어지자 민영준도 아리던 이가 빠진 것 같았다. 그러나 어윤중도 만만찮은 사람이었다. 그는 영일만 바닷가에서 귀양살이를 하면서 이놈들이 몇 조금이나 가는가 보자고 이를 갈고 있었다.

조병갑은 전주 감영에 앉아 고부서 달고 왔던 장교를 보내 고부에 업무 지시를 했다. 첫째, 매일 장교를 한 사람씩 전주로 보내 그쪽 일을 보고하고 업무 지시를 받아갈 것. 둘째, 나는 틀림없이 다시 잉임이 되어 다시 고부에 눌러앉게 될 것이니 조금도 동요하지 말 것. 셋째, 새로 15개면에 날파한 재결 대봉 세미와 수세 등 조세 수납에 차질이 없도록 할 것. 넷째, 특히 수세는 원래의 방침대로 다른 조세보다 먼저 마무리를 지을 것이며, 수세를 납부하지 않는 자는 가차없이 잡아다가 엄중하게 닦달을 할 것. 다섯째, 수세 노적에 방화 혐의로 잡아들인 자들은 다음 세 등급으로 나누어 처리할 것. 첫 등급은 주범급 5명, 두 번째 등급은 10여 명, 그리고 세 번째 등급은 그 나머지로 가르되, 주범 5명만 남기고 나머지는 개전의 정에 따라 낮은 등급부터 순차적으로 방면할 것. 개전의 정은 인정(뇌물) 쓰는 것으로 기준을 삼되 인정은 맨 끝 등급은 쌀 두 섬, 그 윗등급은 석 섬으로 할 것. 주범급도 개전의 정에 따라 처리할 수 있으니, 그에 대한 의견이 있으면 적어 올릴 것.

"수세부터 이렇게 닦달을 하는 걸 보면 잉임에 자신이 없다는 애기가 아닐까요? 그러기에 급한 보따리부터 챙기자는 수작 같구만."

조병갑 지시를 받은 호방의 핀잔이었다.

"꼭 그렇다고 볼 수는 없습니다. 조정에 뒷배가 이만저만 든든하지 않다니 잉임쯤 문제가 아닐 것입니다. 우리로서야 손해 볼 것도 없으니 시키는 대로 합시다."

이방이었다. 군수의 전임 발령에 잠시 어리둥절했던 아전들은 다음날부터 정신없이 나대기 시작했다. 동임들을 불러다 겁을 주는가 하면 관속을 있는 대로 내몰아 수세를 비롯한 조세 수납에 열을 올렸다.

한편으로는 조병갑 지시대로 방화범을 세 등급으로 나누어 세 번째 등급에 드는 사람들 가족들한테 말을 흘려보냈다. 사실 아전들한테는 이것이 가장 실속 있는 일이었다. 등급마다 너끈하게 한 섬씩은 덤을 붙일 수 있었다. 조병갑이 방화범 조치를 미리 자세하게 지시한 것은 바로 이 때문이었다. 건져낼 건덕지를 얼른 건져내자는 생각도 있었지만, 아전들에게 국물이 푼푼한 이런 일을 하게 하여 그들의 실속도 채워 주자는 속셈이었다. 방화범을 세 등급으로 나누어 뜯어낼 돈 액수까지 지시한 것은 나한테는 그 액수만 챙겨주고 나머지는 너희들이 요령껏 우려먹으라는 소리였다. 지주가 작인들한테 미리 곡수를 매겨 도지를 주듯 아전들에게 방화범 처리라는 도지를 준 꼴이었다. 아전들한테는 *잠채꾼 신혈 만난 꼴이었다. 아전들은 역병 난 동네 도깨비 팔자로 팔자가 한껏 늘어질 판이었다.

방화 혐의로 잡혀간 사람들 돈 받고 내준다는 소문은 금방 퍼졌다. 자식이나 남편이 옥에 갇혀 있는 식구들 심사란 일 년 네 계절이 몇 절기로 가는지 모르는 아둔패기들도, 관가 주변 소문이라면 아전들 기침소리 하나도 놓치지 않을 지경이라, 이 소문은 한나절도 못 가서 쫙 퍼지고 말았다. 다음날부터 읍내 쌀가게에 사람들이 줄을 섰다. 이미 뜯길 것 다 뜯겨 당나귀 뒷다리처럼 빼빼 마른 농촌에서 누가 돈 싸놓고 기다렸을 까닭이 없으므로, 모두가 쫓아갈 데라고는 갓바치 집이나 두 쌀가게밖에는 없었다. 명년 농사를 내밀고 미리 쌀돈을 내자는 것이다. 두 쌀가게에서는 불이 났던 뒷수습을 벌써 말끔히 하고 언제 그런 일이 있었느냐는 듯이 쌀을 사들이는 일이며 돈을 놓는 일 등이 멈췄던 물렛살 돌아가듯 날파람나게 돌아가고 있었다.

세 번째 등급에 드는 사람들이 돈을 쓰고 출옥을 하자 두 번째와 첫 번째 등급에 드는 사람들 가족들은 *먹구름 밑에 대목 장꾼 싸대듯 안절부절 제삿날로 돈을 싸 짊어지고 아침저녁으로 아전들 집 문턱이 닳을 지경이었다. 여기서는 부르는 것이 값이었다.

조병갑은 엿새째가 되어도 전주 감영에 꼼짝 않고 틀어박혀 있었다. 그 사이 고부 농민들 사이에서는 엉뚱한 공론이 나돌고 있었다. 수세 문제나 결세 대봉 문제를 감영에다 등소를 하자는 것이었다. 김도삼, 정익서, 조만옥 등이 원평으로 전봉준을 찾아왔다.

"조병갑이 전주에서 잉임운동을 한다는 소문이 퍼지자, 수세 문제하고 15개면 결세 대봉 문제 등 부당한 일을 감영에다 등소를 하자고 합니다. 결세 대봉 때문에 읍내 쪽 사람들이 더 거세게 나오고 있습니다."

김도삼은 난처하다는 표정이었다. 지금 조병갑이 곤경에 처해 있는 셈이니 이럴 때 감영에 등소를 하여 그런 부당한 일을 호소하면, 잉임 자체를 저지할 수도 있을지 모르고, 익산에서처럼 수세나 결세 대봉 같은 무리한 짓 한 가지라도 바로잡을 수 있지 않겠느냐고 한 다는 것이다.

"사발통문 계획을 알고 있는 동임들까지도 동조를 하고 있습니 다. 일을 그렇게 크게만 벌일 것이 아니라 등소를 해서 한 가지라도 발라보자는 것입니다."

전봉준은 심각한 표정을 지었다. 그것이 농민들의 공론이라면 그 런 공론을 쉽게 무시할 수가 없기 때문이었다. 당장 끼니를 위협받 고 있는 사람들로서야 조병갑 목을 매다는 것보다 눈앞의 쌀 한 됫 박이 더 절급할 수도 있었다. 그런 공론을 잠재우자면 지금 계획하 고 있는 일을 말하면서 그렇게 하면 수세나 결세 대봉도 제절로 해 결이 된다고 해야 할 것인데, 지금 단계에서 그렇게 할 수는 없었다. 더구나, 사발통문 계획을 알고 있는 사람들도 동조하는 사람이 있다 니 심각한 문제가 아닐 수 없었다.

"제 생각은 그냥 버티고 있다가 조병갑이 오면 그대로 일어나버 리는 것이 좋을 것 같습니다."

조만옥이었다.

"신중하게 생각해야 할 문젭니다. 조가가 고부에 다시 눌러앉게 된다면 모를까, 고부를 떠난다면 목을 매다는 일은 명분이 그만큼 약해지는데, 더구나 백성이 내논 이런 방법을 무시하고 그렇게 거세 게만 나간다면, 백성의 호응을 얻을 수 있을 것인가 의문입니다."

정익서가 조심스럽게 말했다. 정익서는 사발통문에 서명을 하지 않았던 터라 그 사이 웬만한 일이면 입을 다물고 있었다. 그가 서명을 하지 않은 것이 비록 뒷일을 맡는다는 소임 때문이라 하더라도 당장 목숨을 걸고 나서는 사람들 앞에서는 한풀 꺾이지 않을 수 없었던 것이다.

"그가 떠난다면 명분이 약해지다니요?"

조만옥이 물었다.

"떠나는 사람 목을 매단다는 것은 시골 사람들 생각으로는 인정이 아니지요. 그러니까 내 말은 등소는 등소대로 하고 그래도 일이 발라지지 않을 때는 그대로 결행을 하자는 것입니다."

"만약 등소를 했다가 조병갑이 어설프게 양보를 하고 나오면 그자 목매달 명분만 되레 깎아버리고 맙니다. 일테면 수세를 조금 탕감해 준다고 생색을 내면 모두가 찢어지는 판이라 그것만이라도 감지덕지할 것입니다."

김도삼이었다. 그는 조병갑 목을 매달자는 일에 처음부터 전봉준보다 훨씬 강경했다.

"현지 사람들이 시끄럽게 나오면 잉임에 방해가 될 테니까 그런 양보를 할 수도 있을 것 같습니다."

최경선이었다. 그때 김만수가 손님이 왔다고 했다. 김덕호였다.

"양쪽 말에 다 일리가 있습니다. 그 점을 더 신중하게 의논해 봅시다. 나는 잠깐……."

전봉준이 자리에서 일어섰다. 우선 전주 소식부터 알아보아야 할 것 같아서였다. 김덕호는 언제나 그러듯 젊은이 두 사람을 달고 왔다. 그는 되도록이면 누구한테나 얼굴을 내놓지 않으려 했기 때문에 전봉준은 아직까지 김도삼과 정익서에게도 그를 소개하지 않았다. 김덕호는 전라도, 경상도, 충청도는 말할 것도 없고, 경기도까지 한강 이남 전역을 돌아다니는 것 같았다. 거의가 돈 관계의 일 같았으나, 그 내막은 전봉준에게도 말하지 않았다. 전봉준은 대충 짐작만 하고 있을 뿐이었다. 못된 부자들한테서는 월공을 시켜 술수로 돈을 뜯어 들이고 있다는 것도 어렴풋이 짐작하고 있었고, 웬만한 부자들과는 정상적인 거래를 한다는 것도 어느 만큼 알고 있었다. 그리고 강경 부상들을 내세워 엽총이며 탄약 등 큼직큼직한 장사도 하는 것 같았다.

얼마 전에 전봉준이 고부 거사 계획을 말하자 그때부터 그는 전주에 머물고 있으면서 여기를 왔다갔다하고 있었다. 감영의 동태를 보면서 전봉준을 거들자는 것이었다.

"조병갑이 잉임이 될 것 같습니까?"

인사가 끝나자 전봉준이 물었다.

"감사까지 합세를 하고 있으니 그는 잉임을 자신하는 듯합니다마는, 이미 조정에서 발령이 났기 때문에 그걸 뒤엎기는 그렇게 쉽지 않은 것 같습니다. 조병갑이 고부에 내려갔다는 소식은 없지요?"

"없습니다. 그런데 고부에서는 지금 감영에다 등소하자는 공론이 일고 있소. 조가가 전주에 있는 사이에 감영에 등소를 하면 수세나 결세 대봉 같은 험한 일 한 가지쯤은 바로잡을 수 있을 게 아니냐는 공론인 것 같습니다. 지금 조가가 곤경에 처해 있는 셈이니 이럴 때 그를 되게 몰아붙여 그런 일 한 가지라도 발라보자는 것이지요."

"사발통문에 기명한 사람들 소리요?"

"아닙니다. 그러나 그 내막을 알고 있는 동임들까지도 그런 쪽으로 기우는 사람이 있는 것 같소."

"그런 자잘한 일을 하다가 잘못하면 큰일을 그르칠 염려가 있잖겠소? 뻔한 소리라 군소리가 되겠습니다마는, 조병갑 목을 달아맨다는 것은 단순히 한 고을의 수세니 뭐니 하는 조그마한 일하고는 비교할 수가 없는 일입니다. 그것은 전국적인 일입니다. 각지에서 민란이 수없이 일어났지만, 아직 수령 모가지를 달아맨 적은 없었습니다. 고부에서 수령을 효수하면 조야에 엄청난 충격을 줄 것이고, 틀림없이 거기서 전국의 모든 고을 뜻있는 사람들이 들썩일 수 있는 단서를 잡을 것입니다. 이것은 불을 보는 만큼 훤히 내다보이는 일입니다. 면찬이 되어서 안됐습니다만, 그런 일을 할 사람은 전접주밖에 없소. 또 전국이 들썩이면 그런 기회를 휘어잡을 사람도 전접주 뿐이오. 천재일우의 기회입니다. 이런 기회를 놓치면 그런 기회는 쉽게 다시 오지 않습니다."

김덕호는 평소에 하던 말을 다시 강조했다.

"등소를 하지 말라는 말씀 같습니다마는, 그 일을 위해서도 일을 순리로 하는 데까지는 해야 할 것 같습니다. 그래야 백성도 이제 마지막 수단은 그 길밖에는 없겠다고 생각하지 않겠습니까?"

"조병갑 목을 달아매는 것은 명분이 너무도 뚜렷하기 때문에 그런 생각은 할 필요가 없습니다."

"그러잖아도 방금 고부 사람들 사이에서 명분 소리가 나왔습니다. 한편에서는 등소를 해봤자 십중팔구 안 들어줄 것이니 등소를 하면 조병갑 목을 매달 명분이 그만큼 커진다, 또 한편에서는 지금 조가가 곤경에 처해 있는 판이라 수세 같은 것을 조금 감해 준다고 생색을 쓰고 나올 수도 있으니, 그때는 되레 명분을 깎지 않느냐 이런 의견들입니다."

"그렇다면 더구나 하지 말아야지요. 지금 조병갑 목을 달아맬 명분은 보름달만큼 가득 차버렸기 때문에 더 보태고 말 것이 없지만, 만에 하나라도 명분을 깎을 일은 해서는 안 되겠지요."

"그러나 지금 우리가 세우고 있는 계획을 농민들한테 밝히지 않는 한 그들을 설득시킬 길이 없습니다."

"그러나 무슨 수를 쓰든지 등소 같은 자잘한 일을 해서는 안 됩니다."

전봉준은 다시 옆방으로 갔다. 그런데 결론은 이미 나버렸다. 그 사이 옆방에서 소를 올려야 한다는 쪽으로 의견이 모아져버린 것이다.

"수세 얼마씩 감해 준다고 해봤자 그놈 다른 죄에 비하면 새발에 피입니다. 그런 것으로 명분이 손상될 리가 없습니다. 들고일어나야 할 사람들은 농민들이니 좀 번거롭더라도 농민들 하자는 일을 합시다. 장두는 내가 서겠습니다."

김도삼이었다. 이미 의견이 그렇게 모아졌는지 모두 전봉준만 보고 있었다. 김도삼도 그렇게 기울어져 자기가 장두까지 서겠다고 적극적으로 나오자 전봉준은 더 반대할 수가 없었다. 어디까지나 앞장서서 일을 할 사람들은 이 사람들이었다. 전봉준은 잠시 어리둥절해 있다가 마침내 그렇게 하기로 결단을 내렸다. 등소는 전주 장날인 모레, 즉 7일 하기로 하고 소꾼들은 5,60명만 나서기로 했으며, 소장은 여기서 전봉준과 최경선이 작성하기로 하고, 전봉준과 정익서는

52

전주까지는 같이 가되 앞에 나서지는 않기로 하는 등 모두 수월수월하게 결정이 되어버렸다. 그들은 점심을 먹고 곧장 고부로 떠났다.

고부 사람들이 가고 난 얼마 뒤였다. 헐레벌떡 들어오는 사람이 있었다. 송태섭과 이싯뚜리였다.

"웬일인가?"

"전주서 등소를 했는데, 작살이 나버렸습니다. 한 2천 명 몰려갔습니다마는, 소두들을 모두 잡아들여 버리고 몰려간 사람들은 영병들이 몰려나와서 작살을 내버렸습니다. 고덕빈하고 전여관은 안 죽을 만큼 두들겨 맞고 개 끌리듯 끌려갔습니다."

송태섭이 주워섬겼다.

"무작정 그렇게 패고 몰아냈단 말인가?"

전봉준이 놀라 물었다.

"소장을 들여보내니까, 호방이란 자가 나오더만요. 그자 하는 말이, '그 진황지는 균전사하고 당신들 관계니까 감영에서 간여할 수 없다. 도조 받는 데 나졸들이 간여를 한 모양인데, 그것도 우리하고는 상관없는 일이다. 균전사는 높은 관리다. 우리는 그런 관리가 쓸데가 있다고 나졸을 내주라고 해서 내주었을 뿐이다. 그러니까 나졸 문제도 균전사하고 따질 일이다. 일테면 여기 전주 감영에서 충청도 감영 군사를 빌려왔다고 치자. 그 군사들이 하는 일이 부당한 일이라면, 그들에게 부당한 일을 시킨 전주 감영에다 따져야지 군사를 보내준 충청도 감영에 가서 따지겠느냐? 당장 물러가라. 물러가지 않으면 몰아내겠다.' 이러지 않습니까? 그래서 우리는 전라도 감사 밑에 있는 백성이다. 그 백성이 이런 억울한 일을 당했으니 감사가 나서서 해결을 해달라고 버텼지요. 그랬더니, 다른 관청 일은 다른 관청에서 간섭을 못하는 법이라고 했습니다. 그래도 버티고 있으니까 영병들이 몰려나온 것입니다."

송태섭 말을 들은 전봉준은 굳은 표정이었다.

"그럼 우리 소 올리는 일은 괜찮겠소?"

최경선이 전봉준에게 물었다.

"글쎄요."

전봉준은 미간을 모았다. 최경선은 모레 고부 사람들도 감영에 등소하기로 했다는 사실을 송태섭과 이싯뚜리에게 간단히 설명했다.

"그 일은 전주 사람들 일허고는 다르잖소? 그놈들이라고 아무나 무작정 패기만 헐랍디여."

이싯뚜리가 말했다. 그러나 이것은 쉽게 생각할 문제가 아니었다. 새로운 고민거리가 생기고 말았다. 오래도록 이야기를 했으나 얼른 결론이 나지 않았다.


정익수는 주변을 몇 번 두리번거리고 나서 골목으로 들어섰다. 골목 끝에 솟을대문으로 들어섰다. 호방 집이었다. 사랑방으로 갔다. 호방이 혼자 앉아 기다리고 있었다.

"보장은 잘 받았네. 한데 감영에 등소를 한다면 소두가 누군가 그것을 알아봐야 할 게 아닌가?"

골방에서 정익수와 마주 앉은 호방은 정익수가 보낸 편지를 땅바닥에 펼치며 말했다.

"아직 소두는 안 정한 것 같습니다. 여기저기서 농민들이 소를 올리자고 하도 야단들이라, 금방 소를 올릴 것 같글래 그 일만 나리께 보장을 띄운 것이옵니다."

"누구한테서 들었는가?"

"말목 갔다가 친구들한테서 들었습니다."

"그러면 자네 형님한테라도 넌지시 떠봐야지."

호방은 쥐눈을 씀벅이며 나무라는 어조로 다그쳤다.

"전에도 말씀드렸습니다마는, 우리 형님이란 사람은 그런 일로는 먼 일이든지 저한테 입 한 번도 짝해 본 적이 없는 분입니다."

"그렇지만, 아무런들 형제간에 그런 소리 한번 못 떠본단 말인가? 등소하는 데 자네도 나서겠다고 한달지 얼마든지 떠볼 길이 있잖겠는가?"

"그렇게 쉬우면 제가 안 알아봤겠습니까요? 자기는 그런 일에 앞장을 섬시로도 저한테는 그런 일이라면 곁에도 못 오게 하십니다."

"이런 중차대한 일을 알아보려면 기를 쓰고 덤벼야지."

호방은 눈을 부라렸다.

"우리 형님은 하도 엄하신 분이라 지금까지 형님 앞에서 대거리 한마디 해본 적이 없습니다."

"그것이 지금 말이라고 하고 있어?"

호방은 대통으로 재떨이를 깡 쳤다.

"알겠습니다요. 제가 알아내는 데까지는 알아낼 텐게 염려 마십시오."

"알아내는 데까지라니, 그런 흐리멍텅한 소리가 어딨단 말인가? 이런 중대한 일이라면 그런 이얘기하는 방구석 구들장 밑으로라도 들어가얄 게 아닌가? 내 말이 시방 먼 말인지 알겠는가?"

호방은 시퍼렇게 다그쳤다.

"예, 알겠습니다."

정익수는 고개를 굽실거렸다.

"나는 자네 일 때문에 어제도 일부러 정참봉을 만났어."

호방은 곰방대에 욱이던 담배에 당성냥을 그어 뻑뻑 빨며 은근한 목소리로 말머리를 돌렸다.

"고맙습니다. 그 일은 잘될 것 같습니까요?"

정익수는 호방 다리라도 껴안을 듯 한걸음 다가앉았다.

"내가 어떤 사람인지 자네는 아직 모를 걸세. 나는 한번 말을 했다하면 기어코 끝장을 보고 마는 사람이네. 자네 일은 틀림이 없을 것인게 그것은 염려 말고 자네 맡은 일만 똑떨어지게 하게. 자네는 그쪽 세 동네 마름이 별것 아닌 중 아는 모양인디, 논이 3백 두락일세, 3백 두락! 가만히 손 개었고 앉아 있어도 가을이면 마름한테 떨어지는 것이 얼만 중이나 아는가? 한 마지기에서 한 말씩은 너끈해. 한 마지기에 한 말이라면 3백 마지긴게 그것이 얼만가? 가만히 앉아서 인심 얻어감시로 3백 말이 거저 굴러들어온다 이 말이야. 그것이 어디 그뿐인가? 자네가 거기 마름이 되는 날에는 그날부터 거기 소작인들은 말짱 자네 사람들일세. 요새 세상에 양반이 무엇이고 상전이 무엇인가, 어디 한번 말을 해보게."

호방의 느닷없는 질문에 정익수는 멍청하게 호방만 건너다보고 있었다.

"이 사람아, 돈이 양반이고 돈이 상전인 줄 모르는가? 자네가 거기 마름이 따악 되아보게. 그날부터 그쪽 소작인이라고 생긴 것들은 어른아이 할 것 없이, 자네한테 조반 잡수셨습니껴, 저녁 잡수셨습니껴, 조석 문안에 허리가 성해나들 않을 것이어. 시방 이런 횡재 덩어리가 덩굴째로 굴러들어갈 참인디 자네는 그런 횡재 덩어리를 그냥 공짜로 묵을 생각이구만."

호방은 정익수를 허옇게 노려봤다.

"죄송합니다. 있는 힘을 다 하겠습니다. 그저 호방 나리만 믿습니다."

"잘해 부아."

정익수는 깊숙이 고개를 숙였다.

정참봉 마름 이야기였다. 정참봉은 2천 석을 하는 부자로 정익수 자신도 그 집 소작을 5마지기나 부치고 있었다. 정익수 동네 마름이 얼마 전에 세상을 뜨자 호방은 정익수에게 그 마름을 맡도록 주선해 주겠다고 나선 것이다. 그러지 않아도 그사이 호방 손아귀에서 놀아나고 있던 정익수는 이 마름 이야기가 나온 뒤부터는 제정신이 아니었다.

정익수는 지난번 자기 외숙모와 상피를 했다고 하도 무지막지하게 닦달을 하는 바람에 하는 수 없이 그들 말을 듣기로 마음을 누그리고 말았다. 다른 짓은 다해도 그 짓만은 못할 것 같아 차라리 죽어버리고 말겠다고 결심을 하기까지 했으나, 하도 모질게 패는 바람에 사흘 만에 마음을 누그러뜨리고 말았다. 정말 매 앞에서는 장사가 없었다. 그렇게 무지막지하게 문초를 하던 김치삼은 그 순간부터 사람이 확 달라졌다. 저승 야차 같던 김치삼이 대번에 신선이 되어버린 것 같았다. 그 달음으로 술집으로 끌고 갔다. 코가 비틀어지게 술을 마시고 삼삼한 계집을 붙여주어 오입까지 했다. 그때부터 정익수는 김치삼과 호방 손아귀에 들어가고 말았다. 지금까지 호방한테서 얻어다 쓴 푼전만 하더라도 수백 냥이었다. 그러나 정익수는 내가 네놈들한테 깊은 속이야 주랴 하고 마음을 다지며 되레 네놈들 상투 끝에서 놀겠다고 마음을 도사렸다. 그사이 그들이 알아보라는 일을 몇 가지 알아다 주기는 했으나 모두가 아나마나한 일뿐이었다. 정익수는 겉으로는 허랑하게 그들 손아귀에서 노는 척하면서도 이렇게 속마음을 도사리고 있던 참인데 얼마 전 그 동네 정참봉 마름이 오래 앓던 속병으로 죽어버려 마름 자리가 공중에 떴던 것이다. 마름이라면 소작인들한테 부리는 위세만으로도 기막힌 자리였다. 처음에는 그게 쉽게 되랴 하고 지나가는 말로 김치삼한테 넌지시 운을 떼어봤더니, 호방이 들면 영락없을 것이라며 김치삼은 지레 한 길이나 들떠버렸다. 김치삼이 며칠 뒤 숨을 헐떡거리며 달려오더니 일은 떼어 놓은 당상이라고 호들갑이 흐드러졌다. 호방이 그런 일쯤 문제없다고 장담을 하며 정익수를 보자고 한다는 것이었다.

"정참봉 마름을 맡고 싶다고?"

"예, 나리께서 힘을 한번 써주십시오."

"그야 어렵잖은 일이네. 정참봉이라면 내 말 괄시 못할 처질세."

"감사합니다. 나리만 믿겠습니다요."

"시키는 일만 잘 하게."

정익수는 코를 방바닥에 박으며 두 번 세 번 허리를 굽실거렸다. 정익수는 그때부터 마음이 두둥실 청천 하늘에 보름달이었다.

"당신이 안 나서면 등소를 못한답디여? 다른 사람들은 가만히 있는디, 멋땀세 당신만 앞장을 서냐 말이오? 그러다가 먼 일을 당하면 식구들은 으짜라고 그라요? 당신 눈에는 새끼들도 안 뵈고 지집도 안중에 없소? 좋겠소, 좋아! 갈라면 가고 말라면 말고 당신 멋대로 허씨오. 당신 잽혀가면 우리는 인저 그날부터 다 죽는 목숨인게 이래 죽으나 저래 죽으나 마찬가지요. 당신이 그런 디 가기만 가면 나는 그 길로 새나꾸 한 바람 들고 뒷산으로 갈 것인게 알아서 하시오. 기왕 죽을 것, 멀라고 고생하고 죽어라우. 죽기나 편히 죽제."

저녁밥을 먹고 대님을 치고 있는 조망태에게 그 아내 두전댁이 시퍼렇게 대들었다. 조망태는 이럴 줄 알고 슬쩍 그냥 가버리려다가 뒷일이 어찌 될지 몰라 말을 했더니 벌통 건드린 꼴이 되고 말았다. 저녁밥을 일찍 하라고 할 때부터 무슨 낌새를 채고 자꾸 캐묻는 바람에 말을 해버렸던 것인데 이만저만 실책이 아니었다.

전주 사람들이 등소하러 갔다가 험하게 쫓겨난 사건 때문에 고부 사람들 등소가 한 *장도막 밀쳐졌다. 그사이 혹시 조병갑한테 무슨 변화가 있지 않을까 싶었으나, 그 동안 조병갑은 감영에 꼼짝을 않고 틀어박혀서 조정의 잉임 발령만 기다리고 있었다. 내일이 등소날이었다. 그래서 고부 사람들은 오늘 저녁 원평으로 가기로 했다.

"허허, 예팬네가 재수대가리 없이 왜 이래싸? 등소하러 간 사람들을 잡아들이기는 누가 잡아들인다고 이 야단이여? 나설 만한 데는 나서사제, 모도 같이 살자고 나서는 일에 사대육신 씽씽한 작자가 *안악군수로 구들장 지고 자빠져서 천장 갈비나 시고 있으란 말이여? 가더래도 오랜만에 대처 구경하러 가는 셈치고 놈 앞에는 도

뜨게 안 설 것인게 걱정 말어."

조망태는 성깔을 죽이고 아내를 달랬다.

"나설 만한 데라고라우? 당신이 은제는 나설 만한 데만 나섰소? 먼 일이든지 일만 생겼다 하면 당신이 안 나설 때가 한번이나 있어 봤소? 나설 데나 안 나설 데나 동네 강아지 싸움판에도 당신 안 나설 때가 은제 있어봤냐 말이오?"

두전댁은 앙칼지게 쏘아붙였다.

"그런게 하는 소리여. 동네 강아지 싸움판에도 안 나설 때 없이 나서던 사람이 이런 일에 안 나서면 쓰겄어? 그렇게 부지런히 나서던 사람이 안 나서면 나서는 사람들이 을매나 썰렁하겠냐 말이여?"

조망태는 노상 헤실거리며 대답했다.

"그라겄소. 그라겄어. 가씨오, 가! 나도 갈 데가 있은게 어서 가란 말이오. 우리 친정아부지 곤장 맞고 *시난고난하던 것도 *송신이 난 년이오. 가시오. 어서 가시오. 나도 갈 데가 있은게 어서 가란 말이오. 그저께 친정어무니가 뭣하러 여그까장 찬바람 맞받음시로 오신 중이나 아시오? 이런 난세에 남정네들 감당은 여편네한티 매었은게로 어무니 같은 신세 안 될라면 정신 채리라고 이르러 왔습디다. 아버님이 그런 일 당하고 난게 죄 없는 우리 어무니가 밤이나 낮이나 시어무니한니 을매나 복이고대끼고 산 중 아시오? 안암팎으로 부대끼니라고 눈물 마를 날이 없습디다. 나도 당신한티 먼 일이 나먼이라우, 당신 어무니 성질 모르시오? 서방 한나도 감당 못한 년이 예팬네냐고 우선 어무니한티 내가 베겨날 것 같소? 선차에 친정어무니부텀 나를 딸로 안 볼란다고 막말을 하고 가십디다. 그런 인생살이

60

가 얼매나 송신이 나고 한이 맺혔으면, 그 말 한 자리 하실라고 그 나이에, 이 추위를 무릅쓰고, 그 먼 질을 오셨겠소?"

두전댁은 시퍼렇게 쏘아붙였다.

"이 예팬네가 왜 이런고 혔등마는, 그런게로 까닭이 있었구만. 사우 사랑은 장모라등마는 그 노친네 정성이 그만하면 그 정성이 도깨비 명당보담 낫겠네. 안심하소. 하애간에 장모 정성 생각혀서라도 앞뒤 가려감시로 그이 딸 과부 안 맨들 것인게 안심혀."

조망태는 헤프게 웃었다.

"심 드래서 말을 하면 사람 애간장 녹는 중은 모르고 천하태평이오그라. 알아서 하씨오. 예팬네 하나 있는 것 죽는 꼴 볼라면 가란 말이오, 가. 나래도 죽어뿌러사 당신이 정을 다실 것인게 맘 독하게 묵었소. 두고 보씨오. 두고 봐."

두전댁은 더 앙칼지게 쏘아붙였다.

"예팬네 하나 있는 것이라니? 그런게로 누구는 이럴 때 쓸라고 예팬네를 여벌로 한둘씩 더 데리고 사는가? 그리고 본게 내가 시방 시상을 헛살아도 한참 헛산 것 같네."

조망태가 능청을 떨며 허허 웃었다. 그러나 두전댁은 조금도 누그러지지 않고 더 극성스럽게 대들었다.

"내가 이런 소리를 어무니 말씀만 듣고 한 중 아시오. 어무니가 거그서 점을 쳐본게 하도 점귀가 안 좋아서 왔다고 하시글래 그람 여그도 영헌 점쟁이가 있은게 한번 가보자고 말목 점쟁이한티 갔제 어쨌다요. 갔등마는, 말목 점쟁이 하는 소리도 거그 점쟁이가 하는 소리하고 입이라도 맞춘 것매이로 똑같다고 쌔를 내두릅디다. 당신은 날 때부터 역마살을 찌고 났다는 소리는 어떤 점쟁이든지 당신한 티 두고 쓰는 소린게 그것은 말을 하잘 것도 없소. 그런디 맹년에는 당신한티 삼재三災까지 찌었다고 외방출입은 골목 한나를 빕떠서래 도 조심을 하라고 열 번 스무 번 당부를 합디다. *묵묵쟁이가 공것 안 묵어라우. 팔자에 타고난 역마살에다 인저 삼재까지 찌었으면 운 수치고는 시상에 이런 험한 운수가 어디가 있겄소? 그런 소리가 헛 소리 같으면 두 반데서나 똑같은 소리가 나오겄소. 당신은 이런 소 리 하면 쓰잘데없는 소리 한다고 웃제마는, 그것이 아닌게 이참에는 내 말 들으시오. 존일 하게 내 말 조깨 들으시오잉."

두전댁은 애간장이 타는 표정으로 거품을 물었다.

"허허, 나한티 역마살이 찌었다는 소리는 점쟁인가 묵묵쟁인가 그 예팬네들이 두고 쓰는 소린디, 나한티 참말로 역마살이 찌었다면 나는 폴새 집을 나가서 시방 조선 팔도를 떠돌아댕기고 있어사 그 소리가 맞잖겄어? 그 점쟁이란 것들이 두고 쓰는 그런 그 소리부터 이렇게 헛소리가 뻔한디, 멀쩡한 사내자석이 그런 소리를 준신하고, 아이고 나 죽었네함시로 눈 오는 날 들쥐매이로 먼산바래기나 허고 방구석에 틀어백혀 있어사 속이 씨언하겄어?"

조망태는 여전히 혜실거리며 다그쳤다.

"역마살이 어디로 떠댕개사만 역마살이라요? 먼 일만 있으면 묵 던 밥도 내자채 놓고 달려나가는 것도 그것이 역마살이 찌었은게 그 라제 그냥 그라간디라우?"

"그럼 액맥이굿 하란 소리는 안 혀?"

"그런 소리도 합디다마는 그런 것은 냇중 일이고 우선 그런 디부

62

터 나가지 말란 말이오."

두전댁은 버럭 악을 썼다.

"영락없그만. 점쟁이하고 단골래는 한 패거리로 노는 것들이라 그런 소리가 뻔해. 점쟁이는 점해서 묵고 살고 단골래는 굿해서 묵고 살자고 서로서로 짜고 하는 소린 중도 몰라? 뜯어묵을 놈들이 한나 부족하다 했등마는, 이참에는 그것들까장 역마살이네 삼재네 나 불거리고 자빠졌구만."

"아이고매. 복장 터져 못 살겄네."

그때였다.

"어야, 멋하고 있는가?"

울타리 너머로 김이곤이 소리를 질렀다.

"아니, 여보씨오, 예. 산매 양반, 지하고 말씸 쪼깨 헙시다, 예. 나는 여태까지 먼 일이든지 남정네들 하는 일에는 말 한 자리 안 했소마는, 오늘은 꼭 헉사 쓰겄구만이라우. 으째서 동무를 청해도 이런 디다 동무를 청한다요? 가실라면 산매 양반이나 혼자 가실 일이제, 으째서 동무를 청해도 이런 험한 디다 동무를 청하냐 말이오? 왜 그라요. 속이나 압시다. 말씸 쪼깨 해보씨오."

두전댁은 시퍼렇게 쏘며 밖으로 나갔다.

"어야, 이곤이, 나 이라다가는 한나백이 없는 예팬네, 일이 나도 크게 나게 생겼네. 내가 가겄다고 기왕에 말을 띄어논 것인게 따라가기는 갈라네마는, 내 말 똑똑히 들소잉. 전주까지 가기는 가도 나는 뒷수발이나 헐랑게 그리 알소. 허투루 하는 소리가 아닌게 똑똑히 새겨!"

조망태는 능청을 떨며 사립을 나섰다. 밖에는 땅거미가 지고 있었다.

"아이고, 나는 못살어. 내가 전생에 먼 죄를 지고 났으면 만나도 저런 웬수를 만났으까?"

두전댁은 주먹으로 가슴을 쳤다. 조망태는 웃으며 김이곤을 따라 골목을 빠져나갔다. 두전댁은 바글바글 끓고 있다가 횡하니 골목으로 나갔다. 동네를 나가는 사람은 세 사람이었다. 두레 총각대방 장춘동도 같이 가고 있었다.

"오매, 저 사람은 또 뭔 멋으로 저라고 나서까? 덩덩한게 물 건너 굿인 중 아는 모냥인디, 지 예팬네 하나도 감장 못하는 주제에 잘 한다, 잘 해."

두전댁은 숨을 씨근거리며 장춘동 뒤에 대고 핀잔을 주었다. 그러다가 깜짝 놀라 제물에 말꼬리를 숙이며 주변을 두리번거렸다. 저쪽 골목에서 예동댁이 애를 업고 내다보고 있었다. 예동댁과 이상만 소문이 이미 동네 여자들 사이에 퍼져 한참 숙덕이고 있던 참이었다.

저쪽 골목에서는 산매댁이 멍청하게 서 있었다.

"여보씨오, 예. 산매댁 나하고 말 쪼께 합시다, 예. 산매 양반은 우리 집 양반하고 웬수가 졌으면 먼 웬수가 졌간디 존일에나 궂은일에나 건뜻하면 비온 날 나막신 찾대끼 우리 집 양반만 찾는다요? 참말로 먼 웬수가 졌는가 말이나 쪼께 해보시오."

두전댁은 애먼 산매댁한테 쏘아붙였다.

"나도 먼 웬수가 저런 웬수가 있는가 모르겠소."

산매댁은 멍청하게 서서 동구 밖으로 나가는 남자들을 건너다보며 한숨을 쉬었다. 그때 예동댁이 이쪽으로 왔다.

"그래도 두 집은 뜯긴 것이나 많은게 그런닥 하겠소. 우리 집 애기아부지 보시오. 으째서 요새 버썩 저라고 나서는지 속을 모르겄그만이라우."

예동댁은 퀭하게 껑더리진 눈으로 두전댁을 힘없이 건너다보며 메마른 소리로 중얼거렸다.

"남정네들이 그런 것 저런 것 가리면 멋이 성가시겄는가?"

산매댁이 한숨을 쉬었다.

"그래도 가릴 것은 가려사제 관청 상관이 어떤 일이라고 저러고 나설 것이오. 남들은 뺏긴 것이나 많은게 그런닥 하제마는 저 사람은 그런 일에 먼 상관이 있다고 자기보담 농사 많은 사람들 다 제쳐두고 앞에 나서는지 속을 모르것소."

예동댁은 앓고 난 사람처럼 얼굴이 해쓱하게 말라 있었다. 두 여인들은 예사롭지 않은 눈으로 예동댁을 힐끔거렸다. 어제 저녁에도 물레방에서 예동댁 소문을 두고 한참 숙덕이던 다음이었다.

# 3. 마지막 호소

    등소꾼이 말목 지산서당으로 모여들었다. 5,60여 명이었다. 배들 쪽과 읍내 쪽 사람들이 반반이었다. 집강과 동임들은 10여 명이었다. 신중리에서는 송대화, 송주옥, 그 동네 두레 영좌 장특실 등 너덧 명이나 나왔다.

    정익수도 끼여 있었다. 정익수는 전주까지 소꾼들 속에 끼여 가라는 호방의 영을 받았던 것이다. 정익수는 그 동안 농민들의 움직임을 낱낱이 호방에게 보고하고 있었다. 며칠 전에 소를 올리려다 중지한 일은 물론이고, 다시 소를 올리기로 한 일이며 소두는 김도삼과 조만옥이 선다는 사실 등을 빠짐없이 고해 바쳤다. 그러자 호방은 정익수더러 소꾼들 속에 끼여 전주까지 가면서 소꾼들이 하는 소리며 동정을 하나하나 살피고 와서 낱낱이 말하라고 했다. 전주에 가서 소를 올리면 감영에서 모두 잡아들이지 않겠느냐고 했더니, 잡

66

아들이면 같이 잡혀 들어가서 거기서 하는 이야기도 하나하나 챙겨 들으라고 했다.

"저놈들이 전주 등소꾼들 닦달했다는 소문을 들어본게 무지막지 하등만. 기왕 나섰은게 맘들 단단히 묶어사 쓰겄어."

예동 동임 정왈금이었다. 그는 성격이 유순한 편이었으나, 수세 노적가리에 불이 난 뒤부터는 이를 갈고 나섰다. 자기 동네서 일어 난 일이라 불이 나게 된 전후 사정을 누구보다 잘 알고 있었다. 그 불은 틀림없이 관가 놈들 수작이라 확신하는 터였다.

"하먼이라우."

도매다리 총각대방 김장식이었다. 이번 방화사건으로 경을 치고 나온 젊은이였다. 그는 김도삼 집안 조카로 그의 집은 어지간히 사 는 편이어서 남보다 먼저 돈으로 우기고 나왔으나 아직도 장독이 가 시지 않아 얼굴이 핼쑥했다. 처음 문초할 때 살세게 뻗대다가 초주 검이 되게 맞았던 것이다. 그도 정왈금처럼 전에는 이런 일이라면 한발 뒤에 서는 편이었으나, 이번에 당하고 나와서는 이를 갈았다.

김도삼과 정익서가 방으로 들어왔다. 정익수는 자기 형님이 들어 오자 다른 사람 등 뒤로 얼굴을 숨겼다.

"모두 낮에 한숨씩 주무셨지요? 여기서 더 의논할 일은 없소. 바 로 원평으로 갑시다. 표 안 나게 두서너 사람씩 띄엄띄엄 빠져나갑 시다."

김도삼 지시에 따라 앞쪽에 앉은 정왈금부터 서너 사람씩 끼리끼 리 방을 나갔다. 그때 정익서가 정익수를 발견했다.

"너도 갈라고?"

정익서가 눈살을 찌푸리며 물었다.

"예."

정익수는 지레 어긋하게 고개를 숙이며 대답했다. 부러 그렇게 어긋한 표정으로 대답하는 것 같았다. 정익수는 자기 형에 비하면 체구부터가 크다 만 무녀리 꼴이었다.

"몸도 안 좋다는 놈이 어디를 나서? 너는 그냥 돌아가!"

정익서가 퉁명스럽게 쏘았다.

"기왕 나섰은게 나도 갈라요. 저쪽 사람들도 여럿 나섰소."

정익수는 물러설 자세가 아니었다. 정익서는 여러 사람 앞에서 심하게 닦달하기가 난처한 듯 정익수를 빤히 건너다보다가 그냥 돌아서고 말았다.

등소꾼들은 한밤중이 지나서 원평에 당도했다. 전봉준이 나와 맞았다. 요사이 여기 머물고 있던 정길남, 김승종, 장진호 등이 반갑게 인사를 했다. 그들은 기둥에 초롱을 거는 등 부산하게 나댔다.

"장식이 너는 몸 조섭이나 하제 뭘라고 왔냐?"

전봉준이 말했다. 그가 매를 많이 맞았다는 소식을 전봉준도 듣고 있었다.

"괜찮어요."

"그래도 너는 소 올리는 데는 끼지 마라."

"암시랑도 안해라우."

"전주까지는 가더라도 뒤에 남아."

전봉준은 다른 젊은이 앞에 섰다.

"어머님이 편찮으시다던데 지금은 어떠신가?"

"그저 그렇구만이라우."

"만약을 모르니 자네도 뒤로 빠지게. 편찮으신 어머님 생각도 해야지."

"여그까장 왔는디 어떻게 빠지겄소?"

"잡혀 들어가면 어머님 병환이 더치네. 나중에도 할 일이 얼마든지 있어. 이번에는 뒷전에 있게."

전봉준은 토방으로 올라섰다.

"우리는 지금 고부 농민들을 대표해서 감영에 등소를 하러 갑니다. 이것이 우리로서는 관에 대한 마지막 호소올시다. 그 동안 이런 식으로 수없이 호소를 했으나 관에서는 한 번도 들어준 적이 없소. 이제 감영에까지 호소를 하여도 들어주지 않는다면 다른 방도를 생각할 수밖에는 없을 것이오. 감영에서 어떻게 나올지는 알 수가 없습니다. 각오들을 하고 나섰을 줄 압니다마는, 무슨 일이 닥치더라도 무른 꼴을 보이지 말고 의젓해야 합니다. 그리고 아까 뒤로 나앉으라는 사람들은 전주까지는 같이 가되 거기서는 앞에 나서지 마시오. 의기는 가상하나 마음에 걸리는 것이 있으면 중심이 흔들리는 법이오. 그럼 갑시다."

전봉준은 소꾼들을 앞세우고 전주를 향했다. 소꾼들은 전봉준하고 같이 가자 훨씬 마음이 든든했다. 전봉준 등 두령들 뒤에는 여기 머물고 있던 젊은이들이 따르고 있었다. 김만수가 원평에서 항상 거느리고 전봉준을 호위하고 있는 7명의 장정과 정길남 등 방화사건으로 고부에서 피해 와 있던 젊은이들이었다. 김만수가 원평에서 거느리고 있는 7명은 제 사촌 2명, 지해계에서 뽑혀온 젊은이 2명, 나머지 3명은 지난 봄 여기 원평집회 때부터 전봉준 호위를 자원하고 나선 원평 젊은이들이었다. 김만수 사촌 2명은 물론 백정의 아들이었다. 그러나 그들의 신분은 전봉준 외에는 아무도 아는 사람이 없었다. 김만수의 머리가 짧았으므로 그가 중 속한이일 거라는 정도의 짐작들밖에 못하고 있었다.

전주에 당도하자 아침참이었다. 전봉준은 소꾼들을 여러 주막으로 나누어 들게 한 다음 아침을 든든하게 먹으라고 했다. 지난번에 전주 사람들이 소를 올리다가 감영 앞에서 영병들한테 작살이 났다는 소식을 들은 다음이라 소꾼들의 얼굴에는 모두 긴장이 감돌았다. 소두인 김도삼과 조만옥의 얼굴은 더 굳어 있었다.

성문을 들어갈 때도 역시 뿔뿔이 흩어져 들어갔다. 두서너 명씩 짝을 지어 성문을 지나가기 시작했다. 정익수는 뒤로 처졌다. 성문에는 병거지들이 서 있었으나 장날이라 기찰은 심하지 않았다. 김도삼, 조만옥 등 소두들은 전봉준을 앞세우고 맨 뒤에 들어갔다. 정익수도 그들 뒤를 따라 들어갔다. 조만옥은 소장을 싼 보자기를 들고 있었다. 성문을 들어선 소꾼들은 모두 얼굴이 돌덩어리처럼 굳어졌다. 모두 말없이 걸었다. 마치 죽음을 향해 저승으로 걸어가는 사람들 같았다.

영문 앞에 이르렀다. 전봉준이 소두들과 몇 마디 속삭이고 나서 정익서, 최경선 등과 함께 뒤로 물러섰다. 그들은 김만수 패거리와 정길남 등 고부 젊은이들에 휩싸여 골목에서 소꾼들이 영문 앞으로 가는 것을 보고 있었다.

"여기 앉읍시다."

김도삼의 지시에 따라 소꾼들이 영문 앞에 앉았다. 정익수는 곁꾼처럼 어설프게 소꾼들의 맨 꽁무니에 앉았다. 영문에 파수 섰던 나졸들이 깜짝 놀라 달려왔다.

"웬 사람들이오?"

"고부에서 감영에 소를 올리러 온 사람들이네. 안에 가서 그렇게 여쭈게."

김도삼이 의젓하게 말했다. 나졸은 황급히 안으로 달려갔다. 금방 장교가 하나 달려나왔다.

"고부 사람들이라고요?"

"예, 고부 사는 농민들이오. 감영에 소를 올리러 왔소."

조만옥이 김도삼한테 소장 싼 보자기를 건넸다. 김도삼은 보자기를 받아 장교 앞으로 내밀었다.

"아, 아니오. 잠깐 기다리시오."

포교는 뱀이라도 보듯 두 손을 활활 내저으며 안으로 달려들어갔다. 정익수는 고개를 갸웃거렸다. 장교나 나졸들 행동으로 보아 감영에서 고부 사람들이 소를 올리러 온다는 사실을 전혀 모르고 있는 것 같았기 때문이다.

구경꾼들이 몰려들기 시작했다. 전봉준 등 뒤에 남은 고부 사람들은 골목에 몰려든 구경꾼들 틈에 끼여서 지켜보고 있었다. 포교가 들어가고 나서 상당한 시간이 지났으나, 감영에서는 아무 기척이 없었다. 바람이 세차게 불고 있었다. 소꾼들이나 구경꾼들은 모두 말없이 *옹송그리고 있었다. 영문 안에서는 웬일인지 나졸들만 바삐 몰려다니고 있었다.

그때 영문에 파수 섰던 나졸들이 자세를 고쳐서며 안쪽을 봤다. 좀 만에 안에서 나졸들 한 패가 열을 지어 영문을 나오고 있었다. 50여 명이었다. 나졸들은 장교의 구령에 맞춰 소꾼들 앞에 섰다. 장교 가운데서 우두머리인 듯한 자가 소꾼들 앞으로 왔다.

"고부 사람들은 들으시오. 감영에 소를 올리려면 그만한 절차가 있는 법이니, 군아를 통해서 올리라는 영이오. 모두 돌아가시오."

장교가 큰 소리로 말했다. 김도삼이 나섰다.

"군아에서 잘못한 일을 바로잡아 달라는 소요. 그런 소를 어찌 군아를 통해서 올린단 말이오. 더구나 지금 고부 수령은 전임되어 공석인데, 바로 그 수령의 잘못을 고쳐달라는 소요."

김도삼은 당당하게 말했다.

"우리는 내치라는 영을 받았을 뿐이오. 어서 돌아가시오. 만약 돌아가지 않으면 작변의 뜻이 있는 것으로 여겨 무력으로 퇴치하겠소."

장교는 버럭 악을 썼다.

"우리는 이 나라 백성이오. 백성이 관아에 원정할 일이 있으면 소를 올려 원정을 하는 것은 나라의 법이오. 나라 상감도 백성의 사정을 바로 알고자 미복으로 야밤에 잠행하는 일이 허다하거늘, 법에 따라 원정을 하고자 스스로 찾아온 백성을 어찌 가볍게 내칠 수가 있단 말이오? 이것은 결단코 순상 각하의 뜻이라 여길 수 없소."

김도삼의 말에는 탄력이 붙어 쩌렁쩌렁 울렸다.

"뭣이, 순상의 뜻이 아니라면 우리가 순상을 속이고 있단 말이오?"

장교가 발끈했다.

"사리가 그렇다는 것입니다. 번거롭더라도 다시 아뢰어 주시오."

"안 되오. 우리는 내치라는 영을 받았을 뿐이니 내칠 뿐이오. 물러서지 않으면 몰아내겠소."

장교가 악을 썼다. 원래 성미가 급한 자인지, 안에서 영이 그만큼 엄했는지 사뭇 거세게 나왔다.

"여보시오. 집에 찾아오는 사람이면 얻어먹는 걸객도 그리 못하거늘, 항차 이 나라 백성을 다스리는 목민청에 예모를 갖춰 소를 올리러 왔는데, 몰아내다니 무슨 말버릇이 그리 무례하시오!"

김도삼이 호령을 했다. 장교는 김도삼 기세에 조금 질린 것 같았다.

"나는 영을 거행할 뿐이오."

장교는 기가 꺾인 기색이 완연했으나, 뻣뻣하게 버티고 서서 소리를 질렀다. 장교 체면에 여러 사람 앞에서 기죽은 꼴을 보일 수 없다고 생각한 모양이었다.

"우리는 보다시피 작변을 하러 온 부랑당이 아니오. 내치란 것이 순상 각하의 영이라면 사정을 잘못 아시고 그런 것이니 다시 말씀을 드려 주시오."

"안 된다면 안 되는 줄 아시오."

장교는 악을 써놓고 벙거지들을 향해 팽글 돌아섰다.

"너희들, 앞줄 열 명 이리 나와!"

장교는 앞에 선 나졸들에게 손짓을 했다. 나졸 열 명이 창을 앞세우고 뛰어나왔다.

"저 두 분들을 북문까지 모시고 가거라. 정중하게 모시고 가되 곁에서 방해하는 자가 있으면 가차없이 처치한다. 거행해라!"

"옛!"

나졸들은 큰 소리로 대답하고 나서 김도삼과 조만옥을 에워쌌다.

"갑시다."

나졸들이 소리를 질렀다. 두 사람은 버텼다. 나졸들은 거세게 등을 밀었다.

"놔둬라!"

소꾼들이 악을 썼다.

"저자들도 전부 몰아내라. 거역하는 자는 사정 두지 말고 닦달해!"

장교는 소꾼들을 가리키며 악을 썼다. 나졸들이 우르르 몰려갔다. 소꾼들은 악을 쓰며 버텼다. 악다구니가 쏟아지고 한참 몸싸움이 벌어졌다. 김도삼과 조만옥도 악을 쓰며 버텼다. 그러나 나졸들다섯 명이 한 사람씩을 붙잡고 떼미는 바람에 하릴없이 밀려가고 있었다. 소꾼들만 나졸들하고 드잡이판이 벌어졌다. 나졸들은 사정없이 방망이를 휘둘렀다. 쥐 잡듯이 두들겨팼다. 소꾼들은 비명을 지르며 한 사람씩 나동그라지기 시작했다.

"때리지 마라!"

김장식이 구경꾼들 속에서 뛰쳐나가며 악을 썼다. 나졸 하나가 방망이로 김장식 어깨를 사정없이 후려쳤다. 김장식이 힘없이 나동그라졌다. 소꾼들은 머리가 터지고 코피가 쏟아졌다. 구경꾼들은 비명만 지를 뿐이었다. 소꾼들이 밀리기 시작했다. 나졸들 기세는 너무 거칠었다. 도저히 감당할 수가 없을 것 같았다. 중과부적이었다. 소꾼들은 나졸들한테 쫓겨 골목으로 뿔뿔이 흩어지고 말았다.

나졸들은 소두들을 저만치 떼밀고 가고 있었다. 골목으로 피했던 소꾼들은 전봉준 등 두령들 뒤를 따라 소두들이 밀려가는 북문 쪽으로 가고 있었다. 소두들은 북문 밖까지 떠밀려가고 있었다.

머리가 깨진 사람 서넛 말고는 다행히 크게 다친 사람은 없었다. 나졸들은 몰아내려고만 할 뿐 소꾼들을 처음부터 잡아넣으려고는 하지 않았다.

"여보시오?"

누가 전봉준의 등을 쳤다. 장교였다. 전봉준은 뒤를 돌아봤다. 소꾼들을 몰아내던 장교는 아니었다.

"잠깐 할 말이 있소."

그 장교의 표정에는 살기가 없었다. 전봉준이 길 한쪽으로 따라갔다. 소꾼들이 모두 보고 있었다.

"나 모르겠는가? 옛날 봉황동 살던 정석희鄭錫禧네."

장교가 웃으며 말했다.

"아니, 자네가?"

전봉준은 장교의 위아래를 살펴봤다. 봉황동은 전주 가까이 있는 동네로 전봉준이 여남은 살 때 살았던 동네였다. 황새머리로 이사가기 전이었다. 정석희는 바로 이웃집에 살던 단짝 친구였다. 찬찬히 보니 옛날 얼굴이 그대로 남아 있었다. 전봉준은 어렸을 때 그 봉황동서 몇 년 살다가 금구 황새머리로 이사를 갔던 것이고, 거기서 오순녀 사건으로 집을 나가 후암 선생을 따라 천하를 주유하는 사이 전봉준 아버지는 또 동곡으로 이사를 했으며, 지금부터 몇 년 전에는 고부 지금 사는 조소리로 또 이사를 했던 것이다. 그러니까 정석희와는 실로 30여 년 만의 해후였다.

"목구멍이 포도청이라 이렇게 벙거지를 얹고 나이를 먹고 있네.

자네 소식은 간혹 들었네. 오늘 소를 올리러 온 사람들이 고부 사람들이라기에 나와 보았더니 자네가 뒤에 있더구만. 자네는 옛날 얼굴이 그대로 남아 있어 대번에 알아보겠데. 지금 저 사람들하고 같이 가야 하는가? 웬만하면 잠깐 막걸리라도 한잔 하세."

"그럼 잠깐 기다리게."

"저쪽 저 주막에 있겠네."

정석희는 저쪽 골목에 주기가 나풀거리고 있는 주막을 가리켰다.

소꾼들은 북문 밖 한쪽으로 모였다. 전봉준이 소꾼들 앞에 섰다.

"많이 다친 사람은 없어 다행입니다. 저자들 의중이 뻔하니 여기서 결고틀어 보았자 이 수 가지고는 어떻게 옴나위를 할 수가 없습니다. 돌아갑시다. 우리는 이렇게 쫓겨났습니다마는, 오늘 일이 그냥 공친 것은 아닙니다. 오늘 일로 백성의 억울한 사정을 호소하려 해도 감영에서는 그런 소리에 귀도 기울이지 않는다는 사실을 몸으로 부딪쳐 똑똑히 알게 되었소. 이제 다른 방도를 생각할 수밖에 도리가 없습니다."

"감영에다 불이라도 질러봅시다."

"조병갑 그 개새끼가 이렇게 패라고 시켰소. 그 자식부터 잡아 쥑애야 허요."

소꾼들이 악다구니를 썼다.

"하여간, 오늘은 더 어찌 할 방도가 없으니 물러갑시다."

"조병갑 저놈은 다른 데로 가더라도 기어코 쫓아가서 쥑애야 허요."

"옳소."

소꾼들이 또 악다구니를 썼다. 조병갑을 죽이자는 소리가 지금 전봉준 등이 계획하고 있는 일을 알고 내지르는 소리는 아닌 것 같았다. 다시 전봉준이 진정을 시키자 소꾼들은 숙어들었다. 나졸들의 기세를 본 다음이라 더 어쩌자고 할 엄두가 나지 않는 모양이었다. 더구나 여기 나온 사람들 가운데 상당수는 앞으로 작정하고 있는 계획을 알고 있었다. 그들은 다른 방도를 생각할 수밖에 없다는 전봉준의 말을 의미 깊게 새기면서 입을 다물고 있는 것 같았다.

전봉준은 소꾼들을 먼저 보내고 김만수, 정길남 패만 남아 기다리게 한 다음 아까 그 주막으로 갔다.

"참말로 반갑네. 부모님은 어떠신가?"

정석희가 새삼스럽게 전봉준 손을 잡았다. 미리 술을 시켜 놨던지 않자마자 술이 나왔다.

"두 분 다 돌아가셨네. 아버님은 금년 봄에 돌아가시고……."

"그랬던가? 인생이 허망한 줄을 새삼 알겠구만. 자네 자당께서는 그렇게 인자하신 분도 드물었지. 내가 자네 집 장독 옹배기를 깼을 때 걱정 말라고 내 등을 쓰다듬으며 행여 우리 어무님이 아실까 쉬쉬하시던 모습이 지금도 눈앞에 선하구만. 바로 며칠 전에 우리 집여편네한테 그 이야기를 함시로 그런 인자하신 분네 본을 받으라고 했었는디, 묘하게 오늘 자네를 만나는구만."

두 사람은 웃으며 잔을 들었다.

"지내기는 어떤가? 장교쯤 되면 먹고 사는 데는 걱정 없겠지?"

"벙거지들 육모방망이란 게 잘 놀리면 요술방망이네마는, 나는 재주가 없어서 내 방망이는 그냥 지겟작대기 한 짝이네."

정석희는 희떱게 웃었다.

"장교들도 맡은 소임이 여러 가질 텐데……."

"병방에 비장으로 있네."

"비장이라면 바로 감사를 수행하고 다니는 자리 아닌가?"

"꼭 그런 것만도 아니고 이 일도 하다 저 일도 하다 두루치기네."

"그래도 감영 비장이라면 어지간히 입신을 했구만."

"예끼, 이 사람. 이런 걸 입신이라니 사람 놀리지 말게."

정석희는 소탈하게 웃으며 전봉준에게 잔을 넘겼다.

"자네가 고부 동학 접주 일을 맡고 있다는 소문을 진즉부터 듣고 있네. 일인즉 옳은 일이네마는 고달픈 길을 걷고 있더만. 하기야 자네 의협심은 어렸을 적부터 타고났지. 자네가 고부 동학 접주를 맡았다는 소리를 듣고 다 타고난 대로 제 길을 가는구나 하고 혼자 웃었네. 그런데 자네 같은 사람을 때려잡는 나는 뭔가?"

두 사람은 껄껄 웃었다.

"조병갑 그 작자 끈덕진 놈이더만. 기어코 고부에 눌러앉고 말 모냥이여. 고부가 그렇게 좋은 덴가?"

정석희는 묻잖은 말을 꺼냈다. 마침 술청에는 아무도 없었다.

"앞으로 그 작자 소식을 좀 알려주게. 잉임이 될 것 같은지 어쩐지 그런 낌새가 보이거든 좀 알려줘."

"하하, 잉임이 된다면 훼방놀 길이라도 있는가? 하기사 *남산골딸깍발이가 향청 *고지기는 못 시켜도 참판 모가지는 뗀다는 말이 있지."

정석희는 말주변이 제법이었다.

"일간 자네를 찾아볼 사람이 있을 것이네. 만나보면 알 것이네마는 듬직한 분이네. 조병갑이 조정에 어떻게 하고 있는가 아는 데까지 알아두었다가 그이한테 일러주게."

전봉준은 아주 수월하게 부탁을 했다. 김덕호를 두고 하는 말 같았다.

"허, 내가 *부개비를 잽혀도 크게 잽히는 것이 아닌가 모르겠네."

"수고 좀 해주게."

두 사람은 고향 이야기를 몇 마디 더 하다가 갈렸다.

호방 집에 고부읍내 보부상 임방 행수 정꿀병이 찾아왔다. 손에는 보자기가 하나 들려 있었다. 돈이 분명했다.

"청이 한 가지 있어서 왔습니다요."

정꿀병은 양손을 맞잡아 비비며 어렵게 말을 꺼냈다.

"청이라니?"

호방은 마뜩잖은 눈초리로 물었다.

"시방 지 조카 놈이 방화 혐의로다가 옥에 갇혀 있사옵니다요. 이놈이 삼대독자 외아들인디다가 몸이 바늘장사 한가집니다요. 건듯하면 자리를 지고 눕는 병추긴디, 그런 놈이 옥에 갇혀논게로 그땀새 지 누님은 심화로 식음을 전폐하고 누워 있사옵니다요. 이러다가는 줄초상이 날 것 같사옵기에 나리 은혜를 한번 입고자 찾아왔사옵니다요. 형편이 찢어지는 터라 지금까지 옥바라지도 지가 해왔사옵고, 이것도 지가 마련한 것이옵니다요. 얼마 안 되옵니다마는 받아주시고……."

정꿀병이 돈 보자기를 문갑 앞으로 밀어놓으며 선처를 부탁한다고 했다. 호방은 돈 보자기를 흘끔 보고 나서 가타부타 말이 없이 담배만 빨고 있었다.

"자네가 이런 심부름이나 하는 것이 나는 반갑지 않아. 내가 전에 자네한테 긴하게 부탁한 일이 한 가지 있으렷다?"

호방은 눈길을 저쪽으로 띄운 채 위압적으로 뇌었다.

"부탁한 일이시라니, 그러면 가만 있자, 작년에 말씀하셨던 그 도망친 종놈 내외 말씀이옵니까요?"

정꿀병이 눈을 둥그렇게 뜨고 물었다.

"내가 그 일 말고 자네한테 부탁한 일이 또 있던가?"

호방은 툭 쏘았다.

"하이고, 죄송합니다요. 사실은 말씀입니다요, 그때 지가 각 고을 임방으로 통문을 돌리기는 돌렸사오나 아무 데서도 소식이 없는디다가, 나리께서도 채근을 안 하시기에 그만……."

유월례 이야기였다. 유월례가 도망친 뒤 호방은 은밀하게 이 작자를 불러 유월례가 사는 데를 염탐해 달라고 부탁을 했던 것이다. 정꿀병은 그때 정말 전라도 일대 각 고을 보부상 임방에 통문을 띄웠다. 그러나 어느 임방에서도 소식이 없었고, 그 뒤 호방도 한두 번 채근을 하다 말았다. 호방한테서 무슨 말이 더 있지 않을까 기다리다가 아무 말이 없어 잊어버리다시피 하고 있던 일이었다. 사실은 그게 사람을 잡는 일이라, 남 못할 일을 하는 일인데다 별로 실속도 없을 것 같아 처음부터 별로 내키지 않았던 일이었다. 호방은 그때 상금을 건 것도 아니고 그냥 맨입으로 부탁을 했다. 사례를 섭섭잖게 하겠다고 했지만, 이런 자들이 그렇게 하는 소리란 입에 붙은 소리로밖에 들리지 않았다. 그런데 이 얼마 동안 아무 말이 없던 일을 갑자기 들고 나오니 정꿀병은 어리둥절하지 않을 수 없었다.

80

호방이 그 동안 그 일을 채근하지 않았던 데는 그만한 이유가 있었다. 유월례를 생각하면 몸이 닳았고, 더구나 만득이한테 당한 것을 생각하면 울화가 치밀어 견딜 수 없었으나, 화적들과 관계가 있는 일이라 섣불리 나댔다가 또 일이 뒤틀려 그것으로 새로운 사단이 생기는 날에는 조병갑이 성질에 자리보전이 어려울 것 같아서였다. 그리고 또 한 가지 이유가 있었다. 그건 조병갑의 색탐 때문이었다. 지난봄만 하더라도 조병갑은 이방의 첩을 가로챈 일이 있었다. 조병갑은 돈에만 환장을 한 것이 아니라 색은 더 밝혔다. 이방한테서 가로챈 여자는 새로 집을 사서 딴살림을 차려주기까지 했다. 그런 판에 유월례를 찾아 이리 끌어다 났다가는 열에 아홉은 산전 일궈 고라니 존 일 시키는 꼴이 되고 말 것 같았다. 그래서 조병갑이 갈려가고 좀 만만한 수령이 오기를 기다린다는 것이 오늘에 이르고 말았던 것이다.

호방한테 핀잔을 당하고 난 정꿀병은 대번에 올깃한 속셈이 머리를 쳤다.

"말씀드리기 황송하오나, 까놓고 말씀을 드리면 개한테는 똥만 보이더라고 장사치들이란 놈들은 저부터가 돈밖에 모르는 놈들이 아닙니까요? 더구나 사람을 발고하는 일이란 게 인정으로는 쉬운 일이 아니라 거개가 아득바득 눈여겨보지 않는 듯싶사옵니다."

정꿀병이 호방 눈치를 살피며 능청을 떨고 있었다. 호방은 할기시 정꿀병을 돌아보았다.

"장사치란 것들은 돈밖에는 모르는 놈들인게 돈이라도 걸란 소린가?"

호방이 툭 쏘았다.

"말씀드리기 황송하오나, 일이 되게 하자고 말씀입니다마는, 까놓고 말씀드리면 그렇사옵니다. 중상 밑에 날랜 장수 있다지 않습니까요. 흐흐흐."

작자는 비굴하게 웃었다.

"그러면 자네가 쓰는 말로 까놓고 말해서 얼마나 걸면 될 성부른가?"

"글쎄올시다요. 요새는 돈이 너무 흔해빠진 세상이라, *오리 보고 십리 간다는 도부꾼들도 천 냥 같은 것은 우습게 보는 형편입니다요. 하온데, 전에도 말썽이 있었던 여자를 꼭 그렇게 많은 돈을 들여서 찾아야겠습니까요? 제 눈에는 세상에 흔한 것이 여자 아닌가 싶습니다요."

작자는 슬쩍 한 자락을 깔며 호방의 눈치를 살폈다.

"무슨 뚱딴지같은 소리를 하고 있는 게야?"

호방은 느닷없이 담뱃대로 놋쇠 재떨이를 꽝 쳤다. 대번에 상판이 험하게 일그러졌다. 무슨 모욕이라도 당한 것 같았다.

"아이고, 죄송합니다요."

작자는 펄쩍 뛰며 고개가 땅에 닿게 굽실거렸다. 호방의 눈에는 불이 이글이글 타고 있었다. 정꿀병은 불에 덴 놈처럼 겁먹은 표정으로 눈알을 뒤룩거렸다. 그게 이렇게 화를 낼 일이라면 이 근자에는 어째서 한 번도 채근을 않았던지 대중을 잡을 수 없는 모양이었다.

"잔소리 말고, 내걸 돈이나 말해 부아!"

호방은 한마디만 말이 더 빗나갔다는 대번에 요절을 내고 말 것 같은 표정이었다.

"예, 예. 말씀드리기 황송하오나 그런 일이라면 요새 물가로 보아서 처, 천 냥은 걸어야 일이 그만치 속하지 않을까 싶사옵니다요."

작자는 호방의 눈치를 힐끔거리며 호랑이 아가리에다 대가리라도 디미는 것같이 겁먹은 표정으로 조심스럽게 이죽거렸다.

"무엇이, 천 냥?"

호방은 허옇게 눈을 홉떴다. 정꿀병은 다시 상체가 오그라들었다.

"마, 말씀드리기 황송하오나, 아무리 경치가 아름다워도 짐승 쫓는 사냥꾼 눈에는 경치가 안 보이는 법입니다요. 저도 골목골목 개 짖김시로 평생을 도부꾼으로 세월을 이긴 놈이오라 말씀이옵니다마는, 장사꾼이라는 놈들은 물건 팔기에만 정신이 빠져 사람들 보기를 물건 파는 속으로만 보고 굽실거리지 다른 눈으로는 안 뵈기 마련입니다요. 그런 눈에 사람들을 달리 보게 하자면 그만치 입맛 당기는 실속이 있어야지 않겠습니까요?"

장삿속으로 평생을 보낸 자라 딴은 옳은 소리였다. 정꿀병은 겁을 먹고 있는 깐으로는 할 말을 다했다.

"아무리 그런다고 천 냥이 자네 집 강아지 이름인 줄 아는가?"

"그러하옵기에, 여자가 이 세상에 하나뿐이었냐고 하였사옵니다요. 흐흐흐."

말을 발르다 보니 또 시궁창으로 빠지는 것 같아 지레 오그라들며 비굴하게 웃었다.

"지금 자네가 나를 놀리고 있는 겐가? 왜 자꾸 사기전에서 옹기타령이야?"

호방은 이번에는 담뱃대 물부리로 정꿀병을 향해 허공을 푹 찌르며 소리를 질렀다. 정꿀병이 상체를 훌쩍 뒤로 젖혔다. 정꿀병을 노려보는 호방의 눈초리에는 시퍼렇게 독기가 피어오르고 있었다. 정꿀병을 향한 은목감 담뱃대 물부리가 파르르 떨고 있었다. 여차하는 날에는 그 물부리로 정꿀병의 배때기를 찌를 것 같았다.

"죄, 죄송하옵니다요. 하오나, 말인즉 그렇다는 것입니다요."

작자는 두 손을 들어 미리 담뱃대를 막으면서 제 할 말을 했다. 역시 한 고을 보부상들을 손에 쥐고 흔드는 우두머리다운 데가 있었다. 이것도 흥정이니 어물어물했다가 뒤가 어지러운 것보다 당할 때는 당하더라도 뒤를 확실하게 눌러두자는 속셈인 것 같았다.

"잔소리 말고, 그렇다면 그 돈으로 통문을 띄우게."

호방은 숨을 씨근거리며 말을 뱉었다. 호방은 속에서 부글부글 울화가 들끓고 있는 것 같았다. 그 *연놈들 말이 나오니 그때 만득이한테 당했던 일까지 덮쳐 속이 뒤집힌 모양이었다. 연놈을 잡으면 요절을 내버리겠다는 울화가 들끓고 있는 것 같았다.

"예, 예. 천 냥을 상으로 걸어서 득달같이 통문을 띄우겠습니다요."

작자는 호방의 *말이 땅에 떨어져 흙 묻을세라 천 냥에다 힘을 주며 사뭇 고개를 주억거렸다. 호방 앞에서 기기는 강아지처럼 기었으나 흥정 하나는 제대로 떨어졌다.

"한 달 안에 잡아야 혀. 만약에 한 달을 넘겼다가는 가만두지 않을 게야. 행수자리가 온전치 못할 거라는 소리야. 똑똑히 새겨두어. 한 달이야."

호방은 천 냥을 걸고 보니 다시 화가 치미는지 *도둑놈 *딱장받듯

얼러멨다. 보부상 관할은 호방 소관이었으므로 고을 임방 행수 모가지 하나쯤 파리 모가지였다.

"예, 예. 있는 힘을 다하겠습니다요. 그러면 이만 물러가겠습니다요."

작자는 다시 고개를 숙인 다음 훌쩍 일어섰다. 상담이 끝난 셈이니 이제 제 볼 장은 다 보았다는 태도였다.

"저 돈은 그냥 챙겨가!"

담뱃대로 문갑 밑의 돈 보자기를 가리켰다.

"하오면……."

작자는 눈을 크게 떴다.

"그 작자는 그대로 내줄 테니 그냥 가져가."

"하이고, 이 은혜 백골난망이겠습니다요. 부탁하신 일은 제가 일일이 전라도 임방이라고 생긴 임방은 골골샅샅이 몽땅 싸댕김시로 독려를 기냥 불같이 하겠습니다요."

정꿀병은 공짜로 내준다는 바람에 두 번 세 번 허리를 주억거렸다.

"잘해 부아!"

정꿀병은 호방 집 대문을 빠져나오며 예장 받은 벙어리처럼 아가리가 함지박으로 벌어졌다. 유월례 부부를 못 잡더라도 당장 제가 지금 챙겨가지고 나온 쌀 석 섬 값은 제 것이니 나올 것은 웃음밖에 없었다. 갇힌 놈이 제 누님 아들이라고 했으나 그것은 새빨간 거짓말이고, 남의 부탁을 받고 와서 그렇게 엉너리를 쳤던 것이다. 호방은 기한이 한 달이라고 얼러멨지만, 상금이 천 냥이라면 승산이 없지도 않았고, 설사 못 잡는다 하더라도 호방이 그들 내외 잡는 일을 포기하지 않는 한 쉽게 자기 모가지를 뗄 것 같지도 않았다.

정꿀병이 나간 뒤 정익수가 호방 집으로 들어갔다. 정익수는 사랑방에서 한참 기다리고 있었다. 호방이 안방으로 올라오라 한다고 했다. 정익수는 안방으로 갔다. 처음 들어와 보는 방이었다. 방 안에는 아무도 없었다. 호방은 변소에라도 간 모양이었다. 정익수는 으리으리한 방 안 집기에 입을 떡 벌리고 사방을 둘러보았다. 벽에는 벽시계가 소 불알만한 불알을 낭창하게 늘어뜨리고 왔다갔다하고 있었으며, 문갑 위에는 따로 자명종이 놓여 있었다. 정익수도 부잣집에서 시계를 몇 번 구경했으나 이렇게 큰 벽시계를 본 것은 처음이었고, 자명종도 저렇게 장식이 요란스런 것은 본 적도 없었다. 자명종 양쪽에는 사기로 만든 사람이 붙어 있었고, 바탕은 모두 금이 아닌가 싶었다. 자개농이며 다른 집기도 눈이 부실 지경이었다.

한쪽 벽에 걸린 족자로 눈이 간 정익수는 잠시 어리둥절했다. *굴원의 창랑가가 쓰인 족자였기 때문이다.

창랑지청혜 가이 탁오영滄浪之淸兮 可以濯吾纓
(창랑의 물이 맑으면 내 갓끈을 씻고)
창랑지탁혜 가이 탁오족滄浪之濁兮 可以濯吾足
(창랑의 물이 흐리면 내 발을 씻으리라)


중국 역사상 *절륜의 청빈을 고집하며 그 고고한 심사를 노래한 굴원의 어부사 가운데서 핵심인 창랑가가 이 집에 걸리다니 정익수는 머리가 떵했다. 정익수는 서당 훈장이 해주던 굴원의 어부사 이야기가 귀에 쟁쟁하게 살아오며, 마치 *멱라수에 빠져 죽은 굴원이 강물에서 벌떡 살아날 것 같았다.

그때 호방이 들어왔다. 정익수는 엉겁결에 일어나서 호방 앞에 너부죽이 큰절을 했다. 절을 하다 생각해 보니 이틀 전에 만난 사람한테 이렇게 절을 하다니, 내가 왜 이런 새꼽빠진 짓을 하고 있을까 하는 생각이 들었다. 그러나 귀신 접대해서 그른 데 있더냐고, 어차피 벌인 춤, 공손하게 절을 했다.

"전주 다녀왔습니다."

"고생했네. 모두 무사히 다녀왔는가?"

"예."

정익수는 이 방에 들어와 두루 어리둥절했던 기분이 조금 가라앉았다. 전주에 다녀온 자초지종을 낱낱이 고했다.

"수고했네. 그럼 다른 방도를 생각한다고 했다면 그 다른 방도란 것이 뭐란 말인가?"

"그것은 아직 모르겠습니다."

"등소 아니고 다른 방도라면 무엇일까?"

호방은 고개를 갸웃거렸다.

"모르겠습니다."

"틀림없이 또 무슨 일을 꾸밀 것 같네. 잘 살피도록 하게."

"명심하겠습니다."

정익수는 고개를 숙였다.

"헌데, 깊이 명심할 일이 한 가지 있네. 그 사람들이 전주 감영에 등소 올린다는 것을 자네가 미리 나한테 고했던 일은 물론이요, 자

네가 내 영을 받고 전주 갔다 와서 이렇게 나한테 고했다는 이야기
는 아무한테도 입 밖에 내서는 안 되네. 김치삼한테도 말해서는 안
되네. 이것 명심해야 하네. 알겠는가?"

"예."

정익수는 건성으로 대답했다.

"수고했네. 이것으로 가다가 술이나 한잔 하게. 정참봉 마름 일은
잘 될 것인게 안심하게."

"고맙습니다."

호방은 은자 50냥을 쥐어주었다. 호방 집을 나왔다. 정익수는 도
무지 호방의 속내를 알 수 없었다. 호방은 소 올린다는 사실을 미리
알고 있었는데도 감영에 있는 조병갑한테 알리지 않았던 것이 분명
할 뿐만 아니라, 여기 군아에서도 자기 혼자만 알고 말았던 것 같았
다. 그리고 전주에 갔다 온 일을 김치삼한테도 말하지 말라고 그렇
게까지 단단히 단속하는 까닭도 아리송했다. 정익수는 아무리 생각
해도 그 내막을 알 수 없었다.

# 4. 대창

　　손화중과 김개남이 원평으로 전봉준을 찾아왔다. 전주 감영에 소
올렸다는 이야기를 듣고 온 것이다.

　　"크게 다친 사람은 없었습니까?"

　　"다행히 다친 사람은 없었습니다. 처음부터 잡아들이자는 생각은
없고 몰아내자고만 작정을 했던 것 같습니다."

　　"이제 다음 일하기가 한결 쉬워진 것 같습니다."

　　손화중이 조용히 웃었다.

　　"발령 난 것이 오늘로 꼭 보름째인데 조병갑은 언제까지 전주에
박혀 있겠다는 거요?"

　　김개남이 물었다.

　　"잉임 발령만 기다리고 있는 것 같습니다. 오늘같이 달이 밝은 날
그자가 고부로 와주었으면 일하기가 오죽이나 좋겠습니까?"

최경선이 말했다.

"달이 있으면 되레 방해가 될지도 모르지요. 우리한테 유리한 것은 저쪽에도 유리합니다. 엉뚱한 사람이 왕래할지도 모르고 잘못하다가는 저자들이 도망치는 데도 그만큼 유리하겠지요."

김개남이었다.

김개남은 벌써 서너 번째 왔다. 그는 전봉준과 별로 사이가 가깝지 않아 평소에는 거의 내왕이 없었으나, 이번 거사 계획을 알리러 전봉준이 그의 집으로 찾아간 뒤로는 거의 날마다 사람을 보내다시피 하여 소식을 알아보고 있었으며 자기가 찾아오기도 했다.

전봉준은 손화중이나 김덕명과는 사이가 가까웠으나 김개남과는 상당히 거리가 있었다. 평소에도 두 사람은 사적으로는 거의 만나는 법이 없었고, 거두들이 모이는 자리에서도 사이가 버성겨 언제나 두 사람은 이상하게 서로 의견이 맞섰다. 전봉준이 무슨 말을 하면 김개남은 꼭 한 마디씩 토를 달았다. 전봉준이 아무리 그럴 듯한 의견을 내놔도 김개남은 선뜻 전봉준의 의견에 따르려 하지 않았다. 전봉준이 대접주인 자기들을 대등하게 상대하는 것부터 못마땅하게 여기는 것 같았다. 두 사람의 그런 껄끄러운 사이를 손화중과 김덕명이 늘 적당히 무마를 해오고 있었다.

그런데 지난번에 전봉준이 김개남을 찾아갔던 것은 앞으로 동학 접주들이 자기를 도와 움직여 주는 데는 김개남이 결정적인 역할을 할 수 있기 때문이었다. 선비 냄새를 풍기는 손화중과 김덕명이 무슨 일에나 신중한 편이라면 김개남은 판단이 빨랐고 한번 결심을 하면 과감하게 밀고 가는 성격이었다. 그리고 김개남은 군중을 휘어잡아 호령을 하는 통솔력도 뛰어났다. 지난번 삼례집회 때 거기 모인 동학도 전체를 이끌고 나갈 소임을 그에게 맡겼던 것도 동학 두령들이 그의 통솔력을 그만큼 인정하고 있기 때문이었다. 그때 김개남은 자기 능력을 유감없이 발휘했다. 그리고 그는 대접주로서의 세력기반도 상당한 편이었다. 손화중이 무장을 중심으로 영광, 함평, 고창, 흥덕, 고부, 정읍까지가 영향권이라면, 김덕명은 금구를 근거지로 김제, 익산, 임피 등이라 할 수 있고, 김개남은 태인을 근거지로 남원, 순창, 임실, 무주, 금산 등 동북부가 그의 영향권이었다. 전라도의 나머지 두 대접주인 부안의 김낙철과 고산의 박치경도 웬만한 세력을 지니고 있었으나 이들 세 사람에게는 미치지 못했고, 김낙철과 박치경의 성향은 북접과 남접 사이에서 중도적인 입장을 취하고 있어 요새는 손화중 등과는 별로 접촉이 없었다. 김낙철, 박치경 외에 상당한 세력권을 형성하고 있는 접주라면 대접주는 아니지만, 남도의 장흥 이방언을 들 수 있었다. 그는 남도에서는 유일하게 큰 세력권을 형성하고 있었다. 장흥을 근거지로 보성, 강진, 해남, 영암을 중심으로 그 인접 고을들까지도 영향을 미치고 있었다.

전봉준과 김개남이 늘 서로 맞서는 것은 어렸을 때부터 뿌리가 있는 일이었다. 전봉준이 하동 후암 선생을 따라 천하를 주유하는 사이 전봉준의 아버지는 황새머리에서 평사낙안平沙落雁의 명당이라는 동골로 이사를 했다. 거기는 바로 김개남의 동네인 지금실과 5리 사이의 위아래 동네였다. 김개남은 전봉준과는 여러 가지로 형편이 달랐다. 김개남은 우선 농지가 백 마지기를 넘는 부자였고, 성씨도 도강 김씨로 그 근방에서는 제법 행세를 하는 향반이었다. 그는 재산이나 문벌도 그랬지만, 식자 또한 그 근방에서는 누구한테도 내리지 않아, 그 안통 젊은이들을 한손에 넣고 쥐락펴락하고 있었다. 김개남은 그런 환경에서 자라나서 그런지 성격이 좀 도도하고 양반 티가 몸에 배어 있었다. 이런 김개남한테 뜨내기로 굴러들어온 전봉준 정도는 저만치 눈 아래로 보일 수밖에 없었다. 전봉준의 아버지가 식자가 좀 들었대서 천안 전씨 어쩌고 근본을 내세우고 있었지만, 천안 전씨라는 성씨부터가 내세울 것이 없는 성씨인데다 풍수나 의원 같은 사람들하고만 상종을 하고 있었으므로 김개남 눈에는 한낱 거들충이 술객으로밖에 치부되지 않았다.

그러나 전봉준은 김개남 손에 만만하게 들어가지 않았다. 전에는 위아래 동네 젊은이들 거의가 김개남 손안에 있었지만, 날이 갈수록 김개남을 따르는 젊은이들보다 전봉준을 따르는 젊은이들이 더 많아졌다. 전봉준이 군이 무슨 패거리를 지으려는 것은 아니었으나, 위아래 동네서 두 젊은이가 너무 우뚝하다보니 저절로 그렇게 갈라지고 말았던 것이다. 그래서 김개남은 전봉준이 눈엣가시였다. 전봉준은 김개남을 전혀 마음에 끼지 않고 덤덤하게 지내며 늘 밖으로만 나돌았지만, 김개남은 그렇지 않았다. 전봉준은 그 뒤 그 동네서 지금 사는 고부로 이사를 했고, 지금은 피차 불혹의 나이였으나, 젊었을 때 굳어진 두 사람의 사이는 좀처럼 부드러워지지 않았다.

사실 김개남은 도도한 성격에다 몸에 밴 양반 티 때문인지 그는 누구하고 깊이 속을 터놓고 지내는 사람이 없는 것 같았다. 그에게 가까운 사람이라면 그의 손안에 들어가 굽실거리는 사람뿐, 대등한 위치에서 가깝게 지내는 사람은 별로 없었다. 접주들하고의 관계도 손화중과 김덕명을 제외하고는 거의가 별로 매끄럽지 못했다. 더구나, 그가 김개남으로 개명을 하고부터 접주들은 그를 더 달가워하지 않았다. 그는 재작년 어느 때 이 근방 접주들이 모인 자리에서 갑자기 이제부터 자기는 김개남金開南으로 개명을 했으니 앞으로 그렇게 불러달라고 했다. 개명 자체도 갑작스런 일인데다 개남이라는 이름자가 열 개 자에 남녘 남 자라는 소리를 듣고 접주들은 좀 어리둥절한 표정들이었다. '남'을 연다는 소린데, 그 '남'이 무엇을 뜻하는지 의구심을 품은 것이다. 서로 내놓고 말은 하지 않았지만, 거기 앉아 있던 접주들 모두가 남녘 남 자에 똑같은 의구심을 품은 눈치였다. 교조 최제우가 최시형에게 법통을 정하면서 최시형에게 '북접주인'이라고 했으므로 그러면 북접에 대응하는 남접주인은 누구냐는 것이 지금까지 전 교단의 수수께끼가 되어오고 있었으며, 그것이 교도들 사이에서는 항상 심심찮은 화젯거리였다. 그런데 여태 김개범金介範이라고 불려오던 그가 갑자기 김개남으로 이름을 고쳤다니 어리둥절할 수밖에 없었다. 설마 그러기야 하랴 싶으면서도, 만만찮은 야심을 드러낸 것이 아닌가 하는 의구심을 떨치지 못하는 것 같았다. 그 뒤 접주들은 공식적인 자리가 아니면 그를 김개남으로 부르는 사람이 거의 없었다. 그러나 요사이 와서는 모두 김개남으로 부르고 있었다. 그것은 전봉준 덕택이었다. 언젠가 접주들이 모인 자리에서 김개남이 자리를 잠깐 비운 사이 전봉준이 그 문제를 툭 터놓고 거론을 했던 것이다.

"김개남 접주님 성함에 대해서 한 말씀 드리겠습니다. 저는 김접주 이름에 특별한 뜻이 있는 것이라 생각하지 않습니다. 그런데 본인이 그렇게 불러달라는 이름을 두고 우리가 굳이 그 이름으로 부르지 않는 것은 도리어 우리 스스로가 그 이름에다 특별한 뜻을 부여하고 있는 결과가 되지 않습니까? 앞으로는 우리 접주들부터 공식적인 자리에서나 사적인 자리에서나 김개남으로 불러 드리는 것이 도리일 것 같습니다."

그러자 모두 그러겠다고 허허 웃었던 것이다.

누가 찾아왔다고 했다. 전봉준이 나갔다. 뜻밖에 용배와 박성삼이었다.

"허, 어디서 이러고 오는가?"

"접주님을 뵈러 왔습니다."

"들어오게. 괜찮네. 마침 김개남 접주님하고 손화중 접주님이 와 계시네."

"아이고, 접주님!"

박성삼이 반색을 하며 김개남을 보았다. 김개남도 금방 박성삼을 알아보았다.

두 젊은이는 접주들한테 먼저 너부죽이 절을 했다. 전봉준은 최경선에게 두 젊은이들을 소개했다. 용배는 얼굴이 아무렇지도 않았으나 박성삼은 여간 초췌해 보이지 않았다.

"별고 없으셨습니까? 여기저기 정처 없이 돌아다니다가 접주님께 의논드릴 일이 생겨서 왔습니다. 마침 뵙고 싶던 분들을 여기서 뵙게 되어 영광스럽습니다."

용배가 접주들한테 다시 고개를 숙였다. 전봉준은 두 젊은이를 다시 소개했다. 용배는 부모를 찾아다니고 있는 경위만 간단히 설명했고, 박성삼은 삼례집회 때 방학주 징치 사건을 들어 바로 그 장본 인이라고만 설명했다. 삼례집회 때 방학주 징치 사건은 유명한 사건 이라 손화중과 최경선은 박성삼한테 새삼스럽게 반색을 했다.

"아, 그렇던가? 그때 그 일은 곁에서 보기에도 통쾌했네. 아버님 이랑 잘 계시는가?"

김개남이 박성삼을 보며 웃었다.

"예."

박성삼은 건성으로 대답을 했다. 그러나 그 얼굴은 왠지 좀 어두 워 보였다.

"자네는 무슨 단서가 좀 잡히는가?"

손화중은 용배한테 관심을 보였다.

"한양서 박서방 찾고 다니는 격입니다. 전주 남문 밖 베네트 신부 며, 다른 신부들도 몇 사람 만나보았습니다마는, 도무지 안개 속에 서 구름 잡깁니다. 신유사옥辛酉邪獄 때 한양이나 경기도 지방에서 전라도 쪽으로 피해 왔던 후손일 것 같다는 짐작들만 할 뿐 이렇다 할 꼬투리를 말해 주는 사람은 아직 없습니다. 이게 그 십자갑니다. 크기도 그렇고 유다른 것이어서 이것만 가지면 틀림없이 찾겠다고 는 합니다만……."

용배는 목에 걸고 다니던 십자가를 벗어 두 사람 앞으로 내밀었 다. 손화중이 십자가를 받아들고 신기한 듯이 고개를 끄덕였다.

"천주학쟁이들이 신주단지 모시듯 하는 십자가란 것이 이것이구 만요. 이게 그 십자가에서 못 박혀 죽었다는 야소란 사람인 모양이 구나. 들어보니 이 사람도 사람은 꽤나 괜찮은 사람이더만요. 천당이 어쩌고 지옥이 어쩌고 씨알머리 없는 소리를 해서 그렇지."

최경선이 손화중한테서 십자가를 받아들고 한마디 했다.

"할머니가 애를 업고 다니다가 그런 변을 당했다면 그분이 돌아가신 근처 어디가 집이 아닐까?"

손화중이 말했다.

"그렇게 생각할 수도 있습니다마는, 그렇다면, 그때 그 식구들이 안 찾아나설 리도 없잖습니까? 틀림없이 굶어서 돌아가신 것 같은데 어디 먼 데로 친척을 찾아나섰던 것이 아닌가 싶기도 하고, 두루 수수께낍니다."

"음, 헌데 자네가 부모를 찾으면 우리는 똑똑한 젊은이 하나를 천주학에다 빼앗기게 생겼구만."

손화중이 농을 하자 모두 웃었다.

"아이고, 무슨 말씀입니까?"

용배가 고개를 굽실거렸다. 박성삼은 남의 안방에 들어온 놈처럼 조심스런 표정으로 앉아 있었다. 그도 용배 말마따나 안개 속에서 구름 잡기로 떠돌아다니고 있었다. 지난 늦은 봄 금산사 골짜기 어느 암자에 들렀을 때 거기서 두어 달 있다가 어디론가 간 처녀가 있다는데 그게 길례가 틀림없어 더 안달이 났으나 그 뒤로는 행방을 알 길이 없었다. 거기 여승들 이야기는 아마 십중팔구 환속을 했을 것이라고 해서 마음만 더 조급했다. 머리도 깎지 않았다고 했다.

"그때 당했던 그 진산 건달은 그 뒤로 행패가 없는가?"

김개남이 박성삼한테 물었다. 그때 용배가 나섰다.

"실은, 그 일을 의논드리려고 왔습니다. 진산 관가에서 동학도들을 여남은 명 잡아 가두었는데, 그 속에 박성삼 아버지도 끼여 있답니다. 여러 가지 사실로 미루어 관가 놈들을 뒤에서 꼬드긴 것이 그 건달 두목 방학주라는 자 소행이 분명합니다. 지금 그 소식을 듣고 저하고 곧장 진산으로 가려다가 접주님께 의논을 드리고 가려고 여기 들렀습니다."

"그런 고얀 놈!"

김개남이 눈살을 찌푸렸다.

잡혀간 사람들은 박성삼 아버지는 물론 황방호며 염소수염이나 거적눈 등 그때 방학주하고 티격이 붙었던 동학도들은 거의 전부였다. 그들은 잡혀가서 안 죽을 만큼 얻어맞고 옥에 갇혀 지금 사경을 헤매고 있다는 것이다.

"그때 김접주님께서 그 작자들을 용서하면서 단단히 이르셨다는 말씀을 들었습니다. 그런데 제 버릇 개 못 준 것 같습니다. 방학주 그 작자부터 작살을 내버릴까 합니다마는."

"어떻게 작살을 낸단 말인가?"

김개남이 물었다.

"제 친구들을 서너 명만 데리고 가면 그런 자들 몇 놈쯤 문제없습니다."

용배는 친구들이라고 했으나 전봉준은 그게 어떤 사람들을 말하는지 알 수 있었다.

"자네가 그렇게 대단한 친구들이 있단 말인가?"

김개남이 물었다.

"예, 방학주 떨거지들이 20여 명 되는 것 같은데, 그런 작자들쯤은 20명이고 40명이고 문제가 없습니다."

용배는 주먹을 쥐며 말했다. 그는 벌써 어지간히 흥분해 있었다.

"그래? 그런 대단한 친구들이 있단 말인가?"

최경선이 대견스러운 듯 용배를 건너다봤다.

"그런 이야기라면 나하고 좀 하세."

손화중이 용배하고 차근하게 이야기할 자세를 취했다.

"그럼, 자네는 앞으로도 거기서 그런 일이 일어날 때마다 계속 자네가 그 친구들을 데리고 가서 해결을 해줄 참인가?"

손화중이 조용하게 물었다. 엉뚱한 질문에 용배는 잠시 어리둥절한 표정으로 손화중을 빤히 건너다보고 있었다.

"어쩔 참인가, 계속 그렇게 해줄 참인가?"

손화중이 웃으며 다그쳤다. 용배는 어리둥절한 표정으로 손화중을 건너다보고 있었다.

"내 말 깊이 새겨듣게. 자네가 그런 방법으로 그자들을 응징하겠다는 심정은 이해가 되네. 그러나 그 일은 그렇게 당하고 있는 사람들이 해결을 해야 하네. 지금 진산에는 동학도들이 숱하게 많고, 또 잡혀간 사람들 친척이나 주위 사람들도 많을 것이며, 그 사람들은 모두 분노를 느끼고 있을 걸세. 더구나, 그들을 잡아들인 것은 동학도라고 잡아들였을 것이니 그 지역 동학도는 잡혀가지 않은 사람들까지도 실은 모두 당사자들인 셈이네. 그렇다면 당사자들 스스로가 힘을 모아 해결을 해야 하지 않겠느냐, 이 말일세. 그런 일을 자네 같은 사람들이 나서서 해결해 준다면 그 사람들은 앞으로도 그런 일만 생기면 자네들을 찾을 걸세. 그때마다 자네가 나서 줄 것인가? 바로 내가 묻는 말은 이 말일세."

손화중은 말을 마치고 두 젊은이를 번갈아 보았다. 두 사람은 멍청한 표정으로 손화중만 건너다보고 있었다.

"다행히 지금 거기 진산에는 박성삼이라는 저 젊은이가 있네. 박성삼 자네는 지금 진산에서 그런 동학도들을 모을 만한 능력이 있는 젊은이로 보이는데, 자네 스스로는 어떻게 생각하는가?"

손화중이 박성삼을 보며 물었다.

"그럴 만한 능력이야 충분합니다. 진산뿐만 아니라 고산이며 그 이웃 고을 젊은이들이나 동학 두령님들한테도 신망이 높습니다."

용배가 대답했다.

"바로 그걸세. 그 사람들 힘을 제대로만 모아서 힘을 내면 그 힘이 무섭네. 그런 일은 당연히 당사자들이 해야 하고, 임용배 자네 같은 사람이 할 일은 그 일을 통째로 떠맡을 것이 아니라, 박성삼이 하는 일을 곁에서 거들어 주는 일 정도가 고작이 아닐까 생각하네."

손화중은 용배를 보며 말을 맺었다.

"옳은 말씀입니다마는, 그놈이 원체 악질이라."

용배는 손화중 말에 수긍을 하면서도 고개를 갸웃거렸다.

"악질이라니까 그런 짓을 하는 게 아닌가? 전에 삼례집회 때 그자를 다른 사람들이 닦달을 해주지 않고, 바로 그 고을 사람들이 그렇게 뭉쳐서 닦달했다고 생각해 보게. 감히 또 그렇게 나올 엄두를 냈겠는가? 어디 이제 자네 의견을 들어볼 차롈세."

손화중이 박성삼을 보며 웃었다. 삼례 이야기를 하자 용배는 비로소 제대로 고개를 끄덕였다.

"열 번 옳은 말씀이십니다. 그런데 그 방학주라는 놈은 주먹으로 진산 읍내를 한손에 넣고 쥐락펴락하는 악질 중에서도 악질이라 진산 사람들은 그놈 앞에서는 고양이 앞에 쥡니다. 거기 도인들을 모아가지고 관아로 몰려간다 하더라도 결국은 그놈들하고 싸움이 붙을 것 같은데, 가령 100명이 몰려간다 하더라도 그놈들 20명을 당할 수 없을 것 같습니다. 그 불한당들이 몽둥이라도 휘두르며 악발을 부리고 나오면 촌사람들이 무슨 재주로 그놈들을 당하겠습니까?"

박성삼이 곤혹스런 표정으로 말했다.

"100명이라고 했는데, 그 정도는 모을 수 있겠는가?"

"그놈들만 없다면 200명도 모으겠습니다마는, 그놈이 있으면 100명도 장담을 못하겠습니다. 우선 그놈 소작인들이 꼼짝을 않을 것입니다. 진산에 그놈 소작인만 200여 호 되는데, 동학도들은 그 소작인들이 태반입니다. 그들은 당장 소작이 떨어질까 겁이 나기도 하겠지만, 방학주라면 우선 그 완력에 설설 깁니다. 솔직히 말씀드리면, 저부터가 방학주 이야기를 어렸을 때서부터 하도 많이 들으며 자랐기 때문에 기가 죽어 있습니다. 진산 사람들은 나졸들보다 그놈들을 몇 배나 더 무서워합니다."

박성삼이 희떱게 웃으며 고개를 절레절레 저었다.

"짐작이 가네마는, 어떻게든 그 *파겁부터 해야 하네. 무슨 일이든지 그렇지만, 유독 이런 일은 남의 힘으로 하려고 해서는 안 되네. 그것은 크게는 나라도 마찬가지고 개인도 마찬가질세."

손화중이 단호하게 말했다.

"그럼, 이렇게 하면 어쩔까요. 진산 동학도들이 몰려가는 속에 우리 몇 사람이 끼여 있다가 방학주 떨거지들이 나서면 그놈들은 우리가 맡아서 닦달을 하는 것입니다."

용배가 주먹을 쥐며 말했다.

"혹시 그런다면 또 모르겠구만. 그러나 어디까지나 일은 진산 사람들이 하고 자네들은 곁에서 거들어 주는 입장이 되어야 하네."

"무슨 말씀인지 알겠습니다."

용배가 대답하며 전봉준을 돌아봤다.

"손접주님께서 아주 뜻 깊은 말씀을 하신 것 같네. 그 일을 할 때는 손접주님 말씀을 깊이 명념해서 하게."

전봉준이 말했다.

"나도 같은 생각일세."

김개남도 동의를 했다.

"감사합니다."

용배는 두 사람한테 고개를 숙였다.

"야, 내 말대로 해. 바로 가서 집집마다 찾아다니는 거야. 나도 같이 따라다닐게."

박성삼이 이내 고개를 끄덕였다. 그의 눈에서도 비로소 빛이 났다.


조병갑이 전임 발령을 받은 뒤 거진 한 달이 지난 12월 24일 엉뚱한 발령이 났다. 조병갑 후임으로 발령이 났던 이은용이 안악 군수로 전임 발령이 나고, 고부 군수에는 신좌묵이란 사람이 발령이 났다. 조병갑은 맥이 탁 풀렸다. 그런데 이어서 조정에서는 도무지 그 까닭을 알 수 없는 해괴한 인사가 계속되고 있었다. 신좌묵은 다음

날 신병을 이유로 사직이 되고, 그 다음날인 12월 26일에는 이규백이 고부 군수로 발령 났다. 그런데 이규백도 바로 다음날 신병을 이유로 사직되고, 같은 날 하긍일이란 자가 고부 군수로 발령이 났으며, 다시 이튿날인 28일에는 박희성이란 자가 또 새로 고부 군수로 발령이 났다가 사직되고, 29일에는 강인철이란 자가 발령 났고, 그 이듬해가 되는 고종 31년(1894) 1월 2일에는 강인철도 신병을 이유로 사직이 되었다. 열흘 사이에 무려 5명이나 새로 발령이 난 것이다. 그 뒤 며칠간은 뜸했다. 정초라 그런 것 같았다. 그러다가 1월 9일, 드디어 조병갑이 다시 고부 군수로 발령 났다. 체개 발령이 난 지 꼭 39일 만의 일이었다.

"소원대로 일이 되었습니다그려. 축하합니다."

김문현이 껄껄 웃었다.

"각하, 고맙습니다. 각하 덕분입니다. 이 은혜 결코 잊지 않겠습니다. 오늘 저녁에 당장 제가 한 자리 걸팍지게 모시겠습니다."

조병갑은 감격하여 두 손을 맞잡고 김문현에게 고개를 숙였다. 마치 무슨 큰 전쟁을 하다가 이기기라도 한 듯 감격했다.

"민대감한테 다시 알아보기를 백번 잘했습니다."

"원체 바쁜 분들이라 두 분 다 깜박 잊었던가 봅니다. 이럴 때 보니까, 그 전보란 것이 생각할수록 희한한 물건입니다. 천 리 밖에서 하는 말이 그렇게 속하게 전해지다니 기막힌 물건이구먼요."

그 동안 진령군과 민영준은 그 일을 까맣게 잊고 있다가 이쪽에서 어떻게 된 것이냐고 전보를 치자 민영준이 부랴부랴 다시 일을 서둘렀던 것이다. 그날 저녁 전주 유곽에서는 조병갑과 김문현이 흐드러지게 술판을 벌이고 있었다.

조병갑 잉임 소식은 금방 전봉준한테 전해졌다. 김덕호가 줄을 대고 있는 감영 아전 입을 통해서 그 소식이 김덕호한테 전해지자, 그는 득달같이 원평으로 사람을 보내 전봉준한테 전한 것이다. 그 동안 김덕호는 정석희도 만나 연줄을 단단히 다져놓고 있었다. 정석희는 병방 비장이라 감영의 군사들 움직임을 속속들이 알 수 있었다.

그 소식이 올 때 그 자리에는 김도삼을 비롯해서 고부 두령들이 와 있었다. 저녁상을 막 물리고 난 뒤였다.

"드디어 때가 온 것 같소. 조병갑은 당장 내일 고부로 갈 것입니다. 거사는 바로 내일 저녁에 하는 것이 어떻겠소?"

전봉준이 김도삼을 향해 물었다.

"모두 학수고대하고 있습니다. 빠를수록 좋습니다."

"그러면 내일 저녁에 결행합시다. 지금이 정초라 동네마다 저렇게 걸궁을 치고 있지 않겠소?"

가까이서 풍물 소리가 흥겹게 들려오고 있었다. 정초라 어디서나 마찬가지였다.

"내일 저녁 만석보 봇굿을 친다고 배들 안통 동네 사람들을 전부 풍물을 앞세우고 만석보로 모이게 합시다. 전에도 예동이나 그 근방 동네 사람들은 정초에 예동보 봇굿을 쳤소."

"좋은 생각입니다."

모두 그렇겠다고 동의를 했다.

"정길남 등 여기 와 있는 고부 아이들을 전부 데리고 지금 바로 가셔서 정익서 씨하고 의논을 한 다음 일을 시작하시오. 내일은 마침 여기에 이 근방 접주들이 모이기로 했으니 나는 여기서 그분들을 만나 고부서 거사한다는 사실을 알리고, 나는 내일 초저녁에 가겠소."

"다른 고을 사람들도 우리하고 같이 일어선다는 말씀입니까?"

조만옥이었다.

"그렇지 않습니다. 그러나 어느 고을이나 고을 사정들은 비슷비슷하니 우리가 본때 있게 들고일어서면, 다른 고을 사람들도 들썩일 것입니다. 하여간, 그것은 나중 일이고 우리 일부터 제대로 해치웁시다."

"알겠소."

모두 일어섰다.

"잠깐! 내일 각 동네로 띄울 마지막 파발은, 조병갑이 고부로 오는가 화호나루에서 확인을 한 다음에 띄우셔야겠지요?"

그러겠다고 했다.

김도삼 일행은 새벽녘에 말목에 당도했다. 지산서당에서 항상 대기를 하고 있던 젊은이들은 밤늦게까지 이야기를 하다가 꽃잠이 들어 있었다. 김도삼 일행이 당도하자 모두 후닥닥 일어났다. 그 속에는 정익수도 끼여 있었다.

"조병갑이 잉임 발령을 받았네."

"조병갑이요?"

눈을 비비고 일어났던 젊은이들 눈에 대번에 긴장이 피어올랐다.

"오냐, 잘 됐다. 얼마나 기다렸냐?"

젊은이들은 이를 앙다물며 주먹을 쥐었다.

"곧 날이 샐 테니 그 안에 모두 바삐 움직여야겠네. 자네들은 빨리 가서 동임들하고 집강들을 이리 모이라고 하게."

정익수는 어리둥절했다. 그는 지금까지 거사계획을 까맣게 모르고 있었다. 그 동안 뭔가 좀 심상찮은 분위기를 느끼기는 했지만, 구체적인 계획은 전혀 눈치 채지 못하고 있었다. 그러다가 방금 조병갑 잉임 소식을 전하자, 젊은이들이 들뜨고 김도삼이 바삐 서두르는 것을 보고야 뭐가 있구나 직감했다. 실은 정익수가 어제 여기 온 것도 우연이었다. 전에는 사흘걸이로 여기를 다녀갔으나, 정초에는 명절 분위기에 휩싸여 세배를 다닌다, 풍물을 친다, 혜실거리다가 설쇠고는 처음으로 한번 와 봤던 것이다. 여기 와서 보니 송늘남과 고미륵 등 저쪽 젊은이들이 와 있어서 자기처럼 그냥 놀러 온 줄만 알았더니 그게 아닌 것 같았다.

"자네들은 지금 얼른 정익서 씨한테 가서 빨리 오시란다고 전하게. 거사는 오늘 저녁일세."

"오늘 저녁이오?"

송늘남과 고미륵이 깜짝 놀랐다. 그 소리를 듣는 정익수 귀에서는 앵소리가 나는 것 같았다. 김도삼은 정익수도 사정을 알고 있는 줄 알고 그 앞에서 말을 하고 있었다.

"빨리 가게."

"알겠소."

송늘남과 고미륵이 바삐 방을 나섰다. 정익수도 덩달아 나섰다. 그들과 같이 가지 않으면 여기서 나갈 수 있는 핑계가 없을 것 같았다. 정익수는 가슴이 뛰었다. 그러니까 송늘남과 고미륵은 이런 심부름을 하려고 미리 이렇게 여기 와 있었던 것 같았다. 일이 이토록 깊이 이루어지고 있었는데, 자기는 까맣게 모르고 있었다 생각하니 더럭 겁이 났다. 자기는 그 동안 그만큼 따돌림을 당하고 있었다는 생각과 함께 혹시 감시를 받고 있었는지 모른다는 생각이 들었다. 정익수는 가슴에서 거듭 쿵쿵 소리가 나는 것 같았다. 그러나 자기를 경계하는 눈초리들은 아닌 듯했다. 고부 삼대 거두 중의 한 사람인 정익서의 동생인 자기를 웬만해서는 의심하는 사람이 없을 것이라 생각하며 마음을 누그러뜨렸다.

그들은 천치재 발치에 이르렀을 때 동쪽 하늘에 희부옇게 동살이 잡혀오고 있었다.

"이놈의 새끼가 죽을 자리를 찾아들라고 감영에서 한 달이나 몸부림을 쳤구나."

"죽을 자리로는 고부만헌 데가 없던 모냥이제."

송늘남과 고미륵이 크게 웃었다.

"개 같은 놈, 떵떵거리고 살다가 촌놈들 맛 한번 봐라. 시거리에 모가지가 매달릴 적에는 우리가 모두 니놈 할애비로 보일 것이다."

둘이는 웃었으나 정익수는 자꾸 발을 헛디뎠다. 이것을 호방에게 알려야 할 것인지 알리지 말아야 할 것인지 결단을 내릴 수가 없었다. 이것은 너무도 어마어마한 일이었다. 지난번 전주 등소 따위와는 비교도 되지 않는 일이었다. 잘못했다가는 전봉준을 비롯해서 자기 형님이며 김도삼, 그리고 오늘 말목에서 서성거리던 사람들 모가지가 전부 날아갈 판이었다. 만약에 이것을 호방에게 알렸다가 그들이 모두 미리 잡혀가서 죽게 되면 나는 어떻게 되는 것인가? 더구나, 알린 사실이 밝혀지는 날에는 나는 대번에 이 젊은 놈들한테 골통이 깨지고 말 게 아닌가? 여태 친하게 지냈던 젊은이들이 시퍼렇게 핏발선 눈을 까뒤집고 몽둥이를 들고 달려드는 모습이 눈앞에 떠올랐다. 머리가 아쩔했다. 그러나 알리지 않았다가 이번 일이 실패하는 날에는 또 어떻게 되는 것인가? 그때는 마름이 문제가 아니라 자기 모가지는 파리 모가지가 될 판이었다.

정익수는 가슴에서 피가 바지직바지직 타는 것 같았다. 이것도 저것도 다 팽개치고 어디로 멀리 도망이라도 쳐버리고 싶었다. 그러나 도망을 친들 어디로 도망을 친단 말인가? 정익수는 정참봉 마름은 이미 안중에 없었다. 당장 목숨 도모가 시급했다.

"어디 아프요?"

송늘남이 정익수를 돌아보며 물었다. 설 쳤으니 정익수는 32살이었다.

"아, 아니."

정익수는 깜짝 놀라 손사래까지 치며 고개를 저었다. 마치 자기 속마음이 들킨 것 같아서였다. 그러나 다음 순간 어디 아프냐는 송늘남 말이 새삼스럽게 머리를 쳤다. 며칠 전에 급체를 했다고 집에 누워버릴까? 그러나 그것도 짧은 생각이었다. 지금 집에 가서 누워버린다고 나중에 호방이 그걸 믿어 줄 것 같지가 않았다. 양단간에 결정을 해야 했다. 다른 데서 민란이 일어났을 때는 어떻게 되었던가? 그렇다. 모두가 다 평정되었다. 이 근자에만 하더라도 수없이 많은 민란이 일어났지만, 그런 사람들이 나라를 뒤엎은 일은 없었다. 수령 짚둥우리 태워 변경으로 쫓아내는 것이 고작이었다. 그러나 기껏 그런 정도의 일을 하고도 그들이 받은 벌은 너무나 가혹했다. 앞에 나선 수창자들은 효수를 당하거나 섬으로 귀양을 갔다. 앞에 나섰던 사람들만 억울하게 죽고 세상은 그대로였다. 여기라고 별다를 리가 없다. 그렇다면 일이 커지기 전에 발고를 해버리는 것이 그 사람들 목숨을 살리는 길이 되지 않을까? 일을 하기 전에 발각이 나면 그들을 죽이지는 않을 것이다. 정익수는 자기 형님의 모습이 떠올랐다. 전봉준의 모습도 떠올랐다. 그들의 머리가 간짓대 끝에 대롱대롱 매달린 모습이 떠올랐다.

읍내에 이르렀다. 정익수는 호방 집 골목을 한번 힐끔 보며 두 사람한테 끌리듯 읍내를 빠져나갔다. 그들한테서 떨어지면 자기는 영영 다른 세상으로 갈 것 같았다. 그러나 호방의 부릅뜬 눈이 눈앞에 덩그렇게 떠올랐다. 김치삼의 그 표독스런 눈이 떠올랐다. 다리가 발발 떨렸다. 이 일이 실패하거나 성공하거나 호방과 김치삼은 그대로 그 자리에 있을 게 아닌가? 그러면 그놈들이 가만있겠는가? 정참봉 마름으로 동네 사람들 앞에 기를 펴고 살아갈 자기 모습이 떠올랐다. 정익수는 누가 잡아당기기라도 하듯 뒤가 당겼으나 몸은 두 사람을 따라 반내고개를 넘고 있었다. 정익수의 머리 속은 뒤얽힌 실타래처럼 뒤숭숭했다.


정월 초열흘. 해가 지자 배들 안통 마을에서는 예사 때보다 일찍 풍물 소리가 요란을 떨었다. 해마다 초이튿날부터 보름까지는 어느 동네나 마당밟이를 하느라 풍물 소리가 끊이지 않았다. 그런데 오늘 저녁에는 유독 일찍부터 판이 얼리고 있었다. 초열흘달이 중천에 밝았다.

판을 이룬 풍물패들은 만석보를 향했다. 예동, 두전, 말목, 대수, 소수, 장내, 창동, 조소 등 배들에 논 버는 동네 사람들은 말할 것도 없고, 산매, 도매다리, 상학동, 하학동 등 배들에 논을 벌고 있지 않은 동네 사람들도 풍물을 치고 나왔다. 풍물재비들은 2,30명씩이었고 뒤따르는 사람들은 3,40명에서 백여 명씩이었다. 오늘 거사 계획은 동임들이나 집강·두레 영좌 등 몇 사람만 알고 다른 사람들은 거의 모르고 있었다. 그러나 동임이나 동네 임직들이 나가자고 한데다 오늘 봇굿판은 유독 크다는 소문이 나자 웬만한 사람들은 다 따라나선 것이다. 노인들이며 어린애들도 풍물 소리에 신명이 나서 우쭐거리고 나섰다.

모두 만석보 아래 봇둑 안쪽 강가의 넓은 풀밭으로 몰려들었다. 여남은 동네 풍물패가 한 자리에 모이자 장관이었다. 교교한 달빛 아래 풍물소리는 하늘 높이 울려퍼졌다.

조만옥이 상쇠 서너 사람을 불러냈다. 동임이나 집강 등 동네 임직들은 전부 지산서당에서 전봉준 등 두령들과 함께 군아 습격 계획을 의논하고 있었고, 조만옥만 혼자 나와 풍물판을 맡고 있었다.

"오늘 저녁에는 풍물판이 큰디, 도상쇠는 누구를 세웠으면 좋겠소?"

"나이로 보나 솜씨로 보나 전에 서던 예동 정만조 씨 내놓고 누가 있겠소?"

정만조는 정길남의 아버지였다. 그는 풍물 솜씨가 근동에 이름이 나서 다른 동네서 걸궁을 꾸밀 때는 상쇠로 팔려 다니기까지 했다. 그래서 전부터 봇굿을 칠 때는 정해 놓고 그가 도상쇠를 섰다.

만석보 밑에 모인 군중 수는 어린아나 노인들까지 합치면 1천여 명이 실해 보였다. 조만옥이 달빛을 안고 군중을 향해 강둑 중간쯤 올라섰다. 풍물이 그쳤다.

"모두 이렇게 나와주셔서 감사합니다. 새로 막은 이 보에 잡귀가 붙어도 무지막지한 잡귀가 붙은 것 같아서 오늘 봇굿을 치요. 잡귀가 하도 험해놔서 전같이 이 근방 사람들만 쳐갖고는 어림도 없을 것 같아 이렇게 여러 동네가 치기로 했소. 저 보에 붙은 잡귀를 오늘 저녁에 사정없이 두들겨서 땅속에다 넣고 꽝꽝 때려 밟아버려야겠소."

"와아!"

"밟읍시다."

조만옥 익살에 함성이 터지며 풍물 소리가 요란을 떨었다. 해마다 이 봇굿은 판이 그만큼 컸으므로 이 봇굿을 칠 때는 동네 사람들이 다 몰려나와 막걸리 통을 풀어놓고 하룻저녁 신나게들 놀았다. 오늘 저녁에는 막걸리 통은 없었으나 다른 속셈이 있는 터라 판은 어느 때보다 컸다.

"땅속에 있는 잡귀만 작살을 낼 것이 아니라 사람 잡귀도 작살을 냅시다."

군중 속에서 누가 악을 썼다.

"옳소!"

군중이 악다구니를 썼다.

"조병갑을 죽입시다. 오늘 왔다요."

"그놈, 죽입시다."

악다구니가 끊이지 않았다.

"사람 잡귀도 작살을 내든지 죽이든지 그것은 따로 의논을 하기로 하고 우선 보에 붙은 저놈의 잡귀부터 작살을 내고 봅시다. 저놈의 잡귀는 험해도 예사로 험한 잡귀가 아닌게 예사때 같이 쳐서는 안 될 것이오. 오늘 저녁에는 손발에다 있는 힘을 다 모아갖고 인정사정 두지 말고 사정없이 치고 밟아야 하요. 오늘 저녁 도상쇠는 전처럼 예동 정만조 씨로 정했소. 도상쇠 정만조 씨 나오시오."

"와!"

조만옥이 물러서고 정만조가 나서자 다시 함성이 쏟아졌다. 정만조가 입을 열었다.

"권에 띄워 방갓 쓰더라고 솜씨는 없제마는 전에 하던 일인게 내가 앞을 서겠소. 풍물은 동네 구별 없이 구색 따라서 석 줄로 섭시다. 서는 순서는 예사 풍물 칠 때하고 똑같이 *꽹매기부터 징, 장구, 북, 버꾸 이렇게 서요."

—깡.

"보에 붙은 잡귀들은 자알 들어라."

정만조가 꽹과리를 깡 친 다음, 목청을 돋우어 소리를 질렀다. 정만조가 소리를 지르자 풍물들이 요란을 떨었다.

—깡.

"이 오살에 급살에 지벌에 천벌까지 두 벌 시 벌로 맞아 죽을 놈의 잡귀들아, 멋할라고 여그까지 끼대와서 해필 붙어도 이 보에 붙어갖고, 장마 때는 홍수져서 농사 파농 다 시키고, 가실에는 다른 잡세도 등이 휘고 눈썹이 빠지고 생똥이 나오는디, 수세까지 물려갖고 사람 골을 내도 두 벌 시 벌로 내고 자빠졌냐? 이놈의 잡귀들아, 어서 바삐 땅속으로 천길 만길 들어가서 천년만년 이 세상에 얼씬 꼼짝도 말아라."

—깡.

"와."

풍물패들이 악을 쓰며 풍물이 깨지라고 두들겨댔다.

—깡.

"지금부텀 이놈의 잡귀들을 발로 밟고 풍물채로 두들겨 패는디, 쇠잡이는 매구채로 선어미 오뉴월 풀빨래 두들기듯, 징잡이는 징채로 절간 당목幢木 범종 치듯, 장구잡이는 장구채로 도적놈 딱장받는 나장놈 곤장 치듯, 북잡이는 북채로, 버꾸잡이는 버꾸채로 망나니놈 칼춤 추듯, 인정사정 두지 말고 두들겨 패는디, 처라!"

—깨갱깽 깨갱 깨갱깽 깽갱.

신나게 판이 어우러지기 시작했다. 풍물재비들은 250여 명이나 되는 엄청난 수였다. 세 줄로 커다랗게 원을 그으며 판을 돌았다. 20대 전후의 버꾸재비들은 초판부터 신명이 넘쳐 정신없이 판을 휘저었다. 장관이었다. 신명나게 두들겨대던 풍물패가 만석보를 향해 둑 위로 올라서고 있었다.

—깨갱깽 깨갱 깨갱깽 깽갱.

풍물꾼들은 보로 올라서자 한껏 신명이 나서 사정없이 두들기며 보를 밟고 갔다. 버꾸재비들은 정말로 잡귀를 밟듯 모듬발로 보를 콱콱 밟으며 날뛰었다. 북소리와 장구소리에 떠받친 꽹과리 소리는 땅덩어리를 떠메고 하늘 저 끝까지 떠올려가는 것 같았다.

말목서당에서는 전봉준이 김도삼과 함께 동네 집강과 동임, 그리고 두레 영좌와 도감, 총각대방 등 동네 임직들을 모아놓고 군아 습

112

격 계획을 의논하고 있었다. 여남은 마을 50여 명의 동네 임직들과 김승종, 장진호, 김장식 등 별동대장으로 내정된 젊은이들도 합석을 했다. 전봉준 곁에서 비서 노릇을 하고 있는 정길남이며 김만수도 같이 앉아 있었다. 김도삼과 최경선은 전봉준 양쪽에 앉아 있었다. 방이 컸으나 사람들이 다 못 앉고 젊은이들은 마루에 앉았다.

"봇굿 치는데 모일 사람은 천여 명 될 것 같소마는 군아를 습격할 사람은 5백 명쯤으로 잡고 있소. 저쪽에서도 정익서 씨하고 송대화 씨가 2백 명 가량을 거느리고 올 것입니다. 몇 사람들이 모여서 오늘 저녁 계획을 미리 세웠으니 말씀드리겠소."

전봉준의 말에 좌중은 물을 뿌린 듯 조용했다.

"봇굿을 치다가 달 짐작을 보아서 밤중이 조금 못 되어 떠납니다. 배들 안통 패는 모두 김도삼 씨가 거느리고, 저쪽에서 오는 읍내 패는 정익서 씨가 거느릴 것입니다. 그리고 여기 배들 패는 두 패로 나누겠소. 말목, 예동, 두전, 상하학동, 도매다리 등 동네를 한 패로 해서 이 패는 하학동 김이곤 씨가 거느리고 창동, 산매 등 나머지 마을을 또 한 패로 해서 그 패는 창동 조만옥 씨가 거느립니다. 김이곤 씨와 조만옥 씨는 김도삼 씨 지시를 받아 움직이시오. 그리고 각 동네 사람들은 동임이 거느립니다. 동임이 못 나온 동네는 집강, 영좌, 도감, 총각대방 순으로 맡아 거느립니다. 그리고 오늘 저녁 일이 끝난 다음에도 읍내에 머물면서 감영의 동정을 살필 것이니 동네별로 일이 많을 것입니다. 각 동네일은 앞에서 말한 다섯 사람의 동네 임직들이 의논해서 처리합니다. 그리고 나오라고 소리하지 않은 동네서 몇 사람씩 나온 사람들은 이웃 동네로 싸잡아 넣으시오."

전봉준은 전체 조직체계를 설명했다. 이쪽에서는 동임이 나오지 않은 동네는 하학동 등 몇 동네 되지 않았으나 정익서 쪽에서는 많을 것 같았다. 이쪽에서 나서는 동네는 수세 문제가 크게 걸려 있는 동네가 위주라, 그런 동네 사람들은 거의 전부 나설 것이므로 동임들이 다 나섰다. 그런데 읍내 쪽 사람들은 한 동네 사람들이 전부 나서는 동네는 거의 없을 것 같았다. 그런 동네는 집강이나 영좌가 거느린다는 것이다. 여기만 하더라도 하학동 같이 수세가 걸리지 않은 동네에서는 안 나온 사람이 많았는데, 하학동 동임 양찬오도 나오지 않았다. 그러니까 하학동은 집강과 영좌를 겸직하고 있는 김이곤이 거느려야 할 판이었으나, 김이곤은 여러 마을을 거느리라고 했으므로, 그러면 두레 도감이 거느려야 할 것인데, 도감인 박문장도 나오지 않았다. 총각대방 장춘동이 거느려야 할 판이었다.

"알고 계시겠지만, 젊은 사람들로 별동대를 따로 짜겠습니다. 별동대는 젊은이들로 30명씩 다섯 패를 짜는데 여기 배들에서 세 패, 읍내서 두 패를 짜기로 했습니다. 여기 배들 쪽 별동대를 거느릴 젊은이들은 산매 김승종, 말목 장진호, 도매다리 김장식 세 사람입니다. 저쪽에서 짜오는 패까지 별동대 다섯 패는 내가 직접 거느리겠습니다. 별동대 대원은 출발하기 직전에 지원자 가운데서 별동대장들이 뽑겠습니다. 그리고 최경선 씨와 정길남, 김만수는 내 곁에서 일을 볼 것입니다."

별동대 대원은 벌써 지해계원들을 주축으로 물색을 대충 해놓고 있었다.

"이따 읍내로 진군할 때는 두 패로 나누어서 서로 다른 길로 가겠습니다. 김이곤 씨가 거느린 패는 천치재를 넘어가고, 조만옥 씨가 거느린 패는 운학동을 거쳐 갑니다. 가다가 대창을 준비하십시오. 천치재 패는 하학동서, 운학동으로 가는 패는 운학동서 대창을 준비하되, 신속하게 준비해야 합니다. 여기서 떠난 다음에는 조금도 충그려서는 안됩니다. 대창을 준비할 때는 부리나케 하십시오. 군아를 들이칠 때는 별동대 장진호 패가 맨 앞장을 서서 들이칩니다. 그들이 아문 파수와 나머지 벙거지들을 전부 붙잡고, 김승종 패가 따라 들어가 곧장 내사로 돌입해서 조병갑을 잡습니다. 그리고 조병갑이 담을 뛰어넘을지 모르니 조만옥 씨 패 중에서 몇 동네가 미리 군아 담을 둘러쌉니다. 그 나머지하고 김이곤 씨 패는 별동대 뒤를 따라 그대로 군아로 쳐들어갑니다. 호방이나 이방 등 아전들은 정익서 씨 패가 붙잡아 오기로 했습니다."

전봉준은 무슨 놀러가는 일 설명하듯 어조가 담담했으나 듣고 있는 사람들은 눈이 튀어나올 것 같았다. 조병갑을 잡는다고 할 때는 지레 숨을 씨근거리며 주먹을 쥐는 사람도 있었다.

"여기까지 더 좋은 의견이 있거나, 물을 말씀 있으시면 물으시오."

"대창 맨들 때 너무 충그리면 안 될 것 같은디, 대창은 지금 미리 맨들어놓는 것이 으짜겠소?"

김이곤이었다.

"대창을 미리 만들면 그 사이 말이 샐 것 같습니다. 대창을 미리 만들기보다는 대창 만들 연장을 미리 챙겨놓는 것이 졸 것 같소. 여기서 출발을 할 때 하학동 같은 동네 사람들은 먼저 달려가서 톱이야 낫이야 그런 연장을 가지고 나오시오."

"그것이 좋을 것 같습니다."

"아전 놈들을 잡아올 때는 그놈들만 잡아올 것이 아니라 그놈들 돈이야 패물이야 그런 것도 다 쓸어가지고 나와야 헐 것이오. 그런 것도 모두가 백성 *걸태질한 것인게."

예동 동임 정왈금이었다.

"가져올 것입니다. 그리고 아전들뿐만 아니라 쌀가게 주인들이나 갖바치도 잡아올 것입니다. 그들을 잡아올 때는 맨 먼저 돈문서와 패물, 돈 등을 챙겨오라고 했습니다. 천가나 빡보, 갖바치 같은 사람을 잡는 것은 그 사람들이 놀리는 돈속을 알아야 하기 때문입니다. 겉으로는 일본 사람들 심부름만 하고 있는 것 같지만, 속살로는 조병갑하고 아전들 돈이 그에 못지않다는 소문이오."

"그 때려죽일 것들."

"돈놀이한 놈들 돈문서는 나중에 몽땅 태워붑시다."

"의논해서 합시다. 조병갑 내사에서도 그것을 잘 챙겨와야 한다."

전봉준이 김승종한테 일렀다.

"그 찢어죽일 놈."

젊은 축들이 이를 갈았다.

"모두 머리에 수건을 쓰는 것이 으짜겠소."

하학동 조망태였다.

"음, 그것 좋은 말씀입니다. 모두 머리에 수건을 쓰되, 수건을 피어갖고 머리에 싸서 쓰면 표가 나겠소."

김도삼이 받았다. 모두 고개를 끄덕였다.

"여자들매이로라우?"

116

좌중에서 누가 웃자 경황 중에도 모두 따라 웃었다.

"수건을 안 갖고 온 사람은 어쩔 것이오?"

"수건 안 차고 댕기는 사람이 누가 있다요?"

"당장 나도 안 차고 나왔는디."

조망태였다. 제안자가 안 차고 나왔다니 모두 피글 웃었다.

"수건을 쓰려면 전부 써얄 것 같소."

전봉준은 말을 하다 말고 김이곤에게 이리 오라고 손짓을 했다. 김이곤이 전봉준 곁으로 갔다.

"여그 지산 영감한테 가서 베 두어 필 있는가 물어보시오. 없다면 이웃집에서 구해 달라더라고 하시오."

김이곤이 고개를 끄덕이며 나갔다.

# 5. 어둠을 뚫고 가는 행렬

풍물판은 제대로 어울려 만석보 위를 왔다갔다 정신없이 두들겨 대고 있었다. 지산서당에서 의논을 끝낸 전봉준을 비롯한 두령들과 동네 임직들이 만석보로 나왔다. 풍물판을 지키고 있던 조만옥이 달려와 맞았다.

"나올 만한 사람은 다 나왔소."

"다른 일은 없소?"

"아무 일도 없소."

일행은 강둑에 서서 한참 동안 풍물판을 건너다보고 있었다.

"가다가 대창도 깎고 할라면 지금부터 준비를 해얄 것 같소."

조만옥이었다.

"풍물을 그치고 이 앞으로 전부 모이게 하시오."

전봉준의 말이 떨어지자 조만옥이 상쇠한테로 달려갔다. 상쇠 귀에다 대고 속삭였다.

─깨갱깽 깽깽 깨갱깽 깨갱깽 딱.

"새 보에 붙은 잡귀들아, 땅속에 천길만길 처박혀서 다시는 이 세상에 얼씬 꼼짝도 말아라. 혹시 꼼짝을 하고 싶으면 한양 정승 놈들 집구석이나, 골골마다 한 놈씩 박혀 있는 그 골 읍내 동헌 수령 놈들 집구석으로 기어들어가서 어정거려도 어정거려라."

다시 풍물을 치며 처음에 떠났던 자리로 돌아왔다.

─깨갱깽 깨갱깽 딱.

풍물 소리가 딱 그쳤다. 천지를 떠메고 빙글빙글 도는 것 같던 풍물 소리가 그치자 온 세상이 땅속으로 푹 잠긴 듯 조용해졌다. 풍물꾼들은 흡족한 듯 모두 웃음을 터뜨렸다. 김도삼이 군중 앞으로 나섰다.

"보에 붙은 잡귀를 밟느라고 고생들 많았소. 이제 저 못된 잡귀들은 땅속에 천길만길 처박혀서 이 세상에는 얼씬도 못할 것이오."

모두 웃었다.

"이제부터 전봉준 접주님께서 이 자리에 나오셔서 중대한 말씀을 드리겠습니다. 풍물을 울려 전봉준 접주님을 맞읍시다."

전봉준이 앞으로 나서자 꽹과리 소리가 하늘을 찔렀다. 두령들에 둘러싸인 전봉준이 입을 열었다.

"잡귀들을 밟느라고 고생들이 많았소. 저 보에 붙은 잡귀는 예사로 험한 잡귀가 아닌데, 오늘 저녁에 여러분들은 그 무지막지한 잡귀를 제대로 잡도리를 하신 것 같소. 다시는 이 세상에 얼씬도 못할 것이오."

평소 별로 농을 하지 않던 전봉준이 웃으며 농을 하자 군중도 따라 웃었다.

"저 보에 붙은 잡귀는 오늘 풍물을 쳐서 단단히 밟아 잡도리를 했소마는, 진짜 생사람 피를 빨고 뼈를 깎아먹는 잔인무도한 사람 잡귀는 따로 있소. 우리가 뼈 빠지게 농사를 짓는 것은 처자식 먹여 살리고 부모 공양 하자는 것인데, 그 소중한 곡식을 싹싹 긁어가고, 죄 없는 생사람을 잡아다가 별의별 죄목을 다 붙여서 살이 묻어나게 곤장을 치고, 다리뼈가 부러지게 주리를 틀고, 우리 눈에서 피눈물을 내는 잔인무도한 진짜 잡귀는 따로 있습니다. 만석보에 붙은 잡귀는 우리 눈에 안 보이는 잡귀입니다마는, 그 무지막지한 잡귀는 사람 너울을 뒤집어쓰고 다른 데도 아니고 바로 읍내 군아에 틀거지를 틀고 앉아 있습니다. 여러분, 그 잡귀가 누굽니까?"

전봉준이 소리를 질렀다.

"조병갑이요오."

"그놈 때려죽입시다."

군중은 악을 쓰며 풍물이 부서져라 깡깡 울렸다. 함성 소리와 꽹과리 소리가 하늘을 찔렀다. 꽹과리 소리가 금새 뚝 그쳤다. 전봉준의 목소리는 꽹과리 소리처럼 카랑카랑했다. 마디마디 힘이 꼬여 박힌 전봉준의 목소리는 귀를 통해서 들리는 것이 아니라, 바로 가슴팍을 뚫고 들어오는 듯했다.

"이자가 엊그제 조정의 전임 발령을 받아 다른 고을로 간다는 소문이더니, 조정의 발령을 새로 받아 다시 고부에 눌러앉게 되었습니다. 이자가 고부에서 일 년 반 동안 뜯어먹고도 무엇이 부족했던지 조정에다 줄을 대서 다시 고부에 눌러앉게 되었습니다. 그자가 오늘 화호나루를 건너 고부읍내로 갔습니다. 조병갑이 다시 고부에 왔으니 우리 고부 사람들은 이제 살아날 길이 없습니다. 앞으로 저자의 농간질은 더 무지막지할 것입니다. 저자가 군수 자리에 앉아서 한 달간만 더 농간질을 하면, 우리 고부 사람들은 새해 농사지은 것을 다 바쳐야 할 것이고, 두 달만 더 농간질을 하면 명년 농사지은 것까지 바쳐야 할 것이며, 석 달만 더 눌러앉아 농간을 부리면 내명년 농사지은 것까지 바쳐야 할 판입니다. 말 못하는 마소도 부려먹을 적에는 먹여서 부립니다. 먹이기만 하는 것이 아니라 가려울까 비질해주고, 추울까 두대까지 씌워줍니다. 마소 같은 짐승도 이러하거늘, 항차 인간을, 짐승도 아니고 인간을, 나라의 근본인 인간을, 천지 만물 가운데서 가장 귀한 인간을, 하늘같이 귀한 것이 아니라 바로 하늘인 인간을, 그 인간을 개나 돼지만도 못하게 끌어다가 가두고, 패고, 주리를 틀고, 죽이는 저 조병갑이란 자를 더 이상 가만두고 보아야겠습니까, 여러분!"

"죽입시다!"

"조병갑 찢어 죽입시다!"

군중은 반 미쳐버렸다. 마디마디 뚝뚝 끊어 힘을 주어 내뱉은 전봉준의 말소리는 그 한마디가 떨어질 때마다 몽둥이로 가슴을 쿵쿵 치는 것 같았다. 특히 '인간을'하고 힘을 주어 소리를 지를 때는 전봉준의 입에서 불덩어리가 튀어나오는 것 같았다.

"저자한테 지금까지 뜯기도 당한 것만도 천추의 한이 맺히는데 금년 농사, 명년 농사, 내명년 농사까지 다 바치고 나면 우리는 무엇을 먹고 살 것입니까? 저자한테 뜯기고 난 지금 우리 형편은 어떠합니까? 바로 엊그제가 설이었습니다. 다른 때는 다 놔두고, 사람이 일년 가다가 사람같이 한번 살아야 하는 설날, 조상 공대하고 일가친척이 오손도손 사람같이 지내자는 이 경사스런 설날, 떡쪼가리 하나를 제대로 자식들한테 쥐어준 집이 몇 집이나 되며, 술 한 잔을 제대로 빚어 늙은 부모나 조상 앞에 떠논 사람이 몇 집이나 되며, 명태한 마리를 제대로 사다가 젯상 차린 집이 도대체 몇 집이나 됩니까, 여러분!"

전봉준은 주먹을 쥐고 휘두르며 소리를 질렀다.

"조병갑 쳐죽입시다."

"그놈 죽입시다."

군중의 함성 소리는 하늘을 찔렀다. 군중 가운데서는 징징 우는 사람까지 있었다.

"일 년 가다가 제일 즐거워야 할 이 설날, 떡 한 쪼가리 못 해먹고, 술 한 됫박 빚어 넣지 못하고, 명태 한 마리 사오지 못한 것이 무엇 때문입니까? 떡 한 쪼가리 못 해먹은 것이 우리가 게을러서 그랬습니까? 술 한 됫박 빚지 못한 것이 우리가 주색잡기로 허랑방탕 탕진을 해서 그랬습니까? 명태 한 마리 못 사온 것이 마누라들이 살림을 잘못해서 그랬습니까? 하늘이 비를 안 내려주고 햇볕을 안 내려줘서 그랬습니까? 아니올시다. 아니올시다. 결단코 그것이 아니올시다. 우리는 모두 오뉴월 뙤약볕에 몸뚱어리 곰고아서 뼈가 물러지도록 일을 했고, 주색잡기 같은 것은 곁에도 가본 적이 없으며, 불쌍한 마누라들은 주린 치마끈을 두벌 세벌 조였으며, 하늘은 사시장철 비

122

내려줄 때 비 내려주고 눈 내려줄 때 눈 내려주고, 풍청풍청 햇볕을 쏟아주었습니다. 우리가 이 꼴이 된 까닭은 딱 한 가지, 오로지 딱 한 가지, 천지신명께 맹세를 하고 딱 한 가지, 크게는 나라의 정사가 글러먹은 탓이오. 작게는 사모 쓴 도적놈들, 유독 우리 고을은 조병 갑이라는 저자 탓이 아니고 누구의 탓입니까, 여러분!"

"조병갑 찢어 죽이자!"

"조병갑 죽이자!"

군중은 이를 갈며 악다구니를 썼다. 반수 이상은 숫제 징징 통곡을 하며 소리도 제대로 못 질렀다. 불쌍한 마누라들이 치마끈을 두벌 세벌 조였다고 할 때는 여기저기서 으훙, 괴성이 터져 나오기도 했다. 하학동 장일만은 넋 나간 사람처럼 닭똥 같은 눈물만 주룩주룩 흘리고 멍청하게 서 있었다. 전봉준이 이번에는 목소리를 낮추었다.

"저 조병갑이란 자가 수령 자리에 다시 앉은 다음에는 우리가 목숨을 부지하고 살 수가 없습니다. 우리가 살려면 저자를 징치해야 합니다. 밥 달라고 배고파 우는 어린 자식들 주린 창자에 밥을 먹여주기 위해서는, 굶주린 자식들 껴안고 피눈물 짜는 불쌍한 우리 마누라들 눈물을 거둬주기 위해서는, 자식 손자들을 앞에 놓고 늙은 가슴이 천 가닥 만 가닥 찢어지는 우리 늙은 부모들의 한숨을 거둬드리기 위해서는, 지금 우리가 서 있는 바로 이 자리, 바로 이 시각에 다 같이 죽기를 맹세하고 일어섭시다, 여러분!"

"일어섭시다!"

"조병갑 죽입시다!"

군중은 완전히 미쳐버렸다. 함성 소리는 하늘이 찢어질 것 같았다. 여기저기서 주먹으로 눈물을 닦으며 엉엉 통곡을 했다.

"이 자리에서 모두 죽기를 맹세하고 일어서야 합니다. 살려고 비실비실 저자들 앞에 굽실거리면 다 죽습니다. 여기서 분명히 말씀드리거니와, 천지신명께 맹세를 하고 말씀드리거니와, 우리가 죽기를 각오하고 나서면 도리어 우리 모두가 살 것이고, 굽실굽실 비실거리면 다 죽습니다. 지난번 삼례집회 때 안 보셨습니까? 삼례집회 때는 감사도 우리 앞에 굴복을 했습니다. 이렇게 험한 세상에서는 죽기를 각오하고 나설 때만 삽니다. 여기 서 있는 이 전봉준부터 죽기를 각오하고 여러분의 앞장을 서겠습니다. 저하고 같이 죽기를 각오하고 나서겠습니까, 여러분!"

"나설라요."

"나섭시다."

군중의 함성 소리는 땅을 떠메고 갈 것 같았다.

"여기 모인 사람들은 다 나서겠습니까?"

전봉준이 조금 소리를 낮춰 물었다.

"다 나서요."

"안 나설 놈이 누구겠소?"

군중의 함성은 더욱 거셌다.

"좋습니다. 그러면 이 전봉준이가 맨 앞에 서서 지금 당장 군아로 몰려가겠습니다."

"갑시다. 어서 갑시다."

"조병갑 찢어서 갈아 마십시다."

"갑시다. 군아로 몰려갑시다. 몰려가는데 무작정 몰려갈 것이 아니라 우리가 할 일이 무엇인가, 여기서 단단히 다짐을 하고 가야 합니다. 그러면 여기서 지금부터 우리가 군아로 몰려가서 할 일을 말씀드리겠습니다. 제가 말씀드리는 것에 찬동하신다면 그 대답으로 박수나 풍물을 쳐 주시오. 첫째, 우리는 탐관오리를 징치하여 나라의 기틀을 바로잡고 도탄에 허덕이는 백성을 구한다. 특히, 흉악무도한 이 고을 군수 조병갑을 잡아 고부읍내 삼거리에다 목을 매단다."

"옳소!"

"죽입시다. 찢어서 죽입시다."

풍물 소리와 함성 소리가 하늘을 찔렀다.

"둘째, 조병갑한테 빌붙어 그자하고 똑같이 백성을 뜯어먹고 괴롭힌 아전들을 잡아 그 죄상에 따라 엄하게 징치한다."

"옳소!"

"그놈의 새끼들도 목을 달아맵시다."

"셋째, 무기고를 점령하여 우리 전원이 무장을 하고 감영군이 쳐들어오면 당당히 맞서 우리가 내세운 대의를 실현한다."

"옳소!"

함성 소리가 조금 낮았다. 그것은 조금 겁이 나는 모양이었다. 그러나 당장은 조병갑 목을 매단다는 열기에 들며 함성 소리가 어지간했다.

"고맙습니다. 여러분들 정말 고맙습니다. 노인들이나 어린이들은 나서지 마시오. 오늘 저녁에는 두레에 나가는 16세부터 55세까지만 나서고 나머지 분들은 낮에 읍내로 나오시오. 그리고 부모님들이 편찮으시거나 집에 일이 있는 사람들도 나서지 마시오. 그럼 여기서

읍내까지 어떻게 갈 것이며, 읍내 가서는 어떻게 해야 할 것인가, 그
것은 김도삼 씨가 말씀드리겠소. 이제부터 우리는 생사를 같이 하는
한 몸뚱입니다. 모두가 한 몸뚱이같이 움직여 주시오. 그럼 김도삼
씨 말씀을 들어주시오."

"전봉준이 사람 살린다."

"전봉준 만세!"

중구난방으로 악다구니가 쏟아지며 풍물 소리가 하늘을 찔렀다.
김도삼이 앞으로 나섰다.

"감사합니다. 젊은 사람들 가운데서 풍물을 들고 있는 사람들은
자기 동네 사람들한테 풍물을 맡기고 동네별로 서시오."

"조병갑 그 개새끼 찢어 죽이자!"

군중은 함성을 지르며 뒤섞였다. 동네별로 모여 한참 동안 웅성
거렸다. 젊은이들은 나이 먹은 사람들한테 풍물을 맡겼다. 동임들
지시에 따라 모두 머리에 수건을 썼다. 수건이 없는 사람은 동임이
주었다. 아까 지산 영감 집에서 베를 가져다 그 자리에서 찢어 동임
들한테 나누어 주었던 것이다. 전봉준이 예상했던 대로 젊은이들만
4,5백 명쯤 되는 것 같았다.

김도삼은 조만옥더러 별동대를 뽑아달라고 하고 자기는 동네 우
두머리들을 따로 모이라 해서 한쪽으로 갔다. 조만옥이 군중 앞으로
나섰다.

"지금부터 별동대를 뽑습니다. 별동대란 18세 전후 젊은 사람들
로 무슨 일에든지 앞장을 설 사람들입니다."

조만옥은 별동대가 무엇인지 설명한 다음 지원자는 손을 들라고

했다. 지원자가 너무 많았다.

"너무 많습니다. 18살부터 20살 사이에서 장가 안 간 사람들만 손을 드시오."

반으로 줄어졌다. 방불한 수가 되었다. 장가 간 사람들이 그만큼 많았다. 그러나 지해계원들은 나이가 해당이 안 된 사람이나 장가 간 사람들도 손을 들었다. 18살 이상 지해계원들은 다 들어온 것 같았다.

김도삼은 동네 우두머리들한테 몇 가지 지시를 한 다음, 갈 때 여러 가지 조심할 점을 말했다.

"하학동 사람들하고 운학동 사람들은 먼저 가서 연장을 가지고 나오시오. 톱이나 낫을 집에 있는 대로 가지고 나오시오. 지금 가시오."

"알았소. 먼저 가리다."

하학동 조망태와 운학동 두레 영좌가 자리를 떴다. 하학동 사람들은 조망태가 거느리기로 했다. 전봉준이 말한 대로 하면 총각대방 장춘동이 거느려야 했지만, 장춘동의 제안으로 조망태가 거느리기로 한 것이다. 금년 두레 영좌는 조망태한테 넘기기로 내정이 되어 있었기 때문이다. 바로 며칠 뒤 이번 정월 보름날 동계 때 그러기로 되어 있었으므로 사실상 영좌나 마찬가지였다.

그때 구경꾼 속에서 말목 털보 영감이 속삭였다.

"모두들 저렇게 나서는디, 우리 나이 많은 사람들은 못 나서게 한다고 이러고 있을 일이 아닐 것 같네. 손을 합해서 일을 할 적에는 한 사람이 새로운 것인디, 나이대접은 고맙제마는, 우리가 지금 구들장이나 지고 있는 쭈그렁바가지라면 모를까, 다 심을 쓸 만치는 쓰는디, 이러고 있어사 쓰겄어?"

털보 영감은 장진호 아버지 장문식이었다. 그는 옛날 달주 아버지 김한수하고 군아에 감세 등소를 올렸다가 경을 친 사람이었다. 지금은 환갑이 넘은 나이였으나, 몸피며 힘쓰는 것이 장정 못지않았다.

"나도 지금 바로 그 생각을 하고 있는 참이네."

비슷한 나이의 노인이 맞장구를 쳤다.

"너는 으째서 비실비실하고 있냐?"

조망태가 강쇠한테 다그쳤다. 그는 나설 사람 속에 끼지 않고 애매하게 서 있었다.

"나 같은 놈이 어떻게 이런 데 찐다요?"

"이놈아, 너는 사람 아니냐?"

그때 김덩실이 그 무슨 가당찮은 소리냐는 서슬로 소리를 질렀다.

"그래도."

"그래도가 멋이여, 싸게 이리 와."

"몸도 이러고 한디 나 같은 놈이 나서도 괜찮으까라우?"

"이 자석아, 이런 일이라고 별일이라냐? 다리 성하고 손 성하면 그만이여?"

"그라면 나도 나설라요."

강쇠는 뒷 고의춤에서 수건을 뽑아 머리에 질끈 동이며 대열 속으로 달려들어갔다. 한쪽으로 삐딱하게 재껴진 고개를 한껏 삐딱하게 재끼고 제법 기세 좋게 들어갔다.

"갑시다. 우리는 몬자 가서 연장을 갖고 나와야 하요."

조망태는 하학동 사람들을 이끌고 먼저 출발을 했다.

128

그때 장문식이 김도삼한테로 갔다. 자기들도 나서겠다고 했다.

"마침 잘 오셨소. 그러잖아도 찾고 있던 참이오. 영감님은 우리하고 지금 같이 몰려가는 것보다 더 중요한 일이 있소. 봉기군에 안 나설 사람들은 우리가 출발한 다음에 한참 여기 있다가 이 자리를 떠야 합니다. 그 일을 감독해 주시오. 우리가 떠난 뒤에 한참 뒤에까지는 한 사람도 여기를 빠져나가서는 안 돼요."

"알겠네. 안심하소. 한 사람도 자리를 못 뜨게 잡도리를 할라네."

장문식이 선선히 승낙을 했다.

"전부 모여 주시오."

그때 조만옥이 소리를 질렀다. 모두 제자리로 모였다. 김도삼이 앞으로 나섰다.

"이제 출발합니다. 읍내까지 갈 때는 두 패로 갑니다. 어느 동네가 어디로 갈지 그것은 동네 우두머리들이 알고 있습니다. 갈 때는 절대로 소리를 내서는 안 됩니다. 이따 대창을 깎을 때 먼저 대창을 깎은 사람들은 홰를 하나씩 만드시오. 달이 질 때 씁시다. 그리고 여기 계실 분들께 말씀드립니다. 여기 계시는 분들은 우리가 십여 리쯤 갈 때까지는 아무도 이 자리에서 떠나서는 안 됩니다. 그 감독은 말목 장문식 영감님께서 해주시겠습니다. 그걸 꼭 지켜주십시오. 자, 갑시다."

별동대를 선두로 출발했다. 머리에 수건을 쓴 농민군들은 바람같이 내달았다. 천치재 패가 하학동으로 들어서자 하학동 사람들은 벌써 연장을 가지고 나와 기다리고 있었다. 김이곤은 그대로 대열을 이끌고 이주호 집 앞으로 갔다. 이주호 집 대문을 세차게 두들겼다.

대문이 열리자 군중은 안으로 우르르 몰려들어갔다. 그대로 뒤란으로 돌아갔다.

조성국하고 밤늦게까지 이야기를 하고 있던 이주호는 느닷없는 군중을 보자 입이 떡 벌어지고 말았다. 김이곤이 앞으로 나섰다.

"밤중에 죄송합니다. 급히 쓸 일이 있어서 이 댁 대밭에서 대를 좀 비어야겠소."

"뭣이, 대를?"

"예, 자세한 내막은 내중에 말씀드리겠소."

김이곤은 자기 말만 해놓고 뒤란으로 돌아갔다. 이미 대밭에서 대 베는 소리가 요란했다.

"이것이 시방 먼 일이까?"

이주호는 튀어나올 것 같은 눈으로 조성국을 건너다보며 물었다.

"민란이 일어난 것 같소."

"민란?"

이주호는 몽둥이 맞은 표정이었다.

"전부터 그런 소문이 있었소. 사또 나리가 돌아오자마자 일을 벌이자고 했던 모양이오. 전봉준이 끝내 일을 저지른 것 같소."

"전봉준이?"

이주호는 벌린 입을 다물지 못했다.

"내가 지금 이러고 있을 때가 아니오."

조성국은 훌쩍 자리에서 일어서며 횃대에서 자기 도포를 챙겨들었다.

"이 밤중에 어디를 가시려고?"

"내중에 말씀드리리다."

방문을 나서려던 조성국은 다시 멈춰서더니 걸치려던 도포를 다시 벗어 횃대에 걸었다.

"여그 놔두시오."

조성국은 방문을 빠끔하게 연 다음 밋밋이 바깥으로 고개를 내밀었다. 마당에는 아무도 없었다. 뒤란에서 대 베는 소리만 요란스러웠다. 그는 뒷간에라도 가는 척 천연스럽게 밖으로 나갔다. 대문에는 아무도 없었다. 조성국은 날렵하게 대문을 빠져나갔다. 동네 옆 등성이를 넘어 바람같이 내달아 천치재로 올라붙었다.

대창을 깎아 든 농민군들은 동네 앞 논바닥으로 모였다. 대밭에서 횃감을 주워 와서 여러 사람이 홰를 묶고 있었다. 그때 전봉준이 젊은이들의 호위를 받으며 다가왔다. 전봉준을 호위한 젊은이들은 김만수 패와 정길남 패였다. 정길남은 아까 별동대 뽑을 때 지해계원 10명을 뽑아 따로 거느렸다. 사람들이 대창을 깎아들고 거진 나왔다. 김이곤이 앞으로 나섰다.

"수건을 단단히 고쳐 쓰고 신발도 다시 한번 단속하시오."

모두 지시대로 수건을 고쳐 쓰고 *신들메를 단단히 죄어 맸다. 수건을 색다르게 쓰고 대창을 들고 나서자 대번에 대열의 분위기가 달라졌다. 살기가 감돌았다.

"갑시다."

김이곤 말에 대열이 움직이기 시작했다. 전봉준이 김이곤을 불렀다.

"발 빠른 젊은이 서너 사람을 앞으로 보내 앞을 살피며 갑시다."

김이곤이 발 잰 젊은이 네댓 사람을 앞으로 내닫게 했다. 아까처럼 선봉은 별동대였다. 그중에서도 아문을 들이치고 들어갈 장진호 패가 맨 앞장을 섰고, 그 다음이 내사로 들어가 조병갑을 잡을 김승종 패였으며 그 다음이 김장식 패였다.

농민군은 삽시간에 재 꼭대기에 올라붙었다. 겨울바람이 매섭게 몰아치고 있었다. 재 꼭대기에서 건너다보이는 읍내 쪽 마을에서는 별빛처럼 불빛이 어지럽게 반짝이고 있었다. 재 꼭대기에 선 사람들은 실없이 뒤를 돌아보기도 했다. 드넓은 호남벌판에도 수없이 불빛이 반짝이고 있었다. 불빛들은 이들의 거사에 가슴을 졸여 그렇게 반짝이고 있는 것 같았다.

대열은 잿길을 쏠려 내려가기 시작했다. 양지뜸 동네 앞에 이르자 앞에 내달았던 젊은이 가운데 두 사람이 서 있었다.

"여기까지는 아무 일 없소."

"알았네. 운학동 쪽에서 오는 길하고 만나는 삼거리에 은신하고 있다가 그쪽 패가 오거든 이리 뛰어와 알리고, 나머지 두 사람은 곧바로 읍내 삼거리로 달려가 정익서 씨가 거느린 신중리 쪽 사람들이 오거든 우리도 온다고 알리게."

말이 떨어지자 젊은이들은 곧바로 내달았다. 행렬은 여전히 잰걸음이었다. 모두 말없이 내닫기만 했다. 달이 한참 기울어 있었다. 달도 공중에서 숨을 죽이고 지켜보는 것 같았다.

"멈추시오."

김이곤이 대열을 멈추었다. 저쪽에서 오는 길과 만나기 전이었다.

"운학동 쪽 사람들이 올 때까지 여기서 기다립시다. 표가 안 나게 논둑 밑으로 앉으시오."

　김이곤 말에 사람들은 모두 재빠르게 논둑 밑으로 몸을 숨겼다. 사람들은 숨을 죽이고 읍내 쪽만 보고 있었다. 읍내서 개들이 짖고 있었다. 허발로 짖는 소리들이 아니었다. 여기서 가는 젊은이들 때문인 것 같았다.

　"모두 신발도 다시 한번 단속하고, 수건도 새로 동여매시오."

　모두 신발을 단속하고 수건을 고쳐 썼다.

　저쪽에서 달려오는 그림자가 있었다. 방금 간 젊은이들이었다.

　"옵니다."

　젊은이들이 소리를 질렀다.

　"어서들 나오시오. 읍내에 들어서면 대창 부딪치는 소리 안 나게 조심들 하시오."

　모두 내닫기 시작했다. 여기서도 물론 장진호 패가 앞장을 섰다. 저쪽 길과 만나는 곳에 가까워지자 운학동 쪽 패가 달려오는 모습이 보였다. 말없이 뛰어오는 모습들이 이승에 잔뜩 원한을 품은 원귀들이 원한을 내뿜으며 달려오는 것 같았다. 희부옇게 내리비치고 있는 달빛은 그 원귀들이 내뿜은 원한의 입김 같았다.

　천치재 패는 그대로 읍내에 들어섰다. 운학동 쪽 패는 말없이 꽁무니에 붙어오다가 일부가 다른 골목으로 빠져나갔다. 군아 뒷담을 지킬 패였다. 개들이 요란스럽게 짖어댔다.

　"정익서 씨 패 만나건 못 만나건 그건 상관 말고 그대로 군아를 들이치시오."

　전봉준이 김도삼에게 말했다.

"알았소."

김도삼이 대답하며 앞으로 달려갔다. 김도삼은 장진호 패를 끌고 내달았다. 개들이 요란스럽게 짖어대자 발걸음들이 더 빨라지고 있었다. 개들이 요란법석을 떨었다.

삼거리에 이르자 저쪽에서 한 패가 뛰어왔다. 정익서 패였다. 2백 명 가까운 것 같았다. 동네 개들이 더욱 거세게 짖고 있었다. 배들 패들은 그대로 군아로 뛰기 시작했다. 정익서가 거느린 패도 뒤에 붙었다. 그러나 그 패 가운데 정익수는 보이지 않았다. 그는 오늘 새벽 그 길로 집으로 가서 혼자 이불을 뒤집어쓰고 어찌할까 머리를 쥐어뜯으며 고민을 하다가 결국 지금까지 집에서 그대로 발발 떨고만 있었다.

장진호 패가 군아 골목으로 쏠려 들어갔다. 아문에는 예사 때처럼 나졸 두 사람이 파수를 서 있었다. 달빛 아래 뿔처럼 쭈뼛쭈뼛 홍살을 세우고 있는 홍살문이 무슨 도깨비 집 대문처럼 흉측하게 보였다. 장진호 패가 거침없이 내달았다. 파수 섰던 나졸들은 멍청하게 이쪽을 보고 있었다. 느닷없는 광경에 벼락 맞은 놈들처럼 그대로 서 있었다. 지금 무슨 헛것을 보고 있는 것이 아닌가 어리둥절한 모양이었다.

"머, 먼 사람들이오?"

"꼼짝 마라."

장진호 패가 그들 앞에 대창을 들이대며 낮은 소리로 얼렀다.

"그놈들 지키고 있어!"

장진호는 파수들을 그 자리에서 지키게 한 다음 그대로 뜰로 돌입했다. 아사를 돌아 동헌 뜰로 내달았다. 아무도 없었다. 김승종 패가 뒤를 따르고 있었다. 장진호 패는 빈 절간 들어가듯 싱겁게 몰려들어갔다. 장진호 패는 동헌 뜰에서 사방으로 개미새끼들처럼 퍼졌다. 김승종은 패거리를 이끌고 동헌 뒤로 바람처럼 내달았다.

"누구여?"

내사 앞에 파수 섰던 나졸이 멍청하게 소리를 질렀다.

"꼼짝 마라!"

배에다 창을 바짝 들이대자 나졸은 손에 들었던 창을 내던지며 번쩍 손을 들었다.

"소리만 지르면 그대로 찔러부러!"

김승종이 파수에게 패거리 둘을 붙이며 잔뜩 속힘이 꼬인 소리로 얼렀다. 김승종이 내사 대문을 가만히 밀쳤다. 대문이 열려 있었다. 발소리를 죽이며 안으로 가만가만 들어갔다. 패거리도 따라 들어갔다. 안방에는 훤하게 불이 밝혀져 있었다. 자지 않는 모양이었다. 김승종이 양옆으로 손짓을 했다. 패 일부가 양쪽 뒤란으로 나뉘어 돌아갔다. 나머지는 큰방 문 앞 마루 앞으로 붙었다. 김승종이 사뿐 마루로 올라섰다. 가만가만 안방 문 앞으로 갔다. 문고리를 잡았다. 사정없이 잡아당겼다. 방문이 그대로 열렸다.

"우매!"

계집이 하나 앉아 있다가 소리를 질렀다. 조병갑은 없었다. 방안에는 덩그러니 계집 하나만 오들오들 떨고 있을 뿐이었다. 수청 들던 관기인 것 같았다. 옷을 제대로 입은 것이 이상했다. 이불도 한쪽으로 젖혀져 있었다. 김승종은 잠시 멍청했다.

"조병갑 어디 갔냐?"

낮은 소리로 물었다.

"모르겠소."

"조병갑이 오늘 밤 여기서 안 잤단 말이냐?"

"자기는 잤소."

계집은 새파랗게 질려 오들오들 떨며 대답했다.

"그럼 어디 갔어?"

"잤는디, 조금 아까 누가 불러냅디다."

"그놈이 누구냐? 바른 대로 안 대면 죽어."

김승종이 대창을 들이대며 얼렀다.

"모르겠소."

김승종이 뒤를 돌아봤다.

"집 안을 뒤져라!"

김승종 말에 패거리는 다른 방문을 벼락 쳤다. 금방 횃불이 밝혀졌다. 횃불을 든 젊은이들이 이 방 저 방을 뒤졌다.

"여그 한 놈 있다."

김승종이 소리 나는 방 쪽으로 벼락같이 뛰어갔다. 젊은 놈이 하나 오들오들 떨고 있었다.

"너는 누구냐?"

"책방이오?"

"조병갑은 어디 갔냐? 바른 대로 대!"

김승종은 대창을 가슴에다 바짝 들이댔다.

"모르겠소. 나는 자다가 금방 깼소."

김승종이 대문으로 뛰어나왔다. 파수 섰던 나졸이 떨고 있었다. 그때 전봉준이 김도삼, 정익서, 송대화 등과 이쪽으로 바삐 오고 있었다. 뒤에는 군중이 몰려오고 있었다.

"조병갑이 도망쳤소."

김승종이 두령들에게 소리를 질렀다.

"뭣이?"

두령들도 깜짝 놀랐다. 횃불들이 조병갑이라도 태울 듯 수십 개가 훨훨 타고 있었다. 조병갑이 도망쳤다는 소리에 군중도 웅성거렸다.

"조병갑 어디 갔냐?"

김승종이 파수 선 나졸에게 대창을 들이대며 물었다. 모두 숨을 죽이고 파수 선 나졸을 보고 있었다.

"조금 아까 나갔소."

"어디로?"

"누가 와서 데리고 정신없이 달려 나갔소."

"그게 누구더냐? 바른 대로 대!"

여기저기서 대창을 들이댔다. 대창이 대여섯 개나 나졸을 겨누었다.

"앵성리 사는 조성국이라는 이 같습디다."

나졸은 냉큼 대답했다.

"앵성리 조성국?"

김도삼이 물었다.

"예."

"틀림없냐?"

"틀림없소."

"나간 시간이 정확히 얼마나 됐냐?"

"담배 한 대 참은 됐겠소."

김도삼이 전봉준을 봤다. 모두 잠시 얼빠진 표정이었다.

"얼른 쫓읍시다."

김도삼이 서둘렀다. 군중이 큰소리로 웅성거렸다.

"어서 쫓읍시다."

송대화였다.

"담배 한 대 전에라면 조병갑이 어디로 도망을 쳤을 것 같소?"

전봉준이 두령들 쪽으로 돌아서며 침착하게 물었다. 전봉준은 냉
정을 잃지 않고 있었다. 마치 이런 일을 예상이라도 하고 있었던 듯
차근한 목소리였다.

"그걸 어떻게 알겠소? 읍내서 나가는 길은 셋뿐인게 얼른 쫓읍
시다."

송대화였다.

"송두령이 조병갑이라면 어디로 도망치겠소?"

전봉준은 한껏 가라앉은 소리로 물었다. 전봉준의 목소리는 무슨
흥정이라도 하듯 조용했다. 두령들이 조용하게 말을 하자 군중도 말
소리를 죽이며 두령들을 둘러싸고 옥죄어들었다.

"글쎄라우. 흥덕 쪽으로 내뺐을 것도 같고……."

송대화가 자신 없는 소리로 말꼬리를 흐렸다. 모두 숨을 죽이며
전봉준의 말을 기다리고 있었다.

"김두령이라면 어디로 도망치겠소?"

전봉준은 김도삼에게 물었다. 군중은 숨소리 하나 없었다. 전봉준의 침착한 태도는 삽시간에 엄청난 위력을 발휘했다.

"북쪽은 들판이라 그쪽은 피하고, 동쪽으로 도망쳐서 정읍 현아로 갈 것 같소. 혹시 서쪽으로 갔다면 흥덕 현아로 갈 것 같고."

김도삼이 다급하게 말했다. 그도 침착성을 회복하고 조병갑 뱃속이라도 들여다보듯 말했다. 여기저기서 횃불이 수없이 밝혀졌다.

"동쪽에서는 정익서 씨가 왔는데……."

"그야, 봉기군들이 그쪽에서도 올 줄로 짐작했을 것이니 얼마든지 피했을 것 같습니다. 그런데 혹시 엉뚱하게 읍내 어느 집에 숨어 있을지도 모릅니다. 워낙 다급한 판인데다 밤길에 서툰 놈들이라."

전봉준은 정익서를 향했다.

"제 생각도 같소."

"그럼 별동대를 시켜 세 길로 뒤쫓겠습니다. 다른 사람들은 전부 동헌 앞으로 모이게 하시오."

전봉준은 곁에 서 있는 별동대장들을 향했다. 정익서 패의 별동대장 송늘남과 고미륵도 같이 서 있었다.

"너희들은 패를 거느리고 세 군데로 쫓는다. 승종이는 정읍 쪽으로 쫓고, 진호는 흥덕 쪽으로, 김장식은 화호나루 쪽으로 쫓는다. 고을 경계에 이르거든 거기서 기다리고 있다가 곧바로 두령들이 갈 것이니 그분들 지시를 받아라. 지금 출발해라."

세 젊은이는 패를 거느리고 바람같이 아문으로 쏠려나갔다.

"너희들은 군아 안에 있는 나졸들을 잡아라."

송늘남과 고미륵에게 지시를 한 다음 전봉준은 동헌 앞으로 갔다. 두령들이 다가왔다.

"운학동으로 온 사람들은 김도삼 씨가 거느리고 정읍 쪽으로 쫓으시오. 흥덕 쪽은 김이곤 씨가 그쪽 패 반을 거느리고 쫓으시고. 별동대가 이미 쫓고 있습니다. 고을 경계에 가면 정읍 족에는 김승종, 흥덕 쪽에는 장진호가 기다리고 있을 것이오. 고을 경계까지 쫓아도 조병갑을 못 잡으면 별동대만 데리고 읍내로 가서 조병갑이 빠져나갈 만한 길목에 별동대를 매복시켜 놓고, 조병갑이 거기서 빠져나가는 것을 지키시오. 그리고 거기 접주들은 대개 관아에 줄이 닿을 테니 조병갑이 거기 관아에 왔다면 조병갑 동태를 염탐할 수 있을 것이오. 일이 되어가는 대로 늘 이리 소식을 알려 주시오. 여기 일은 나한테 맡기고 지금 출발하시오."

"알았소."

전봉준 지시를 받은 두령들은 바삐 움직였다. 농민군들은 밀물처럼 아문을 쏟아져나갔다.

"길남이 너는, 담 뒤에서 지키고 있던 조만옥 씨가 이리 올 것 같다. 조만옥 씨보고 그 사람들을 그대로 거느리고 화호나루까지 쫓으라고 전해라. 조만옥 씨는 화호나루까지만 쫓아갔다가 없으면 바로 돌아오라고 해라."

정길남은 부하 둘을 달고 달려갔다.

남은 사람들 가운데서 반쯤은 마당에 웅성거리고 있고, 젊은이들은 여기저기서 나졸들을 붙잡아오고 있었다. 전봉준은 나머지 두령들을 향했다.

"혹시 그자가 읍내에 숨어 있을지도 모르니 읍내도 빙 둘러 매복을 시킵시다. 이 일은 송대화 씨가 맡으시오. 여기 있는 사람들을 데리고 지금 가시오."

송대화는 동네 우두머리들을 모아 매복할 지역을 맡겼다. 동네 우두머리들은 자기 동네 사람들을 데리고 군아에서 달려나갔다.

군아는 난장판이었다. 별동대원들은 횃불을 들고 소리를 지르며 정신없이 싸대고 있었다. 문이라고 생긴 문은 있는 대로 열어젖혔다. 곳간이며 마루 밑이며 구석구석 들쑤시고 다녔다. 나졸들이 여기저기서 잡혀 나왔다. 마룻장 밑에 박혀 있다 끌려나오는가 하면, 나뭇단 사이에 대가리를 처박고 있다가 끌려나오기도 했다. 농민군들은 나졸들이 잡혀오기만 하면 우르르 쫓아가서 닥치는 대로 후려쳤다. 장교나 나졸들은 초주검이 되어 옥으로 끌려갔다. 정익서가 너무 심하게 때리지 말라고 일렀다.

"저 밑에도 한 놈이 숨었다."

하학동 강쇠가 동헌 마루 밑을 들여다보며 소리를 질렀다. 강쇠는 자기 동네 사람들이 매복하러 간 줄도 모르는 것 같았다.

"야, 이 새꺄, 얼른 안 나오냐? 느그들은 독안에 든 쥐여. 존 말로 할 때 얼른 나와라잉!"

강쇠가 고개를 잔뜩 외오틀어 마루 밑을 들여다보며 소리를 질렀다. 횃불들이 그리 몰려들었다. 사람들이 몇 번 얼러대자 나졸이 기어나오기 시작했다.

"아이고, 목숨만 살려주시오."

나졸은 두 손을 파리처럼 싹싹 비비며 애걸을 했다. 머리에 썼던 벙거지는 어디로 날아갔는지 맨대가리였다.

이놈 저놈이 쥐어박고 대창으로 후려쳤다.

"아이고, 아이고."

나졸은 죽는다고 비명을 질렀다.

"아이고, 아이고, 목숨만 살려주시오."

"새꺄, 잔소리 말고 어서 가!"

강쇠가 나졸 엉덩이를 냅다 걷어찼다. 대여섯 명이 나졸을 앞세
우고 의기양양 옥으로 갔다.

"옥에 있는 죄수들부터 풀어주어야지 않겠습니까?"

최경선이 말했다.

"그렇구만."

전봉준은 그걸 생각 못했다는 듯이 바삐 옥으로 갔다.

# 6. 추격

　농민군들은 세 패로 나누어 정신없이 조병갑 뒤를 쫓고 있었으나, 그때 조병갑은 엉뚱한 데 있었다.

　아닌 밤중에 헐레벌떡 뛰어든 조성국을 따라 정읍 쪽으로 도망치던 조병갑은 정익서와 송대화가 거느리고 온 신중리 쪽 농민군들과 하마터면 반내고개에서 맞닥뜨릴 뻔했다.

　"아이고매."

　조병갑과 조성국은 길 위쪽으로 기어올라가 큰 바위 뒤로 몸을 숨겼다. 더 도망치다가는 달빛에 몸이 드러날 것 같았다. 대창을 든 농민군들은 마치 저승사자들이 떼로 몰려오는 것 같았다. 그들이 다가오자 조병갑은 바위에 몸뚱이를 찰싹 붙였다. 그들이 말없이 오는 것으로 보아 자기들을 발견하지는 못한 것 같았다. 행렬이 바위 밑을 지나고 있었다. 행렬이 반쯤 바위 밑을 지난다 할 때였다.

"멈추시오."

앞서 가던 사람이 소리를 질렀다. 행진하던 군중이 멈췄다.

"아이고."

조병갑이 조성국 다리를 끌어안으며 가볍게 비명을 질렀다. 절망적인 소리였다. 조성국도 조병갑을 바짝 껴안았다. 바위 뒤로 농민군들이 금방 몰려올 것 같았다. 그러나 도망칠 수도 없었다. 바위에 찰싹 달라붙은 두 사람의 몸뚱이는 바위처럼 굳어버렸다.

"읍내 쪽으로 사람을 보낸 다음 그 사람이 올 때까지 여기서 기다립시다. 길가 언덕 밑으로 바짝 붙어 앉으시오."

사람들은 길가로 붙어 앉았다. 신 끈을 손보라거니 읍내로 들어갈 때는 소리가 안 나게 조심하라거니 주의를 주었다. 그때 누가 바위 곁으로 올라오는 것 같았다. 조병갑은 조성국 다리를 부처님 다리 안듯 더 바짝 끌어안았다.

"조병갑, 그 새끼 모가지를 달아맬 때는 내가 매달란다."

바위에다 오줌을 철철 갈기며 한 놈이 이죽거렸다.

"임마, 그런 일이 니 차지까지 올 성부르냐?"

"하여간에, 그 새끼는 모가지를 달아매도 그냥 달아매서는 안 돼. 소매이로 코를 뀌어갖고 동네마다 끄집고 댕김시로 한바탕 조리를 돌린 담에 모가지를 달아매도 달아매야 혀."

"개새끼, 나도 그놈의 새끼 잡기만 잡으면 눈탱이를 한번 쥐어박아 부러도 기어코 한번 쥐어박아 불란다."

저 사람들 중에서 누가 대변이라도 보려고 바위 뒤로 돌아오는 날에는 만사가 끝장이었다. 두 사람은 가슴이 바지직바지직 타들어가고 있었다. 한참 만에 읍내 쪽에서 사람들이 뛰어오는 소리가 났다. 뭐라 속삭이는 것 같았다.

"모두 길로 나오시오."

사람들이 길로 나섰다.

"갑시다."

농민군들이 떠났다. 두 사람은 후유 한숨을 내쉬었다.

"어서 갑시다."

조병갑이 떨리는 목소리로 조성국을 재촉했다.

"아닙니다. 잠깐 동정을 더 살폈다가 갑시다. 뒤따라오는 패가 또 있을지 모르겠소."

조성국이 고개를 내밀어 한참 동안 저쪽의 동정을 살폈다.

"갑시다."

두 사람은 급히 내달았다.

"온 고을이 발칵 뒤집힌 것 같습니다. 이대로 가는 것은 아무래도 좋지 않을 것 같습니다. 다른 동네서 또 몰려올지도 모르고, 저놈들이 군아로 갔다가 사또 나리가 안 계시면 선걸음으로 뒤쫓을 게 아니겠습니까? 다른 동네서 새로 오는 놈들하고 부딪쳐도 낭패지만, 저놈들이 뒤쫓아오는 날에는 꼼짝 못할 것 같습니다. 우리 걸음으로는 그놈들 걸음을 당할 수가 없습니다. 더구나 복색이 이래노니 대번에 표가 나지 않겠습니까?"

둘이 다 바지저고리 바람이었지만, 예사 농민들하고는 복색이 달랐다. 밤중에 이런 데를 다니는 사람이라면 핫바지 두루치기래야 제격일 텐데 두 사람 다 바지저고리가 낭창한 양반 차림이었다.

"그럼, 어찌 했으면 좋겠소?"

조병갑이 헐떡이며 물었다. 숨이 목구멍에 꺽꺽 닿는 것 같았다.

"진선리 정참봉하고 평소 친교가 있으신 것 같던데, 그 집으로 가서 잠시 의탁하면 어쩌겠습니까?"

"정참봉? 좋소, 그리 갑시다."

조병갑은 팔짝 뛸 듯 반색을 했다. 그들은 진선리를 향해 내달았다. 정참봉은 요사이 은밀하게 조병갑을 통해서 벼슬길을 타보려고 한양에다 줄을 대고 있는 참이었다. 얼마 전에는 조병갑 편지를 가지고 한양 가서 민영준을 만나보고 오기까지 했다.

"여기서부터는 각별히 조심을 하셔야겠습니다. 바로 저쪽 저 신중리 부락이 동학도 놈들 소굴이옵니다. 송두호란 거두 놈 동네요. 송대화, 송주호, 그 동네 송가들은 이쪽 동학도들을 쥐락펴락합니다."

그들은 조심스럽게 진선리를 향해 내달았다. 두 사람은 숨을 헐떡거리며 진선리로 들어가 정참봉 대문 앞에 섰다.

"여보시오."

조성국이 대문을 두드리며 조심스럽게 소리를 질렀다. 그때 변소에 앉아 있던 그 집 머슴 김만석이 귀를 쫑그렸다. 세 마리나 되는 개들이 요란스럽게 짖고 나섰다. 한 번 더 대문을 두드려서야 행랑아범이 나왔다.

"뉘시오?"

"밤중에 미안하요. 나는 줄포 일본 상인 심부름 온 사람인디 급하게 참봉 나리께 전할 말이 있어 왔소."

"줄포 일본 상인이오?"

"어서 문을 여시오."

"이 밤중에 누군지도 모르고 문을 열겠소. 참봉 나리한티 물어볼 틴게로 먼 일인가 그것부터 말씀하시오."

"앵성리 조성국이 급한 일로 왔다고 하시오."

조성국은 사뭇 다급했던지 말을 바꾸어 제 이름을 댔다.

"앵성리 조 멋이라고라우?"

"조성국이오."

행랑아범은 안으로 들어갔다. 한참 만에 호롱불을 든 행랑아범을 앞세우고 정참봉이 나오는 것 같았다.

"조생원이라 하셨소?"

정참봉이 조심스럽게 물었다.

"예, 조성국이올시다. 밤중에 죄송합니다. 급히 의논할 일이 있어 찾아왔습니다."

"조생원이 이 밤중에 웬일이오?"

대문이 열렸다. 조성국만 혼자 대문 안으로 쑥 들어갔다. 조성국은 정참봉 소매를 한쪽으로 끌었다.

"실은……."

변소에 앉아 있는 김만석은 조성국이 행랑아범 듣지 않게 정참봉에게 속삭이는 소리를 다 들었다. 정참봉은 행랑아범을 먼저 들여보내고 나서 조병갑을 맞아들이며 안채로 갔다.

변소에서 나온 김만석이 소리 나지 않게 대문을 열고 밖으로 나갔다. 바삐 골목으로 사라졌다.

읍내서는 아전들을 잡으러 갔던 농민군이 아전들을 잡아오고 있었다.

"이방 놈이 잽혀오는구나, 개새끼."

아문에 횃불을 들고 파수 섰던 젊은이들이 이죽거렸다.

"그 새끼 다리몽댕이를 부질러서 질질 끗고 오제 지 발로 걸려와?"

"언제 디져도 디질 놈인게 디지기나 팬허게 디지락 해사제 그래사 쓰겄어?"

묶어오는 사람들은 여유만만했다. 이방은 결박이 꽁꽁 지워지고 입에는 재갈까지 물려 있었다. 마치 먹을 따서 튀길 돼지 묶듯 험하게 묶어오고 있었다. 군아 마당으로 들어서자 훨훨 타고 있는 모닥불에 이방 모습이 제대로 드러났다. 모닥불은 새벽하늘에 맹렬하게 불꽃을 피어올리고 있었다.

"이방 잡아왔소. 이것은 그 집구석에서 나온 패물이고, 이것은 돈문서 같소. 비단은 너무 많아서 지게에다 나눠 지고 오라고 했소."

신중리 영좌 장특실이었다. 패물 주머니와 돈문서 등을 전봉준과 정익서 앞에 내밀었다. 패물 보자기는 크기가 황소 불알만 했다. 전봉준은 이방을 똑바로 봤다. 상투가 풀려 머리칼이 흘러내리고 묶이면서 얻어맞았는지 볼이 시퍼렇게 부어오르고 있었다. 몰골은 거의 죽은 상이었다.

"저기 저 곳간에다 가두시오."

전봉준이 곳간 쪽으로 고갯짓을 했다. 곁에 섰던 정길남이 패물 주머니 등속을 받아들었다.

"가!"

잡아온 사람들이 이방의 등을 거칠게 떠밀었다.

"저자들을 잘 지키라고 해라. 서로 말을 못하게 해야 한다."

전봉준이 말하자 김만수가 그쪽으로 갔다.

"저쪽 마루 끝에 궤짝이 하나 있는 것 같더라. 그 궤짝을 갖다가 패물을 담게."

최경선 말에 젊은이들이 달려갔다.

"읍내를 거진 둘러쌌을 것 같습니다. 집집마다 발칵 뒤지지요."

최경선이 전봉준한테 말했다.

"지금 집을 뒤지는 것은 좋지 않소. 밤중에 집집마다 뒤지고 다니면 자던 사람들이 얼마나 놀라겠소? 어두워서 제대로 뒤질 수도 없으려니와, 밤중에 겁을 주면 읍내 사람들 반감이 클 것이오. 매복만 잘 하고 있다가 날이 새면 뒤집시다."

그때 또 묶여오는 사람이 있었다. 쌀가게 주인 빡보와 천가였다. 그 집에서도 문서를 보자기에 싸가지고 왔다. 이어서 또 한 사람이 묶여오고 있었다. 호방이었다. 그는 순순히 묶였던지 재갈도 물리지 않았고, 매무새도 크게 흐트러지지 않았다.

"이것은 돈문서고 이것은 패물이오. 저건 비단이오."

비단을 지게에다 지고 왔다. 패물 보자기는 이방 것보다 조금 작았고, 돈은 가지고 오지 않았다. 전봉준은 아까 이방한테 그랬듯 호방의 얼굴도 똑바로 건너다봤다. 호방은 새파랗게 질린 얼굴로 입술을 부들부들 떨며 전봉준을 건너다봤다.

"포박을 끄르시오."

전봉준은 침착하게 말했다. 포박을 끌렀다. 얼마나 모질게 묶었던지 손이 퍼렇게 죽어 있었다. 호방은 묶였던 자리를 주물렀다.

　나졸과 이런 난민들은 바로 이런 데서 차이가 났다. 나졸들은 백성을 괴롭힐 때 무지막지한 고통을 주기는 하지만, 그들은 고통을 주는 것만이 목적이므로 거기에는 일정한 기교랄까 배려가 들어 있었다. 곤장을 치는 것도 고통을 주는 것이 목적이므로 볼기만을 때리고, 주리를 틀 때도 뼈가 부러지게는 틀지 않는다. 그러나 원한이 쌓인 난민들은 감정대로 몽둥이를 휘둘러 골통이고 팔다리고 가리지 않고 망가뜨리고, 이렇게 포박을 할 때도 마찬가지였다. 그들은 나졸들한테 묶일 때 아팠던 것만 기억에 남아 있지, 거기에 일정한 배려가 있는 줄은 모른다. 설사, 안다한들 그래 가지고는 직성이 풀리지 않을 것이므로 그렇게 하지 않을 것이다.

　"호방!"

　전봉준이 착 가라앉은 소리로 호방을 불렀다. 낮으나 위압적인 소리였다.

　"예에."

　호방은 허리를 사뭇 주억거리며 정중하게 대답했다. 느려 빼는 목소리가 굽실거리는 허리와 함께 발밑으로 깔리는 것 같았다. 상전 비위 맞추기에 이골이 난 목소리고 굽실거림이었다.

　"일판을 대충 짐작하시겠지요?"

　전봉준은 낮은 소리로 물었다.

　"예에, 그저 목숨만 살려주십시오."

　호방은 더욱 굽실거렸다. 목숨만 살려주면 평생 이 모양으로 당신 종이 되래도 되겠다는 태도였다. 강아지처럼 수령들 밑에 기어

살던 습성이 제대로 본색을 드러내고 있었다. 호방이 그런 꼬락서니로 굽실거리자 그 앞에 서 있는 전봉준 체구가 마치 커다란 바윗덩어리 같았다. 개는 아무리 사나운 개라도 주인이 다른 사람한테 목줄을 넘기면 당장 그 사람 앞에 꼬리를 사린다. 잡아먹을 듯이 짖던 개가 목줄을 넘기는 바로 그 순간 새 주인에게 꼬리를 사리며 기가 죽는다. 새 주인은 그 개가 사나웠던 만큼 그렇게 꼬리를 사릴 때는 기분이 좋을 수밖에 없다. 짐승인 개도 그렇게 꼬리를 사리면 기분이 좋은데 항차 사람이 꼬리를 사리면 얼마나 기분이 좋을 것인가? 아첨이란 곁에서 보기에는 추하지만 아첨을 받는 쪽에서는 기분이 좋은 법이다. 남 앞에 아첨으로 살아온 자들은 그런 심사를 몸으로 겪어 체득하고 있었다.

"개새끼!"

곁에 섰던 젊은이들 입에서 제절로 욕설이 빚어 나왔다. 평소 그렇게도 험하게 설쳤던 작자들의 그 서릿발 치던 기세가 이렇게 속절없이 허물어지자 허망한 느낌이 드는 모양이었다.

"읍내나 읍내 가까운 동네에 평소 조병갑이하고 가깝게 지내던 자가 누구누구지요?"

"예? 읍내 가까이 말씀입니까?"

느닷없는 소리에 호방은 눈을 씀벅였다.

"그렇소. 조병갑과 가까이 지내던 사람 두세 사람만 대시오."

전봉준은 호방을 뚫어지게 쏘아보며 말했다.

"예, 예."

호방은 그때야 사태를 짐작하는 듯 눈에 빛이 번쩍했다. 굽실거리기는 하면서도 눈은 눈대로 따로 번뜩였다. 나름대로 챙기는 생각이 있는 듯 했다. 조병갑이 잡히지 않았다면 자기들은 어떻게 되는 것인지 그걸 계산하고 있는 것 같았다.

"목숨을 구걸할 때는 내놓는 것이 있어얄 게 아니오? 조병갑이 잡히든 안 잡히든 당신들 죄는 당신들 죄대로 있소."

"예, 예. 저 앵성리 조성국 씨하고 평소 가까이 지냈사옵니다."

호방은 전봉준 눈치를 살피며 떠듬떠듬 말했다.

"또!"

"그리고는 다, 달리 그럴 만한 사람이 생각나지 않사옵니다."

"그럼 조성국하고 가장 가까이 지냈던 사람은 누구요?"

"글쎄올시다."

호방은 고개를 갸웃거렸다. 전봉준은 호방을 노려보고 있었다.

"죄송하옵니다."

호방은 실없이 허리만 주억거렸다. 그때 호방이 깜짝 놀라 한 발 뒤로 물러섰다. 허공을 할퀴듯 바람에 뒤틀리던 모닥불이 불꼬리를 크게 한번 휘둘러 호방을 싸안을 듯 크게 훑쳐버린 것이다. 꼭 일부러 그런 것 같았다.

"곳간으로 데리고 가시오."

전봉준이 고갯짓을 하자 잡아온 사람들이 호방 등짝을 거칠게 밀었다. 이어서 형방 김형호가 잡혀왔다. 그 역시 꽁꽁 묶여오고 있었다. 그 집에서도 비단을 한 짐 지고 오고 있었고, 돈 문서와 패물 그리고 현금도 가져왔다. 패물 주머니는 그렇게 크지 않았다. 전봉준은 담담한 표정으로 그도 곳간으로 데리고 가라고 한 다음 최경선을 한쪽으로 불렀다.

"형방한테 가서 조병갑이 의탁할 만한 집이 어느 집이겠는가 은밀하게 한번 물어보시오. 내가 물어보라더라고 하면 바른 소리를 할 것이오."

전봉준의 말에 최경선은 바삐 형방을 뒤따라갔다. 이어서 수교가 잡혀왔다. 수교도 얻어맞아 볼은 메주 볼이 되어 있었고, 몸뚱이는 숫제 새끼로 친친 감겨 있었다. 수교 집에서 나온 패물과 돈 보자기는 아까 이방 집에서 나온 것보다 배나 컸다.

"개새끼 많이도 처먹었구나."

정길남이 보자기와 주머니를 받아 궤짝에 집어넣으며 핀잔을 주었다. 수교가 정길남을 힐끔 봤다.

"이 새끼, 보기는 누굴 봐?"

정길남이 발끈했다. 수교는 고개를 떨어뜨렸다. 수교도 곳간으로 끌려갔다. 그때 형방한테 갔던 최경선이 돌아왔다. 형방도 조성국밖에는 그럴 만한 사람을 모르겠다고 한다는 것이다. 정참봉은 조병갑을 만날 때도 전혀 표가 나지 않게 만났으므로 아전들도 둘 사이를 거의 눈치 채지 못하고 있었다. 정참봉은 더러 군아에 와서 조병갑을 만났으나, 그때마다 그럴듯한 구실을 대고 금방 만나고 갔다.

"벙거지들은 몇 명이나 잡았냐?"

"스무남은 명 되는 것 같습니다."

정길남이 대답했다. 나졸들이나 장교들은 붙잡는 족족 옥에다 가두었다.

송대화는 읍내를 빙 둘러 매복을 시켰다. 큰 길목에도 매복을 끝냈다. 정읍 쪽으로 가는 길에는 더 단단히 매복을 시켰다. 한 마장 간격으로 두 군데나 매복을 끝낸 송대화는 조망태가 매복을 하고 있는 반내고개 매복 상태를 확인한 다음 젊은이 두 사람을 달고 읍내 쪽으로 갔다.

"저기 누가 오요."

조망태 곁에서 누가 속삭였다. 진선리 쪽에서 헐레벌떡 달려오는 사람이 있었다. 달려오는 것이 예삿일이 아닌 것 같았다. 가까이 다가왔다.

"누구여?"

조망태가 길로 불쑥 나서며 소리를 질렀다.

"아이고, 아무도 아니오."

작자는 우뚝 걸음을 멈추며 소리를 질렀다.

"먼 사람이오?"

"나는 진선리 사는 사람이오. 당신들 농민군이지라우?"

"진선리 사는 사람이 혼자 멋하러 오요?"

"당신들 농민군 맞지라우?"

"보면 모르겠소?"

"오매, 그라요. 그람 송대화 씨가 시방 어디 기시오? 급하게 알릴 일이 있소."

"무슨 일인디라?"

"송대화 씨한테 혀사 쓸 말인게 어서 송대화 씨한테로 갑시다. 한시가 급하요."

작자는 똥 마려운 놈처럼 발싸심을 했다.

"당신 조병갑이란 놈 내빼는 것 봤지라우?"

조망태가 지레 넘겨짚었다.

"오매, 그걸 어떻게 아시오?"

작자는 깜짝 놀라며 뒤로 한발 물러섰다.

"나도 여그서 여러 사람을 거느리고 있는 사람인게 염려 말고 말하시오. 조병갑을 어디서 봤소?"

"이리 쪼깨 오시오."

조망태를 한쪽으로 데리고 갔다.

"나는 진선리 송덕보란 사람인디라우, 이런 심부름을 내가 혔다는 소리는 아무한티도 하지 마써요잉. 나는 정참봉 댁 소작인이오. 나도 오늘 송대화 씨를 따라나설라다가 그랬다가는 암만혀도 소작이 떨어질 것 같아서 못 나섰소. 그랬는디, 만당간에 내가 이런 심바람혔다는 소문이 나는 날에는 나는 죽소. 나는 식구가 야닯이나 되는 사람이오."

작자는 잔뜩 겁먹은 표정으로 주변을 두리번거리며 주워섬겼다.

"그런 염려는 마시고 어서 말씀하시오."

"당신이 누군지 모르겄는디, 시방 일판이 급한게 당신만 믿고 말씀드리요잉. 정말로 입 딱 봉하겠제라우?"

"어서 말이나 하란 말이오."

"그람 헐라요. 시방 사또가라우. 진선리 정참봉 집에 숨었소. 그 집 머슴이 나보고 얼른 달려가서 송대화 씨한티 말을 하라고 혀서 시방 이라고 죽을 둥 살 둥 모르고 달려왔소."

"고맙소."

조망태는 돌아섰다.

"그람 나는 가요잉."

작자는 휑하니 돌아서서 오던 길을 바람같이 내달았다.

"야, 너희들 둘, 빨리 달려가서 접주님한테 조병갑이 진선리 정참
봉 집에 숨어 있다고 전해라. 그새에 조병갑이 정읍 쪽으로 내뺄지
도 모른게 나는 여그 있는 사람들 데리고 몬자 가서 그쪽 길에 매복
을 하고 있겠다. 싸게 달려, 싸게!"

조망태는 그 근처에 매복한 10여 명을 거느리고 진선리를 향해
달렸다. 송덕보는 저만치 달려가고 있었다. 그는 마치 누가 뒤쫓아
오기라도 하는 것같이 내달았다. 진선리까지는 정읍 쪽에서 5리쯤
떨어진 거리였다.

조망태 지시를 받은 두 젊은이는 군아를 향해 정신없이 달렸다.

정참봉은 2천 석이나 하는 부자로 소작료 짜기로 소문이 난 사람
이었고, 전답을 마련할 때도 악독한 짓을 많이 해서 인심을 잃고 있
었다.

"누구여?"

읍내 가까이 매복하고 있던 패였다. 마침 송대화가 거기서 매복
상태를 돌아보고 있었다.

"진선리 정참봉 집에 조병갑이 숨어 있다요."

송대화는 깜짝 놀랐다. 젊은이들과 함께 군아로 뛰어갔다. 그 말
을 들은 전봉준 눈에서도 불이 번쩍했다.

"정익서 씨는 송늘남 패하고 고미륵 패 두 패를 데리고 가서 잡

으시오. 그리고 송대화 씨는 읍내에 매복한 사람들을 데리고 뒤따르시오."

전봉준이 다급하게 영을 내렸다.

"별동대는 그 집만 둘러싸고 그 집에는 다른 사람이 들어가야겠소. 그 집을 뒤져야 할 형편이 되면 우리 쪽 젊은이들은 거개가 정참봉 소작인들이라 제대로 못 뒤질 것 같소."

"그러면 길남이 네가 가거라."

"알겠습니다."

정익서는 별동대 두 대와 정길남이 거느린 10명을 이끌고 군아문을 쏟아져나갔다. 송대화도 뒤따랐다. 전봉준은 최경선에게 흥덕과 화호나루 쪽으로 사람을 보내 그쪽으로 간 사람들을 모두 불러오라 했다.

정익서는 바람같이 진선리로 내달았다. 진선리에 당도했다. 정익서는 고미륵더러 정참봉 집을 둘러싸라 했다.

"대문을 몸으로 부딪쳐 부수고 들어갑시다."

정길남이 정익서한테 속삭였다. 정길남의 말에 정길남 패들은 벌써 몸으로 대문에 부딪칠 자세를 취했다. 송늘남 패는 뒤에서 기다리고 있었다.

"부시게."

정익서가 말했다.

"한나, 둘, 싯 하먼, 사정없이 부딪친다잉. 더 물러서!"

정길남 말에 모두 한 발씩 물러섰다. 한쪽 어깨로 대문에 부딪칠 자세를 취했다.

"한나, 둘, 싯!"

─꽝.

대문이 벼락 치는 소리를 내며 활짝 열렸다. 정길남 패거리를 선두로 송늘남 패가 우 몰려 들어갔다. 집을 빙 둘러쌌다. 정익서와 정길남이 안채로 들이닥쳤다.

"웬 사람들이오."

정참봉이 나와 소리를 질렀다.

"조병갑이 여기 있지요?"

정익서가 위압적으로 소리를 질렀다.

"오기는 왔소마는 벌써 갔소."

"가다니요?"

"급한 일이 생겼다고 정신없이 찾아와서 머슴들 옷을 좀 빌려달라고 하글래 빌려주었더니 입고 갔소."

정참봉은 침착하게 말했다. 그때 횃불이 밝혀졌다.

"조성국도 같이 갔소?"

"같이 왔다가 같이 갔소."

정참봉은 얄미울 만큼 의젓했다.

"저 개새끼도 한통속이라 못 믿소. 집을 뒤집시다."

"맞소. 뒤집시다."

"말들 조심하게."

정참봉이 발끈했다.

"이 자식아, 누구한테 반말이냐? 이놈아, 조뱅갑이 하고 오는 꼬라지를 보면 알 것인디, 그런 개새끼한테 변복을 시켜 보내? 이놈의 집구석에 콱 불을 질러불틴게."

저쪽 뒤에서 얼굴을 숨기고 욕설을 퍼부었다. 뒤에서 젊은이들이
중구난방으로 악다구니를 썼다. 그때 농민군들이 또 쏟아져 들어왔
다. 송대화가 끌고 온 패였다. 여기저기서 횃불이 밝혀졌다.

"허 참, 내가 이것이 먼 날배락이여?"

"어서 뒤집시다."

"미안합니다. 양해하시오. 집을 좀 뒤져야겠소."

정익서가 정참봉한테 말한 다음 군중을 향했다.

"이 집을 샅샅이 뒤지시오."

정익서 말이 떨어지자 농민군들은 우크르 안방이며 마루방 등으
로 몰려들어갔다. 정참봉 아내가 놀라 남편 곁으로 바싹 붙었다. 농
민군들은 횃불을 비추며 샅샅이 뒤졌다. 안방에는 없었다. 마루방에
도 없고 부엌에도 없었다. 별당과 행랑채에도 없었다. 두벌 세벌 뒤
졌으나 없었다. 짚벼늘이며 두엄벼늘 속까지 대창으로 쑤셔봤으나
허탕이었다. 농민군들은 계속 몰려들어와 정참봉 마당이 가득 차 버
렸다. 그러나 아무리 이 잡듯이 뒤져도 허탕이었다.

"정참봉 말이 사실인 것 같은데 어떻게 했으면 좋겠소?"

정익서가 송대화한테 물었다.

"그자가 이 집에서 나갔다면 정읍 현아로 도망친 것이 분명합니
다. 김도삼 씨가 그리 갔습니다. 얼른 그리 사람을 보냅시다."

송대화가 다급하게 말했다.

"샛길로 내뺄 것 같은게 우리는 우리대로 뒤를 쫓읍시다."

조망태였다. 정익서는 송늘남을 불렀다.

"대원들을 모아 부리나케 정읍 쪽으로 달려라. 김도삼 씨한테 여기 소식을 전하고, 그리 갈 길목마다 지켜라."

송늘남이 알았다고 돌아서며 자기 부대원들한테 전부 대문으로 모이라고 소리를 질렀다. 정익서는 정길남을 불러 빨리 달려가서 전봉준한테 알리라고 한 다음 토방으로 올라섰다.

농민군들이 계속 밀려들고 있었다. 횃불이 수십 개 켜져 대낮처럼 밝았다. 정참봉은 마당 가운데서 서성거리고 있었고, 식구들은 한쪽에서 오들오들 떨고 있었다. 머슴 김만석도 식구들 속에 끼여 눈만 뒤룩거리고 있었다.

"내 말 들으시오. 조병갑이가 내뺐소. 모두 정읍 쪽으로 쫓으시오."

정익서가 군중을 향해 소리를 질렀다. 군중이 우르르 몰려나갔다.

"정참봉 저놈도 묶어다 옥에다 처넙시다."

농민군들 가운데서 몰려나가지 않고 악을 쓰는 사람이 있었다.

"맞소. 저 새끼도 한통속이오. 잡아다 문초를 해야 하요."

몰려나가던 농민군들은 무춤했다. 여기저기서 거듭 악다구니가 쏟아졌다. 정참봉은 자기한테 쏟아지는 욕설을 들으며 눈초리가 추켜 올라가고 있었다. 겁을 먹은 것이 아니라 이놈들 두고 보자는 서슬이었다.

"조병갑 쫓는 일이 급하잖소. 빨리 쫓아요."

정익서가 소리를 질렀다. 군중은 대문 밖으로 몰려나갔다. 그때 몽둥이 하나가 정참봉한테로 날아갔다. 어깨에 맞았다.

"이래서는 안 되요. 빨리 나갑시다."

송대화가 소리를 질렀다. 정익서가 정참봉을 가로막았다.

"저 개새끼부터 쥑이자."

"저 새끼 내뺄 것이오. 내빼기 전에 잡아갑시다."

일부는 끈질기게 버티고 서서 악을 썼다. 악다구니는 더 거칠었다.

"조병갑이 정읍 현아로 도망치고 있소. 빨리 쫓읍시다."

정익서가 거듭거듭 소리를 질렀다.

"빨리 쫓읍시다."

송대화도 덩달아 소리를 질렀다.

"개새끼 두고 보자."

그때야 그들도 못 이긴 듯 돌아섰다. 정익서와 송대화는 대문에 서서 어서 쫓으라고 소리를 질렀다. 농민군들은 어둠 속으로 내달았다. 대부분 조병갑 쫓기에 정신이 없었으나, 몇 사람은 대문을 나서면서도 정참봉한테 욕설을 퍼부었다. 대문을 발길로 차는 사람도 있었다. 너도 나도 대문을 걷어차면서 어둠 속으로 달렸다. 정익서와 송대화도 어둠 속으로 사라졌다.

한참만에 다시 정참봉 대문 앞으로 되돌아오는 사람들이 있었다. 20여 명이었다.

"이 집구석에 불을 질러붑시다."

"불을 지르고 저 자식은 잡아갑시다. 저 자식도 삼거리에 목을 매달아사 쓰요."

어둠 속에서 은밀하게 속삭였다. 그때 정익서가 쫓아왔다. 낌새를 채고 되돌아온 것 같았다.

"당신들은 안 쫓고 뭣하고 있소?"

"저 정가 놈도 잡아가얄 것 아니오?"

"지금 이판에 저런 피래미를 놓고 이러고 있을 때요? 어서 조병 갑이나 쫓아요."

정익서가 버럭 고함을 질렀다. 그들도 하는 수 없이 다시 어둠 속으로 달렸다.

"이 개새끼 정가 놈아, 너도 언제 달아매도 우리 손으로 니놈 모가지를 매달고 말 것이다. 개새끼 대갈통부텀 터져라!"

뒤에서 누가 악을 쓰며 돌멩이를 정참봉 집으로 냅다 쏘았다. 농민군들은 너도 나도 욕설을 퍼부으며 돌멩이를 집어 정참봉 집으로 힘껏 쏘았다. 정참봉 집 기와지붕에서 우박 쏟아지는 소리가 났다.

"내 지시에 따라주시오. 어서 가요!"

정익서가 다시 소리를 지르자 사람들은 어둠 속으로 슬금슬금 사라졌다.

"이놈의 새끼 오늘은 고이 물러간다마는 두령들이 네놈을 잡아다 목을 매잖으면 우리래도 와서 느그 집구석에 불을 질러불고 말 것이다. 두고 봐라."

"이차시에 저자석도 기어코 쥑애사 써."

"저런 새끼를 안 쥑이고 누구를 쥑애?"

농민군들은 야무지게 을러메며 어슬렁어슬렁 가고 있었다. 정말 무슨 일이 나고야 말 것 같았다. 악을 쓰는 사람들은 거개가 이쪽 사람들 같았다.


정길남이 정신없이 군아로 뛰어갔다.

"거그서도 도망쳐 부렀소."

"뭣이?"

전봉준은 깜짝 놀랐다.

"그 집에서 머슴 옷으로 변복을 하고 도망쳤답니다. 그 집을 말짱 뒤져도 없었습니다. 그래서 사람들을 전부 풀어 정읍 쪽으로 쫓고 있소."

전봉준은 멍청하게 정길남을 건너다봤다. 그때 전봉준 곁에 웬 낯선 사람들이 세 사람이나 서 있었다. 임군한 일행이었다. 이내 전봉준은 임군한을 한쪽으로 따냈다. 전봉준은 오늘 저녁 거사를 하기로 결정을 한 다음 임군한한테 사람을 보내 급히 고부로 와달라는 기별을 했던 것이다. 임군한 곁에는 텁석부리와 김확실이 눈알을 뒤룩거리고 서 있었다. 나머지 졸개 15,6명은 군아 들어오는 골목에서 기다리고 있었다.

"조병갑은 틀림없이 정읍으로 갈 것 같네. 지금 정읍 쪽에는 벌써 김도삼 씨가 농민군들을 데리고……."

전봉준이 임군한한테 정황을 설명했다.

"여기서 전주로 도망칠 수 있는 길은 정읍으로 해서 가는 길이 제일 안전하기 때문에 그 길을 택한 것 같습니다. 그러나 만약을 모르니 저는 우리 애들을 반반으로 나눠 저는 정읍으로 가고, 나머지는 곧장 전주로 보내 남문, 서문 등 이쪽에서 들어가는 성문 밖에 미리 매복을 시키겠습니다."

"좋은 생각일세. 그자를 잡으면 포박해서 여기까지 끌고 오면 좋지만 사불여의하면 그 자리에서 처치해도 상관없네."

"눈에 띄기만 하면 기어코 잡아 이 고을 사람들 원한을 풀도록 하겠습니다. 다녀오겠습니다."

임군한은 고개를 꾸벅하고 급히 자리를 떴다. 임군한이 바쁜 걸음으로 거리로 나오자 여기저기 박혀 있던 졸개들이 삽시간에 임군한 뒤를 따랐다. 역시 화적들다운 기민성이었다. 그들은 그들의 수에 비해 별로 표가 나지 않았다. 서로 남남인 것같이 끼리끼리 두세 명씩 몰려 서로 일정한 거리를 유지하며 임군한을 따라가고 있었다. 그들은 차림도 별로 표가 나지 않았으며 20명 가까운 수였으나 한 패로 보이지도 않았다. 항상 예민하게 남의 눈을 마음에 끼고 사는 사람들이라 몸에 익은 은신의 묘랄까, 걸음걸이들이 천연스러우면서도 눈이 앞뒤 사방에 달린 것처럼 행동에 빈틈이 없었다. 지금 여기서는 전혀 그렇게 조심을 할 필요가 없는데도 평소 몸에 배어 있는 태도가 저절로 그렇게 드러나고 있는 것 같았다. 일행은 두세 명이 간단한 괴나리봇짐을 짊어졌을 뿐 모두 간동한 차림들이었다. 한참 가던 임군한이 으슥한 골목으로 들어갔다. 뒤따르던 졸개들은 모두 빨려 들어가듯 골목으로 따라 들어갔다. 임군한이 골목 으슥한 담 뒤에 멈추자 모두 임군한 주변을 빙 둘러쌌다.

"수령 놈이 도망쳤다. 이두령이 조병갑 얼굴을 알고 또 누가 안다고 했지?"

이두령이란 텁석부리였다.

"저요."

졸개 하나가 대답했다.

"이두령하고 저애하고 9명을 데리고 지금 곧바로 전주로 가고 나머지는 나하고 정읍으로 간다. 이두령은 전주 가서 남문하고 서문,

북문 세 성문 근처에 은신하고 있다가 조병갑이 오거든 사로잡으시오. 될 수 있으면 사로잡되 정 여의치 않으면 그 자리에서 처치하시오. 그놈을 보기만 하면 그자가 죽든지 우리가 죽든지 한쪽은 죽어야 합니다. 그놈을 놓쳐서는 절대로 안 되오."

임군한 표정은 바위처럼 굳어 있었고 눈에서는 시퍼렇게 살기가 번뜩였다. 입에서는 말이 아니라 묵직묵직한 돌덩어리가 튀어나가고 있는 것 같았다. 그놈을 보기만 하면 어느 한쪽이 죽어야 한다고 할 때는 한마디 한마디를 똑똑 끊어서 내뱉었다. 만약 놓치면 졸개들 모가지를 전부 잘라버릴 것 같았다. 임군한은 평소에도 졸개들 앞에서는 엄격한 편이었으나, 이렇게 일을 당하면 대번에 전혀 다른 사람이 되어버렸다. 임군한은 일의 크고 작기를 가리지 않고 무슨 일에든지 한번 손을 댔다 하면 그 일에 인생을 완전히 걸어버리는 성미였다. 그 일을 끝내고 나서는 성패를 막론하고 인생을 그만둘 사람 같았다. 오늘은 더 엄격했다. 이 일에 자기를 포함한 졸개들의 인생도 몽땅 걸어버린 것 같았다. 그는 성미가 급했지만 무슨 일에나 별로 실수가 없었는데, 바로 이런 무자비한 마음가짐 때문인 것 같았다.

"연락은 덕진 그 주막이오. 지금 바로 떠나시오!"

"알겠습니다."

텁석부리 표정도 임군한처럼 굳어 그의 눈에서도 살기가 피어올랐다. 그는 졸개들을 거느리고 임군한한테 꾸벅 고개를 숙이고 그 자리에서 돌아섰다. 텁석부리는 한마디 군소리도 없이 그대로 떠났다. 이미 죽음을 넘어서버린 임군한의 살기 어린 표정에는 무얼 묻고 어쩌고 할 틈이 없었다. 임군한의 말은 절대 절명이었고, 그의 명령 앞에서는 그저 죽음을 넘어서는 복종이 있을 뿐이었다.

"가자."

임군한은 김확실과 시또, 기얼은복 등 10명의 졸개들을 달고 정읍 쪽으로 바람같이 내달았다. 주천삼거리에 이를 때까지 임군한은 말 한마디 없었다. 졸개들도 마찬가지였다. 죽음의 경계를 저만치 넘어선 저승 사람들 같았다. 임군한은 이럴 때는 표정이 굳어지면서 이렇게 말부터 없어졌다. 꼭 필요한 말 이외에는 하루 종일 거의 한 마디도 하지 않을 때가 있었다. 그들이 주천삼거리에 이르자 희부옇게 날이 새고 있었다.

"누구여?"

논두렁 밑에서 여남은 명의 젊은이들이 뛰쳐나오며 소리를 질렀다. 대창을 들이댔다.

"김승종 팬가?"

대창 들이대는 꼴들이 어설프기가 그대로 뚝머슴들이었다. 임군한 패거리들과 표정과 몸가짐에 비하면 강아지와 호랑이 차이였다.

"당신들은 누구요?"

송늘남이었다.

"다른 고을에서 전봉준 접주님을 거들러 온 사람들일세."

임군한 목소리는 조용하게 가라앉아 있었다.

"김승종은 정읍으로 갔소."

"몇 명이나 데리고 갔는가?"

"서른 명 다 데리고 갔소."

"알았네."

"저그 정참봉이 가요. 조병갑 숨겨줬던 사람이오."

곁에 있던 젊은이가 일러바치듯 묻잖은 소리를 했다.

"조병갑 숨겨줬던 놈?"

임군한 목소리에 대번에 힘이 꼬였다.

"예."

"그럼 왜 안 잡았는가?"

"정익서 두령님도 안 잡았다는디, 우리가 그런 사람을 어떻게 잡
겠소."

송늘남이 어림없는 소리라는 듯이 대답했다.

"멋이?"

임군한은 한심하다는 표정으로 그를 보고 있다가 얼른 뒤로 고개
를 돌렸다.

"쫓아가서 이리 끌고 와."

"알겄소."

말이 떨어지기가 바쁘게 김확실이 내달았다. 시또와 기얻은복도
뒤따랐다. 저만치 키가 껑충한 정참봉이 바삐 가고 있었다. 머슴인
듯한 자 둘이 정참봉을 따라가고 있었다.

"거그 서시오."

김확실이 소리를 질렀다. 정참봉이 뒤를 돌아보았다.

"나 따라오시오."

"자네가 누군디, 누구보고 따라오라 하는가?"

"자네라니, 내가 느그 종이냐? 아굴창을 홱 돌려불기 전에 얼른

따라 오기나 해."

정참봉은 껑충하게 서서 김확실을 멀뚱멀뚱 보고 있었다.

"이 새끼야, 귀에다 말뚝 박았냐? 멋을 꾸물거리고 자빠졌어, 바쁜디."

김확실이 쥐알릴 듯 주먹을 들었다.

"당신들은 누구요?"

정참봉이 김확실의 주먹을 피하며 소리를 질렀다. 시또가 정참봉 뒤로 돌아갔다.

"왜 말이 많냐? 보면 몰라."

시또가 뒤에서 정참봉 엉덩이에다 발을 대고 사정없이 밀어버렸다. 정참봉은 앞으로 고꾸라지려다가 겨우 중심을 잡았다.

"허허, 이런 봉변이라니."

정참봉은 애써 의젓한 자세를 유지하며 일그러진 표정으로 헛웃음을 쳤다. 그러나 김확실의 드센 서슬에 질린 것 같았다. 정참봉은 임군한 앞으로 끌려갔다.

"조병갑 어디로 갔소?"

임군한이 가라앉은 소리로 물었다.

"내 집에 뛰어 들었글래 그 사람을 잠깐 집에 들였소마는, 금방 나갔은게 나는 그 사람이 어디로 갔는지 모르요."

정참봉은 임군한을 보자 비로소 겁을 먹은 표정이었다. 눈빛에 질린 것 같았다.

"조병갑 행방을 모른단 말이오? 당신이 조병갑을 정읍 뉘 집으로 보내놓고 뒤를 따라가고 있어."

"백지 애매한 말씀이오."

"바쁘다. 한 번만 더 묻는다. 뉘 집으로 보냈냐?"

임군한의 살기 어린 눈빛은 정참봉 눈을 그대로 뚫어버릴 것 같았다.

"그런 적 없소."

정참봉은 손사래까지 치며 고개를 저었다.

"저리 끌고 가서 패라. 뉘 집으로 보냈다는 말이 나올 때까지 패. 뒈져도 상관없다."

임군한이 조용히 내뱉었다. 그러나 그 말에는 바윗덩어리 같은 무게가 실려 있었다.

"이리 와!"

김확실이 별동대원들 손에서 대창을 하나 빼앗아 들며 정참봉 소매를 끌었다.

"왜 이러시오?"

정참봉은 제법 거쿨진 가성으로 말꼬리를 빠듯 추켜올렸다. 뻗대는 꼴이 제법 의젓했다.

"허, 이 새끼가."

김확실 눈에 불이 번쩍했다. 정참봉의 가성이며, 야젓잖은 짓둥이에 김확실은 대번에 눈이 뒤집힌 것 같았다. 정참봉이 쓰고 있는 갓양을 홱 낚아챘다. 갓을 발로 칵 밟으며 상투를 틀어잡았다. 땅딸막한 김확실이 껑충한 정참봉 상투를 잡자 김확실은 어깨까지 합쳐 정참봉하고 키가 짝이 맞았다. 상투를 밑으로 홱 낚아챘다. 상투가 퐁 빠져버렸다. 동곳이 박힌 채 풍잠까지 그대로 따라왔다. 너무 맥살없이 상투가 빠져버리자 경황 중에도 김확실은 놀란 눈으로 손에 쥔 상투와 정참봉 대가리를 번갈아 보았다. 정참봉은 맨대가리였다. 번들번들한 대머리에 머리카락이 몇 날 흘러내리고 있었다. 김확실이 하도 우악스럽게 잡아챈 바람에 머리가 그렇게 빠져버린 것 같았다. 김확실이 손에 쥐고 있는 것은 가짜상투, 그러니까 머리숱이 모자라 덧 둘렀던 *치마머리였다.

"이런 개새끼."

김확실은 손에 쥐고 있던 상투를 땅바닥에다 탁 던지며 욕설을 퍼부었다. 잠시 속았던 것에 더 화가 치미는 것 같았다. 김확실은 정참봉의 몇 날 안 되는 머리카락을 뒷머리까지 모아 손가락에 감아쥐었다. 사정없이 앞으로 잡아당기며 무릎으로 배를 쿡 질렀다. 정참봉은 욱 하며 앞으로 허리를 굽혔다. 머리카락 잡은 손을 한쪽으로 잔뜩 외오틀며 땅으로 박았다. 정참봉 머리가 김확실 손을 따라 무릎께로 꼬였다가 땅바닥으로 처박혔다.

"이놈아!"

정참봉은 두 손으로 김확실의 손을 붙잡으며 악을 썼다.

"이것 봐라."

김확실이 상투 잡은 손을 더 거세게 획 틀었다. 정참봉 몸뚱이가 길바닥에 나동그라지며 배를 하늘로 향하고 발딱 뒤집어졌다. 김확실은 이번에는 정참봉 발목 하나를 잡아끌고 논둑 밑으로 내려갔다. 정참봉은 죽는다고 악을 쓰며 끌려 내려갔다. 마치 호랑이가 큼직한 황소 뒷다리를 물고 끌고 가는 꼴이었다. 임군한이 따라 내려갔다. 송늘남 등 젊은이들은 이 무시무시한 광경을 멍청히 건너다보며 발발 떨고 있었다.

"이 새끼, 한번 뒈져봐라."

김확실이 대창을 거꾸로 들고 사정없이 후려쳤다.

"아이고, 아이고, 마, 말하리다."

말하겠다는데도 그치지 않고 서너 대를 거푸 갈겼다. 매를 그쳤다.

"뉘 집으로 보냈냐?"

"현아로 간다고 합디다."

"현아로? 왜 그 소리를 이제 하냐? 설맞았다. 제대로 패. 아가리에서 창자가 기어나오든지 바른말이 기어나오든지 양단간에 하나는 기어나와야 한다."

임군한 말에 김확실은 자기가 무슨 모욕이라도 당한 것같이 이를 앙다물며 대창을 꼬나쥐었다. 사정없이 대창을 휘둘렀다. 정참봉은 논바닥에 대굴대굴 굴렀다. 어깨고 다리고 가리지 않고 후려갈겼다. 예닐곱 대를 갈기자 대창이 파삭 깨지고 말았다.

"대창 가져와!"

임군한이 가까이 있는 두 젊은이에게 손짓을 했다. 정참봉은 닭 끌어안은 구렁이처럼 논바닥에서 몸뚱이를 뒤틀고 있었고, 김확실은 숨을 씨근거리며 정참봉을 내려다보고 있었다.

"바쁘다. 네가 패! 안 불거든 죽을 때까지 그치지 말고 패라!"

임군한이 시또한테 대창을 넘겼다. 시또는 너 잘 만났다는 듯이 사정없이 대창을 휘둘렀다. 정참봉은 대굴대굴 구르며 죽는다고 악을 썼다.

"시또가 지치거든 계속해서 패시오!"

임군한은 김확실한테 다른 대창을 넘겼다. 김확실은 임군한보다 다섯 살이나 위였다.

"말하리다. 살려주시오."

정참봉이 소리를 질렀다. 시또가 매를 그쳤다. 정참봉은 그 자리에서 버르적거리고 있었다.

"일어나 새꺄, 바뻐."

시또가 발로 정참봉 옆구리를 사정없이 걷어찼다. 그래도 정참봉은 버르적거리고만 있었다.

"이 새끼가."

김확실이 대창으로 사정없이 갈겼다. 그제야 정참봉은 비틀거리며 겨우 일어섰다. 일어서다 한 발을 휘청했다.

"아이고매."

정참봉은 금방 주저앉으려다 가까스로 일어났다. 숨을 헐떡거렸다.

"살려주시오. 참말로 모르요. 조성국이 우리 집에 데리고 왔다가 데리고 나갔소. 그 사람들이 현아밖에 갈 데가 더 있겠소?"

임군한이 정참봉을 할기시 노려보고 있었다.

"이 새끼가 사람을 놀리고 있네."

김확실이 대창으로 사정없이 정참봉 등짝을 후려갈겼다.

"아이고, 살려주시오."

정참봉은 김확실을 향해 두 손을 싹싹 비볐다.

"참말이오, 참말. 살려주시오."

정참봉은 숨을 헐떡거리며 이번에는 임군한한테 손을 비볐다. 임군한은 말없이 정참봉만 노려보고 있었다. 정참봉은 정신없이 손을 비볐다.

"정말이냐?"

임군한이 무거운 소리로 물었다.

"정말이요, 정말. 살려주시오."

정참봉은 허리를 굽실대며 파리발로 사정없이 손을 비볐다.

"이 새꺄, 똑똑히 대답을 해!"

김확실이 이번에는 주먹으로 정참봉 볼을 사정없이 질렀다. 너무 다급하게 주워섬기는 바람에 말이 제대로 되지 않았던 것이다.

"정말이요, 정말."

"지금 우리는 정읍으로 가고 있다. 만약에 거짓말이면 너는 죽는다. 다시 생각해 봐!"

임군한이 가라앉은 목소리로 다그쳤다.

"정말이요, 정말."

"두고 보자. 그때까지만 살려둔다. 이리 끌고 올라와!"

임군한은 길로 올라서며 소리를 질렀다. 별동대원들은 잔뜩 겁먹은 눈으로 임군한을 보며 발발 떨고 있었다. 임군한은 별동대원들을 돌아봤다.

"저런 자식이 그렇게 무섭냐? 저런 놈 앞에서 그렇게 벌벌 기려면 멋하자고 대창은 들고 나섰냐? 대창이 부끄럽지도 않아."

임군한은 별동대원들에게 눈알을 부라렸다. 정참봉이 비틀거리며 길 위로 올라섰다.

"묶어서 군아로 보내라. 묶어주고 따라와!"

임군한은 김확실에게 지시를 해놓고 그대로 돌아섰다. 뒤에는 시또와 기얼은복이 남았다. 별동대 젊은이들은 벼락 맞은 꼴로 멍청하게 임군한 뒷모습만 바라보고 있었다. 임군한은 나머지 졸개들을 거느리고 정읍을 향해 걸음을 재촉하고 있었다. 화적들은 관에 잡혔다 하면 모두가 갈데없는 *자리개미감들이라 평소에도 무슨 일이든지 이렇게 단판걸이였다. 유독 임군한은 그게 더했다.

시또가 정참봉 허리끈을 쭉 잡아챘다. 바지가 흘러내렸다. 정참봉은 얼른 바지말기를 잡았다. 시또는 허리끈 한쪽 끝을 입에 물고 북 찢었다. 두 손으로 양쪽을 잡아 길게 찢었다.

"허리띠 매!"

시또는 허리끈 한 가닥을 정참봉에게 던져주며 허리를 가리켰다. 정참봉은 달달 떨리는 손으로 허리띠를 잡아맸다. 정참봉 꼬락서니는 말이 아니었다. 상투가 달아난 것은 말할 것도 없고, 바지며 도포가 시커먼 흙감태기였다.

"손 집어너!"

시또는 허리끈으로 양쪽에 고를 내어 정참봉 앞에 내밀었다. 정참봉은 양쪽 손을 고 속에 넣었다. 두 손이 사뭇 달달 떨리며 고 속으로 들어갔다. 꽁꽁 묶었다.

"데꼬 가거라. 만약 내뺄라고 하먼야, 대창으로 배때기에서 등짝까지 맞창을 내부러!"

김확실이 별동대 젊은이들에게 내뱉었다. 시또가 고부 쪽을 향해 정참봉 엉덩이를 사정없이 걷어찼다. 정참봉은 앞으로 거꾸러지려다 겨우 중심을 잡았다.

"어서 가!"

174

김확실은 별동대원들에게 소리를 질렀다. 말뚝처럼 꼼짝도 않고 서 있던 젊은이들이 그때야 겁먹은 눈을 뒤룩거리며 화닥닥 움직였다.

김확실 패는 정읍을 향해 걸음을 빨리 했다. 김확실 머리 속에는 아까 정참봉 상투를 잡아챘을 때 떠올랐던 엉뚱한 영상 하나가 다시 떠오르고 있었다. 자기가 산으로 들어올 때 두고 온 처녀의 얼굴이었다. 종이었던 김확실은 주인집에서 도망을 쳐나와 머슴살이로 이리저리 떠돌다가 마지막으로 변산 어느 부잣집에서 머슴살이를 했다. 그 집에 드난살이하던 동네 처녀하고 눈이 맞았다. 그런데 그 처녀한테 눈독을 들여오던 그 집주인이 논 서 마지기 값을 주고 그 처녀를 첩으로 들이게 되었다. 김확실과 그 처녀는 동네 뒤 숲속에서 단둘이 만났다. 눈물만 주룩주룩 흘리며 말도 제대로 못하고 앉았던 처녀가 풀밭에 벌떡 누웠다.

"지는 첫정도 확실 오빠한테 느꼈은게로 첫 몸도 확실 오빠한티 바칠 테여. 시방 지가 확실 오빠한티 드리고 갈 것이라고는 이것뱆이 멋이 또 있겄어?"

얼굴에 범벅이 되었던 눈물을 말끔히 닦고 그 처녀는 쑥대 유난히 무성하게 우거진 수풀 속에 눈을 딱 감고 벌떡 누워버렸다. 박꽃같이 가냘픈 몸매에 울음 같은 웃음을 머금으며 눈을 딱 감고 있는 그 얼굴을 내려다보며 김확실은 잠시 넋을 잃고 있었다. 멀리서 꿩꿩 장끼 소리가 아득했다. 실개천 소리 숨죽이던 산자락 너머로 멀리 날아가던 그 장끼 소리. 김확실은 그 처녀의 얼굴과 그 유별나게 하얗던 몸매가 떠오르면 지금도 피가 끓고 숨이 막혔다. 김확실은 돈 있는 놈이나 양반을 만나면 그 처녀의 알몸이 떠오르고, 귀에서는 그때 그 장끼 소리가 꿩과리 소리처럼 요란하게 악을 썼다.

그 뒤부터 김확실은 부자나 양반들이 거드럭거리는 것을 보면 더욱 피가 거꾸로 섰다. 유독 그는 부자만 보면 자기 아버지 대부터 종으로 살아오던 제 험한 인생이 통나무가 일어서듯 벌떡 일어서는 것 같았다. 17세 때까지 김확실은 종살이를 했다. 다른 종들이 도망친다는 소리를 들었지만, 그때까지도 그는 도망치는 것이 죄인 줄만 알았다. 주인 잔기침 소리만 나도 *고패를 떨어뜨리며, 우리는 그저 종이거니 하고 살아왔을 뿐이었다. 그러다가 10여 년 전에 그 동네서 도망쳤던 종이 도포에 갓 망건까지 쓰고 어디 나들이 가는 걸 봤다는 소리를 듣고 새삼스럽게 귀가 번쩍했다. 그 무렵 사랑방에 나갔다가 사람은 하늘이라는 동학도들의 이야기를 들었다. 동학 교조 최제우가 두 여종을 하나는 며느리를 삼고 하나는 수양딸을 삼아 최제우 자신을 아버지라 부르게 했다는 동학도들의 이야기를 듣고 김확실은 숨이 가빠왔다.

그 달음으로 김확실은 주인집에서 도망쳤다. 낯선 데 가서 머슴살이를 했다. 종이 아니라 머슴이 됐던 것이다. 새경을 받아 생전 처음으로 돈이란 것을 자기 것으로 손에 쥐어봤다. 그제야 새삼스럽게 자기는 종이 아니고 한몫 사람이 되었다는 사실을 실감했다. 그러다가 그 처녀가 첩으로 팔려가는 것을 보고 자기 손에 쥐어 있는 돈과 논 서 마지기 값을 빗대보았다. 숨이 칵 막혔다. 김확실은 가슴을 쥐어뜯으며 그 집에서 다시 튀어나왔다. 바로 그때 묘하게 연이 닿아 화적이 되었다. 그는 종노릇을 하다가 사람이 하늘이라는 소리를 듣고 나도 사람이니 하늘이라는 생각이 먼동처럼 터 올라 조금 힘을 내어 주인집을 뛰쳐나왔고, 그 계집을 잃고 나서는 돈으로 사람까지 사는 지주 놈들을 전부 때려죽이자고 마지막 힘을 내어 화적이 되었던 것이다. 그러나 그가 처음 받들었던 두령 놈은 돈박에 모르는 개망나니였다. 뛰쳐나갈 틈을 노리고 있던 참에 임군한을 만났다. 임군한이야말로 자기가 찾던 사람이었다. 임군한은 나이가 자기보다 5세나 아래였지만, 두말 않고 그 밑으로 굽히고 들었다. 그러니까 김확실은 실로 세 번이나 변신을 한 것이다.

임군한 같은 두령을 만나고 보니 이 세상에서 사람답게 살 수 있는 길은 화적밖에 없겠다고 생각했다. 사람을 개돼지로 여기는 세상을 때려 고칠 길도 화적밖에는 없었다. 그는 지주와 양반과 관리들은 전부 죽여야 한다고 생각했다. 부자는 곳간에서 인심 나고 가난뱅이는 아침 이슬에서 복 나온다는 따위의 소리에 감격하던 때가 있었지만, 이 못된 세상을 곰곰 생각해 보니 그것은 개소리였다. 가난뱅이가 아무리 밤잠 안 자고 새벽부터 이슬을 털며 부지런을 떨어보았자, 부자 놈들한테 빼앗기고 관가 놈들한테 빼앗기고, 그렇게 무지막지하게 빼앗기고서야 복은커녕 어떻게 목숨인들 부지할 수 있단 말인가? 그런 매가리 없는 소리는 그런 놈들을 이 세상에서 다 쓸어 없앤 다음에야 할 소리였다.

임군한은 정읍 경내로 들어갔다. 아직 여기까지는 고부 소식이 안 왔는지 조용했다. 전봉준이 가르쳐 준 대로 송희옥 접주가 읍내에 접을 열고 있는 접을 찾아갔다. 송희옥은 읍내가 집이 아니었으므로, 교도 집에다 비밀스럽게 접을 열고 거기서 동학 강을 하는 한편 연락 장소로 쓰고 있었다. 대홍동 정읍천변이었다. 송희옥이 있었다. 김도삼도 있었다. 임군한은 자기 본색을 숨긴 채 전봉준 접주를 거들고 싶어서 온 사람이라고만 했다. 이름은 임일한이라고 이따금 쓰는 가명을 댔다. 두 사람은 반색을 했다. 여태 김도삼도 임군한을 모르고 있었다.

"내가 데리고 왔던 사람들은 지금 고부하고 정읍 경계에 촘촘히 매복을 시켜 놨소. 그리고 별동대 젊은이 30명도 고부 쪽 읍내 변두리에 매복을 하고 있소. 방금 송두령이 알아보니 조가는 아직 현아에 안 들어왔답니다."

김도삼이 다급하게 설명을 했다.

"내 외사촌 동생이 현아에 장교로 있어 금방 그 집에 다녀왔소. 그가 어제 저녁 *든번이었는데 조병갑은 아직 현아에는 안 왔답니다."

송희옥이 말했다.

"그럼 읍내에 정참봉이란 놈이 조병갑을 보낼만한 집은 없습니까? 오다가 정참봉이 이리 오길래 잡아서 닦달하다 묶어서 고부로 보내고 왔습니다. 정가란 놈이 곧바로 이리 오는 것을 보니 아무래도 수상했습니다."

김도삼과 송희옥이 서로를 봤다.

"그놈 논이 여기도 많을 테니 그놈 마름이 여기도 있을 법한데?"

김도삼이 뇌었다.

"한번 알아보지요."

송희옥이 고개를 끄덕이며 대답했다.

"김승종은 어디 있지요?"

"매복한 데를 알아보러 갔소. 곧 올 거요."

"고부에서 여기 읍내로 들어오는 길은 두 길 뿐이지요?"

"큰길은 두 길 뿐이오. 그러나 작은 길이라면 여럿이지요."

송희옥은 고부에서 이리 올 수 있는 길을 대충 설명했다.

"조가가 이리 왔거나 온다면 틀림없이 여기 현감한테 도움을 청해서 그 벙거지들 호위를 받고 전주로 가겠지요. 나는 일행이 전부 11명입니다. 혹시 이미 여기 읍내로 스며들었는지도 모르니, 우리는 미리 읍내서 나갈 만한 데 매복을 하겠소. 저도 여기 길을 좀 압니다마는, 칠보 쪽으로 빠는 길하고 금구로 빠는 길, 그리고 내장사로 해서 순창으로 빠는 길 등 세 군데 매복을 할까 하는 데 어떻겠소?"

임군한이 두 사람을 보며 물었다.

"그자가 아직 읍내는 못 들어왔을 것 같습니다마는 일을 튼튼하게 하는 것이 좋겠으니 임처사께서는 방금 말씀하신 대로 읍내서 나가는 길에 매복을 하고 계십시오."

김도삼이 동의를 하고 나서 송희옥 쪽으로 고개를 돌렸다.

"고부 사람들은 이쪽 길이 서툽니다. 송접주께서는 빨리 이곳 젊은이들을 모아 읍내 변두리에 매복하고 있는 우리 젊은이한테 달려 주어야겠소."

그때 김승종이 들어왔다. 아직 아무 기척이 없다는 것이다. 김도삼은 김승종을 임군한한테 인사를 시켰다.

"우리한테도 양쪽에서 대여섯 사람씩만 주시오. 고부 젊은이들 가운데서는 조가 얼굴 아는 사람을 달려 주셔야겠소."

"조병갑 얼굴 아는 놈은 승종이 네가 뽑아 보내라."

김도삼이 김승종에게 말했다.

"알겠습니다."

"나는 주천삼거리에서 오는 들머리 주막집이 전부터 아는 집입니다. 무슨 일이 있으면 서로 그리 알립시다. 그럼 승종이 자네하고 매복한 곳을 한번 둘러보세."

임군한은 김승종과 함께 밖으로 나갔다. 졸개들이 밖에 기다리고 있었다. 임군한은 김확실을 불렀다.

"김처사는 얻은복하고 한 사람을 더 데리고 내장사 가는 그 털보 주막에서 목을 지키시오. 그 길이 중요합니다. 조병갑 얼굴 아는 사람을 곧 보내겠소. 지금 바로 가시오."

털보 주막은 전부터 아는 주막이었다. 김확실은 기얻은복 등 졸개 둘을 달고 내장사 쪽으로 내달았다. 임군한은 한 패는 칠보 쪽으로 가는 길목으로 보내고, 다른 한 패는 금구로 빠지는 길목으로 보냈다.

임군한은 시또 하나만 달고 김승종을 따라 정읍천 둑을 타고 한참 내려가다가 길을 꺾어 읍내 변두리를 돌며 김승종 패가 매복하고 있는 곳을 살폈다.

내장사 쪽으로 가던 김확실이 벙거지들의 기찰에 걸렸다.

"웬 사람들이오?"

산수털벙거지를 눌러쓴 장교가 거칠게 쏘았다. 그 사이 고부 소식이 온 것 같았다.

"장성읍내 월평 사는 사람들이오?"

기얻은복이 어리숙하게 대답했다.

"장성 사람들이 여그는 멋하러 왔소?"

"예, 여그까장 달래 온 것이 아니고라우, 장성읍내에 김초시라고 하는 양반이 사는디라우, 장성서 김초시라면 모르는 사람이 없는디 라우."

"여그 멋하러 왔어? 그것이나 말해!"

기얼은복이 부러 느려터진 소리로 능청을 떨자, 곁에 섰던 나졸 이 꽥 소리를 질렀다.

"아따, 간 떨어지겠소, 거."

기얼은복이 여전히 늘어진 소리로 능청을 떨었다.

"멋하러 왔는가만 말하란 말이여!"

장교가 잡아먹을 듯이 욱대겼다.

"예, 알것소. 시방 말하요. 그 댁 그 멋이냐, 웅, 그 댁 종회에서라 우, 이참에 급한 일이 한 가지 있어갖고라우, 시방 종회를 열어서 의 논을 할라고 종회를 열게 되었는디라우, 우리가 시방 여그저그 사는 김초시 일가들한테 그 통지를 갖고 가는디라우, 금방 여그 읍내 김 멋이라고 하는 사람한테 전하러 간 일행들이 어디로 가부렀는가 시 방 안 와서……."

기얼은복은 그제야 품속에서 봉서 하나를 꺼내며 여전히 느려터 진 소리로 이죽거렸다.

"알았어."

장교는 혀를 차며 휙 돌아서버렸다. 그 봉서는 종회 개최 통지서 였다. 기얼은복은 이런 기찰에 이골이 난 터라 기찰하는 벙거지들 성미에 따라 임기응변이 변화무쌍했다. 기얼은복 능청에 넘어가지 않는 벙거지들은 거의 없었다. 임군한의 졸개들은 이런 기찰에 대비해서 가짜 종회 개최 통지서나 결혼 청첩장이며 부고 등을 서너 장씩 지니고 다녔다.

"저 새끼들 눈구먹 본게 조병갑 그 새끼가 여그 현아에 나타난 것 같소."

벙거지들이 저만치 가자 기얼은복이 김확실한테 속삭였다.

"그로코 뵈기는 뵌다마는."

"생각해 보씨오. 그런 일이 없고서사 식전부텀 벙거지들이 눈구먹에다 서릿발을 세우고 댕기겄소? 시방 고부 봉기군들이 고부하고 여그하고 중간에 쫙 깔려놔서 개미새끼 한 마리도 이리 못 왔을 것인디, 조병갑이 안 왔으면 어뜨코 알고 저러코 눈에다 불을 써고 댕기겄소?"

"틀림없다. 어서 가자. 그놈의 새끼 그리 오기만 와봐라. 대갈통부텀 수박 뽀개대끼 사정없이 뽀개놓고 볼란게."

김확실은 이를 앙다물었다.

"그래서는 안 되아라우. 두령님이 사로잡으라고 하시잖읍디여."

"이 새꺄, 안 죽게 뽀개제, 죽게 뽀갠다냐?"

"대가리를 뽀갠디, 안 죽은다요?"

"쥑이기는 안 할 것인게, 시끄러 새꺄."

기얼은복이 소리 죽여 키득거렸다.

# 7. 새벽을 나부끼는 깃발

　어둠 속에 꽁꽁 얼어붙었던 겨울 하늘이 밝아오고 있었다. 여기저기 거리마다 엄청나게 큰 기들이 색색으로 꽂혀 아침 바람에 한가롭게 나부끼고 있었다. '보국안민輔國安民' '탐관진멸貪官盡滅' '오리징치汚吏懲治' 등의 깃발이었다. 길쭉한 간짓대 끝에 두어 발씩이나 되는 깃발이 색색으로 나부끼고 있었다. 청색, 황색, 붉은색, 흰색, 검정색 오색 비단 바탕에 글씨들이 선명했다. 검은색 바탕에는 흰 글씨가 씌어 있었다. 앙상한 나뭇가지에 겨울 추위만 꽁꽁 얼어붙어 빈 들판처럼 삭막하고 을씨년스럽던 고부읍내가 대번에 새 세상으로 환하게 밝아버린 것 같았다. 광이 넓고 때깔이 고운 오색 비단 깃발은 그 하나하나가 제 색깔만큼 환하게 세상을 밝히고 있었다. 이런 기들이 읍내 곳곳에 20여 개나 꽂혀 있었다. 황색 비단에는 '보국안민', 청색 비단에는 '탐관진멸', 붉은색 비단에는 '오리징치'가 씌어 나풀거리고 있었다. 흰색과 검정색에도 같은 말들이 씌어 있었다. 오색기들은 탐관들을 모두 쓸어 없애고 오리를 징치해서 세상을 그 깃발들의 색깔처럼 환하게 만들겠다는 것 같았다.

농민군들은 그 기들을 보자 새롭게 힘이 솟았고 자기들이 한 일이 그 선명한 비단 색깔만큼 의젓하고 당당하게 느껴졌다. 내가 이런 엄청난 일을 한 농민군의 한 사람으로 끼여 있다는 사실이 눈물이 날 만큼 감격스럽고 자랑스러웠다. 여태 꾀죄죄하게만 느껴지던 자신이 비로소 한몫 제대로 사람이 된 것 같아 스스로 어깨판이 벌어졌다.

잠에서 깨어난 고부읍내 사람들은 모두 눈이 둥그레졌다. 내가 지금 무슨 헛것을 보고 있는 것이 아닌가 눈을 씀벅여 볼 지경이었다. 한두 사람씩 놀란 표정으로 조심스럽게 골목을 나왔다. 어제 저녁 개들이 험하게 짖어대고, 골목을 쓸고 다니는 발자국 소리에 잠귀가 밝은 사람들은 뭔가 심상찮은 일이 있는가 보다 했다. 그러나 설마 이런 엄청난 일이 벌어진 줄은 미처 몰랐다.

"시방 이것이 먼 일이 이런 일이 있단가?"

"민란이 일어났다는 것 같구만. 사또 목을 매단다는 것 같어."

귓속말로 속삭였다.

"멋이, 사또 목을 매달어? 그란게로 시방 사또 나리를 잡아갖고 뭉꺼 놨다는 소린가?"

"그랬은게 이 야단이겄제."

"허허, 먼 일이 이런 뜽금없는 일이 있으까? 어디 사람들이여?"

"배들 사람들인 것 같구만. 전봉준이 앞장을 섰다는 것 같네."

"전봉준이라니, 그 동학 접주란 사람 말이여, 키가 작달막하고?"

"맞네."

"아하, 그런게로 그 전봉준이란 사람이 이런 일판을 꾸몄구마."

"그 사람이 보통내기가 아니라는 소문이더마는 인물은 인물인 갑네."

"대차나 그렇게 말을 혀서 듣고 본게로 그 사람이 보통 사람이 아닌 것 같구만. 키는 작달막혀도 생기기를 야물딱지게 생겼등만."

사람들이 몰려들었다.

"아전들도 싹 잡아들였네. 그놈들 집도 말짱 뒤져서 재산을 다 털어서 군아에 봐났다여. 그놈들 집을 턴게 패물만도 금반지야 금비녀야 그런 것이 한 보따리씩 나오고, 비단이나 돈은 바리로 쏟아지더라네. 패물만 허더래도 어떻게나 많이 쏟아져 부렀든지 한 집에서 나온 패물 보따리를 혼자 못 미고 가더라지 않는가."

"허허, 한 집에서 나온 패물을 혼자 못 미고 가? 못 미고 갔으면 지게에다 지고 갔다는 소리구만. 그럴 것이여. 그 무지막지한 놈들. 다른 놈들 집에서 패물이 한 짐씩 나왔으면 이방 그놈 집에서는 두어 짐 나왔겠구만."

그때 농민군 여남은 명이 지나가고 있었다.

"아따, 참말로 큰일들 혔소. 그란게 시방 사또는 꽉 뭉꺼서 옥에다 처박아났지라우?"

"그 새끼 죽일 것이오."

뒤따라가던 농민군이 이를 앙다물며 내달았다.

"쩌그는 또 먼 사람들이여?"

길가 저쪽 처마 밑에는 사람들이 잔뜩 몰려 무엇을 보고 있었다. 방이었다.

우리는 천하에 보국안민의 대의를 세우고자 군아를 점거하고 창의의 도소를 설치했다. 이것은 오로지 탐학한 관리의 목을 매달아 나라의 기틀을 바로잡고 도탄에 허덕이는 백성을 구하고자 함이다. 백성의 고혈을 빠는 탐관오리들의 광란은 극에 이르러 백성의 참상은 형용할 길이 없거니와, 유독 이 고을 수령 조병갑은 그 학정과 늑탈이 흉악무도하여 이자부터 목을 매달고자 하노라. 조병갑의 학정에 부화하여 백성을 괴롭힌 이속들 또한 죄상에 따라 엄하게 징치할 것이다. 그러나 관의 하예배들은 너그러이 용서할 것이며, 차후 모든 조처는 중민의 뜻에 따라 할 것인즉, 우리와 뜻을 같이하는 모든 의혈지사들은 조금도 주저하지 말고 창의 깃발 아래 나와 뭉치라. 이에 도소의 뜻을 다음과 같이 밝힌다.

1. 우리의 창의는 탐관오리를 징치하여 나라의 기틀을 바로잡고 도탄에 허덕이는 백성을 구하고자 함이다.
2. 우리는 흉악무도한 조병갑부터 목을 매달아 이 나라의 모든 탐관오리에게 경종을 울릴 것이다.
3. 우리는 감영군이 출동하면 과감히 대항하여 우리가 내

세운 대의를 실현할 것이다. 그때는 팔도의 의혈지사
들이 결코 방관하지 않으리라.

갑오년 정월 11일

고부창의도소

추이: 조병갑을 잠시 놓쳤으나, 기필코 이자를 잡아 목을
매달 것이다. 조병갑 은신처를 알리거나 잡아온 사람에
게는 크게 상을 주리라.

이런 방문은 읍내는 물론 각 마을에도 나붙었다. 방문은 한자 곁
에 모두 언문으로 토를 달아 많은 사람들이 읽을 수 있게 했다. 조병
갑을 놓치자 최경선은 '추이' 부분을 새로 써서 끄트머리에 붙였다.

"그런게로 시방 조병갑을 놓쳤다는 소리구만. 그라면 그놈을 인
저 어떻게 잡는다는 소리제? 허허, 일을 헐라면 야물딱지게 헌단 말
이제 어짜다가 그 작자를 놓쳤으까?"

"글씨 말이오. 이렇게 일판을 크게 꾸밀 적에는 단도리를 단단히
혔을 것인디, 그놈이 어떻게 그런 눈치를 채고 내빼부렀으까? 백여
시 간 내묵을 놈이시, 거."

"기왕 이러고 나섰은게로 그 자석을 기어코 뭉꺼다가 삼거리에다
모가지를 달아맸어사 쓸 것인디, 그 사람들이 일을 잘 하다가 *대마
루판에서 한번 잘못했구마. 잘못혀도 크게 잘못혔어."

"누가 아니래. 옆에서 보기에도 애두러서 주먹으로 가슴을 찍을
일이시. 그놈을 놓쳤으면 일이 *새판잽이 아니겄어, 허 참."

"그 작자가 내뺐으면 어디로 내뺐으까? 그 새끼 내빼는 것을 내가 봤더라면 그 새끼 대갈통부텀 콱 잉깨놓고 볼 것인디, 허허 참."

"가만 있어. 그란디 이속들을 엄허게 징치한다는 말만 있제 그 작자들 모가지 달아맨다는 소리는 없네. 잣것, 기왕 일판을 벌였은게로 꿩 대신 닭이라고 조뱅갑 대신 아전 놈들이나 몇 놈 모가지를 달아매사 쓸 것 아녀."

"사람 목숨을 그렇게 함부로 달아매사 쓴디라우?"

여태 말이 없이 방만 두 번 세 번 읽고 있던 사내가 불쑥 튀기고 나왔다.

"당신은 뭣이오? 아전놈들한티 구정물 방울이라도 뛰어갔소?"

"구정물이고 맹물이고, 사리가 그렇다는 것이지라우. 쥐일 만한 놈을 쥐이제 아무나 쥐애사 쓴다요."

"허허, 부처님은 절간에만 있는 중 알았등마는 우리 골에도 부처님이 한 사람 있었네."

늙수그레한 사람이 쏘아붙였다.

"덩덩한게 물 건너 굿인 중 아는디 말들 조심하시오."

작자는 핀잔을 주며 골목으로 사라졌다.

"인저 본게 저 작자가 호방하고 멋 되는 작자구만."

"그런 냄새가 나는구만. 그런 놈한티 붙어서 턱주가리 밑에서 떡고물이라도 줏어먹은 모양이제."


농민군들은 아침참이 훨씬 기울도록 아무도 돌아오지 않았다. 전봉준은 최경선을 시켜 각 주막과 여각, 그리고 가정집 등에 아침밥을 시켜놓고 기다렸으나 소식이 없었다. 홍덕 쪽으로 쫓아갔던 사람들도, 조병갑이 정참봉 집에 숨었다가 도망쳤다는 말을 듣자 그 사람들도 선걸음으로 그리 내달았다. 화호나루 쪽으로 갔던 사람들도 마찬가지였다. 구경꾼들만 엄청나게 몰려들고 있었다. 일어나지 않은 동네서는 방을 보고 달려온 것 같았다.

그때 송늘남이 달려왔다. 잔뜩 겁먹은 얼굴이었다.

"정참봉을 잡아옵니다."

"뭣이, 정참봉?"

전봉준이 깜짝 놀랐다. 모두 뒤를 돌아보았다. 정참봉은 험한 꼬락서니로 묶여오고 있었다.

"다른 디서 접주님 거들라고 오셨다는 이들이 정참봉을 저렇게 뚜드러 패서 묶어 줬소. 조병갑을 정참봉 나리가 정읍 자기 아는 집으로 보냈지 않았냐고 그것을 불라고 뚜드러 패다가 저렇게 뭉거 줌시로 끗고 가락 해서 끗고 왔그만이라. 조병갑을 어디로 보냈냐고 아무리 패도 자기는 모른다고 함시로, 조병갑이 정읍으로 갔으면 현아로 가제 어디로 가겠냐고만 합디다."

전봉준은 잠시 멍청한 표정으로 정참봉을 건너다보고 있었다. 상투는 풀어헤쳐지고 입술이 깨져 옷에 피가 범벅이었으며, 볼은 메주볼로 남의 얼굴을 뒤집어쓰고 있었다. 도포는 그냥 흙감태기였다. 전봉준은 임군한의 우악스런 솜씨가 눈에 보이는 것 같았다.

"전생원? 내가 도대체 무슨 죄가 있단 말이오?"

정참봉은 전봉준을 시퍼렇게 쏘아보며 소리를 질렀다. 분에 못 이겨 부들부들 떨었다.

"동헌 뒷방에 가둬라!"

전봉준은 정참봉 말에 대꾸하지 않고 정길남에게 고갯짓을 했다.

"나는 집에 뛰어든 사람 잠시 들였다가 내보낸 죄밖이는 없소. 세상에 생사람을 이럴 수가 있단 말이오?"

정참봉은 끌려가면서 소리를 질렀다.

"너무 심하게 닦달한 것 아니오?"

최경선이 속삭였다.

"내색하지 마시오."

전봉준은 담담한 목소리로 말했다.

점심참이 지나서야 정익서가 돌아왔다. 농민군들이 뒤따르고 있었다.

"못 잡았습니다. 고을 경계에는 김도삼 씨가 먼저 거느리고 갔던 사람들이 널려 있어서 빠져나가지 못했을 것 같은데, 꿩 궈먹은 자립니다. 동네마다 그 동네 사람들이 나서서 말짱 뒤졌습니다마는 없습니다. 그래서 지금 고을 경계에만 사람들을 박아놓고 왔습니다."

"정참봉 집에서 나간 뒤로는 아무 흔적도 없단 말이오?"

"바로 그 길로 정읍 현아로 내뺀 것이 아닌가 싶습니다. 그쪽 안통은 이 잡듯이 뒤졌습니다마는 없습니다."

농민군들은 그 안통을 정말 이 잡듯이 뒤졌다. 농민들이 봉기했다는 소식과 함께 조병갑을 놓쳤다는 소식이 알려지자 동네마다 사람들이 잔뜩 들떠 조병갑 찾기에 혈안이 되었다. 이 작자가 혹시 자기 동네 어디에 박혀 있는지 모른다고 모두 나서서 헛간이며 변소며 뒤질 만한 데는 샅샅이 뒤지고 다녔다. 야산이며 냇고랑까지 뒤졌다. 봉기한 사람과 봉기하지 않은 사람이 따로 없었다.

"모두 배가 고플 텐데 아침밥들은 어떻게 했소?"

"걸게들 얻어먹었습니다."

정익서가 웃으며 대답했다.

"동네마다 농민군 대접이 칙사 대접이었습니다."

"그렇겠지요."

최경선이 웃었다. 조병갑 잡기에 한참 북새질을 치고 있는 사이, 웬만큼 사는 집들에서 두 솥 세 솥 밥을 삶아냈던 것이다.

"동네 우두머리들을 이리 모으시오."

전봉준이 곁에 있는 두령들에게 지시를 했다.

그때 김도삼이 젊은이들 몇을 달고 정읍에서 돌아왔다.

"내가 올 때까지 정읍에도 나타나지 않았습니다. 현아에도 알아보았으나 온 적이 없답니다."

"그러면 어떻게 된 것이지요?"

전봉준이 물었다.

"내 짐작으로는 정읍 읍내로 들어간 것이 틀림없을 것 같습니다마는 더 기다려봅시다. 읍내에서 빠져나갈 길목에는 단단히 매복을 시켜놨습니다. 정읍 읍내는 송접주하고 임처사만 있어도 될 것 가타서 그 사람들한테 맡겨놓고 왔습니다."


이때 조병갑은 정읍 읍내 어느 집 골방에 숨어 있었다.

"아이고, 어떻게 했으면 좋겠소? 이 집은 괜찮겠소?"

조병갑이 *대장간 풀무질 소리로 가쁜 숨을 내뿜으며 제정신이 아니었다. 호박처럼 부어오른 발목을 세수통에다 넣고 주무르며 조성국한테 연방 물어대고만 있었다. 조성국은 대답할 틈을 얻지 못하고 조병갑 발목을 같이 주무르며 그의 얼굴만 쳐다보고 있었다.

"발이 이래가지고서야 어디로 움직이겠습니까? 지금은 고부 놈들이 벌써 여기까지도 구석구석 쫙 깔렸을 것입니다."

조성국도 가쁜 숨을 내쉬며 떨리는 목소리로 말했다. 침착하려 안간힘을 쓰는 것 같았으나 목소리가 사뭇 떨고 있었다.

"그러다가 그놈들이 이리 들이닥치면 크, 큰일이 아니오? 이 정읍에도 동학도들이 구들구들할 텐데."

조병갑이 주발만하게 뜬 눈을 사뭇 뒤룩거리며 숨을 헐떡였다. 입으로는 말을 하면서도 조병갑은 부지런히 발목을 주물렀다. 손 네 개가 발목 하나를 잡고 원수같이 주물러대고 있었다.

"염려 마십시오. 우리가 들어온 것은 아무도 본 사람이 없습니다."

"이 집 주인은 믿을 만한 사람이오?"

"정참봉 마름 친척이라는데 사람이 듬직해 보입디다."

그래도 조성국이 한결 의젓했다. 조병갑은 겁먹은 어린아이 꼴이었고, 조성국은 나이 찬 아재비 꼴이었다. 이 집은 정읍 정참봉 마름 김덕삼의 친척이자 소작인 김풍만 집이었다.

정참봉은 그때 조병갑과 조성국을 정읍으로 보내면서 자기 마름 김덕삼을 찾아가라고 했던 것이다. 그러니까 정참봉은 그렇게 무지막지하게 맞으면서도 이리 보냈다는 사실을 불지 않았던 것이다. 정참봉은 임군한이 팰 때 정말 자기를 죽여버릴 것 같았으므로 거의 절망감에 빠져 모든 것을 다 불어버릴 생각이었다. 그러나 매가 그

치자 순간적으로 생각이 달라졌다. 그때 한번만 더 그렇게 팼더라면 불었을지도 모른다. 그러니까 이런 아슬아슬한 고비에서 임군한이 속아 넘어가고 만 것이다. 임군한은 보통 사람으로는 상상도 못할 포학성을 지니고 있었고, 또 스스로 그 효과를 믿고 있었으므로 이 정도 맞고도 견뎌날 놈은 없을 것이라고 매를 그쳤던 것이다. 더구나 그들이 정읍으로 갔다면 가장 안전한 현아로 가지 어디로 가겠느냐는 정참봉 말은 누가 들어도 옳은 말이기도 했다. 그러나 결과적으로 임군한은 자기의 포학성이 지닌 효과를 과신했고, 정참봉은 순간적으로 임군한의 그런 마음을 간파했던 것이다. 남을 욱대기며 평생을 살아온 정참봉의 육감도 만만찮았다. 결국 둘이 다 완력으로만 세상을 살아온 사람들이었으나, 적어도 여기까지는 정참봉이 임군한보다 한 수 위였다.

정참봉은 조병갑과 조성국이 자기 집을 나갈 때 침착한 목소리로 일렀다.

"마음을 차근하게 잡수시고 제가 말씀드린 대로 우리 마름한테로 가십시오. 현아로 가면 우선은 안전하겠지만, 그 다음이 문젭니다. 일이 이렇게 되었으니 말씀입니다마는, 사또 나리에 대한 고부 사람들 원한은 보통이 아닙니다. 더구나, 이 일은 틀림없이 전봉준이 앞장을 섰을 텐데, 전봉준한테는 사또 나리께서 살부지원수이잖습니까? 정읍 현아로 가신다면 틀림없이 아전들 눈에 띄어 소문이 날 것이고, 그러면 전봉준은 고부 사람들을 전부 몰고 가서 정읍 현아를 들이칠 것입니다. 내가 전봉준을 좀 압니다마는 그 사람은 백번 그러고도 남을 위인입니다. 그러니 제 말씀대로 하십시오. 거기 제 마름은 눈치도 비상하고 여러 가지로 믿을 만한 사람입니다. 그리 가서 계시면 제가 이따 뒤따라가서 다음 방도를 안전하게 도모해 드리겠습니다."

조병갑은 지옥에서 부처님을 만난 꼴이었다. 고맙다고 두 번 세번 고개를 주억거리고 그 집을 나왔다. 벌써 자기 뒤를 쫓고 있을 것 같아 큰길을 피하고 샛길로만 내달았다. 김덕삼 집에 당도하자 김덕삼은 자기 집에 들이지 않고 곧장 이리 데리고 왔다.

조병갑은 정참봉 집에서 나와 논둑길을 달려오다가 발목을 삐었다. 발목이 삐었으면서도 삐었다는 말도 하지 않았고, 따라오기도 잘 따라왔다. 조병갑은 이 집에 와서야 부어오른 발목을 주무르며 죽을상을 지었다.

그때 부엌문 열리는 소리가 났다. 조병갑이 세수통에 담갔던 발을 쑥 뽑았다. 뒷문 가까이 한걸음 옮겨앉으며 조성국을 향해 눈알을 뒤룩거렸다. 여차하면 뒷문으로 튈 자세였다.

"재를 왜 이래 났다냐?"

주인 김풍만 목소리였다. 그는 부엌문으로 들어와 부엌문을 잠그며 방에 있는 두 사람에게 들으라는 듯 혼잣소리를 했다. 조성국이 조심스럽게 방문을 열었다.

"어쩌요?"

조성국이 다급하게 물었다. 김풍만의 얼굴이 잔뜩 굳어 있었다. 그 얼굴을 본 두 사람의 눈도 새삼스럽게 다시 튀어나올 것 같았다.

"정참봉 나리가 이리 오시다가 고부 사람들한티 잽혀갔다요."

"저, 정참봉이요?"

194

조병갑은 소스라치게 놀랐다.

"그러면 우리가 정참봉 집에 들렀던 것이 알려졌단 말이오?"

조성국이 튀어나올 것 같은 눈으로 숨을 씨근거리며 물었다.

"이리 오시다가 주천삼거리에서 잽히셨는디, 잡아가도 기냥 잡아
간 것이 아니라 무지막지 패고 상투도 다 뽑아서 끗고 갔다요."

"그, 그러면 우리가 이리 온 것을 부, 불지 않았을까요?"

조병갑은 조성국을 보며 어쩔 줄을 몰랐다. 조병갑 눈알은 비명
이라도 지르며 튀어나올 것 같았다.

"불었는가 어쨌는가 그것은 모르겠는디, 그놈들이 참봉 나리를
어떻게나 무지하게 패든지 논바닥에 때굴때굴 궁그러 댕기고, 생대
창이 다섯 개나 뽀개졌다지 않소."

김풍만은 잔뜩 겁먹은 표정으로 주워섬겼다.

"그, 그렇게 무지하게 팼는디, 우리 간 데를 안 불었겠소?"

조병갑은 뒷문으로 한걸음 더 다가앉으며 다급하게 소리를 질렀
다. 조성국도 숨을 씨근거리며 눈알만 뒤룩거리고 있었다.

"그 패던 사람들이 이리 벼락같이 달려오더란디, 김생원 집이는
안직 안 온 것 같소."

"아이고, 이 일을 어쩌나?"

조병갑이 숨을 헐떡이며 뒷문으로 더 바짝 다가앉았다. 살길이라
고는 이 뒷문 밖에 없다는 듯이 뒷문으로만 바짝바짝 붙어 앉으며
연방 풀무질 소리를 내뿜고 있었다.

정참봉이 자기들더러 이리 가라고 했던 것이나 그가 이리 온다고
했던 것은, 이들 두 사람이 정참봉 집에 들른 것을 아무도 모를 것이

라 생각하고 그랬던 것이다. 그런데 그 사실이 알려져 버렸고, 농민
군들이 그 장본인인 정참봉을 잡아서 그렇게 두들겨 팼다면, 그것은
두말할 것도 없이 자기들 행방을 대라고 그랬을 것이 틀림없었다. 그
렇게 무지막지하게 맞고 여기를 안 불었을 까닭이 없을 것 같았다.

"저, 기, 김 멋이오, 여기 마름? 그 사람보고 얼른 혀, 현아로 다,
달려가서 혀, 혀, 현감한테 알리라고 하시오. 우리를 델러 오라고.
얼른!"

조병갑은 김풍만한테 어서 가라는 손짓을 하며 소리를 질렀다. 김
덕삼은 이들을 숨겨놓고 조병갑 지시에 따라 현감한테 사람을 보내
귀띔을 해놓은 다음, 그도 지금 정참봉이 잡혀갔다는 소식을 듣고 자
기 집을 피해 이웃집에서 바깥 동정을 살피고 있는 참이었다.

그때였다. 밖에서 무슨 소리가 나는 것 같았다. 모두 귀를 칼날처
럼 쫑그렸다.

─깡.

부엌문이 벼락 치는 소리를 냈다.

"아이고!"

조병갑은 뒷문으로 우당탕 뛰쳐나갔다.

"아이고매!"

조병갑이 버르적거렸다. 저만치 구정물통을 껴안고 나뒹굴고 있
었다.

"문 열어. 누가 문 장갔어?"

그 집 아이가 부엌문을 찌그덕거리며 소리를 질렀다.

"이놈의 새꺄!"

김풍만은 소리를 지르며 부엌문으로 뛰어나가고, 조성국은 뒷문으로 뛰어나갔다.

"얼른 들어갑시다. 뒷집에서 누가 보겠소."

조성국이 뒷집 울타리로 눈을 번뜩이며 조병갑 팔을 이끌었다. 조병갑은 발딱 일어나 방으로 뛰어들었다. 구정물을 뒤집어쓴 조병갑 꼴은 도무지 말이 아니었다. 별의별 험한 것이 다 묻어 있었다.

"다친 데는 없으시오? 얼른 옷부터 벗으시오."

"아이고, 아이고."

조병갑은 숨을 헐떡거리며 옷을 벗었다. 구정물 냄새가 코를 찔렀다. 김풍만이 들어왔다. 물을 떠 들이고 새 옷을 가져오고 야단이 났다.

"여, 여보시오. 여봐, 여, 여그 말이여."

조병갑이 옷을 갈아입으면서 다급하게 방 한쪽의 고구마 두대통을 가리켰다. 겨우내 먹은 고구마 두대통이 반쯤 줄어 있었다.

"나 이리 들어가야겠소. 크, 큰방에서 이불 한나 가져오시오."

조병갑이 다급하게 주워섬겼다. 김풍만은 멍청하게 조병갑을 건너다보고 있었다. 그러니까, 저 두대통 속으로 들어가 숨겠다는 소린가?

"빠, 빨리!"

"알겠습니다."

김풍만이 돌아서려 하자 또 불러세웠다.

"빨리 가져오고, 빨리 가서 혀, 현감한테 가라더라고, 엉. 얼른!"

김풍만은 무슨 일부터 해야 할지 정신을 못 차렸다. 그는 바삐 나가 큰방에서 이불을 가져다 방에다 던져 넣어놓고 돌아섰다. 부엌문을 나가려는 김풍만을 조성국이 또 불렀다. 그 말만 전하고 빨리 오라고 했다.

동네 우두머리들이 모였다. 전봉준이 앞으로 나섰다.

"우리는 불행하게도 조병갑을 놓쳤습니다. 그러나 지금 그 뒤를 쫓고 있으니 잡아오면 우리가 결의한 대로 이자 목을 매답시다. 그러나 혹시 조병갑 그자를 놓친다 하더라도 우리 거사가 실패한 것은 아닙니다. 우리가 애초에 결의한 것과 같이 우리는 조병갑 목만 매달자는 것이 목적이 아닙니다. 그자를 놓쳤더라도 우리가 할 일은 많습니다. 조병갑을 잡아 목을 매달든지 이대로 놓치든지 감영군이 출동하여 우리를 치러 올 것입니다. 그때는 두말할 것 없이 맞서 싸워야 합니다. 그것은 우리 스스로가 단단히 다짐을 했고, 또 지금 동네마다 방을 붙여 천하에 공언을 한 일입니다. 우리는 지금 거리거리에 깃발로 내건 대의를 앞세우고 감영과 조정으로 하여금 그 대의를 실현하겠다는 다짐을 받아야 합니다. 감영군이 우리를 치러 온다는 소문이 나면 다른 고을 사람들도 가만히 있지 않을 것입니다."

전봉준은 단호하게 말했다. 모두 숙연한 표정이었다. 눈에 빛이 번쩍이고 있었다.

"지금 조병갑을 잡으려고 여러 군데 거미줄을 늘이고 있습니다. 그러나 그자가 고을 경계를 벗어난 것 같으니 우리 전부가 그 일에만 얽매여 있을 수도 없고, 우리가 전부 나선다 하더라도 남의 고을까지 활개치고 다닐 수도 없습니다. 조병갑 잡는 일은 지금 나선 사람들한테 맡겨놓고 지금부터 여기 남아 있는 우리는 감영군이 쳐들어올 것에 만반의 대비를 해야겠습니다."

"한 가지 물어볼 것이 있소."

저 뒤에서 손을 들었다.

"감영군이 쳐들어오면 다른 고을 사람들이 가만히 있지 않을 것이라고 하셨는디, 그러면 미리 이웃 고을 접주님들과 그런 약조가 되어 있단 말씀이오?"

"그런 것은 이런 자리에서 말씀을 드릴 수가 없잖겠습니까? 양해하시오."

최경선이 말했다. 그 사람은 알겠다며 앉았다. 전봉준은 말을 계속했다.

"감영군은 바로 오늘 쳐들어올지 열흘 뒤에 쳐들어올지 그것은 아무도 모릅니다. 그러나 우리는 그자들이 언제 쳐들어오더라도 그들과 싸울 대비를 하고 있어야 합니다. 그 동안 우리가 할 일과 그 책임자를 말씀드리겠습니다. 달리 적임자가 있으시면 이따 천거해주십시오. 김도삼 씨와 정익서 씨, 그리고 최경선 씨는 나하고 전체 일을 총괄하되, 김도삼 씨는 농민군 전부를 영솔하는 일을 맡아주십시오. 김도삼 씨를 도와 배들 쪽 농민군은 하학동 김이곤 씨가 거느리고, 읍내 쪽 농민군은 송대화 씨가 거느립니다. 그리고 각 동네 우두머리들은 그대로 동네 사람들을 거느립니다. 앞으로도 새로 나올 사람들이 많을 것입니다. 새로 나온 사람들은 김도삼 씨가 방도를 생각해서 받아들이십시오. 곧바로 무기를 점검해서 총이나 칼을 챙겨 그것으로 무장할 사람들은 따로 정하겠소."

"총은 별동대한티 줍시다. 별동대 그것 잘 맨들었습디다. 젊은 놈
들이라 야물딱지등만이라우."

코가 주먹만한 사람들이었다.

"먼 말을 할라면 이얘기를 다 들어보고 합시다."

옆에서 핀잔을 주었다.

"할 이얘기는 해감시로 해사지라잉."

작자는 숙이지 않았다. 조만옥은 주먹코를 보며 비짓이 웃었다.
어디서 본 듯한 사람이어서 누군가 했더니, 전에 나좔 살변이 났을
때 달주 작은아버지 김한준하고 술집에서 만난 사람이었다. 갓바치
한테서 빌려온 돈을 돌려주려다 중아비하고 실랑이가 붙자 자신이
끼어들어 소동을 벌였던 일이 생각났다.

"정익서 씨는 농민군 전부가 먹고 자고 하는 일을 총괄합니다. 식
량과 반찬 등을 조달하고 장막 치는 일 등 전부를 맡습니다. 정익서
씨를 거들어 주실 분은 예동 동임 정왈금 씨, 하학동 조막동 씨, 신중
리 영좌 장특실 씨입니다. 정익서 씨가 하실 일은 당분간은 읍내 쪽
사람들이 앞에 나서야 할 일이 많으니, 며칠간은 송대화 씨가 거들어
주시오. 그리고 군수나 아전들이 부당하게 먹은 돈이나 곡식을 거둬
들이는 일과 그 사람들을 문초하는 일은 최경선 씨가 맡고, 창동 조
만옥 씨가 거들어 줍니다. 그리고 배들 쪽에서 별동대를 거느리고 왔
던 김승종, 장진호, 김장식하고 이쪽에서 별동대를 거느리고 왔던 송
늘남, 고미륵 다섯 사람은 지금 거느리고 있는 젊은이들을 그대로 거
느립니다. 30명이 못 되는 별동대는 30명씩 수를 채워서 거느리되,
평소에는 주로 읍내 들어오는 큰길에서 기찰을 맡습니다. 기찰은 대

거리로 하고, 쉴 때는 항상 도소에서 쉬고 있다가 급한 일이 생기면 출동합니다. 여기까지 다른 의견이 있으시면 말씀해 주시오."

말이 없었다. 정익서를 거들어 주라는 하학동 조막동은 조망태였다. 그게 그의 본이름이었다.

"말할 사람은 아무 때나 폭폭 나서쌌지 말고 이럴 때 하시오. 이럴 때."

아까 주먹코 말을 저지했던 사람이 핀잔조로 소리를 질렀다.

"젠장, 말을 꼭 하라고 할 때만 혀사 맛이간디라우."

주먹코가 되쏘았다. 모두 비슬비슬 웃었다.

"오늘 당장 할 일은 배들 쪽 사람들은 수세 나눠 주는 일을 하고, 이쪽 사람들은 장막을 치고 솥을 거는 일을 합니다. 수세 분배는 김도삼 씨가 맡아주시오. 그리고 솥이나 다른 살림살이들은 빌려올 수밖에 없습니다. 이외에 달리 할 일이 있으면 말씀해 주십시오."

"배들 수세를 나눠 주실라면 진황지 세미도 나눠 줘얄 것 같은디라우."

주먹코였다. 그가 또 나서자 모두 웃었다.

"물론입니다. 그런데 진황지 세미는 복잡하니 가닥을 제대로 잡은 담에 나눠 줘야 할 것입니다. 가닥이 잡히는 대로 나눠 주겠습니다."

"아전 놈들은 목을 안 달아맬 것이오?"

저 뒤에서 누가 소리를 질렀다. 두전 동임이었다.

"그 점은 그자들 죄상을 낱낱이 조사한 다음에 의논을 합시다. 다른 말씀 해주시오."

"몇 놈은 죄상을 따지고 말 것도 없는 놈들이오."

"맞소. 그놈들부터 목을 달아매야 하요."

여기저기서 거세게 나왔다.

"알겠습니다. 그것은 따로 의논합시다."

"그것부터 의논을 합시다."

큰소리로 악을 썼다.

"그자들은 지금 다 잡아다가 가둬놨고 돈 문서야 뭐야 그런 증거도 전부 가져왔습니다. 그런 것을 차근하게 조사를 한 뒤에 의논해도 늦지 않습니다."

전봉준이 조용하게 설득을 하자 숙어들었다.

"좌수나 별감 같은 향청 놈들은 더 징한 놈들인디, 왜 안 잡아들였소?"

전봉준은 깜짝 놀라는 표정으로 옆에 서 있는 두령들 쪽으로 고개를 돌렸다. 두령들도 이런 낭패가 없다는 표정들이었다.

"지금이라도 보내시오. 돈 문서라도 챙겨오라 하시오."

전봉준이 정익서한테 말하자 정익서가 저쪽으로 가서 김장식을 불렀다. 좌수와 별감은 두 사람 다 집이 읍내가 아니었다.

"허허, 폴새 내빼부렀겠구만."

우두머리들 속에서 애석해하는 소리들이 나왔다.

"조병갑 잡을 생각에만 빠져 그만 거기까지 생각이 미치지 못했습니다. 다른 말씀을 해주시오."

"동네 우두머리는 어떻게 할 것이오? 동네 우두머리들 가운데서는 김도삼 씨나 정익서 씨 일을 거들라고 방금 뽑혀나가분 사람도 있고, 또 어떤 동네는 나온 사람이 전부 합쳐봐야 여남은 명도 못 되

202

는디 우두머리가 한 사람씩 나와서 한 동네 구실을 하는 동네도 있고, 다른 동네로 붙은 동네도 있소."

신중리 영좌 장특실이었다.

"좋은 말씀을 해주셨습니다. 장특실 씨나 조막동 씨같이 일을 크게 맡은 사람들은 동네 우두머리를 새로 내세워야 할 것입니다. 그것은 이미 말씀드렸던 대로, 그 순서는 동임, 집강, 영좌, 도감, 총객 대방 순서대로 맡습니다. 사람이 적게 나온 동네는 어떻게 했으면 쓰겠는가, 장특실 씨가 기왕 말씀을 꺼냈으니 그것까지 말씀을 해주시오."

전봉준은 다시 장특실을 지적했다.

"지 생각은이라우, 스무 명 아래로 나온 동네는 그런 동네끼리 합치든지 많은 동네에 붙이든지 하는 것이 좋겠소. 그렇게 합쳐서 한 동네가 스무 명은 넘어사 쓸 것 같그만이라우. 그래갖고 그 우두머리는 그 사람들끼리 의논해서 정하라고 하면 쓰겠소."

"그라겠소. 나는 우리 동네서 다섯이 나왔는디, 니 사람 대꼬 내가 시방 대장이오."

한 사람이 웃으며 말했다. 정삼득이란 사람이었다. 전에 세미 인징을 안 물려고 버티다가 군아에 끌려와 조병갑한테 문초를 받으면서 얼결에 '니기미'라고 했다가 죽살이를 친 사람이었다. 그는 신중리에 갔다가 우연히 봉기한다는 사실을 알게 되어 급한 대로 몇 사람을 끌고 나온 것이다.

"장특실 씨 말씀에 다른 의견 없으시오?"

"장특실 씨 말대로 합시다."

"그러면, 스무 명이 못 된 동네는 그런 동네끼리 모아서 한 동네를 만들든지 다른 동네로 합치든지 하시고 우두머리는 그 사람들끼리 의논해서 정하시오."

그때 장특실이 다시 나섰다.

"그라고 또 한 가지는이라우. 이 자리매이로 동네 우두머리들이 전부 모이는 회의를 할 때는 한 동네서 한 사람만 나오면 불공평허요. 5,60명 나온 동네도 한 사람, 20명 나온 동네도 한 사람, 이렇게 되면 불공평한게라우. 동네 우두머리건 아니건 동임이나 집강, 영좌, 도감, 총각대방 같은 다섯 임직은 전부 나오게 했으면 쓰겠소."

"맞소. 저 사람이 말을 똑떨어지게 한 것 같소. 수가 쪼깨 많은 상관이 있더래도 그래사 쓸 것 같소. 어떤 동네는 그런 사람들이 두세 사람밲이 안 나온 동네도 있제마는 그런 동네는 할 수 없는 일이고."

"그런 것이 좋겠소."

장특실 말에 모두 맞장구를 치고 나왔다.

"임직이 적게 나온 동네는 두레 유사도 넙시다."

그것도 좋겠다고 했다. 그런데 두레 유사는 대부분 도감이 겸하고 있었다. 하학동만 하더라도 박문장이 도감과 유사를 겸하고 있었다. 유사는 글을 언문 정도는 깨친 사람이어야 했으므로 도감이 무식일 때는 유사를 따로 두었으나, 도감이란 임직 자체가 사실상 별로 할 일이 없었으므로 처음부터 유사를 겸할 수 있는 사람을 세우는 경우가 많았다.

"좋은 의견을 내주셨습니다. 그러면 앞으로 동네 우두머리들 회의에는 동임, 집강, 영좌, 도감, 유사, 총각대방 이런 동네 임직들은 몇 사람이 나왔든지 전부 나오기로 하겠습니다. 아까 두 동네가 합친 동네서는 다섯 사람이 넘을 수도 있겠지마는, 수에 상관없이 다 나옵니다. 그러면 앞으로는 중요한 일은 이 동네 임직회의를 열어 결정을 하겠고, 간단한 일은 우두머리 회의를 열어 결정하겠소. 다른 일들은 차차 또 의논해서 하기로 하고 이만 돌아가셔서 오늘 할 일을 준비합시다. 우선 수가 적게 나온 동네는 서로 의논해서 합치고, 우두머리를 정해 주십시오."

회의를 끝냈다. 전봉준은 점심을 먹은 다음 농민군들을 전부 삼거리 앞 들판으로 모으라 했다.

전봉준은 동네 우두머리들을 돌려보내고 두령들을 남으라고 한 다음, 별동대장들을 불러 무기고를 열어 무기를 전부 끌어내어 마당에 진열을 하라고 했다.

그때 송늘남이 전봉준한테로 왔다.

"정참봉이 접주님을 뵙자고 아까부터 저렇게 야단이그만이라우."

"멋한다고?"

송대화가 퉁명스럽게 물었다.

"먼 말을 할라고 그런가 그 말만 전해 주라고 저 야단이오."

송늘남이 *부르튼 소리로 말했다. 그는 정참봉을 끌고 올 때부터 잔뜩 주눅이 들어 있었다. 자기 집에서 정참봉 소작을 벌고 있었기 때문이었다.

"정참봉 파수를 배들 별동대로 바꿔 주시지요."

송대화가 말하자 전봉준은 김이곤한테 바꿔 주라고 한 다음 두령들과 함께 방으로 들어갔다. 정참봉이 아까부터 전봉준을 만나자고 해서 대신 최경선이 가서 만났으나, 맞은 데가 병신이 되겠다며 내가 무슨 죄가 있냐고 독기를 피울 뿐이었다.

"정참봉은 내주는 것이 좋을 것 같습니다. 괜한 불집을 키울 필요가 없잖습니까?"

두령들이 자리를 잡아 앉는 사이 정익서가 전봉준 귀에다 대고 속삭였다.

"그것은 이따 따로 의논해 봅시다."

정익서는 입을 다물었다.

"우리끼리 잠시 의논을 할 일이 있소. 아전들 처리에 저렇게 아우성들인데, 그 점에 대한 두령들의 의사를 대강 한번 들어봅시다."

"저는 아전들부터 목을 달아매야 한다고 생각합니다. 아전 놈들은 어떤 수령 놈이 오든지 그놈들을 업고 속살로는 수령 놈들보다 백성을 더 험하게 뜯어먹은 놈들입니다. 그놈들이 지금까지 저지른 죄를 합치면 조병갑 죄보다 몇 십 배 클 것이오. 고부 아전 놈들은 다른 고을 아전 놈들보다 더 험한 놈들입니다. 오죽했으면 고부 삼흉이니 고부 삼적이니 하는 소리가 나왔겠소? 우리가 조병갑 목을 매달기로 한 것은 방에다 내건 대로 대의를 천하에 세우기 위해서입니다. 아전 놈들은 조병갑보다 더한 놈들이니 적어도 고부 삼적으로 백성의 원성을 샀던 세 놈은 목을 매달아야 합니다."

송대화가 단호하게 말을 했다.

"저도 동감입니다. 조병갑은 아직 못 잡고 있지만, 그놈들이라도 목을 매달아 천하에 대의를 떨치고 우리의 결의를 세상에 보여야 합니다."

조만옥이었다.

"다른 분들 생각은 어떠시오?"

"저도 두 분하고 동감입니다. 대의가 무엇입니까? 백성의 원한을 풀어주는 것이 바로 대의라고 저는 생각합니다. 지금 나선 백성은 모두가 죽음을 각오하고 나온 사람들입니다. 자기 목숨뿐만 아니라 자기 가족들 목숨까지 걸고 나온 것입니다. 그것은 관의 탐학이 그만큼 원한에 사무쳤기 때문입니다. 자기 원한만 풀자는 것이 아니라 세상 사람들 전부의 원한을 풀자는 것입니다. 그러니 그 원한은 대의와 그대로 합치합니다."

김도삼이었다. 전봉준의 눈이 정익서한테로 갔다.

"저는 생각을 좀 달리합니다. 이속들은 어찌 됐든 관의 손발에 불과한데 그 손발까지 목을 달아매는 것은 너무 심하지 않는가 싶습니다. 그리고 더 깊이 생각해 보아야 할 일은 백성이 그것을 어떻게 생각할 것인가 하는 점입니다. 백성이 원한에 사무쳐 있는 것은 사실이지만, 거개가 심약하고 인정이 많은 것이 백성입니다. 조병갑이라면 몰라도 아전들까지 삼거리에다 목을 달아매서 그 시체를 늘어뜨려 논다면 그 시체를 보는 순간 백성은 시원해하기보다 진저리를 칠 것이며, 그렇게 목을 달아맨 우리 살기에 겁을 먹을 것입니다. 앞으로 우리는 많은 사람들의 호응을 받아야 할 것인데, 초판부터 너무 살기를 보이고 나서면 우리 밑으로 몰려들 사람들이 얼마나 될는지 의문입니다."

정익서가 침착하게 말했다. 송대화가 다시 손을 들고 나섰다.

"우리가 아전들 목을 매달아 살기를 보이면 우리를 따라나설 사람이 얼마나 될지 모르겠다고 말씀하셨는데, 그 점은 저도 동감입니다. 그러나 저는 몇 사람이 따라나서든 바로 그런 살기에 동조하고 나서는 사람이래야 진짜라고 생각합니다. 어중이떠중이 수만 많으면 무슨 소용이 있습니까? 어정쩡하게 나선 사람들은 조금만 세가 불리하면 쥐구멍부터 찾습니다. 한참 거세게 나서야 할 때 도망을 치면 그런 사람들은 되레 큰일에 방해가 되는 사람들입니다. 지금 나선 사람들은 모두가 이미 죽음을 각오한 사람들입니다. 그렇게 죽음을 각오하고 나설 사람들은 얼마든지 있습니다."

송대화는 한껏 단호하게 말했다.

"거개가 목을 매달자는 말씀들인데 정익서 씨의 말에도 일리가 있습니다. 사람의 목숨은 쉽게 생각해서는 안 됩니다. 이 점 더 신중하게 생각해 봅시다. 우선 저자들을 문초해서 죄상을 낱낱이 파헤쳐 그들의 죄가 과연 목을 매달 만한가, 그 죄상을 가린 다음에 다시 의논을 합시다. 이 문제는 그때까지 잠시 미루어 놉시다."

전봉준의 말에 더 말이 없었다.

"그럼 그 문제는 그렇게 하기로 하고, 만석보 수세 나누는 일하고, 여기에다 진을 칠 일을 의논합시다. 수세는 어떻게 돌려줄 것인지 말씀해 보십시오."

조만옥이 손을 들었다.

"수세는 전부 나눠 주되 부자 놈들이 낸 수세는 돌려주지 말아야 합니다. 목숨을 걸고 이렇게 일어나서 그 수세를 조병갑 손에서 빼앗아낸 사람들은 우리입니다. 정작 수세를 많이 낸 놈들은 부자 놈들인데 무작정 돌려준다면 그자들은 가만히 앉아서 그 많은 수세를

208

다 받아가게 될 것입니다. 그리고 *아낙말로 이 일이 잘못되어서 문책을 당한다면 그때는 또 누가 당합니까? 부자 놈들은 그런 수세 없이도 살 수 있는 사람들입니다. 더구나, 그자들은 우리가 안 내고 버티고 있을 때 그런 억지 수세를 말 한마디 없이 순순히 내버린 사람들이니 그 사람들은 이미 그 수세하고는 연이 없어진 사람들입니다. 부자 놈들 수세는 돌려주지 말고 우리 군량미로 쓰든지 나중에 따로 백성한테 고루 나누어 주든지, 하여간 그 사람들한테는 돌려주지 말아야 하요.”

“옳은 소리요.”

모두 동조를 했다.

“그럼, 부자들이라고 하셨는데 농사가 얼마나 된 사람들까지를 부자로 칠 것인가 그것을 잘라서 말씀을 해보시오.”

“20마지기 이상은 주지 맙시다.”

장특실이었다.

“그것은 너무 과하고 50마지기가 어쩌겠소?”

정왈금이었다.

“열 마지기 이상은 주지 맙시다. 여기 나선 사람들 본게 자작논 열 마지기도 밴밴하게 버는 사람들이 없는 것 같소.”

송대화였다.

“그렇게 마지기로 칠 것이 아니라, 자작논이 열 마지기건 50마지기건 남한테 소작을 주고 있는 사람들은 돌려주지 않는 것이 으짜겠소?”

김도삼이었다.

"그것이 좋겠소."

거의 동조를 했다.

"나도 생각이 같소. 그런데 소작을 주고 있다고 무작정 안 줄 수는 없고 그 사람들한테는 수세 포기 문서를 받읍시다. 당신들은 그런 수세 돌려받지 않고도 먹고 살 수 있는 사람들이니 그 수세는 포기를 해라, 이렇게 말을 해서 포기한다는 문서를 받은 다음에 안 주어도 안 주어야 할 것 같습니다. 그렇게 하면 문서를 안 쓸 사람이 없을 것 같습니다. 그러나 그런 사람들 가운데서도 포기하지 않겠다고 버티면 돌려주는 것이 순리라 생각합니다."

정익서였다.

"그런 놈들한테 먼 놈의 순리가 있다요? 그놈들이 순리로 부자된 놈들이오?"

송대화였다.

"그래도 부자들은 관가 놈들에 비하면 순리를 따른 셈이지요. 그자들이 관가 놈들처럼 몽둥이 들고 남의 재산 빼앗아다가 부자 된 것은 아닙니다. 부모들한테서 재산을 물려받았거나 돈을 주고 산 것입니다. 도지만 하더래도 도지가 짜냐 눅냐가 문제였지 반타작 이상은 받아간 사람이 없습니다."

"당장 잡아다 가둬는 정참봉만 하더래도 그놈이 어떻게 해서 부자 된 놈이오? 작인들한테 도지 짠 것은 그만두고 그놈이 남의 논밭 채뜨린 것은 날강도 한가지였소. 논밭 문서 잡고 돈 꿔줬다가 기한이 하루만 넘어도 논 한 마지기 값에 닷 마지기건 열 마지기건 그대로 채뜨려서 천석꾼 된 놈이 그놈이오. 그놈한테 그렇게 전답 뺏기고 피눈물 흘린 사람이 헤아릴 수가 없지 않소?"

송대화였다.

"그렇게 억울하게 전답 빼앗긴 사람들은 차차 일 되어가는 것 보아서 달리 응징을 하든지 전답을 찾아주어야겠지만, 내 생각에는 지금 지주들을 무리하게 건드리는 것은 안 줄 것 같소. 조병갑 저놈이 하도 악독했던 놈이라 지주들도 안 당한 사람이 없고, 그래서 모두가 속살로는 우리 편인데, 수세 몇 섬 가지고 지주들하고 우리가 사서 척을 지고 나갈 것은 없잖겠소?"

정익서가 타이르듯 말했다. 더 말이 없었다.

"그럼, 소작을 주고 있는 지주들한테는 포기문서를 받은 다음에 돌려주지 말기로 하고, 그 나머지는 수세를 냈던 대로 전부 돌려주자는 것이지요?"

"그렇습니다."

모두 찬성했다.

"동임들이 수세 문서를 가지고 있을 것입니다. 군아에 있는 문서하고 그 문서하고 맞대 보아서 나중에 말썽이 없도록 하시오."

회의를 끝냈다.

그때 젊은이 둘이 숨을 헐떡거리며 달려왔다. 김승종 대원이었다.

"조병갑이 오늘 새벽에 정읍 읍내로 들어왔답니다."

젊은이는 숨을 헐떡거리며 말했다. 두령들은 모두 눈이 튀어나올 것 같았다.

"정읍 동학도 한 사람이 새벽에 두 사람이 정읍으로 들어오는 것을 봤답니다. 시간도 그렇고 바삐 들어오는 걸음걸이도 그렇고 조병갑하고 조성국이 틀림없는 것 같답니다. 그 말을 전하고 오락해서 달려왔소."

젊은이는 가쁜 숨을 내쉬며 주워섬겼다.

"그럼 지금 조병갑이 어디 있단 말이냐?"

"그것은 아직 모르요. 아직 현아에는 안 들어간 것이 분명하다고 합디다. 그것을 알아보실라고 그런 것 같은디라우, 조성국 집에 가서 조성국 가까운 일가나 잘 아는 집이 정읍 읍내에 있는가, 그것을 알아갖고 얼른 알려주락 합디다."

젊은이는 아직도 더운 김을 내뿜으며 바삐 말했다.

"정참봉 마름은 알아냈냐?"

김도삼이 물었다.

"아, 참. 정참봉 마름 집을 알아내갖고 임처산가 그분이 빨딱 뒤졌는디, 그 집에는 조병갑이 없드라고 합디다."

젊은이는 '빨딱'에다 힘을 주어 말했다. 송희옥이 정참봉 마름 집을 알아내어 임군한이 졸개들을 데리고 가서 뒤졌으나 허탕이었다.

"그럼 조성국이 집에 사람을 보내서 그자가 조병갑을 데리고 갔을 만한 집을 알아봐야겠습니다."

전봉준이 송대화를 돌아봤다. 송대화가 벌떡 일어섰다.

"여기서 사람을 더 보내달라는 소리는 않더냐?"

김도삼이 젊은이에게 물었다.

"예, 송접주님이 거그서 동학도들을 많이 불러냈소. 여기 사람들보다 거기 사람들이 댕기기가 활발해요."

모두 고개를 끄덕였다. 전봉준은 그 집에서 알아오는 대로 정읍으로 사람을 보내겠으니 가서 그렇게 말하라고 젊은이를 보냈다.

"그럼, 여기 일은 여기 일대로 합시다. 군중이 많이 몰려온 것 같습니다. 내가 인사 겸 우리가 거사한 취지를 말씀드릴 테니 내 말이 끝나거든 곧바로 수세 분배야 장막 치는 일을 시작합시다."

두령들은 밖으로 나왔다. 동헌 마당에는 총, 칼, 창, 활 등이 잔뜩 널려 있었다. 무기를 본 두령들은 입이 떡 벌어지고 말았다. 무기들이 모두가 너무도 험하게 녹이 슬어 있었기 때문이었다. 총뿐만 아니라 칼과 창 등 모두 어디 땅속에 묻어놨다가 캐낸 것같이 퍼렇게 녹이 슬어 있고, 활에는 허옇게 곰팡이가 피어 있었다. 총은 총열이 삭아버려 시늉만 남아 있는 것도 있었고 칼이나 창도 마찬가지였다. 무기가 이렇게 햇빛이나마 본 것도 몇 년만이 아닌가 싶었다.

"허허, 이런 도적놈들, 세상에 나랏돈을 들인 무기를 이 꼴을 만들어놨단 말이여?"

조만옥이 화승총 하나를 집어 들며 장탄식을 했다.

"기막힐 일이구만."

두령들은 땅이 꺼지도록 장탄식을 했다. 칼도 녹이 슬어 칼날이 보이지 않았고, 활대도 썩어 시늉만 있는 것이 태반이었다.

"이런 놈들한테 어떻게 나라를 맡겨놓겠소. 이러다가 일본 놈들이라도 쳐들어오면 무슨 꼴이 되지요?"

정익서가 고개를 절레절레 저었다.

"위에서 임금부터 다 쓸어버려야겠구만."

김도삼이 들었던 화승총을 내던지며 새삼스럽게 침통한 얼굴로 뇌었다.

# 8. 배불리 먹여라

들판에는 사람들이 엄청나게 모여들고 있었다. 거의 만여 명쯤 된 것 같았다.

"조뱅갑을 놓쳤다는디, 그럼 어쩔 것이라요?"

"그놈이 조정에 뒷배가 든든한 놈이라 감영 군사를 몰고 오겄지라우."

강쇠는 삐딱하게 재껴진 고개에다 한껏 힘을 주며 큰소리로 말했다.

"감영군이 몰려오면 그놈들을 쉽게 당할 수가 있으께라우?"

"감영군 그런 것들이 멋이간디 그렇게 겁을 묵소? 올 테면 한번 와보라고 허시오. 즈그들이 감영군이면 감영군이제 즈그들 배때기에는 대창 안 들어간답디여? 주먹이 여럿이면 눈이 반본다고 여그 모인 수가 시방 얼매요?"

214

강쇠는 그놈들 배때기에는 대창 안 들어가느냐고 할 때는 대창을 꼬나쥐고 찌르는 시늉까지 하며 호기를 부렸다.

"그래도 감영군이라면 총을 가졌을 것 아니오?"

"우리는 총 없는 중 아시오. 쪼께 있어보시오. 우리도 군아 무기 창고에서 총을 말짱 끄집어내 갖고 들러메고 나설 것이오."

"그런게로 방에 그렇게 써붙였등마는, 참말로 인저 감영군하고 전쟁을 한바탕 할 판이구만이라우?"

"해사지라우. 우리가 감영군이 무서워서 벌벌 떨라면 멀라고 이라고 나섰다요? 시방 우리가 장난으로 이라고 나선 중 아시오?"

강쇠는 제가 전봉준이라도 된 것같이 큰소리를 쳤다.

그때 두령들은 전봉준을 앞세우고 삼거리로 나오고 있었다. 군중은 삼거리 아래 논으로 우 몰려들었다.

김도삼이 군중을 정리했다. 김도삼 소개로 전봉준이 앞으로 나섰다.

"이렇게 나와 주셔서 감사합니다. 저는 전봉준이라는 사람이올시다. 오늘 아침 동네마다 붙은 방을 보셨으니 잘 아시고 계실 것입니다마는, 우리가 이렇게 거사를 한 것은 오로지 썩어가는 나라의 기틀을 바로잡고 백성을 도탄에서 구하자는 것이올시다. 지금 나라 형편은 위로는 조정의 공경대신으로부터 아래로는 수령 방백이며 밑바닥 아전들까지 썩을 대로 썩어, 관리들은 모두가 백성의 고혈을 빨아먹고 사는 강도들이 되고 말았습니다. 당장, 우리 고을 조병갑만 하더라도 얼마나 무지막지하게 우리를 뜯어먹고 괴롭혔습니까? 그자가 우리를 뜯어먹는 세목은 몇 가진지 셀 수도 없고, 불효, 불목, 사통, 상피, 도대체 인간의 탈을 썼다는 놈들이 이런 무지막지하나 소리들을 죄목이라고 비벼내서 백성 피를 빨았습니다. 우리는 이 조병갑부터 바로 이 삼거리에다 목을 매달아 천하에 대의를 떨치고자 했으나, 그만 이놈을 잠시 놓치고 말았습니다. 하지만 이런 무지막지한 놈은 기어코 잡아 목을 매달 것입니다. 그리고 그런 놈 밑에서 같이 고개 까닥거리며 노략질한 아전 놈들도 그냥 둘 수가 없습니다."

"아전 놈들부텀 죽입시다."

"옳소. 당장 목을 달아맵시다."

군중이 악다구니를 썼다. 기세가 이만저만이 아니었다.

"지금 아전들은 줄줄이 엮어다 옥에 가둬놨습니다. 그자들 죄상을 낱낱이 밝혀낼 참입니다. 그자들도 죄상에 따라 엄하게 징치를 할 것입니다."

"징치가 뭐요? 당장 그놈들부터 목을 달아맵시다."

"옳소! 당장 달아매요."

"꼭꼴이로 찍어 죽입시다."

중구난방으로 악다구니가 쏟아졌다.

"낱낱이 죄상을 가려 목을 매달 놈은 목을 매답시다."

"그 새끼들 죄상은 뻔하요. 죄상을 가리고 말 것도 없소."

"그런 새끼들 안 쥑일라면 멋하러 일어났소?"

전봉준은 잠시 말을 멈추고 있었다. 다시 조용해졌다.

"일에는 절차가 있고 선후가 있는 법입니다. 잠시 참아 주시오. 그보다 우리가 여기서 당장 할 일이 있습니다. 조병갑이 우리한테 잡혀서 목이 매달리든 감영으로 도망을 치든, 감영에서는 우리한테 문책을 하러 올 것입니다. 지금까지 다른 고을에서 이런 봉기를 했을 때는 문책을 하면 그 문책을 순순히 당했습니다. 앞장선 사람들은 더러는 목이 날아가고 섬으로 귀양을 갔습니다. 그러나 우리는 저 썩어빠진 조정이나 감영의 문책을 절대로 받아들이지 않겠습니다."

전봉준은 이 대목에서 말에다 힘을 주며 주먹을 불끈 쥐고 힘차게 휘둘렀다.

"옳소. 그 새끼들도 다 죽여야 하요."

"말 잘 한다."

"전봉준이 사람이다."

군중이 악을 썼다. 군중은 대번에 들뜨고 말았다.

"우리는 천하에 떳떳한 대의의 깃발을 저렇게 명백하게 내걸었습니다. 저 깃발에 나부끼고 있는 소리는 우리 고부 사람들만이 외치는 소리가 아닙니다. 저 소리는 저 백두산 기슭에서 제주도 한라산 산골짜기까지 팔도의 백성 전부가 밤낮으로 피를 토하며 부르짖고 있는 통곡과 비원의 외침입니다. 저 소리는 형틀에 묶여 곤장에 살이 묻어나고 뼈가 으스러지는 수십만 죄 없는 죄수들이 울부짖는 아우성 소리며, 배가 고파 우는 어린 것들을 끌어안고 피눈물을 흘리는 이 땅의 불쌍한 부인네들이 울부짖는 통곡소리며, 타작마당에서 손 털고 앉아 한숨을 내쉬고 있는 팔도의 수백만 농민들이 부르짖는 외침소립니다. 여러분, 그렇지 않습니까?"

"옳소."

"다 쳐죽입시다."

군중의 함성 소리가 하늘을 찔렀다. 징징 우는 사람도 있었다.

"여러분!"

전봉준은 목소리를 낮추었다. 땅덩어리를 떠메고 갈 것 같던 군중이 대번에 조용해졌다.

"우리는 팔도 백성의 비원을 저렇게 깃발로 내걸었습니다. 무엇을 잘못했다고 문책을 받아들이겠습니까? 문책을 당해야 할 사람들은 누구입니까? 백성은 나라의 근본입니다. 바로 그 백성 한 사람 한 사람은 천지지간 만물 가운데서 가장 귀한 존재이며, 또 그 한 사람 한 사람이 바로 하늘입니다. 그 사람들의 먹을 것을 빼앗아 가고, 그 사람들을 죄 없이 잡아다 곤장을 치고, 그 귀한 사람들을 잡아다 죽이는 자들이 문책을 당해야 하겠습니까, 그 잘못을 외치고 나선 우리가 문책을 당해야 하겠습니까? 여러분은 어떻게 생각하십니까?"

전봉준이 주먹을 휘두르며 소리를 질렀다.

"저놈들이오."

"저놈들 죽입시다."

"찢어 죽입시다."

다시 군중이 목이 찢어져라 함성을 질렀다.

"그렇습니다. 그 문책을 당해야 할 사람들은 저 사람들입니다. 우리는 저 썩어빠진 자들의 문책을 단연코 거부할 것이며, 저 깃발에 내건 대의를 실현하라고 당당히 요구할 것입니다. 그러면 감영에서는 감영군을 몰고 내려올 것입니다. 그러면 우리는 여기에 꽂힌 저 대의의 깃발을 뽑아들고 단연코 감영군과 맞서 싸워 물리쳐야 합니다. 여러분 생각은 어떻습니까?"

전봉준이 또 주먹을 추켜올리며 소리를 질렀다.

"옳소!"

"말 잘한다."

군중의 함성이 하늘을 찔렀다.

"여기 달려오신 여러분들은 어제 저녁 일어선 우리하고 똑같이 울분을 느끼고 계시는 분들이라 생각합니다. 감영군이 온다면 우리하고 같이 목숨을 걸고 싸우시겠습니까?"

"싸우자!"

"죽이자!"

군중은 목이 찢어져라 악을 쓰며 반 미쳐버렸다.

"감사합니다. 따로 여러분은 동네별로 받아들이도록 하겠습니다. 그런데 그 안에 급히 해야 할 일이 있습니다. 이 많은 수가 여기서 밥을 먹고, 또 여기서 잠을 자야 합니다. 잠도 자고 회의를 할 장막을 치고, 밥해 먹을 솥을 걸어야 합니다. 그 일은 정익서 씨가 맡아서 할 것이니 어제 저녁 봉기한 사람들을 중심으로 모두 내 일같이 해주시기 바랍니다."

군중은 잠시 웅성거렸다.

"우리도 당장 대창을 들라요. 일을 하기 전에 농민군에 넣어주시오."

한쪽에서 크게 소리를 질렀다.

"무장을 하고 감영군과 맞서서 싸우겠다는 젊은이들은 손을 들어보시오."

여기저기서 손을 들었다. 손이 수없이 올라갔다. 천여 명이 넘을 것 같았다.

"알았습니다. 동네 우두머리를 통해서 뽑겠으니 그때 지원해 주시오."

"만석보 수세는 으짜요?"

군중 속에서 소리를 질렀다.

"그 수세는 오늘 당장 전부 나눠주기로 했습니다. 배들 사람들은 지금 곧바로 수세를 돌려주러 가겠습니다. 마지막으로 한 가지 명심할 일이 있습니다. 아까 아전들을 당장 목을 매달자고 하셨는데, 아전들말고도 장교나 형리 등 이속들한테 감정이 있는 사람들이 많을 줄 압니다. 그러나 이속들은 물론 누구한테든지 사사로이 보복을 해서는 절대로 안 됩니다. 이 점 명심해 주시기 바랍니다. 이런 점부터 자기를 내세우지 마시고, 여기 나오신 여러분들은 모두 한 덩어리가 되어 싸웁시다. 여러분 감사합니다."

전봉준이 돌아섰다. 함성이 쏟아지며 박수가 쏟아졌다. 그때 젊은이 하나가 뛰어나갔다.

"전봉준 장군 만세나 한번 부릅시다. 전봉준 장군 만세!"

그 젊은이가 선창을 했다. 모두 따라서 만세를 불렀다. 느닷없이 장군이었다. 전봉준은 군중에게 고개를 숙여 절을 했다. 그 젊은이는 계속 선창을 했다. 군중은 목이 찢어져라 만세를 불렀다. 전봉준은 두 번 세 번 허리를 굽혔다.

김도삼이 다시 그 자리로 올라섰다. 농민군에 지원할 사람들은 저쪽으로 모여주고, 각 동네 우두머리들은 이쪽으로 모여 달라고 했다. 그러면서 김이곤을 저쪽으로 보냈다.

그때 여태 얼굴이 보이지 않던 정익수가 군중 뒤에 서성거리고 있었다. 그는 아프다는 핑계로 방안에서 꼼짝달싹하지 않고 일이 끝날 때까지 누워 있으려고 단단히 결심을 했으나, 좀이 쑤셔서 도무지 견딜 수가 없었다. 조병갑을 놓쳐버렸다니 일판이 크지 않을 것 같아 조금 안심이 되기도 했고, 호방과 정참봉이 잡혀갔다니, 이럴 때 그들한테 생색을 낼만한 일이 있을지 모르겠다는 생각이 들기도 했다. 그런데 전봉준 말을 들어보니 일판이 클 것 같아 다시 가슴이 조여왔다.

"잘 있었는가? 굉장하네그려."

옆을 돌아본 정익수는 깜짝 놀랐다. 호방 집 행랑아범이었다.

"아이고, 나오셨소?"

정익수는 실없이 놀라며 고개를 꾸벅했다.

"잠깐 할 말이 있네."

영감은 시치미를 떼고 한쪽으로 몇 걸음 옮겼다. 정익수도 따라갔다.

"호방 나리가 잽혀가분게 우리 집 마나님은 속이 타서 죽을 지경이네. 자네한티서 소식이라도 쪼께 듣고 잡다고 허시글래 여태까장 자네를 찾고 댕겼네. 짬 봐서 잠깐 우리 집에 다녀가면 으짜겄는가? 저녁에 와도 상관없네."

"알겄소. 저녁에 간다더라고 하시오."

정익수는 선선하게 대답을 했다. 그러지 않아도 오늘 저녁 형편 보아 그 집에 들러 위로라도 할까 하던 참이었다. 전봉준이 아무리 큰소리 쳐도 다른 데서 일어났던 것을 보면 이 일이 오래 가지는 못

할 것은 뻔한데, 그 사람들이 곤궁에 처해 있을 때 안면을 바꾸었다가는 마름은 놔두고 자칫하면 목숨이 왔다 갔다 할 판이었다. 더구나 봉기한 사실을 호방한테 알리지 않았던 것도 이럴 때 그럴듯한 소리로 미리 발명을 해두어야 할 것 같았다.

전봉준은 최경선, 조만옥 등과 함께 군아로 돌아갔다.

"이놈들 하는 짓거리 쪼깨 보시오. 여기 문서에는 조총鳥銃이 626자룬데, 여기 있는 실물은 그 삼분의 일도 안 되고, 그나마 총 구실을 할 수 있는 것은 겨우 서른 자루도 못 돼요."

무기 문서를 든 장진호가 마당에 늘어놓은 조총을 가리키며 전봉준에게 말했다.

"한심스런 작자들이구만."

전봉준은 멍청하게 서서 새삼스럽게 탄식을 했다. 조만옥이 처참한 얼굴로 고개를 절레절레 젓고 있었다.

"정말로 죽일 놈들입니다."

"천보총千步銃도 문서에는 12자루라고 적혀 있는디, 3자루밖에 없소. 나머지는 어디로 갔지라우?"

장진호가 무기 문서를 들여다보며 말했다. 천보총도 다른 무기들과 마찬가지로 흙 속에서 캐낸 것같이 녹이 슬어 시늉뿐이었다.

"환도環刀는 또 40자룬디, 이것은 실물이 더 많은 것 같구먼."

송늘남이 문서를 들여다보며 말했다.

"아녀. *속오군束伍軍 치는 여기 따로 적혀 있잖아?"

장진호가 문서 한쪽을 가리키며 말했다.

"어라, 속오군 치만 593자루구만."

송늘남이 문서를 들여다보며 놀랐다.

"이쪽하고 합치면 6백 자루가 넘는데, 실물은 2백 자루도 못되는 구만."

"그나마 이것들이 칼 구실하겠습니까요?"

"때려죽일 것들."

조만옥이는 혼자 저만치 가서 창을 보며 이죽거렸다. 환도도 녹이 잔뜩 슬어 있었다. 활은 더 엉망이었다. 문서에는 흑각궁黑角弓 152자루, 상각궁常角弓 48자루, 교자궁交子弓 210자루, 죽궁竹弓 22자루, 도합 432자루였으나, 여기 남아 있는 실물은 백여 자루 남짓인데, 그나마 전부 삭아 제구실할 만한 것은 한 자루도 없었다. 화살도 다 썩어 *겨울 지난 울바자의 수숫대 꼴이었다.

"한심스런 작자들이구만. 그렇게 수없이 다녀간 수령이란 자들이 그래 무기고 한번 들여다본 자가 없었단 말이냐?"

전봉준은 거듭 탄식을 했다.

"아까도 말했소마는 이 꼴로 있다가 전쟁이라도 나면 나라꼴이 무슨 꼴이 되겠소? 일 년에 한 번씩만 기름을 먹였더래도 이 꼴은 안 됐을 것입니다. 저런 총 한 자루에 돈이 얼마겠소? 그 때려죽일 작자들."

조만옥이었다.

"이게 어디 여기 고부만 이러겠습니까? 도대체 이런 놈들한테 어떻게 나라를 맡겨놓겠습니까? 다 쓸어야 합니다. 전국 방방곡곡 다 쓸어야 합니다."

조만옥은 이를 앙다물며 새삼스럽게 주먹을 쥐었다. 전봉준도 돌처럼 굳은 표정으로 입을 꾹 다문 채 무기들을 내려다보고 있었다. 썩은 시체처럼 널려 있는 무기들을 모두 말없이 내려다보고 있었다.

"무기 구실을 할 수 있는 것만 추려내고 나머지는 그대로 넣어두어라."

전봉준이 무겁게 입을 떼고 돌아서려 할 때였다.

"접주님, 고생하셨습니다."

송태섭과 이싯뚜리 등 민회 패들이었다. 순천 강삼주와 이성근, 영광 고달근과 이만돌 등도 같이 왔다.

"어서들 오게."

전봉준이 반갑게 맞았다.

"조병갑은 아직도 행방을 모릅니까?"

"그렇네. 그렇지만, 그놈을 놓쳤다고 해서 일이 실패한 것은 아닐세."

전봉준은 여유 있게 말했다.

"그래도 그놈을 잡아야 할 것인디."

이싯뚜리가 주먹을 쥐었다.

"이게 뭡니까?"

아까부터 마당의 무기를 보고 있던 송태섭이 물었다.

"무기 창고에 들어 있던 명색 무기라는 것일세."

전봉준이 희떱게 웃으며 무기를 향해 돌아섰다.

"왜 모두 이 꼴이지요?"

"하느니 그 말일세."

그들은 잠시 어리둥절한 꼴이었다. 전봉준이 다시 설명을 하자 그제야 모두 장탄식이 땅이 꺼졌다.

"이런 백 번 때려죽여도 션찮을 놈들, 조선 팔도 무기고가 거진 이 꼴 아니겠습니까? 그 수령이란 놈들은 몽땅 잡아다가 모가지를 잘라도 꼭 이런 칼로 잘라야겠구만."

이싯뚜리가 칼을 하나 들고 이를 앙다물었다.

그때 또 아문을 들어서는 사람들이 있었다. 손화중이 강경중과 함께 오고 있었다. 그들도 조병갑 행방을 묻고 나서 무기로 눈이 갔다. 그들 역시 멍청한 표정으로 무기를 내려다보고 있었다.

"저희들은 이따 오겠습니다."

이싯두리가 전봉준 곁으로 와서 낮은 소리로 말하고 돌아섰다. 접주들에게 자리를 양보하는 것 같았다. 송태섭만 남고 그들 일행은 밖으로 나갔다. 손화중은 탄식을 하면서도 무기 물목에 관심을 보이며 무기를 보고 있었다.

"들어갑시다."

전봉준은 그들을 데리고 방으로 들어갔다. 조병갑을 놓친 일 등 지금까지 경위를 대충 설명했다.

"필경 정읍 현아로 갈 것 같은데, 그때는 어떻게 하겠소?"

한참 말없이 듣고 있던 손화중이 조용히 물었다.

"아직 거기까지는 생각을 못하고 있습니다."

"그리 쳐들어가야 합니다. 오면서 군중 열기를 봤습니다. 저 수에 저 열기라면 못할 것이 없습니다. 기왕 내친걸음 조금도 주저할 것이 없습니다."

손화중이 단호하게 말했다. 전봉준은 손화중을 빤히 보고 있었다.

"아직은 내색을 말아야 할 것입니다."

다시 손화중이 말했다.

"형편을 보면서 생각해 봅시다."

전봉준이 무겁게 입을 열었다.

"다시 오리다."

손화중은 자리에서 일어났다.

"아니, 이렇게 갑자기?"

손화중은 다시 오겠다며 방문을 나섰다. 전봉준은 손화중을 아문까지 배웅했다. 송태섭만 남았다.

"손접주님이 저렇게 강경하게 나올 줄은 몰랐습니다. 그럼 저희들은 어떻게 해야 할까요?"

송태섭이 물었다. 다른 고을에서도 일어날 준비를 할 것이냐는 물음이었다.

"형편을 보세. 자네들이 섣불리 움직여서는 안 되네. 결정적인 때를 보아 움직여야 하네. 우리가 정읍으로 쳐들어간다 하더라도 그때 움직일 것이 아니라 감영군이 출동할 때 움직여 주는 것이 좋지 않을까 싶네."

전봉준이 침착하게 말했다.

"알겠습니다. 그럼 지금 저희들이 여기서 거들어 드릴 일은 없겠습니까?"

"아직 여기서 거들 일은 없네. 조병갑 행방이 제대로 밝혀질 때 다시 의논하세."

"알겠습니다. 그러면 바쁘실 테니 저희들도 갔다가 다시 오겠습니다."

"고맙네."

전봉준은 같이 방을 나갔다.


아전들 집과 쌀가게 등에서 가져온 문서를 정리하던 최경선이 바삐 밖으로 나왔다. 전봉준 곁으로 갔다.

"아전들 집에서 나온 어음이 수만 냥인데 이걸 어떻게 할까요? 거개가 줄포 일상들 어음입니다. 지금 가서 빨리 추심을 할 수 없을까요?"

최경선이 어음을 전봉준에게 보이며 말했다.

"벌써 늦은 것 같소. 거기도 여기 소문이 나버렸을 거요. 그대로 두시오."

"하, 미처 이 생각을 못 했구만."

최경선은 애석한 듯 입술을 빨았다.

"버린 것은 아니니 너무 애석해할 것 없소. 현금은 얼마나 되요?"

"만 오천 냥 가량 됩니다. 비단이 120필에 패물은 값을 계산할 수가 없습니다."

"물목을 자세하게 꾸며노시오."

"우선 돈 문서부터 훑어보았는데, 돈 액수가 상상했던 것보다 많고 이게 또 어찌나 이리저리 얽혔는지 문서 졸가리만 잡자도 하루는 걸리겠습니다. 우리 두 사람 가지고는 도저히 안 되겠으니 셈속이 밝은 몇 사람이 거들어 주어야겠습니다."

"그럼, 그런 사람들을 아무나 뽑아다 쓰시오."

"하학동 김한준 같은 사람이면 좋겠는디, 그 작자가 안 나왔구만."

최경선이 뒤따라 어음을 더 가지고 나왔던 조만옥이 혼잣소리로 구시렁거렸다. 달주 작은아버지 김한준은 나오지 않았다. 하학동서 는 동임 양찬오도 나오지 않고 박문장도 나오지 않는 등 반수 이상 이 나오지 않았다. 예동이나 두전 등, 배들 쪽 동네와는 판이했다.

"셈속이라면 전에 보니 정익서 씨 동네 젊은이 하나가 밝은 사람 이 있는 것 같습디다. 일을 시켜본 적이 있는데, 이능갑이란 젊은이 오. 정익서 씨한테 사람을 보내시오."

그때 좌수와 별감을 잡으러 갔던 김장식이 돌아왔다.

"두 놈 다 벌써 줄행랑을 놔버렸습니다. 좌수는 문서도 모두 치워 버렸고, 별감 집에서는 이게 나왔습니다."

김장식이 전봉준한테 문서를 넘겼다. 조만옥이 다시 건네받아 몇 장을 넘겼다.

"조병갑 아비 비각 세우는 돈 문서가 여기 들었구만. 향청일이 깜 깜하더니 이것이라면 웬만큼 가닥이 잡히겠소."

조만옥이 문서를 대충 훑어보고 나서 말했다. 그때 정익서가 왔다.

"마침 잘 왔소. 내가 그 말을 잊었는데, 여기 온 사람들은 농민군 이고 누구고를 가리지 말고 누가 됐든 모두 배불리 밥을 먹여야 합 니다. 쌀이나 돈은 아끼지 마시오."

전봉준이 말했다.

"누구든지 먹으려고 달려들 텐데 저 엄청난 수를 어떻게 당합니까?"

최경선이 전봉준을 건너다보며 그게 될 법이나 한 소리냐는 표정을 지었다.

"있는 곡식에 무엇이 걱정이오. 농민군만 제때에 먹고 나머지 사람들은 때를 가리지 말고 계속 밥을 해서 주면 되잖겠소?"

"저 많은 사람들한테 어떻게 밥을 다 준단 말입니까? 도저히 감당할 수가 없을 것입니다."

정익서도 어림없는 일이라는 표정이었다.

"당신들 지금 무슨 소리를 하고 있소?"

전봉준이 정색을 하며 두 사람을 똑바로 봤다.

"우리가 지금 무엇 때문에 일어났소? 저자들이 백성한테서 먹을 것을 다 빼앗아가 버렸기 때문에 그것을 되찾고 더 빼앗기지 않으려고 일어나지 않았소? 여기 나온 사람들은 지금 시레기죽도 못 먹는 사람들이 태반이오. 아까 얼굴들 보잖았소? 부어서 누렇게 뜬 사람들이 얼마나 많았소? 그 사람들한테 곡식을 나눠주지는 못할망정 밥이라도 먹이자는데, 감당을 못하다니 그것이 무슨 소리요? 솥을 서른 개든 마흔 개든 있는 대로 빌려다 걸고 모두 배불리 먹을 때까지 계속 밥을 하시오. 곡식은 염려 마시오. 수세 포기 받을 것이며 조병갑 쌀만 차지해도 모두 천 섬이 가까울 것이오. 먹다 떨어지더라도 다 떨어질 때까지 끝까지 같이 먹어야 합니다. 우리가 무장을 하고 버티고 있는 한 부자들 곳간을 털어오더라도 곡식 걱정은 할 것이 없소."

전봉준은 단호하게 말했다.

"그 뜻은 알겠습니다마는, 그렇게 되면 곁다리로 밥 먹을 사람들이 농민군 너댓 배는 될 텐데 감당을 못할 것입니다."

정익서가 여전히 고개를 저으며 말했다.

"흉년에 기민 먹이는 셈치고 한 끼에 세 번이고 네 번이고 여기 나온 사람들이 다 먹을 때까지 밥을 하시오. 주린 백성한테는 이만한 잔치가 없소. 잔치판은 사람이 많이 모여야 잔치를 벌인 사람도 신명이 나고, 모이는 사람도 신명이 납니다. 반찬은 없더라도 배라도 부르게 먹여야지요."

전봉준은 손 큰 어미 *못밥 퍼주듯 말이 푸짐했다.

"오래 갈지 모르는데 군량미 걱정도 해야 하지 않겠습니까?"

"군량미요? 창 든 사람이 먹을 식량만 군량미라 하시는 모양인데, 우리한테는 지금 싸우는 군사가 따로 없고 구경꾼이 따로 없소. 대창 든 사람만 농민군이고 대창 안 든 사람은 농민군이 아니던가요? 조병갑이 정참봉 집에 들어가는 것을 알려준 사람이 대창 들고 나선 농민군이었소? 이 땅덩어리에서 몇 주먹 안 되는 권귀權貴들만 우리의 적이고 이 나라 모든 백성은 전부가 우리 편이고 우리 군사요. 쪼그랑할머니에서부터 젖먹이 어린아이까지 여기 나온 사람은 다 우리 군삽니다. 식량은 염려 마시오. 하여간 먹다 떨어지면 그때는 그때 가서 조처를 하기로 하고 식량이 다 떨어질 때까지 같이 먹읍시다."

전봉준의 태도는 단호했다. 정익서는 전봉준의 말을 충분히 이해는 하면서도 너무 수가 많아 그게 난감한 모양이었다.


"오매, 저것이 먼 사람들이까?"

골목에서 놀던 하학동 조무래기들이 깜짝 놀랐다. 대창을 든 농민군들이 황토재를 향해 하얗게 몰려가고 있었다. 개들이 요란스럽게 짖어댔다. 동네 사람들이 쏟아져 나왔다. 달주 집에서 명을 잣던 품앗이꾼들도 모두 나왔다. 김이곤 아내 백산댁, 조망태 아내 두전댁, 장일만 아내 산매댁, 집주인인 달주 어머니 부안댁, 그리고 연엽과 남분 등이었다. 머리에는 물레꽃들이 허옇게 피어 있었다.

"오매 오매, 감영군이 쳐들어올 것이라등마는, 지금 어디 쳐들어오고 있으까?"

오늘 아침에 읍내 다녀온 사람들이 많아 읍내 소식을 모두 알고 있었다.

"쳐들어오기는 누가 쳐들어와?"

부안댁이었다. 농민군들은 대창을 들었으나 걸어가는 모습에서 싸우러 가는 것 같은 살기가 느껴지지 않았다. 찬란한 오색 창의기가 유난히 기세 좋게 허공에 나부끼고 있었다. 머리에 수건을 쓴 농민군들이 대창을 어깨에 메고 기세당당하게 걸어가고 있었다. 동네 사람들은 찬란한 깃발에 감탄해 마지않았다. 저렇게 크고 아름다운 기는 생전 처음이었다.

동네 사람들은 건성으로 행렬만 구경을 하고 있었으나 연엽은 가슴을 두근거리며 눈을 번득였다. 전봉준이 지나갈 것 같아서였다. 이렇게 엄청난 일을 해버린 전봉준의 모습은 어떤 모습일까, 연엽은 지레 가슴이 뛰었다. 전봉준의 근엄한 모습과 잔잔한 말소리가 귓가에 살아나는 것 같았다.

"아부지 온다."

골목에 몰려섰던 조무래기 하나가 소리를 지르며 달려갔다. 조무래기들이 줄줄이 소리를 지르며 쫓아갔다. 김이곤, 장일만, 김천석, 김덩실 등이 대창을 들고 동네로 들어오고 있었다. 하루저녁 사이에 딴 사람이 되어버린 것 같았다. 수건을 좀 다른 모양으로 쓰고 대창을 메자 저렇게 사람이 달리 보이는가 놀라울 지경이었다. 머리에 수건을 질끈 동인 강쇠도 어깨에 대창을 메고 의기양양하게 들어오고 있었다.

"강쇠도 농민군 났다."

동네 조무래기들이 소리를 질렀다. 강쇠는 벙그렇게 웃으며 한껏 어깨판을 폈다. 누구보다도 강쇠가 하룻저녁 사이에 완전히 딴 사람이 되어버린 것 같았다. 동네 사람들은 강쇠를 보자 더 대견스런 모양이었다.

모두 개선장군들같이 당당하고 의젓해 보였다. 남편이 농민군에 나간 여자들은 모두 골목에 몰려서서 자랑스럽게 남편들을 건너다보고 있었다. 그러나 강쇠네는 어쩐지 불안하고 근심스런 표정이었다. 몇 번이나 호들갑을 떨었을 텐데 주눅이 든 것같이 무춤한 표정이었다.

"아부지!"

김이곤의 아들놈이 쫓아가며 소리를 지르자 김이곤은 두 팔을 벌려 아들놈을 덥석 끌어안았다. 김천석도 아이들을 덥석 끌어안았다. 장일만한테는 아랫도리를 벌겋게 내놓은 아이들이 세 놈이나 쫓아가 달라붙었다. 김덩실도 아이를 덥석 끌어안아 공중으로 덩실 떠올렸다. 모두 아이들을 끌어안거나 손을 잡고 자랑스럽게 웃으며 동네로 들어왔다. 장일만이 저렇게 환하게 웃기는 근래 처음이었다. 아이를 더 낳지 않으려고 *결김에 자기 남성을 잘라버린 뒤로는 장일만이 얼굴에서 웃음이 사라졌었다. 동네 밖을 나가면 좆 잘라버린 놈이라고 킬킬거렸고, 집에 오면 겨울바람보다 모진 가난이 두 어깨를 눌렀다.

"인저 일이 다 끝났는게비요잉?"

김천석 아내가 남편 앞으로 다가가며 환하게 웃었다.

"조뱅갑 모가지도 안 달아맸는디, 일이 끝나기는 멋이 끝나?"

무슨 정신없는 소리를 하고 있느냐는 가락이었다.

"그람, 으째서 와부요?"

"만석보 헐라고 연장 가지러 와."

수세는 하학동 사람들하고 상관이 없는 일이라 보 헌다는 말만 하고 있었다. 수세를 나눠주자고 하자 기왕 나선 김에 만석보도 헐어버리자고 그 근방 사람들이 하도 설치는 바람에 김도삼이 허락을 했던 것이다.

"우리 오라버니 소식은 없습디여?"

남분이 물었다.

"어디 먼디 간 모냥이든디, 그새 오겄냐?"

김천석이 대답했다.

"어이구, 이랄 때는 집에 없고."

남분은 귀엽게 입을 비죽거리며 연엽과 제 어머니를 돌아봤다. 연엽은 건성으로 웃어줄 뿐 눈을 길목에 그대로 박혀 있었다. 연엽은 전봉준 생각 밖에는 아무 소리도 귀에 엉기지 않았다. 행렬은 계속 꼬리를 잇고 있었다. 금방 전봉준이 나타날 것 같았으나 보이지 않았다.

이주호 집에서도 식구들이 농민군 행렬을 구경하고 있었다. 이주호와 이상만 등 모두 겁먹은 눈으로 담 너머로 농민군 행렬을 보고 있었다. 경옥도 그 어머니 곁에서 구경을 하고 있었다. 그는 누구보다도 눈을 밝히고 담 너머 큰길에 눈을 박고 있었다. 행여나 그 사이 달주가 와서 가고 있지 않는가 싶어서였다. 그는 장작더미 위에 윗몸을 가슴까지 내놓고 보고 있었다. 달주가 지나면 틀림없이 여기를 볼 것 같았으므로 그때 자기를 알아보게 하려면 얼굴만 내놔서는 안 될 것 같았기 때문이다. 경옥은 달주만 생각하면 애가 닳고 가슴이 미어졌다. 그의 머릿속에는 달주의 성난 얼굴이 너무도 뚜렷하게 박혀 지금도 달주가 그 성난 얼굴로 자기를 노려보고 있는 것 같았다. 그러니까 벌써 재작년, 달주가 정말 오랜만에 이 집에 와서 자기 아버지한테 논흙을 가져다주고 나갈 때 저 대문간을 나서다가 잠시 돌아보던 그 얼굴이었다. 그때 달주의 그 얼굴이 경옥의 머리에는 지금도 너무 선명하게 박혀 달주를 생각할 때마다 그 성난 얼굴이 자기를 노려보고 있었다. 그때마다 경옥은 가슴이 찢어지는 것 같았다. 지금도 달주는 그런 얼굴로 자기를 볼 것인가, 경옥의 가슴에서 방망이질을 했다.

"고생들 했네."

농민군에 나가지 않은 김한준과 동임 양찬오도 나와 농민군에 나갔던 사람들을 반갑게 맞았다. 그러나 박문장은 보이지 않았다. 자기 아버지한테 붙잡혀 꼼짝을 못하고 집에 갇혀 있다는 소문이 정말인 것 같았다. 사람 모인 데라면 점심 싸가지고 쫓아다니는 그가 골목에도 못 나오는 것을 보면 야무지게 붙잡힌 모양이었다. 그는 나이가 40이 넘었지만, 지금도 자기 아버지 해봉 영감 앞에서는 고양이 앞에 쥐였다.

"우리 애기 아부지는 어째서 안 온다요?"

조망태 아내 두전댁이 눈을 둥그렇게 뜨고 써늘한 표정으로 물었다.

"그 양반 시방 이참에 배실해도 큰 배실을 해부렀소."

"멋이라우. 배실을 해라우?"

김덩실 말에 두전댁은 무슨 소리냐는 듯 눈을 씀벅였다.

"이참에 우리 동네서 배실한 사람이 둘이나 되는디, 우리 동네 김영좌는 산매 김도삼 두령 밑에 부두령이 나갖고, 이쪽 배들 안통 사람들을 기냥 한손에다 꽉 틀어쥐고 호령하는 대장이 되아부렀고, 조망태는 정익서 두령 밑에서 부두령이 나갖고 농민군 묵을 식량이야 멋이야 그런 것이 말짱 그 사람 손에서 나가고 들어가게 되아부렀소."

"워매!"

동네 여자들은 모두 입을 떡 벌렸다. 두전댁은 더 크게 입을 벌렸다. 그러나 두전댁의 입이 그렇게 크게 벌어진 까닭은 동네 사람들과는 전혀 달랐다. 동네 여자들은 대견해서 벌린 입이었고, 두전댁입은 억장이 무너져서 벌어진 입이었다. 점괘가 제대로 맞아떨어진 것 같아서였다.

"오매 오매, 먼 그런 정신없는 사람이 있으까? 귀에 못이 백히게 쥐앙정(조왕경)을 읽었는디, 참말로 이것이 먼 일이까?"

두전댁은 금방 꺼질 것 같은 소리로 혼자 장탄식을 하며 얼굴빛이 대번에 노래졌다.

"우리 애기 아부지는 왜 안 온다요?"

예동댁이 조심스럽게 물었다.

"응, 춘동이도 배실이라면 배실을 했는디 금방 올 것이오. 춘동이
는 우리 동네 사람들이 모도 그렇게 큰 배실을 하는 바람에 이 동네
사람들을 거느리는 우두머리가 되아부렀소."

그때 장일만은 아이들 손을 잡고 골목으로 들어가고 예동댁도 시아
주버니를 따라 들어갔다. 얼굴빛이 노래진 두전댁은 혼자 위매 위매
소리를 연발하며 꺼질 것 같은 걸음걸이로 골목을 들어가고 있었다.

"내가 시방 느그들 줄 것이 있다."

집으로 들어간 장일만이 환하게 웃으며 고의춤을 까뒤집었다.

"와!"

애호박만한 누룽지가 두 덩어리나 나왔다. 그는 아침에 조병갑을
잡으러 갈 때 가지 않고 주막에서 농민군 밥하는 일을 거들었는데
거기서 장작을 패고 물 긷는 등 일을 하면서 얻은 것이었다. 산매댁
이 누룽지를 받아 아이들한테 똑같이 나눠주었다. 장일만 아들놈들
은 콧구멍에서 누에만큼씩한 콧물을 연방 들이마시며 정신없이 누
룽지를 우겨댔다. 벌겋게 살을 내놓고 벌벌 떨던 놈들이 깡총깡총
뛰며 누룽지를 아귀아귀 베어 먹었다.

"영친디 꼭꼭 씹어묵어라잉."

장일만은 좋아하는 아이들을 *오달지게 바라보며 한마디 주의를
주었다.

"이런 일에 그렇게 놈 앞에 나서도 괜찮다요?"

236

예동댁이 장일만한테 물었다.

"이 한헌 수가 일어났는디 멋이 걱정이오. 오늘 저녁부텀은 이녁 그릇에다 밥하고 국을 받아묵을 것인게 그릇을 갖고 가사 쓰요. 춘동이 것도 밥그릇하고 국그릇하고 한나쓱 챙겨노씨오. 숟구락이랑."

동네 사람들은 아직도 들어가지 않고 구경을 하고 있었다. 연엽이 누구보다 농민군 행렬을 뚫어지게 바라보고 있었으나 전봉준은 나타나지 않았다. 이내 행렬은 꼬리가 나타났다. 전봉준은 끝내 보이지 않았다. 전봉준이 읍내 도소를 떠날 수 없을 것이라는 생각이 들면서도 행여나 싶어 연엽은 가슴을 두근거리며 그대로 길목에다 눈을 박고 있었다.

연엽은 전봉준을 처음 만났을 때의 인상이 지금도 그대로 머리에 박혀 있었다. 달주와 용배가 공주에서 도주하는 것을 겁 없이 돕는다는 것이 그만 그들 일행에 휩싸여 전라도 땅에 처음 발을 들여놨을 때 맨 처음 따뜻하게 대해 준 사람이 전봉준이었다. 그는 마치 아버지처럼 연엽의 앞일을 걱정해 주었다. 무슨 아기자기한 말을 한 것은 아니었다. 규수가 고생한다며 거처나 한 군데 편한 데를 마련해 주라고 월공에게 일렀을 뿐이었다. 그때 그 평범한 말이 연엽의 가슴에 너무도 뭉클하게 와 닿았다. 그 말은 그만큼 진정이 배어 있었던 것이다. 전봉준은 그 때부터 연엽의 가슴 속에 너무도 크게 자리를 잡아버렸다.

그때부터 연엽은 전봉준이 항상 자기를 돌봐 주고 있는 것 같아 마음이 든든했다. 동네 여자들 물레방에 불려 다니면서 동학 강을 하면서도 이런 일은 오로지 전봉준의 일을 거들고 있는 것이다 싶어 그만큼 보람을 느꼈고, 밤낮을 가리지 않고 돌아다녀도 피로한 줄을 몰랐다.

연엽이 조소리에 불려가 동학 강을 한 적이 있었다. 그때 전봉준 집에서 그 딸들과 기거를 했다. 전창혁이 죽은 뒤로 전봉준 집에는 연엽하고 같은 또래인 전봉준의 두 딸 옥례와 성녀가 어린 두 남동생을 데리고 살림을 꾸려가고 있었으므로 우선 기거하기가 그 집만큼 편한 집이 없었다. 연엽은 처음 전봉준 집을 들어갈 때 실없이 가슴이 뛰었다. 집이 아주 작은 것에 놀랐으나, 여기저기 전봉준의 체취가 서려 있는 것 같아 기둥이며 마룻장까지도 정답게 느껴졌다. 사랑방 문을 열어보았을 때 퀴퀴하게 나는 사랑방 냄새도 전봉준의 체취같이 정답게 느껴져 실없이 얼굴이 붉어졌다. 연엽은 그 집에서 사흘 동안 지내면서 그 두 딸들하고 정이 듬뿍 들고 말았다. 연엽은 그 사이 두 딸한테서 전봉준이 살아온 이야기를 들으며 끝없는 감동을 느꼈다. 두 딸도 그런 아버지를 아주 자랑스럽게 생각했다. 큰딸 옥례는 지금 21살이고 둘째는 19살이었으므로 둘이 다 혼기가 지났으나, 그들은 그런 일에도 아버지에게 섭섭한 생각이 없는 것 같았다. 큰딸은 두어 달 전에야 옛날 전봉준이 살던 동골이란 동네로 혼담이 익어가고 있다고 했다.

연엽은 두 딸한테 자꾸 그 아버지 이야기를 시켰고 그 딸들도 자랑스럽게 이야기를 했다. 농사는 세 마지기밖에 안 되므로 직업으로 친다면, 사실상 농사하고는 상관이 없으면서도 가난한 농민들을 위해서 위험을 무릅쓰고 등소 장두를 서는가 하면, 누가 아프다면 청하지 않아도 가서 침을 놔주고, 가난한 집에 초상이 나면 자기 발로 찾아가서 묏자리를 봐주는 등 비천한 사람들을 위해서 살아온 전봉준의 삶에 연엽은 끝없는 감동을 느꼈다. 여기저기서 전봉준의 이런 이야기는 여러 번 들었으나 정작 그 딸들한테서 자세히 듣고 보니 세상에 이런 사람도 있었구나 하는 생각이 들며 그로 해서 세상이 한결 밝아지는 느낌이었다.

얼핏 보면 무뚝뚝하고 차갑게 보이던 전봉준이 그렇게도 인정이 넘치는 사람이었던가 싶었다. 한번은 이웃집에서 손주 하나를 데리고 가난하게 살던 할머니가 굶어죽은 일이 있었는데, 나들이를 갔다 와서 그 말을 들은 전봉준은 하루 종일 사랑방에서 비 내리는 마당만 내다보고 앉아 있더라는 것이다. 연엽은 그런 전봉준의 이야기에 끝없는 감동을 느끼며 지금 그를 거들고 있는 자기는 이미 전봉준의 생애 속에 깊숙이 끼어들어 있다는 착각에 빠지고 말았다. 그러면서 요 몇 년 사이 자기가 겪었던 모든 일은 자기를 전봉준 곁으로 끌어오기 위해서 일어났던 일인 것같이 느껴졌다. 공주에서 자기 집이 감사 조병식한테 그렇게 험하게 당한 일이며, 그런 험한 일을 당하고 나서 자포자기를 한 나머지 유곽으로 들어갔던 일이며, 달주하고 용배를 만나 그 위험한 일에 겁 없이 뛰어들었던 일이며, 또 강경에서 두 사람과 작별했는데 뜻밖에 월공 스님이 선창으로 자기를 데리러 왔던 일 등, 그런 모든 일들이 자기를 전봉준 곁으로 데려오기 위해서 일어났던 일같이 느껴졌다.

봉기군 뒤에 몇 사람 두령들이 따라가고 있으나 끝내 전봉준은 나타나지 않았다. 연엽의 가슴에는 휑하게 구멍이 뚫리는 것 같았다. 당장이라도 무슨 구실을 만들어 읍내로 달려가고 싶었다. 그러나 그럴 만한 구실이 얼른 생각나지 않았다. 읍내로 달려가고 싶은 충동이 일어나자 가슴이 더 뛰었다.

"멀라고 연장은 챙기요?"

강쇠네가 강쇠를 보며 시퍼렇게 쏘아붙였다.

"멀라고 챙기기는 멀라고 챙개? 만석보 헐로 갈라고 챙기제."

"음마, 그런게 시방 또 나갈라고 그라시오?"

강쇠네는 눈을 오끔하게 뜨고 다그쳤다.

"그람, 나가제 안 나가?"

강쇠가 아내를 노려보며 퉁명스럽게 쏘았다.

"오매 오매, 덩덩한게 물 건너 메밀개떡 굿인지 아는갑소잉. 당신이 으짠다고 그런 디 나선다요? 다른 사람들매이로 멋을 뺏길 것이 있어서 관가 사람들헌티 뺏개를 봤소. 뜯길 것이 있어서 뜯개를 봤소. 다른 사람들은 뺏기고 뜯긴 것이 있은게 나서제마는 당신이 멋땀새 나서냐 말이오?"

"지미, 꼭 뺏긴 것이 있고 뜯긴 것만 있어사 나선가? 사람이면 안 나서는 사람 없이 다 나서는디 나는 사람이 아녀?"

강쇠는 버럭 소리를 질렀다.

"아이고, 잘났소. 잘났어. 밥 싼 놈이 우줄거린게 똥 싼 놈도 우줄거린다등마는, 당신이 꼭 그 짝이요잉. 생각을 혀보씨오, 생각을 혀봐. 이런 일에 아무 상관도 없는 사람이 놈이 장에 간게 빈 지게 지고 장에 가라우? 아까 감역 나리가 당신을 찾글래 읍내 간 것 같다고 혔등마는 감역 나리가 으짠지나 아시오? 쩨를 한식경이나 참시로 죄 없는 나헌티 눈을 서발 너발이나 흘깁디다. 우리가 누 집 덕으로 밥 묵고 산 중도 모르시오? 그런 양반 눈밖에 나면 당장 우리는 짐치 줄거리 하나도 얻어올 디가 없어라우. 내 말이 시방 먼 말인지 알아 묵겠소?"

강쇠네는 오금을 꼭꼭 박으며 쥐잡듯이 남편을 닦달했다.

"아무리 누가 으째도 나는 가고 말 것인게 잔소리 말어."

강쇠는 어긋하게 고개를 숙이고 소리를 질렀다.

"오매 오매, 내가 시방 미치고 환장허고 폴딱 뛰겠그만잉. 당신이 가면 거그 가서 먼 일을 헐라요. 놈같이 몸이 지대로 말을 들어서 창질을 헐라요, 발이 날래서 파발을 설라요? 가서 멋을 허간디 코를 숙이냐 말이오? 어디 속이나 알게 말이나 한번 혀보씨오."

강쇠네는 정말 미치고 환장해서 '폴딱' 뛰겠다는 표정이었다.

"나라고 헐일 없는 중 알어? 내가 손이 으째서 창질을 못하고 발은 또 으째서 파발을 못서? 파발도 서고 파수도 서고 다 해."

그때 동네 사람들이 한 사람씩 나오고 있었다.

"자네는 으째서 그렇게 우거지 상판인가?"

김이곤이 나오다가 강쇠네 상판을 보고 짚이는 것이 있는 듯 알은체를 했다.

"지가 멋을 안다고 우거지 상판은 우거지 상판이겄소마는, 저런 사람은 어디다 쓸라고 대꼬 댕기시오?"

강쇠네는 금방 깔깔거리며 너스레를 떨었다.

"그것이 먼 소리여? 곧은 나무는 기둥감, *굽은 나무는 안장감, 다 적저금 형편 따라서 할 일이 있는 것이여. 더구나 이런 일에는 강쇠 할 일이 많네. 자, 이것이 중요한 문선게 이것 들고 어서 앞서!"

김이곤이 아까 들고 왔던 문서 보자기를 강쇠한테 맡기며 소리를 질렀다. 강쇠는 살았다는 듯이 보자기를 받아들고 어깨판을 벌리며 김이곤의 앞장을 섰다. 강쇠가 저만치 가다가 뒤를 돌아보았다.

"아이고, 저 웬수!"

강쇠네는 잔뜩 우거지상이 되어 강쇠를 향해 주먹질을 했다.

수세 노적이 있는 예동 앞 들판에는 사람들이 개미 떼처럼 몰려들었다. 남자들은 지게에다 빈 섬을 지고 나왔고 여자들은 소쿠리를 이고 몰려들었다. 아이들이며 노인들까지도 덩달아 몰려나와 장을 이루었다.

"오매 오매, 살다 본게 먼 일이 이런 일이 다 있다요?"

지팡이를 짚고 나온 꼬부랑할머니가 김도삼 손을 잡으며 눈물을 글썽거렸다.

"칠십 팽생을 살았어도 뺏어가는 사람만 봤제 주는 사람은 못 봤등마는, 오래 살란게로 인저 주는 사람을 다 보고 죽겄그만이라잉. 천한 목숨 어서 안 죽어서 한이등마는, 내가 이런 시상을 보고 죽을라고 안 죽었등갑소. 참말로 고맙고 또 고맙소. 당신들은 복 받을 것이오. 활인불, 활인불, 말로만 듣던 활인불이 따로 없그만이라우."

꼬부랑할머니가 김도삼 손을 잡고 눈물을 줄줄 흘리며 치사가 땅이 꺼졌다.

"고맙습니다."

김도삼도 감격하여 할머니의 까칠한 손을 두 손으로 맞잡았다.

"할무니, 우리가 이 두령님들 모시고 못된 놈들 전부 없애불고 인

242

저 존 시상 한번 맨들어볼랑게 할무니도 백 살까장 사씨오. 인저부
텀 할머니도 쌀밥만 자시고 사는 시상 올 거이오."

젊은이 하나가 끼어들었다.

"아이고, 나 같은 것이사 시상 다 살았은게 쌀밥 안 묵어도 좋아.
생대 같은 우리 새끼덜, 보리밥이래도 삼시 시때 끼니 안 굶는 꼴만
보다 죽으면 오늘 죽어도 한이 없었어. 한이 없제. 한이 없어."

할머니는 넋 나간 표정으로 하염없이 눈물만 흘리고 있었다. 머
리가 세도록 뜯기고만 살아온 송곳 같은 세월이 눈앞에 아득히 펼쳐
지는 모양이었다.

그때 저쪽 길가에서는 대여섯 사람이 모여서 지게를 받쳐놓고 무
얼 열심히 의논하고 있었다. 지게에 섬이 지워진 것이 수세를 돌려
받은 사람들 같았다.

"그란게 말이여, 이것이 아무리 우리가 낸 세미라고 하제마는, 한
번 내분 것인디, 이것이 시방 우리 것이냐 이 말이여? 이것이 폴새
조병갑 뱃속으로 들어가서 똥이 다 되어가는 것을 인저 저 사람들이
대창 들고 일어나갖고 이렇게 찾아낸 것 아니고 멋이여? 우리는 거
그 코빼기도 안 내밀었던 사람들이 이것을 나놔 준다고 그대로 짊어
지고 끄덕끄덕 집으로 가사 쓰겄어? 그것이 사람의 도리여? 다 중한
목심인디, 그런 중한 목심을 내놓고 한 일인게 이것으로 밥이나 한
끼니쏙 해묵으라고 다문 얼매래도 내놓고 가사 그것이 도리가 아니
겄냐, 시방 내 말은 이것이여."

40대의 사내가 시퍼렇게 쏘아댔다.

"내놓고 간다고 혀도 안 받는디, 억지로 쏟아놓잔 말이오?"

젊은이가 어긋하게 노려보며 투그렸다. 조만옥 처남 김달식이었다.

"그런께 내 말은 멋이냐 하면, 그런 소리를 할라면 입에 붙은 소리로 할 것이 아니라 지대로 하자 이것이여. 저그 시방 김도삼 씨도 기신게 저런 양반한티라도 가서 딱부러지게 말을 하자, 이것이여."

"주는 것인께 기냥 갖고 가제 바쁜 사람들 붙잡고 멋을 이라고저라고 한다고 그래쌌소."

김달식은 끝내 못마땅한 표정이었다.

"임마, 꽤대기도 이마빡이 있고 서숙 알만한 배룩도 낯빤대기가 있어!"

사내는 버럭 악을 썼다.

"달만이 말이 백번 옳아. 우리가 밥 한 끼니를 덜 묵더래도 사람 노릇부터 해사 쓸 것 같네. 가세. 김도삼 씨한테 가서 말을 하세. 다문 한두 됫박쓱이라도 내놓고 가사 우리가 인사가 되잖겠냐고 말을 혀!"

50대 사내가 아퀴를 지었다. 모두 지게를 지고 김도삼 쪽으로 갔다. 김달식은 내키지 않는 것 같았으나 하는 수 없이 따라나섰다. 서말 가량 진 사람, 너댓 말도 넘게 진 사람 등 차이가 있었다. 김달식은 닷 말이 가까운 것 같고 달만이라는 사내는 서 말이 조금 넘는 것 같았다. 김달만은 김달식의 사촌형이었다.

"아이고, 어르신네, 참말로 고상이 많소."

김달만이 지게를 받쳐놓고 머리에 둘렀던 수건을 벗어 김도삼한테 허리가 땅에 닿게 절을 했다. 김이곤과 무얼 의논하고 있던 김도삼이 돌아봤다.

"아이고, 참말로 어르신네 덕분에 이렇게 수세를 기냥 머시기하

고 본게 고마워서 기냥 할 말이 없구만이라우. 우리는 이것저것 앞
뒤로 걸린 것도 많고 혀서 기냥 엊저녁에 따라나서지도 못한 사람들
인디, 이렇게 쌀을 받아갖고 갈란게로 쾌대기도 낯바닥이 있더라고
너무 염치가 없어서 발이 안 떨어지는구만이라우. 그래서 다문 얼매
래도 쌀을 내놓고 가사 쓰겄글래 우리가 시방 이라고 왔소. 저그서
내놀락 혔등마는 기냥 가져가라고 *똥 묻은 쇠발 털대끼 터는 통에
어르신한티로 이라고 왔소. 짝하면 입맛이더라고 다문 얼매래도 내
놔사 체면 닦음이래도 할 것 같그만이라우."

김달만이 사뭇 고개를 굽실거리며 말했다. 다른 사람들도 같이
고개를 굽실거렸다.

"하먼이라우. 그래사제라우. 사람의 도리라는 것이 아무리 없이
살아도 그래사 써."

저쪽에 손주를 데리고 앉았던 아까 그 꼬부랑할머니가 거들고 나
왔다.

"그 마음은 고맙소. 쌀은 조병갑한테 뺏은 쌀이 읍내도 많이 있
고, 부자 사람들 수세는 포기를 받기로 했소. 우리 염려는 조금도 마
시고 가지고 가서 식구들하고 따뜻하게 쌀밥 한 끼니라도 더 해잡수
시오. 우리 걱정은 말고 어서 가지고 가시오. 고맙소."

"아이고, 아까 쩌그서도 하는 말이 그 말이글래 눈 찌끈 감고 갈
라다본게 암만해도 발이 안 떨어져서 시방 이라고 왔소. 다문 몇 되
쏙이라도 내놀라요."

"고맙소, 고마워. 염려 말고 가지고 가시오."

김도삼은 김달만의 등을 두들겨 주며 웃었다.

"아니라우. 그래사 쓴다요. 짝하면 입맛인게로 몇 됫박이래도 받아주락 하시오."

뒤에 섰던 김달식이 그제야 호들갑스럽게 한마디 하고 나왔다. 김도삼은 그대로 가지고 가라고 휠휠 손사래를 쳤다.

"할 수 없그만이라우. 그라면 쌀은 가지고 갈란디라두, 한 가지 물어 볼라요. 감영군이 쳐들어오면 그 사람들하고 쌈을 할라고 시방 읍내다 진을 친다는 소리는 들었는디라, 늦었제마는 우리 같은 사람들이 지금 나서도 받아주실라우? 나는 겁이 많애서 대창 들고 앞에는 못 나서겠소마는, 밥하는 디서 장작을 패든지 물을 질르든지 그런 일은 놈 두 배는 하겠소."

김달만이 무슨 큰 결심이라도 한 듯 진지하게 말했다.

"받아들이고말고요. 그런 일도 싸우는 일만치나 중요합니다. 오고 싶으면 언제든지 와서 같이 손을 합쳐서 일을 합시다."

김도삼이 김달만 손을 잡으며 반겼다.

"아이고, 참말로 감사하요. 그람 얼른 져다놓고 올라요."

김달만은 허리를 잔뜩 굽혀 절을 하고 돌아섰다.

"자네들도 같이 나서잉. 일이랏 것이 말이여, 아무리 사람이 여럿이래도 이런 일에는 다 적저금 할 일이 있는 것이여. 묵는 디는 배돌아도 일하는 디는 배돌아서는 못써. 얼릉 져다 놓고 오세."

김달만이는 서둘러 지게를 지며 김달식 등 일행을 재촉했다.


한쪽에서 수세를 나눠 주고 있는 사이 한쪽에서는 보를 헐기 시작했다. 가까운 동네 사람들은 괭이, 가래 등을 가지고 나와 보를 파

246

재껴 나갔다.

"이놈의 보가 항아리여서 독으로 파삭 깨분다면 을매나 좋겄어?"

"그랬더라면 지난여름 장마 졌을 때 나래도 밤중에 쫓아와서 칵 깨부렀제 시방까장 기냥 뒀다냐?"

"심이 쪼깨 들더래도 손댄 짐에 다 헐어부러사 써. 그렇게 헐어분 담에는 아무리 조병갑같이 악독한 놈이 온들 지가 이것을 다시 싸라고사 하겄어?"

"한쪽에서는 파고 한쪽에서는 가래로 우겨."

사람들이 가래를 매고 있었다. 삼사십 개의 가래에 가랫줄을 맸다. 가래 하나에 세 사람씩 붙었다. 한 사람은 *가랫장부를 잡고 두 사람은 양쪽에서 가랫줄을 잡았다.

"헛방치지 말고 가랫날 잘 대!"

여기저기서 가래질이 시작되었다. 노래에 맞춰 일판이 이뤄지기 시작했다. 장부잡이 하나가 소리를 먹였다.

　　어허야 가래야
　　어허야 가래야
　　가망가망 댕겨봐라
　　어허야 가래야
　　댕길 때는 심을 주고
　　어허야 가래야
　　가래질을 잘도 헌다
　　어허야 가래야

찰흙같이 모진 시상
어허야 가래야
가래질로 떠넹기자
어허야 가래야
생땅같이 모진 시상
어허야 가래야
가래질로 파넹기자
어허야 가래야
정든 임을 놈을 준들
어허야 가래야
이 내 가래 놈을 줄까
어허야 가래야
우물갓에 저 처자야
어허야 가래야
물 질렀으면 어서 가소
어허야 가래야
가래질총각 헛방친다.
어허야 가래야

굳은 땅을 괭이로 파 젖히면 가래가 뒤따라가며 강으로 멀리 흙을 떠넘겼다.

"허허, 저 자식이 참말로 헛방치네."

장부잡이 젊은이가 가랫날을 잘못 대서 가래가 허투루 올라가자 모두 웃었다.

"야, 이놈아, 물 짓는 처자 으짜고 한게 선소리만 듣고도 건몸 달았냐?"

모두 와 웃었다.

"처녀 소리만 듣고도 정신이 해롱해롱하다니, 에끼 미친 놈."

"그라다가 참말로 처녀나 한나 지나가면 가래가 아조 공중으로 올라가서 하늘에 붙어불겄다."

모두 한마디씩 하며 웃었다. 파 젖히는 일이라 쌓는 일에 댈 수는 없었으나, 역시 흙일이라 이만저만 힘이 들지 않았다. 그러나 모두가 신명에 떠서 손발이 맞아 돌아가자 만물 누에 뽕잎 먹듯 보가 헐려나갔다.

# 9. 대동세상

　하학동 이주호 집으로 말목 텁석부리 장문식이 들어섰다. 이주호
는 가슴에서 쿵 소리가 났다. 조성국이 잡히기라도 하여 그 불똥이
엉뚱하게 자기한테까지 튀는 것이 아닌가 싶었다. 실은 그 때문에
간이 올라붙어 오늘 아침 일찍 집을 나가 멀리 피해버릴까 했으나,
그러다가는 더 의심을 받을 것 같아 불알 밑을 졸밋거리며 집에 눌
러 있었다. 말목은 이웃 동네라 이주호는 장문식하고 서로 안면이
있었다. 이주호는 장문식이 옛날 달주 아버지 김한수 씨하고 등소
소두를 섰다가 경을 친 영감이라는 것도 알고 있었다. 그러나 평소
에는 개 닭 보듯 서로 인사도 하는 둥 마는 둥 하는 사이였다. 그런
데 이 사람이 무슨 일로 왔을까, 이주호는 눈알을 번득이며 그의 표
정만 살피고 있었다.

　"긴하게 드릴 말씀이 있어 왔소."

"무슨 말씀이시오?"

이주호는 튀어나올 것 같은 눈으로 장문식을 보며 물었다. 땅딸막한 몸뚱이가 방바닥으로 잦아질 것 같았다.

"어제 고부 농민들이 봉기를 했다는 소식은 잘 듣고 계시지요?"

"예, 듣고 있소."

이주호는 넬름 받았다.

"내가 여기 온 것은 수세 땀새 왔소."

"수세라니요?"

이주호는 쥐 눈같이 튀어나온 눈이 금방 눈자위 밖으로 비져나올 것 같았다. 너무 엉뚱한 소리였기 때문이다.

"만석보 수세 말이오. 조병갑이 저지른 흉악무도한 짓 가운데 이수세가 제일 흉악무도한 짓이었소. 그래서 그 수세를 전부 되돌려주기로 결의를 했소. 그런디 이 수세가 없어도 살 수 있는 사람들은 돌려준다고 해도 안 받을지 모른게 먼저 그 의향부터 알아보고 돌려주자고 했소. 그래서 시방 그것을 알아볼라고 내가 이러고 왔소."

장문식이 의젓하게 말했다.

"아이고, 그것이었소?"

이주호는 살았다는 듯이 환하게 웃었다. 땅가뭄에 소나기 만난 푸성귀 같았다. 장문식은 속으로 웃었다. 처음에 그렇게 굽죄였다가 대번에 펴난 걸 보니 죄가 많은 놈이라 네놈 인생살이도 한심하다고 생각했다. 이주호의 깊은 속사정을 알 리 없는 장문식은 그렇게 생각할 수밖에 없었다.

장문식은 김도삼한테 이 일을 자원하고 나섰다. 이런 일은 부자 사람들한테 원한을 살지도 모르는 일이니, 자기 같은 늙은이들이 나서는 것이 좋겠다고 했다. 더구나 부자들 가운데서도 못된 부자 놈들은 자기가 맡겠다고 했던 것이다. 이주호는 재작년에 두전 근처에다 골답 20마지기를 사서 그걸 자작하고 있었다. 거리가 멀어 불편했으나 살 때 소작인과 말썽이 있던 땅이라 불편한 대로 얼마간 자작을 하기로 했던 것이다.

"의향이 어떠시오?"

"그야, 여부 있겠습니까? 이미 호랭이 입으로 들어가버린 것인데 언감생심 어떻게 그걸 돌려받을 생각을 하겠습니까? 나는 되레 그런 큰일을 하자면 그 많은 수가 먹을 식량이야 뭐여, 돈이 적잖이 들 것 같아서 돈이래도 얼마쯤 부조를 할까 하고 있던 참이오."

이주호는 엉뚱한 생색을 냈다. 죽었다가 살아난 기분이라 당장 아까울 게 없는 모양이었다.

"허허, 그렇게까지 생각하셨더니 감사해요."

장문식은 너털웃음을 웃었다. 산지기 공사에 재 너머 중놈이 부조라니 어이가 없었다.

"그러면 얼마나 부조를 하실라고 작정을 하셨소?"

기왕 벌린 입이니 어디 가락대로 뽑아보라는 식으로 다그쳤다. 이런 사람들한테서 그런 돈을 받아도 될까 하는 생각이 얼핏 스치기도 했으나, 받고 안 받고는 도소에서 결정할 일이고 준다면 자기는 가져다주면 그만이라 생각했다.

"적지마는 쌀이나 한 열 섬 내놀까 하고 있소."

"고맙소. 모두 고마워할 것 같소."

"당장 드리리다. 마침 가벼운 은자로 마련을 해두었습니다."

이주호는 문갑으로 손이 갔다. 문갑에서 창호지에 싼 돈뭉치를 하나 꺼내 장문식 앞에 펴놨다. 허연 은자였다. 일본 은화였다. 장문식은 이렇게 많은 은자를 구경한 적이 없었다. 그러니까 그는 즉흥적으로 한 소리가 아니고 벌써 그런 작정을 하고 이렇게 맞돈까지 마련을 해두고 있었던 모양이다.

"세어보시지요."

"세어보나마나 맞겠지요. 잘 전해 드리겠습니다."

장문식은 돈을 다시 종이에 싸서 주머니에다 챙겼다. 주머니에 뭉청한 무게가 느껴졌다.

"그것은 그렇고, 수세도 안 받으시겠다면 수세를 포기한다는 증서를 한 장 써주셔야겠소."

"쓰지요."

이주호는 문갑에서 벼룻집과 종이를 꺼내 대번에 붓두껍을 뽑아 앞니로 붓똥을 으꼈다. 포기증서를 썼다. 먹이 마르기를 기다렸다가 봉투에 집어넣어 장문식 앞으로 밀어 놨다. 이주호는 제 혼자 신명에 떠서 *턱거리 혼사한 사돈네 집에 이바지짐 챙기듯 무얼 더 주지 못해 안달인 것 같았다.

"이번에는 돈 받았다는 증서를 내가 써야 할 차례구먼요."

"주고받았으면 그만이지, 무얼 그런 걸 쓰고 말고 하겠습니까?"

"아니오. 돈이란 건 그렇지 않습니다. 더구나 전해 주는 처지에서는 주고받는 것이 확실해야지요."

장문식은 종이를 펴고 붓을 들어 증서를 썼다. 좀 서툰 글씨였으나 또박또박 썼다.

"허허, 써주신 것인게 챙겨놓겠습니다."

두 사람은 서로 증서를 챙겼다.

"내가 이거 이얘기에만 팔려서 정신이 없었구만."

이주호는 문을 열며 얼른 주안상 보아오라고 소리를 질렀다.

"아니요, 나는 또 가봐야 할 데가 있소."

장문식이 훌쩍 일어섰다.

"그럴 수가 있소? 한 가지 긴하게 물어볼 것도 있으니 잠깐 앉아 한잔만 합시다."

이주호 말에 장문식은 엉덩이를 내려놨다.

"*강아지 흥정에도 성애술이 있다는 것인디, 이런 일에 술 한잔이 없어사 쓰겠소."

이주호는 어디 눌렸다 풀려난 사람처럼 호기가 살아났다.

"나도 도소에서 내건 방을 봤소마는, 아전들도 엄하게 징치한다 던디, 그자들을 엄하게 징치를 하면 어떻게 한다는 것이오?"

이주호는 은근하게 물었다. 장문식은 이 작자 묻는 의도가 무엇인가 궁금해서 잠시 망설이다 입을 열었다.

"나는 이런 심부름이나 다니는 사람이라 깊은 내막은 모르요마는, 고부 삼적으로 원성을 사온 자들은 목을 달아매야 한다고 야단들이오. 그런디 전접주는 신중하게 생각하는 것 같소."

이주호는 미간을 찌푸리며 고개를 저었다.

"수령들보담도 더 험하게 날뛴 놈들은 그놈들인디, 목숨을 걸고 나선 사람들이 그렇게 무르게 일을 처리한단 말이오? 바로 그 세 놈은 단연코 목을 매달아야 합니다."

이주호는 단호하게 말했다. 장문식은 너무 의외여서 멍청하게 이주호를 건너다보고 있었다. 그때 조촐한 술상이 들어왔다. 이주호는 장문식 잔에 술을 따랐다.

"목을 달아매는 것까지는 좀 과하잖겠소?"

장문식은 이주호 말이 어디까지가 진정인지 몰라 넌지시 떠보았다.

"고부에 그 은가 시 놈들이 그대로 있어가지고는, 고부에 어떤 수령이 와도 마찬가집니다. 그놈들 농간에 놀아나지 않을 수령들이 몇이나 되겠소? 나도 논마지기나 가지고 있는 처지라 그걸 지키자니 여태 입을 처깔하고 살았소마는, 누가 벌였든지 기왕 일을 벌이고 일어났은게 할 말은 해야겠어서 하는 말이오. 내가 하찮은 쌀 몇 섬이라도 내논 것은 다 그만한 생각이 있어서 내논 것이오."

이주호는 갑자기 제가 무슨 열혈지사라도 된 것같이 정색을 하고 큰소리를 쳤다. 이주호의 깊은 속셈을 알 길이 없는 장문식은 어리둥절한 표정으로 고개를 끄덕였다.

"가시거든 나 같은 사람도 그렇게 말을 하더라고 꼭 전해 주시오."

장문식은 알겠다고 고개를 끄덕이며 일어섰다. 그는 두 군데를 더 들러 포기증서 석 장을 받아가지고 김도삼한테로 갔다. 김도삼은 수고했다며 나머지는 일이 쉽게 될 것 같다고 했다.

"산매 김승종 할아버지 별산 영감하고 앵성리 김진두 씨가 나서서 받아주기로 했소. 그런 부자들이 여닐곱 명 나설 것 같소."

김도삼은 그 일이 쉬워진 것보다 그들이 그렇게 호응을 하고 나오는 것이 더 기분이 좋은 모양이었다. 그들이 자진해서 그렇게 나서 주면 여러 가지로 뜻이 있을 것 같았다. 우선 수세를 강압적으로 포기 받았다는 소리를 안 들을 것 같고, 그런 부자들이 그렇게 나선다는 것은 그 사람들도 그런 방식으로나마 이번 봉기에 참여한다는 결과가 되기 때문이었다. 사실, 그들은 재산이 많은 만큼 조병갑한테 뜯기기도 많이 뜯겼지만, 유독 이쪽 부자들은 만석보 막을 때 선산 도래솔을 잃은 원한이 뼈에 사무쳐 있었다. 그들은 아라나 쓰리나 앞으로도 그놈들 밑에서 재산을 지키고 살아야 하고, 또 당장 끼니를 굶는 밑바닥 농민들하고는 형편이 달라 목숨을 걸고 나서지는 않았지만, 그자들에 대한 원한이야 밑바닥 농민들하고 별반 다를 것이 없었다. 그들은 한편으로는 농민군이 두렵기도 했다. 소작인들한테 죄가 많은 자들이라 언제 그 대창이 자기들을 향할지 몰라, 지금 그들은 안팎곱사가 되어 양쪽 눈치를 보지 않을 수 없는 처지였다.

"전에 삼례서매이로 농민군들이 오늘 저녁부터는 읍내다 장막을 치고 한뎃잠을 잔다는디유, 그렇게 한데서 잘라믄 먹기라도 잘 먹어야 되잖겠이유?"

연엽이 부안댁한테 조심스럽게 입을 뗐다.

"멋이라고?"

부안댁은 건성으로 들었던지 물레 꼭지머리 돌리던 손을 멈추며 물었다. 순간, 연엽은 아차했다. 아까 골목에 나갔다 들어올 때부터 부안댁은 표정이 무거워졌던 것이다. 사람들이 저렇게 일어서는 걸 보자 죽은 남편 생각이 나는 것이 아닌가 싶었다. 옛날에 남편이 등소 까탈로 곤장을 맞아 그 장독으로 죽었다니 그 남편이 살았다면 이럴 때 누구보다 앞장을 설 사람이라 그 남편 생각이 열 번도 날 법했다. 연엽은 잠깐 무춤했으나 모른 척 혼연스럽게 말을 이었다.

"삼례집회 때 이야기 들어본게유, 식량은 아쉽잖았는디, 반찬이 없어서 맨밥을 강다짐할 때가 여러 번이었대유. 이번에도 마찬가질 것 같은데유. 동네서 장무새라도 걷어다 주는 것이 으짜겠이유? 쌀이나 소금 같은 것은 돈으로 사올 수가 있제마는, 장이야 된장이야 김치 같은 것은 돈이 있어도 어디서 사겠이유?"

"오매, 그라겄네."

부안댁은 깜짝 놀랐다. 장일만이 아내 산매댁도 물레를 멈추고 듣고 있었다.

"백산댁이 어째 안 온다냐? 가서 의논을 해봐사 쓰겄다."

조망태 아내 두전댁도 아직 오지 않고 있었다. 부안댁이 일어서려 할 때 두 사람이 들어왔다.

"남자들이 오늘 저녁부텀 한뎃잠을 잔다는디, 한뎃잠 잘라면 묵기나 실하게 묵어사 쓸 것 같구만이라. 반찬이 뻔할 것인게 우리가 장무새라도 쪼깨 걷어다 줍시다. 장막에다 솥을 걸고 밥을 해묵을 모냥인디, 쌀이야 있겄제마는 김치나 장무새 같은 것은 어디서 나겄소?"

"그것이 그리기는 그라겄소마는."

백산댁은 잠시 어리둥절한 표정으로 두전댁 눈치를 보았다.

"나도 미처 그 생각을 못했는디, 저 충청도 큰애기가 말을 히서 듣고 본게로 대차나 그래사 쓸 것 같소. 쌀은 많이 있겄제마는 그 한한 수가 반찬은 어디서 나서 묵겄소?"

"수세 돌래받은 동네도 있는디 그런 동네 사람들보고 걷어다 주라고 허제 멀라고 우리가 나서라우? 나는 그런 것을 내자도 낼 것이 없는 사람이요마는, 그런 횡재 본 사람들이 가만히 있을랍디여?"

두전댁이 앵돌아진 표정으로 어긋하게 말했다.

"이것이 수세만 돌래받자고 일어난 일이간디라우? 이런 일에 그렇게 옴니암니 이끗을 따지기로 하면 일을 어떻게 하겠소? 소리하는 디는 추임새가 한 부조더라고 우리 안사람들이 그리고 나서면 묵는 것도 묵는 것이제마는 얼매나 심이 지겠소. 어서 나섭시다."

부안댁이 너름새 있게 말했다.

"그러면 멋을 어떻게 걷으께라?"

백산댁이었다.

"우리 묵는 대로 짐치면 짐치, 장이면 장, 된장이면 된장, 모두 행팬대로 내락 허서 걷읍시다."

"그라면, 우선 그 시 가지만 우리 동네서 한 동우쓱 걷어갖고 가보께라?"

"그랍시다. 나는 장을 맡을 것인게 백산댁은 된장을 맡을라우 으짤라우?"

부안댁이 서둘렀다.

"나는 그런 일에는 안 찔란게 걷을 사람들이나 걷으시오."

두전댁은 물레 꼭지마리를 잡으려다 말고 벌떡 일어나서 횡하니 나가 버렸다.

"아이고, 저놈의 성질 하고는……."

백산댁이 비쭉였다. 두전댁은 이런 일이 나자 자기 남편 점쾌 때

문에 제정신이 아니었다. 그런데 이번에는 부두령인가 그런 것까지
나버렸다니 더 속이 뒤집힌 모양이었다.

그때 보를 헐러 갔던 동네 사람들이 다시 동네로 돌아왔다. 풍물
과 밥그릇을 가지러 온 것이다. 강쇠도 아내 눈치를 보며 집으로 들
어갔다.

"다기 가기만 가먼 내가 죽어불랑게 그리 아씨요잉."

강쇠네는 아까보다 더 앙칼지게 나왔다.

"내가 동네 제지기제 감역댁 제지긴가?"

강쇠가 버럭 악을 썼다.

"감역댁 제지기가 아니제마는 우리는 감역 댁 덕분에 산단 말이
요. 감역 댁 덕분에 살아. 감역 나리가 찾으실 때 한번만 더 없었다
가는 인저 우리는 그만인게 알아서 허시요잉, 알아서 혀! 당신이 또
나가기만 나가먼 나는 새나꾸 한 토막 들고 뒷산으로 갈 것인게 그
런 중만 아씨오. 내가 새나꾸 갖고 뒷산으로 간당게 나무하러 가는
중 아요? 죽으러 가, 죽으러. 솔나무에다 목매달아 죽으러 간당게.
굶어 죽으나 목매달아 죽으나 죽기는 일반인게, 죽기나 편하게 죽을
라먼 그 수뱍이는 없겠등만."

"아이고, 저놈의 주댕이, 누가 독바늘로 칵 쪼깨 안 꼬매분가."

"그래도 당신 생각혀서 나불거리는 주댕이는 내 주댕이뱍이는 없
어. 당신이 섶을 지고 불로 들어간들 나 말고 누가 값 안 드는 말 한
마디 지대로 혀줄 사람 있을 성부르요?"

"시끄러!"

그때 꽹과리 소리가 요란스럽게 울렸다. 모두 수건에다 밥그릇을

싸서 허리에 차고 풍물을 신나게 두들기며 나섰다. 풍물 소리는 조용하던 동네를 대번에 뒤집어버릴 듯 요란스러웠다. 황토재 쪽에서도 풍물을 잡힌 농민군들이 신나게 두들기며 몰려오고 있었다. 아까 들고 갔던 휘황찬란한 창의기를 앞세우고 오는 풍물패들의 모습은 장관이었다. 하학동 사람들도 풍물을 치고 동구 쪽으로 나갔다.

"강쇠 너는 멋하고 자빠졌냐?"

김덕실이 꽹과리를 들고 가며 소리를 질렀다.

"나는 갈랑게 죽든지 살든지 알아서 해."

강쇠가 자기 아내를 돌아보며 웃어놓고 허리에 찬 밥그릇을 요란스럽게 대롱거리며 냅다 뛰어갔다. 언제 챙겨났던지 손에는 꽹과리까지 들려 있었다.

"아이고, 저 웬수, 나는 못 살어."

강쇠네는 소리를 지르며 정말 원수 보듯 강쇠를 노려보고 있었다. 강쇠는 여태까지 동네 사람들뿐만 아니라 자기 아내한테도 무슨 일이나 *가르친 사위로 그저 시키는 대로만 고분고분했으나, 이번에는 그것이 아니었다. 그 큼직큼직하고 휘황찬란한 깃발 아래 대창을 들고 나서고 보니, 자기도 비로소 한몫 사람이 된 것 같았다. 여태까지 듣도 보도 못했던 그 휘황찬란한 창의기의 깃발 아래 대창을 들고 나선 자기 모습은 그 깃발만큼 의젓해 보였고, 또 그만큼 당당하고 떳떳해 보였다. 정작 전쟁이 붙으면 나도 목숨을 내놓고 싸워질 것인가, 그것을 생각하면 은근히 겁이 나기는 했지마는, 그것도 그때 당해서 여러 사람 운김에 싸이고 보면 자기라고 못 싸울 까닭이 없을 거라 생각했다. 그런 결의까지 서자 강쇠는 한껏 어깨판이 벌어졌다.

그때 골목에서 또 한 사람이 뛰어나오고 있었다. 박문장이었다. 박문장은 밥 늦은 서당아이처럼 정신없이 뛰어나오고 있었다. 어느새 북을 하나 챙겨들고 뛰어가고 있었다. 큼직하게 구멍이 뚫린 게 못 쓰게 되어 내던져놓은 것인 듯했다.

"아이고, 꽹매기 소리 들은게 씨아시궈에다 붕알을 디밀어놓고 견디제 좀이 보깨서 못 견디겄구만. 킬킬킬."

박문장은 킬킬거리며 구멍 뚫린 북을 메고 정신없이 뛰어갔다. 갇혔다가 도망치는 토끼 같았다.

"오매, 저 양반은 즈그 아부지한티 으짤라고 저라고 나가까?"

"낸중에야 삼수갑산을 가더래도 가놓고 볼 모냥이제."

동네 여인들이 달려가는 박문장을 건너다보며 깔깔거렸다. 박문장 뛰어가는 기세가 여인들의 말마따나 정말 낸중에야 자기 아버지 서슬에 삼수갑산을 갈망정 나가놓고 보자고 도망쳐나온 것 같았다.


해거름이 되자 장문리 쪽에서 풍물 소리가 요란스러웠다. 배들 쪽 사람들이었다. 아스라하게 들리던 풍물 소리가 점점 가까워졌다. 읍내에 갑자기 생기가 돌았다. 요란스런 풍물 소리에 서산으로 넘어가려던 해가 다시 뒤돌아서서 새로 날이 밝아지는 것 같았다.

풍물패는 아침에 앞세우고 갔던 깃발을 그대로 앞세우고 왔다. '보국안민' '탐관진멸' '오리징치' 등 창의기에, 이번에는 '농자천하지대본' 농기가 여남은 개 뒤를 따르고 있었다. '영' 자만 써진 영기도 어미 소 곁에 송아지처럼 덩달아 신나게 나풀거리고 있었다.

도상쇠는 역시 예동 정만조였다. 풍물패는 꼬리가 끝이 없었다. 모두 자기 동네 풍물들은 있는 대로 다 꺼내서 치고 오는 것 같았다. 여남은 동네 같았다. 풍물패가 삼거리로 왔다. 삼거리 아래 논바닥에는 이미 엄청나게 큰 장막이 벌써 모습을 드러내고 있었다. 수백 명이 손발이 맞아놓으니 이렇게 큰 장막이 삽시간에 들어서버린 것이다. 삼례집회 때 장막처럼 안으로 스무남은 개의 차일이 빙 둘러쳐져 있었다. 발 디딜 틈이 없이 몰려 있던 사람들이 풍물패에게 길을 내주었다.

이쪽 농민군들도 배들 쪽 사람들에게 질세라 바삐 풍물을 챙겨들었다. 그들도 동네서 울목이나 멍석, 솥 등을 가져오면서 풍물을 챙겨온 것이다. 이런 일에 농사꾼들 풍물 챙기는 것은 담배 피우는 사람 쌈지 챙기듯 했다. 풍물을 챙겨든 사람들은 풍물 물색대로 배들 쪽 풍물패 속으로 끼어들었다.

굿 보는 사람이 많으니 풍물패들은 그만큼 신명이 나는 것 같았다. 북재비와 버꾸재비 젊은이들은 네 팔다리를 천지사방으로 휘두르며 정신없이 판을 휘젓고 다녔다. 동네마다 날라리(*쇄납)도 가지고 나와 스무남은 개의 날라리패가 한데 모여 나팔 끝을 하늘로 곧추세우고 시위 당겨놓은 활줄처럼 있는 대로 소리를 내뿜었다.

구경꾼들은 유독 날라리패를 보며 웃어댔다. 하늘을 향해 소리를 뿜어대는 꼴들이 그냥 우습기만 해서가 아니었다. 풍물 종류의 소리 구색에 맞춰 지어내는 상소리가 있었으므로, 날라리들이 저렇게 하늘을 향해 소리를 뽑는 것을 보자 새삼스럽게 그 상소리가 연상되는 것 같았다.

꽹과리가 '×줘 깽깽, ×줘 깽깽' 하면, 징은 '줘라줘라' 하고, 북과 버꾸가 '부까부까' 흉내를 내면, 날라리는 '한다네, 한다네' 하고 동네방네 왜장을 친다는 것이다. 20여 명이나 몰려선 날라리패가 얼굴이 벌겋게 달아오를 지경으로 있는 힘을 다해서 불어대는 꼴을 보며, '한다네, 한다네' 하고 왜장치는 궁상맞은 꼬락서니를 연상한 것이다. 모두 날라리패를 보며 웃었다. 유독 젊은 놈들이 음충맞게 키들거렸다.

풍물패는 장막을 두어 바퀴 돌고 나서, 장막 안으로 들어가 한바탕 신나게 두들겨댔다. 저절로 성주 뒤의 지신밟이가 되고 말았다. 풍물패는 다시 밖으로 나왔다. 동헌 쪽으로 갔다. 읍내 풍물패가 다 붙어놓으니 3백 명도 더 되는 것 같았다. 조무래기들은 제 놈들도 한껏 신이 나서 막대기로 풍물 치는 시늉을 하며 '부까부까' 하고 풍물패 뒤를 따랐다.

풍물패는 동헌을 두어 바퀴 돌고 나서 마당을 두 겹 세 겹으로 휘젓고 다녔다. 방에서 문서를 보고 있던 전봉준 등 두령들도 밖으로 나와 구경을 하고 있었다. 풍물패는 한층 신명이 나서 정신없이 마당을 휘저었다. 아직도 조병갑 행방을 알 수 없다는 소식이 금방 정읍에서 왔던 다음이라 기분이 착잡해 있던 두령들도 모두 웃으며 풍물 치는 것을 건너다보고 있었다.

정익수도 아전들이 갇혀 있는 곳간 앞에 서서 천연스럽게 구경하고 있었다.

"여그가 아전 놈들이 갇혀 있제?"

정익수가 비웃는 가락으로 파수 선 별동대원에게 물었다.

"그놈들 시방 캄캄한 속에서 염라대왕이 눈앞에 오락가락할 것이오."

"호방 놈은 어디 갇혀 있제? 그 자식 욕이나 한 번 해줄라네."

"바로 거그요마는 그라면 못 쓰요."

"개자식."

정익수는 파수 선 별동대원 들으라는 듯이 그쪽을 노려보며 낮은 소리로 이죽거리고 나서 관심 없다는 듯이 다시 풍물패를 건너다봤다.

"상쇠 저 사람은 이름이 널리 났등마는, 참말로 구성지게는 치네."

정익수가 큰소리로 이죽거렸다.

"나도 소문만 듣다가 오늘 첨 보요마는, 참말로 잘 치요."

—깨갱깽 깽깽 깨갱깽 깽깽. 딱.

풍물 소리가 딱 멈췄다. 정만조가 앞으로 한발 나섰다.

"여그 모인 농민군들, 내 말 한번 들어보소!"

—깡.

"오늘 우리 고부 열에 열 골, 열에 열 성 각 자손이 모두가 심을 합쳐 이 집에서 조뱅갑이란 도적놈을 쫓아내고, 아전들도 잡아다 가둬놓고, 고부 천지 온 천지가 몽땅 우리 시상이 되아부렀네에."

—깡.

"와!"

군중이 함성을 질렀다.

—깡.

"인저 고부 천지는 우리 시상이 되아부렀은게, 이놈의 동헌인가 도적놈 소굴인가, 이놈의 집구석에 조뱅갑 같은 잡귀가 다시는 두 번

다시 얼씬도 못 허게 열에 열 발, 열에 열 손으로 그 잡귀를 밟고 이기고, 열에 열 채로 사정없이 두들기고 패고 박고 치는디, 자, 쳐라!"

—깨갱깽 깽깽 깨갱깽 깽깽.

정만조가 한바탕 구성지게 너스레를 떨고 두들겨댔다. 풍물패는 한껏 신명나게 두들겼다. 풍물꾼들은 정말 발로 밟고 채로 치듯 있는 힘을 다해서 밟고 쳤다. 동헌 마당에는 발 들여놓을 틈이 없었다.

—깨갱깽 깽깽 깨갱깽 깽깽. 딱.

풍물이 딱 멈췄다. 정만조가 또 나섰다. 이번에는 동헌 마루 쪽을 향했다.

"시방 저그 저 자리에 틀거지를 틀고 앉았던 천하에 도적놈 조뱅갑이란 놈은 꼴랑지에 방울 달고 왈강달강 *속거천리 줄행랑을 놔부렀는디, 시방 저그 서 기시는 저 양반들 얼굴을 찬찬히 본게로, 조뱅갑이 저 양반들을 보고 속거천리 도망을 친 것 같은디, 내 말이 맞거든 나를 따라 쳐라!"

—깨갱깽 깽깽 깨갱깽 깽깽.

풍물패는 더욱 신명이 나서 함성을 지르며 판을 돌았다. 전봉준 등 두령들은 비짓이 웃고 있었고, 굿 보는 사람들도 따라 웃었다. 한쪽에 섰던 20여 개의 날라리패들이 또 하늘을 향해 소리를 뿜어 올렸다. 이 세상 소식을 저 멀리 하늘에라도 알리려는 듯 새빨갛게 달아오른 얼굴이 펑 터질 지경으로 힘을 주어 소리를 뿜아 올렸다. 모두 그쪽을 보며 웃었다.

—깨갱깽 깽깽 깨갱깽 깽깽. 딱.

정만조가 다시 동헌 쪽을 봤다.

"저그 서 기시는 분네들이 인저 본게 해동 조선 전라도라 고부군 궁동면 조소리 전봉준 어른허고, 김도삼, 정익서, 최경선, 송대화 두 령님들이로구나. 저분들이 우리허고 같이 있는 도막에는 칠흑 같은 검은 시상이 광명천지 새 시상이 되겄는디, 내 말이 맞거든 또 쳐라!"

—깨갱깽 깽깽 깨갱깽 깽깽.

풍물패들은 정말 제 세상을 만난 듯 신명이 났다. 어디 바위 밑에라도 천년만년 눌리고 짓밟혔던 사람들이 이제야 비로소 풀려나와 제 세상을 만난 것 같았다.

그때 아전들 갇힌 곳간을 지키고 있던 별동대원도 풍물에 정신이 빠져 낮짝에 뚫린 구멍이라고 생긴 구멍은 다 열어놓고 그쪽만 보고 있었다. 정익수는 호방이 갇혀 있는 곳간 문 앞에 쭈그려 앉아 신들메를 손보는 척 짚신을 만지작거리며 속삭였다.

"호방 나리, 저 정익수요."

"정익수? 아이고 왔는가?"

"예, 크게 다친 디는 없지라우? 오늘 저녁에 나리 댁에 갈라요. 댁에 전할 말은 없소?"

"음, 잘 왔네. 내가 문서때기를 하나 갖고 나오다가 대문간 짚토매 속에다 찔러놨은게 그것 챙겨노라 하고, 저 멋이냐, 돈 아끼지 말고 여그저그 손쓸 만한 데는 손을 쓰라고 하소. 앵성리 김진두 씨 같은 사람은 나 괄시 못할 처진게 거그부텀 찾아가 보라고 하게."

호방은 다급하게 말했다.

"알겄소."

"그런디, 우리는 으짠다든가?"

호방은 숨을 씨근거리며 물었다.

"괜찮을 것인게 염려 마시오. 지가 우리 성님한티도 말을 잘 해 놨소."

"아이고, 고맙네."

호방은 다급하게 말했다.

"종종 올 것인게 안심하고 기십시오."

정익수는 손본 짚신을 천연스럽게 몇 번 밟아보고 나서 자리를 떴다. 제가 자기 형님한테 말했다는 것은 새빨간 거짓말이었다. 그의 형님이 온건한 입장이라는 것을 잘 알고 있기 때문에 그걸 제 공으로 돌리고 있는 것이다.

그때 손에 풍물을 들지 않은 젊은이 하나가 풍물판으로 뛰어들어 버꾸패 뒤를 따라 풍물판을 휘젓기 시작했다. 얼굴에 검정을 칠하고 어디서 깨진 바가지를 주워 끈을 달아 어깨에 메고 나댔다. 더구나 그는 곰패팔이었다. 그는 혼자 신이 나서 정신이 없이 판을 휘저었다. 사람들은 그가 하도 정신없이 휘젓고 다니자 모두 그를 보며 웃고 있었다. 평소에는 세상 사람들 눈에 제 병신 꼴이 부끄러워 잔뜩 옥죄고만 살았을 것 같은데, 여태 그 옥죄었던 벌충이라도 하려는 듯, 오그라붙은 왼쪽 팔까지 익살스럽게 놀려대며 휘젓고 다녔다. 한참 휘젓고 다니던 설만두가 발을 멈췄다.

"김판돌, 너도 이리 나와."

설만두는 젊은이 하나를 판으로 끌어당겼다. 절름발이었다. 김판돌이 손을 뿌리치자 설만두는 자기 얼굴에서 검정을 손에 묻혀 김판돌 얼굴에다 쓱쓱 발라버렸다. 곁에 섰던 사람들이 와 웃었다. 설만두는 김판돌을 판으로 사정없이 끌어당겼다. 김판돌이 하는 수 없이 끌려들어갔다. 그는 설만두한테 끌려 억지로 판을 한 바퀴 돌고 나더니 그도 이내 흥이 나고 말았다. 절름거리는 다리까지 익살스럽게 놀려대기 시작했다. 설만두는 더 흥이 나서 제 병신 팔을 더욱 익살스럽게 내둘렀다. 이내 둘이 짝을 지어 제대로 어우러졌다. 그들은 신명이 나서 제 병신 팔과 다리를 더 크게 놀려 병신스러움을 있는 대로 과장하며 판을 휘갈기고 다녔다. 구경꾼들은 배를 쥐고 웃었다. 그렇게 휘젓고 다니자 평소에 볼썽사납던 그들의 병신 꼴이 그게 처음부터 저렇게 이런 풍물판에 맞춰 생겨났던 것같이 구색이 맞았다.

설만두와 김판돌이 풍물판에 어우러지자 판은 한껏 더 신명이 났다. 사람이 원래 제 생긴 대로는 모두가 저렇게들 허물없이 얼려 살았으리라 싶었다. 참신은 참신대로 제 솜씨에 맞춰 흥이 나고, 병신은 병신대로 부끄러움 없이 제 생긴 대로 흥이 나고, 모두 제 구색대로 제 흥에 겨워 저렇게 한 덩어리로 얼려 살았을 것 같았다.

원래 이 풍물은 꽹과리, 북 등 풍물재비와 조리중에 포수와 거지가 들어가야 제대로 구색이 짜였다. 이 세상에 가지가지 모양으로 살아가는 모든 사람들은 하나도 빠짐없이, 저 산속에 혼자 돌아다니던 포수까지도 다 모아서 하나로 얼려 똑같이 신명나게 살자는 것이 풍물판이었다. 조리중은 파계를 하고 절에서 쫓겨나 조리를 도는 중이었다. 원래 절에서는 파계를 한 중은 등에 북을 지워서 내쫓았으므로, 유지개를 쓴 조리중은 그렇게 쫓겨난 중이 스스로 죄인임을 자처하고 세상 사람들 앞에 조리를 돌며 참회를 하고 있는 셈이었다. 유지개는 모자가 아니라 죄인의 얼굴을 가려주기 위해서 씌우는 것이므로 스스로 유지개를 쓰고 나온 조리중은 죄인임을 자처한 것이다. 그러니까 그런 조리중도 사람이 살아가고 있는 한 가지 모양새였고, 총을 멘 포수도 쪽박을 찬 거지도 모두가 사람이 살아가는 한 가지씩 제 모양새였다. 거지는 거개가 병신들이었다. 이 풍물판이야말로 모두 따로따로 살던 이런 사람들이 잘난 놈 못난 놈 없고, 참신 병신 없이 모두가 제 생긴 대로 다 한 몫씩 서로가 제 흥대로 신명에 떠서 한 덩어리로 얼리는 제대로 대동세상大同世上이었다. 백성은 그들이 바라는 이런 대동세상을 이 풍물판으로 꾸며내어 사시장철 거의 날마다 두들기고 살았다.

설만두나 김판돌 같은 병신들은 이런 판에 한바탕 어우러져 마음껏 익살을 부려 세상 사람들은 한바탕 웃기고 나면 그렇게 그냥 한번 웃기는 것으로 끝나는 것이 아니고 그들 스스로의 움츠려졌던 마음도 그만큼 풀릴 것이고, 세상 사람들은 세상 사람들대로 그들을 보는 눈들이 그만큼 달라질 터였다.

풍물패들이 이번에는 동헌 뒤뜰로 돌아갔다. 상쇠가 옥 바깥문 앞에 버티고 서서 꽹과리를 두들겨대고 있었다. 문을 열라는 것이다. 문이 열렸다. 풍물패가 몰려 들어갔다. 옥에 갇혀 있던 장교들이 깜짝 놀라 벌떡 일어섰다. 자기들 모가지라도 달아매려고 몰려오는 줄 아는 모양이었다.

─깨갱깽 깽깽 깨갱깽 깽깽. 딱.

"옥에 붙은 사쟁이 귀신들아, 죄 없는 백성 가둬놓던 수령 귀신들아, 오늘부텀 여그는 우리 세상이다. 썩 물러가거라. 네 귀에 방울

달고 왈강달강 조뱅갑이 놈을 따라서 속거천리 물러가거라."

—깨갱깽 깽깽 깨갱깽 깽깽.

풍물패는 구석구석에다 꽹과리를 디밀며 사정없이 두들겨댔다. 그들은 다시 나와 내사로 들어갔다.

"이 집에 칸칸이 박혀 있는, 집 지키는 성주 귀신, 밥해 묵는 조왕신, 칙간에 칙간 귀신들은 다 들어라. 구석구석에 박혀 있는 조뱅갑이 잡귀들은 전라도 고부 땅에서 모두 몰아내라. 잡귀들은 썩 물러가거라."

—깨갱깽 깽깽 깨갱깽 깽깽.

내사를 한 바퀴 돌고 밖으로 나왔다. 그 사이 동헌은 문이라고 생긴 문은 방문이고 마루문이고 다 열어놓고 있었다. 정참봉이 들어 있는 뒷방 문만 닫혀 있었다. 정만조는 동헌을 한 바퀴 돌며 여기저기서 구성진 축귀 사설을 목청껏 소리치고 나서 변소를 돌아 곳간 앞으로 갔다. 정만조는 이번에는 곳간 문 앞에 버티고 서서 꽹과리를 두들겨댔다. 곳간 문도 열라는 것이다. 구경꾼들은 모두 두령들을 돌아봤다. 두령들은 난처한 표정으로 전봉준을 봤다. 정만조는 모른 척 곳간 앞에 버티고 서서 두들겨대고만 있었다.

"열어줘라."

전봉준이 이내 정길남이한테 말했다. 정길남이 열쇠를 가지고 달려가서 곳간 문 쇠통을 끌렀다. 곳간 속 곡식섬 곁에 쭈그리고 앉아 있던 아전들은 깜짝 놀랐다. 처음에는 주발만해진 눈으로 밖을 내다보다가 얼른 무릎 사이에다 얼굴을 처박았다. 이방, 호방, 형방, 수교, 쌀가게 주인 빡보와 천가, 돈놀이하던 갖바치 등이 한 칸에 한 사람씩 갇혀 있었다.

　—깨갱깽 깽깽 깨갱깽 깽깽. 딱.

　"고부 삼적에, 왜놈들 똥강아지에, 고부 망나니 자석들이 모도 어디로 가뿔고 한 놈도 안 뵈는고 혔등마는, 이 잣것들이 몽땅 이 속에 자빠졌구나. 고부 삼적에 고부 삼흉 호방, 이방, 수교허고, 왜놈들 똥강아지 빡보, 천가, 갖바치 놈들은 모두 귀를 *칼칼히 씻고 내 말을 들어라. 수령놈 등에 업고 갖은 농간, 갖은 지랄 다 부리다가 인저 본게 양지가 음지 되고 메뚜기도 한철인지 똑똑히 알겄지야? 이놈들아, 느그덜은 염라대왕이 느그덜 외조할애비고 강임도령이 외사촌 남매간이래도 살아날 길이 없다. 길이 없은게 거그 꽉 엎져서 저승길 고개가 몇 고갠지 그것이나 시고 가만히 자빠졌거라. 자, 우리는 이놈들 저승길이나 훤하게 한번 닦아주고 가는디, 쳐라!"

　—깨갱깽 깽깽 깨갱깽 깽깽.

　풍물패는 한껏 신명이 나서 정신없이 두들겨댔다. 정만조는 구변이며 익살이 도상쇠다웠다. 일판은 주인이 아흔아홉 몫이고 풍물판은 상쇠가 아흔아홉 몫이라는 말이 이럴 때 보면 본때 있게 맞았다. 상쇠는 풍물 솜씨도 솜씨지만, 구변이나 익살도 구성져야 하고, 여럿을 거느리자니 그만한 두름성이나 너름새도 있어야 했다.

　아전들까지 닦달하고 나자 풍물패는 더 신명이 났다.

　"에라, 못 참겄다. 나도 한바탕 치자."

　전봉준 곁에 섰던 김도삼이 풍물판으로 뛰어들었다. 자기 동네 사람한테서 꽹과리를 넘겨받아 신나게 두들겨댔다. 고개를 한쪽으로 삐딱하게 재끼고 두들겨대는 것이 가락수가 제법이었다. 송대화도 뛰어들었다. 그는 장고를 받아 멨다. 송대화도 솜씨가 보통이 아니었다. 풍물판은 한껏 신명이 났고 구경꾼들은 그 두 사람 솜씨로만 눈이 쏠렸다.

"송대화 저 사람 솜씨 한번 흐드러지네."

그때 조소리 사람 하나가 전봉준한테로 달려갔다.

"접주님도 그 솜씨 자랑 한번 허씨오."

전봉준 앞에 꽹과리를 내밀며 등을 떠밀었다. 전봉준도 크게 웃으며 꽹과리를 치고 판으로 들어섰다. 군중은 환성을 질렀다. 정익서한테도 그 동네 사람이 장고를 떠맡겼다. 정익서도 장고를 메고 판에 얼렸다. 최경선도 얼렸다. 두령들이 모두 얼리자 풍물패들은 더욱 신명이 났다. 젊은 놈들 소고패들은 마당이 좁아서 한이었고, 설만두는 병신 어깨가 더 구부러지지 않아 한이었고 김판돌은 더 절룩거리지 않아 한이었다. 하학동 강쇠도 어느새 대창에다 끈을 달아 포수 꼴을 하고 판에 얼려 우쭐거리고 다녔다. 고개를 한껏 옆으로 재끼고 엉덩이와 어깨만 우쭐거렸다. 하학동 박문장도 늦게 나온 벌충을 그렇게라도 하려는 듯 북채를 정신없이 내두르고 있었다.

한바탕 신나게 두들기고 나서 풍물패가 동헌을 빠져나갔다. 두령들은 풍물판에서 나왔다.

"제 세상을 만난게 저렇게들 구성지고 흥겨운데, 죽일 놈들!"

"누가 아니라요."

방으로 들어와 자리를 잡아 앉으며 전봉준이 탄식을 하자 김도삼이 받았다.

"수세 포기증서는 어떻게 되었소?"

전봉준가 김도삼한테 물었다. 김도삼은 풍물패하고 같이 왔던 것이다.

"여기 몇 장 받아왔고 나머지도 쉽게 될 것 같습니다. 나머지는 도매다리 별산 영감이 몇 사람 데리고 나서서 전부 받아주겠다고 자청을 했습니다. 논마지기나 가지고 있는 지주들을 모아 의논이 되었다는 말을 듣고 왔습니다. 그 사람들이 친불친 따라 몇 사람씩 맡을 모양입니다. 모두 받아가지고 내일 이리 오겠답니다. 그리고 그전에 말목 털보 영감이 하학동 이주호 등 몇 집 것은 미리 받았습니다."

김도삼은 장문식이 받은 포기증서를 내놨다. 이주호가 돈 내놨다는 말은 하지 않았다. 공개하지 않을 생각인 듯했다.

"지주들이 그렇게 나서 준다니 크게 다행입니다."

"정익서 씨 생각이 옳았던 것 같습니다."

김도삼은 공을 정익서한테로 돌렸다.

"우선 급한 일이 한 가지 있소. 오늘 무기를 점검해 보니 모두 녹이 슬어 쓸 만한 것은 몇 자루 안 됩니다. 화승총은 총열 온전한 것이 50여 자루가 못 될 것 같고, 칼도 녹이 더뎅이가 져서 그대로는 칼 구실할 것이 몇 자루 안 될 것 같소. 대장간에 맡겨 새로 쳐야겠소. 환도를 제대로 쓸 줄 아는 사람은 없을 것이니 그걸 모두 창으로 칩시다."

"그렇게 하지요. 읍내만도 대장간이 두 군데니까 그리 맡깁시다."

정익서였다.

"정읍은 그대로 맡겨두어도 되겠소?"

"오늘 저녁에 김두령이 송대화 씨하고 같이 가서 형편을 한번 살피고 오시오."

김도삼은 그러겠다고 했다.

그때 정익수는 동헌 뒤란으로 돌아갔다. 김승종 패 젊은이 둘이 정참봉 방 앞을 지키고 있었다. 정익수는 천연스럽게 그리 갔다.

"잠깐 여그 문 쪼깨 열게. 정참봉한티 물어보고 오란 것이 있네."

"멋을 물어봐라우?"

"자네들은 알 것 없네. 문이나 열게."

정익수는 의젓하게 말했다. 젊은이가 돌쩌귀에 꽂아놓은 막대기를 뽑고 문을 열었다. 정익수가 정익서 친동생이란 것을 모두 알고 있는 터라 전혀 의심하는 것 같지 않았다. 누워 있던 정참봉이 벌떡 일어났다. 정익수가 방안으로 들어갔다. 정참봉은 눈이 튀어나올 것 같았다. 김확실 주먹에 맞은 볼이 퍼렇게 멍이 들어 있었다. 몰골이 말이 아니었다.

"첨 뵙겠습니다. 호방 나리가 말씀하셨을 것입니다마는, 저는 정익서 두령 동생 정익수올시다."

정익수가 허리를 굽히며 낮은 소리로 말했다. 정참봉은 한참 눈을 씀벅이다 이내 알겠다는 듯이 고개를 끄덕였다.

"댁에 전해 드릴 말씀이 있으면 말씀하십시오. 지가 전해 드리겠습니다."

"사, 사또 나리는 아직 안 잡혔는가?"

정참봉은 조병갑 소식부터 물었다.

"정읍 읍내로 들어간 것은 알고 있는 것 같은디, 아직 현아에는 안 들어간 것 같다고 하는 것 같습니다. 이쪽 사람들이랑 그쪽 동학도들이 눈에다 불을 써고 있는 것 같소."

"그런게, 아직 안 잡혔단 말인가?"

정참봉은 숨을 헐떡거리며 되물었다.

"예, 아직 안 잡혔습니다."

정참봉은 자기가 너무 서둔다 싶었던지 경황 중에도 정익수 눈치를 힐끔 살폈다. 그러나 얼굴은 적이 안심하는 표정이었다. 그는 지금 여기 있으면서도 그 때문에 미칠 지경이었다. 만약, 조병갑이 잡혀 자기가 조병갑을 자기 마름 김덕삼한테로 보낸 것이 짜드락이 나는 날에는 그 무자비한 놈들한테 살아날 길이 없을 것 같아 바직바직 피가 마르고 있었다.

"시방 저 사람들은 나를 어짤 것 같던가?"

"아직은 모르겠습니다마는 아전들이 문제지 참봉 나리는 괜찮을 것 같습니다. 성님은 참봉 나리를 얼른 내주자고 하는 것 같습니다."

"고맙네. 멋이냐, 우리 집에 가서 말이시, 저그 말목 궁둥면 풍헌 이진삼을 찾아가서 전봉준한티 줄을 대라고 이르게. 돈 애끼지 말고 만 냥이고 이만 냥이고 쓰락 하드라고 하게."

정참봉이 전봉준을 만나자고 했던 것은 돈으로 홍정하려는 것이었다.

"알겠습니다. 그럼 가봐야겠습니다."

"자주 좀 와주게."

"어렵겠습니다마는 하여간 또 올랍니다."

정익수는 자리에서 일어섰다. 의젓하게 방문을 나왔다. 파수 선 별동대원들은 조금도 의심하는 것 같지 않았다.

# 10. 아전들 문초

"장막이 거진 다 됐습니다. 좀 둘러보시지요."

정익서와 송대화가 전봉준에게 말했다.

"고생했소. 가봅시다."

전봉준은 문서를 한쪽으로 치우고 자리에서 일어섰다. 밖으로 나오자 정길남과 김만수도 부하들을 달고 따라나섰다.

벌써 해가 넘어갔는데도 장막을 중심으로 길거리며 논바닥에 몰려 있는 사람들은 아직도 엄청났다. 오천 명도 넘을 것 같았다. 달도 있겠다, 차근히 밥을 얻어먹고 갈 모양들이었다. 전봉준이 나가자 사람들이 몰려들며 꾸벅꾸벅 절을 했다. 장막에서는 밥 짓는 연기가 솟아오르고 있었고, 장막 근처는 꼭 장바닥 같았다. 요란스런 엿가위 소리에 맞춰 엿단쇠 소리가 흐드러지고, 어느새 술막을 치고 술을 파는 사람, 밀전병을 굽는 아낙네, 인절미에 찰떡을 켜켜이 쌓놓은 떡장수, 그릇그릇 김을 피워올리고 있는 팥죽 장수, 술국이 허옇게 마른 몽당치마를 나풀거리며 사람들 사이를 부지런히 휘지르고 다니는 들병장수, 장판도 이런 장판이 없었다. 멍석이나 장작을 지고 오는 사람도 있었고 길 비키라는 소리가 요란스런 물지게꾼 등 정신이 헛갈릴 지경이었다. 멍석과 장작은 각 동네에서 지고 오는 것 같았다. 그런 짐 위에는 아직도 북이나 징, 꽹과리 등 풍물이 얹혀 있었다.

"허허, 풍물들은 지성스럽게 가져오네."

송대화가 웃었다. 전봉준도 따라 웃었다.

전봉준은 정익서와 송대화를 따라 장막 안으로 들어갔다. 장막 안은 천 명은 들어앉을 수 있을 것 같았다. 저 뒤쪽에는 가마솥을 줄줄이 걸어놓고 아궁이에서 벌겋게 장작이 타고 있었고, 그 옆에는 부인네들이 잔뜩 몰려 득실거리고 있었다.

"부인네들이 모두 장무새를 이고 와서 밥을 하고 있습니다."

"칸막이에 문은 달지 않을 거요?"

장막 양옆으로 사람이 잘 자리는 따로 칸을 막아 그 위에 차일을 쳤다. 옆으로는 출입구만 내놨지 문은 달지 않았다.

"거적문을 달려고 거적을 엮고 있습니다."

한 칸에 50여 명씩은 잘 수 있는 넓이였다.

"문을 달아노면 한결 아늑하겠소. 하룻밤을 살려고 만리장성을 쌓는다더니, 이만하면 살림도 하겠소."

"이렇게 야무지게 해버려야 이런 소식이 저자들 귀에 들어가더라도 우리 결의가 얼마나 단단한지 알 것 같습니다."

송대화였다.

"옳은 말씀이오. 일도 규모 있게 잘 하셨소."

전봉준이 치하를 했다.

"이 양반이 전봉준 어르신이 맞지라우?"

언제 왔던지 매무새가 꾀죄죄한 들병장수 늙은이가 찔걱눈을 사뭇 쏨벅이며 전봉준을 쳐다봤다.

"왜 그러시오?"

김만수가 물었다.

"오매 오매, 그란게, 이 양반이 전봉준 어르신이구만잉. 살다 본게 이런 부처님을 다 만나보고 죽겠네애. 내가 시방 이 어른이 이리 들어가시더란 소리 듣고 이라고 달려왔소. 쓴 막걸리제마는, 이 늙은이 정성인게 한잔 드시오."

늙은이는 땟국이 시커먼 대접에다 오지병을 기울여 철철 술을 따랐다. 술을 딸면서도 전봉준에 대한 치사 소리가 간드러졌다.

"에시오. 목 마른디 한잔 쭉 드시오."

늙은이는 술병을 땅에 놓고 갈퀴 같은 두 손으로 전봉준한테 술잔을 디밀었다. 이 늙은이의 손가락 마디에는 모진 세월이 참나무 옹이처럼 굳어 있는 것 같았다.

"아니, 그것 한 병 팔면 얼마나 남는다고 이러시오?"

전봉준이 놀란 눈으로 물었다.

"오매 오매, 그것이 시방 먼 소리라요. 내가 시방 지닌 것이라고는 통때 묻은 피천 한 닢 없는 사람이오마는, 나한테 딸린 목구멍이라고는 어린 손주 한나뿐인게, 내 걱정은 한나도 허지 마시고 어서 드시오. 어서 들어."

늙은이는 전두리가 절름거리게 가득 딴 술잔을 두 손으로 받쳐 들고 어서 들라고 채근했다.

"드십시오."

정익서가 웃으며 거들었다. 전봉준은 하는 수 없이 술잔을 받았다. 꿀꺽꿀꺽 마셨다. 반만 마시다 입을 뗐다.

"귀한 술이요, 나눠 듭시다."

전봉준은 웃으며 정익서한테로 잔을 넘겼다. 정익서도 따라 웃으며 잔을 받아 마셨다.

"고맙소, 잘 마셨소."

전봉준이 고맙다고 인사를 하자 들병장수는 한잔 더 들라고 성화였으나 곁에서 말렸다. 일행은 저쪽 솥이 걸린 주방 쪽으로 갔다.

"오매 오매, 접주님 오시네."

"참말로 고맙고도 또 고맙소."

여자들이 전봉준을 보자 손이라도 잡을 듯 반가워하며 넓죽넓죽 허리를 굽혔다. 수줍음과 반가움이 뒤얽힌 중년 부인들의 모습에서는 방금 들병장수 늙은이와는 또 다른 뜨거운 정감이 철철 흘러넘치고 있었다. 전봉준을 바라보는 부인네들의 그 눈들에서는 어제저녁 배들에서 하늘을 찌르던 함성보다 더 절절한 절규와 열망이 소리치고 있는 것 같았다.

그때 사람들 눈이 한쪽으로 쏠렸다. 전봉준 등 두령들도 뒤를 돌아봤다. 하학동 여자들 너덧 명이 장무새를 이고 다가오고 있었다. 전봉준은 연엽과 눈이 마주쳤다. 순간 연엽은 걸음을 딱 멈추며 몸이 움츠러들었다. 연엽은 얼굴이 벌겋게 익어 있고 콧등에는 곱게 땀방울이 맺혀 있었다. 그는 여기 몰려 있는 여자들과는 달리 옷이 깨끗하고 키가 성큼했다. 어기서 갑자기 날아온 한 마리 학 같았다. 머리에 인 것이 있어놓으니 제대로 고개 숙여 인사를 할 수도 없어 연엽이 당황했다.

"충청도 오처자 아닌가?"

전봉준이 연엽을 보며 반색을 했다. 연엽은 동이를 인 채 어쩔 줄을 모르고 벌겋게 골을 붉혔다. 먼저 동이를 내린 부안댁이 전봉준 곁으로 다가왔다.

"접주님, 참말로 큰일하셨소."

"달주 모친 아니시오? 무얼 이렇게 무거운 것을 손수."

전봉준은 반색을 하며 된장동이와 부안댁을 번갈아 보았다. 연엽한테만 눈이 팔려 부안댁을 먼저 알아보지 못한 것이 좀 면구스러운 것 같았다.

"참말로 큰일을 하셨소."

"이런 일을 하고 보니 작고하신 고인 생각이 간절합니다."

"지하에서도 즐거워하실 것입니다."

부안댁은 말꼬리를 흐리며 옷고름을 가져다 눈자위를 눌렀다.

"달주도 여기 소식을 들으면 금방 달려올 것입니다. 지금 남도 어디에 있을 거요."

그때 연엽이 동이를 내려놓고 똬리로 말아 이었던 수건을 풀어 콧등의 땀을 닦으며 전봉준한테 수줍게 인사를 했다.

"뭘 그렇게 무거운 것까지 이고 왔을까? 허 참, 이거."

"동네 사람들이 여럿이 나서서 걷는 것이구만유. 이런 일에 저라고 그냥 있어서 쓰겠이유."

연엽은 더욱 골을 붉히며 그러나 자랑스러운 듯이 대답했다.

"허허, 처자까지 이러고 나서서 먹을 것을 염려해 주니 농민군들 힘이 백 배나 솟겠소. 나도 대번에 새로 힘이 솟은 것 같소."

전봉준은 껄껄 웃었다. 두령들도 황홀한 눈으로 연엽을 건너다보고 있었다. 성큼한 키에 그러잖아도 바탕이 고운 얼굴이 동이를 이고 먼 길을 오느라 초가을 볕 받은 과일처럼 발갛게 익어 단내가 물씬물씬 날 것 같았다. 소매 끝동을 한 겹 걷어 올린 건강한 모습에서는 동학을 이야기하던 모습과는 달리 나이 찬 처녀의 뜨끈한 훈기가 숨이 막힐 듯이 끼쳐왔다. 콧등에는 다시 땀방울이 송알송알 예쁘게 맺히고 있었다.

"고맙구만. 멀리 타향에 와서 우리 일을 거들어 주는 것이 항상 고맙기만 하더니 이런 데까지 맘을 써주는구만."

전봉준이 다시 치사를 했다.

"여기서는 지가 할 일이 없는가 모르겠이유? 여기 남아 농민군들 밥이라도 해드리고 싶구만유."

연엽은 수줍은 표정이었으나 또렷한 목소리로 말했다.

"그것은 너무……."

전봉준은 말을 하다 말고 정익서를 돌아보았다.

"꼭 하고 싶다면 밥하는 데서 할 일이 있소. 그러지 않아도 밥 짓는 일을 전부 맡아서 단도리를 하는 여자가 한 사람 있으면 했소. 오 처자는 이 고을에 소문도 널리 났고, 강을 받은 여자들은 모두 얼굴이 익어 안성맞춤일 것 같소."

정익서가 전봉준한테 말했다. 전봉준은 그런 일을 하겠느냐는 표정으로 연엽을 건너다보았다.

"하고 싶구만유. 지가 지대로 할는지 모르겠지마는, 무슨 일이든지 하고 싶구만유."

연엽이 눈을 밝히며 대답했다.

"허허, 그럼 그 일을 맡아주시오. 처자가 여기 있어 주기만 해도 장막 안이 훤해서 농민군들이 힘이 나겠소."

전봉준은 쾌히 승낙을 했다. 정익서는 그 일을 맡고 있는 조망태한테 몇 마디 일렀다.


밤이 이슥해서야 동네 사람들은 거진 돌아갔다. 여기서 밥을 먹으려고 기다리던 사람들이 그때야 겨우 밥을 다 먹은 것이다. 칸막이 멍석 위에는 사람들이 질펀하게 누워 드르렁드르렁 코를 골았다. 칸막이에는 한가운데 구덩이를 파고 밥하는 아궁이에서 숯불을 잔뜩 담아다 놓아 칸막이 안은 웬만큼 훈기가 있었다. 오늘부터 날씨가 풀린 데다 장막벽을 두껍게 쳐놔서 외풍도 없었다. 숯불 구덩이 곁에 둘러앉아 오늘 있었던 일로 이야기꽃을 피우던 사람들도 하나씩 곯아떨어졌다. 어제 초저녁부터 꼬박 하룻밤 하루 낮을 정신없이 나댄데다 밥을 배가 터지게 먹어놓으니 식곤증까지 겹쳐 코고는 소리들에 장막이 들썩일 지경이었다.

정익수는 밤이 이슥하자 밖으로 나왔다. 동네 골목으로 천연스럽게 들어갔다. 호방 집으로 들어섰다. 안방에서 호방 아내와 김치삼이 나오며 반색을 했다.

"어서 오씨오."

"고맙네, 어서 오게."

김치삼이 일어서며 정익수 손을 잡았다. 호방댁도 정익수를 껴안을 듯이 반가워했다. 형편이 형편이라 지옥에서 부처님을 만나는 표정들이었다. 호방 아내는 아직도 얼굴이 질려 있었다. 정익수는 방안을 한번 휘둘러보고 자리에 앉았다. 등피가 맑게 닦아진 호야등불이 방안을 유난히 밝게 비추고 있었다. 얼마 전에 들어와 봤으나, 밤에 보니 방안이 더 으리으리한 것 같았다. 농민군들이 여기 와서 패물이며 문서는 가져오면서도 이런 살림살이에는 해코지를 않았던 것 같았다. 벽 한쪽을 가득히 채우고 있는 자개농의 자개 무늬가 한층 휘황찬란했고, 큼직한 시계가 접시만한 금빛 불알을 똑딱똑딱 흔들고 있었다. 굴원의 창랑가도 그대로 벽에 늘어뜨려져 있었다.

"잡아간 사람들은 으짠답디여?"

호방 아내가 숨을 헐떡이며 물었다.

"잠시 고생하면 나오겄지라. 아까 호방 나리를 잠깐 만나봤는디라우……."

"오매, 만나보샜소? 으짭디여, 혹시 다친 디는 없습디여?"

"다치기는 어디서 다채라우? 눈이 여럿이라 슬쩍 말만 몇 마디 하고 왔는디라우, 대문간 짚토매 속에 문서 한나 숨겨놨은게 그것 챙개노락 합디다. 나가다가 슬쩍 찔러둔 모냥이더만이라."

"오매, 짚토매 속에라우?"

호방댁은 벌떡 일어서려다 멈췄다. 그때 술상이 들어왔다. 미리 준비를 해놨던 것 같았다. 술상이 걸쭉했다.

"예, 그라고, 앵성리 김진두 같은 이는 호방 나리 괄시 못할 처진게 돈 애끼지 마시고 두루 손을 쓰라고 하십디다."

"앵성리 김진두 씨? 맞소. 그라것이오. 그라고 또 멋이락 합디여?"

"다른 사람 눈이 있어서 그만치뱆이는 이야기를 못했소."

"오매, 그것이래도 고맙소. 그 은혜 안 잊을라요. 가만 있자, 나 얼릉 문서때기 챙개오께라." 호방 아내는 훌쩍 일어섰다. 제정신이 아니었다.

"으짤 것 같은가. 들어본게 사또 놓친 분풀이를 이속들한티 하자고 야단이라던디?"

김치삼이 정익수 잔에 술을 딸며 물었다.

"두고 봅시다마는 설마 아전들이사 으짤랍디여? 전접주님이 원래 그렇게 모진 사람이 아니오."

그때 호방 아내가 들어오다 그 소리를 들었다.

"오매 오매, 그라면 오죽이나 좋겄소마는, 농민군덜이 아전들부텀 으짜자고 저 야단이랑게 사람이 가슴이 붙어져 똑 죽겄소. 사람 목숨만 산다면 돈이고 멋이고 재산 같은 것은 한나도 안 아깝소."

호방 아내는 숨넘어가는 소리를 했다.

"당장 으짠 것이 아니고 문초를 헌당게 한시름 놓이네마는, 자네 말고는 어디서 소식 한나 얻어들 데가 없네. 자네만 믿네."

"오매 오매, 정생원이라도 이라고 온게 살 것 같소. 아무리 이런 일이 일어났다고 온 시상이 이렇게 깜깜절벽이 되아불지는 참말로 몰랐소. 어디서 소식 한마디 얻어 들을 길은 없고 어디서 발소리만 크게 나도 가슴에 지둥나무가 쿵쿵 내려앉는 것 같소. 멀리서 대창만 봐도 소름이 쭉쭉 끼치요."

호방 아내는 진저리를 쳤다. 이 사람들이 이렇게까지 겁을 먹고 있는가 정익수는 새삼 놀라웠다. 농민군들은 평생 처음으로 환한 대낮인데, 그 환한 대낮이 이 사람들한테는 이렇게 깜깜절벽이라니, 한 하늘 밑에서 서로 밝고 어둡기가 이렇게 달랐던가, 정익수는 어리둥절할 지경이었다. 정익수는 농민군들의 밝은 얼굴하고는 너무도 딴판인 얼굴을 호방 아내의 얼굴에서 똑똑히 보고 있었다.

"이런 소리를 하면 어떻게 생각할런지 모르겠네마는, 이런 일은 오래 못 가네. 뇌성벼락이 칠 때는 언제 햇볕이 날라디야 싶제마는 하루 사이에 훤하게 해가 나와. 당장 얼마 전에 일어났던 익산 민란만 하더라도 그렇고 임술년에는 전라도야 경상도야 저그 충청도까지 한강 이남이 발칵 뒤집혔제마는 으쨌는가? 그때도 백성만 상하고 말았어. 전봉준 접주나 자네 형님이나 세상을 살 만치 산 사람들이라 앞뒤를 가릴 만큼은 가릴 만한 사람인 줄 아네마는, 아무것도 모르는 사람들이 대창 하나 든게 지 세상인 줄 알고 시방 너무 날뛰는 것 같아서 그것이 걱정이네."

김치삼은 정익수 눈치를 보며 차근하게 이죽거렸다. 반은 공갈로 들렸다. 원체 흉물이라 배짱이 어지간했다.

"실은, 우리 성님한티 여그 호방 나리 말을 잘 하고 있소. 그래서 우리 성님도 농민군들이 아전들이야 정참봉 나리야 모두들 어짜자고 하는 소리를 철없는 소리라고 나무라는 것 같습디다. 우리 성님이 그렇게 버티고 있는 도막에는 크게 염려하실 것 없소."

정익수는 시치미를 뚝 따고 말했다.

"고맙소. 그랬으면 오죽이나 좋겠소마는 사또 놓친 분풀이를 애먼 아전들한티 할라고 야단이라고 한게 가슴이 볼아져서 똑 죽겠소. 으짜겠소? 우리는 돈은 한나도 안 아깐게 돈으로 될 성부르면 돈을 댈 것이고, 하얘간에 무슨 수를 쓰든지 쓸란게 길만 가르쳐 주시오."

호방 아내는 제정신이 아니었다.

"저그 산매 별산 영감 같은 이는 전봉준 접주님이 괄시 못할 처진게 그런 사람들한티 가서도 말을 해보고 그러씨오."

정익수가 넌지시 말했다.

"별산 영감이락 했지라우? 산매는 배들 쪽 산매요?"

"예, 그 손주가 지금 젊은이들 별동대를 쥐락펴락하고 그 양반이 전부팀 입이 바른 양반이라 전봉준 접주님 아부님하고도 가까이 지냈지라우."

"그리 줄 댈 만한 사람이 누가 있겠소?"

"가만 기십시오. 생각해 봅시다."

김치삼은 그럴 만한 사람이 생각나는 듯 호방댁에게 눈을 찔끔했다.

"하여간에 일판이 어떻게 돌아가는가 잘 살펴 주게. 그라고 정참봉은 어떻게 하고 기신가?"

김치삼이 정익수한테 잔을 넘겼다. 호방댁이 정익수 잔에 술을 따랐다.

"지가 그 양반도 만나보고 왔습니다. 참봉 나리 댁에 쪼깨 전해주시오. 참봉 나리는 동헌 뒷방에다 따로 뫼셔놨는디, 지가 어렵게 만

286

나고 왔습니다. 궁동면 풍헌 이진삼 씨를 찾아가서 전봉준 접주님한
티 줄을 대라고 함시로 돈을 만 냥이고 이만 냥이고 아끼지 말라고
하십디다."

"이진삼이라우?"

호방댁이 눈을 밝히며 물었다. 그렇다고 대답했다.

"정참봉 그 양반은 자다가 날벼락을 맞았어. 짐승도 집에 들어오
면 거둔다는 것인디, 집에 찾아 들어오는 사람을 으짤 것이여?"

"정참봉이사 으짤랍디여? 그 이진삼인가 그이한티 줄을 댈 적에
우리 집 양반도 같이 쪼깨 이얘기를 하라고 하시오. 우리도 돈을 보
탤란게."

호방댁이 김치삼한테 일렀다.

"알겠습니다. 그런데 농민들이 너무 드세게 나온 것 같아서 그 사
람들 기세에 자네 성님 같은 이들이 밀리잖으까 그것이 걱정이네.
이런 땔수록 앞뒤를 살필 만한 사람들이 지각 있게 생각을 해사 쓸
것이네. 호방 나리 같은 이 말인디, 여차직하면 탈옥이라도 시켜사
일판이 안 커질 것인게 잘 살피게."

김치삼이 정익수 눈치를 살피며 엉뚱한 소리를 했다.

"탈옥이라우?"

정익수는 김치삼 잔에다 술을 따르려다 말고 눈을 크게 떴다.

"이 사람아, 자네 입장부텀 생각을 해보게. 일판이 커지면 내중에
누가 젤 크게 다치겠는가? 두말할 것도 없이 젤 앞에 선 사람들이 젤
로 크게 다칠 것이고, 그 담에는 그 식구들하고 친척이여. 앞에 나선
두령들은 기왕 앞에 나섰은게 그런다치고 그 식구들이나 친척들이

먼 죄가 있는가?"

정익수는 한참 동안 김치삼을 건너다보고 있다가 술을 따랐다. 문초할 때의 그 표독스런 독기가 번뜩이는 것 같아 정익수는 소름이 오싹 끼쳤다.

"그러기사 헐라든가마는, 일을 크게 벌릴라고 할 때는 탈옥이라도 시켜서 일을 작게 줄여사 쓴다는 소리네. 당장 그런다는 것이 아니고 만약의 경우에는 그런 것도 생각을 하자는 소린디, 따지고 보면 서로 좋자는 일인게 자네도 잘 생각을 해보게. 하여간에, 우선은 일판 돌아가는 것이나 잘 살펴주게. 일이 끝나고 나면 자네 은혜는 안 잊을 것이네. 이 일이 몇 조금이나 갈지는 모르제마는 그때는 당장 음지가 양지 되고 양지가 음지 될 것인디, 자네가 오늘 여그 와준 것만 갖고도 호방 나리가 자네 형님까지는 모르겠네마는, 자네가 당하는 것까지사 그냥 보고 기시겠어?"

김치삼은 지레 생색을 냈다. 반은 협박이었다. 작자는 여태 정익수를 손안에 넣고 주물러 오던 가락으로 의젓하게 노닥거리고 있었으나 죄가 많은 놈이라 오늘 종일 제 동생 집 골방에 틀어박혀 있었다.

"그라고말고라우. 이판에 여그까지 와주신 정성이 그것이 어디요? 나는 이 나이까지 살두룩 남의 은혜 배반해 본 적이 없는 사람이오. 고맙소. 친형제도 이런 형제가 없지라우."

호방댁은 호들갑이 요란스러웠다.

"잘 알겠소. 먼 일만 있으면 금방 알릴 것인게 그리 아씨오. 그란디 지가 이 집을 자주 드나들 수는 없을 것 같소."

"나도 시방 그 생각을 하고 있는 참이네. 담부터는 우리 집으로 오게. 나도 조심하느라고 집안에 박혀 있자니 바깥소식이 궁금하네. 밤중이고 새벽이고 상관 말고 들려. 우리 집에도 너무 자주 들리기가 멋하면 낸중에 다른 방도를 생각해 볼 것인게."

"그럼 오늘은 이만 가볼라요."

정익수는 앞에 놓인 잔을 들고 일어섰다. 호방 아내가 밖으로 따라나왔다. 옆구리를 꾹 찌르며 무얼 디밀었다.

"얼마 안 돼요. 암말 말고 받으시오."

"멋을 이렇게?"

호방댁은 정익수 손을 잡아 주머니 하나를 쥐어주었다. 서걱이는 소리가 은자 같았다. 뭉청했다. 은자라면 엄청난 액수 같았다. 천 냥이 넘을 것 같았다. 가슴이 뛰었다. 골목을 나오다 달빛 아래서 주머니를 펴보았다. 하얀 은자였다. 정익수는 달빛에 유난히 하얗게 비치는 은자를 보자 새삼스럽게 가슴에서 쿵 소리가 나는 것 같았다. 얼른 품속에 쑤셔넣었다. 마치 도둑질이라도 한 것같이 가슴이 방망이질을 했다.


"모도 저러고 나가는디 당신은 뭣이 무솨서 못 나가요?"

진선리 송덕보 아내 천원댁은, 이불을 뒤집어쓰고 누워 있는 남편한테 오금을 꼭꼭 박아 핀잔을 주었다. 천원댁의 말에는 대추나무 가시같이 사납게 가시가 돋아 있었다.

"시방, 정참봉 나리가 저렇게 곤경에 빠져 있는 판에 내가 그런 디를 나가사 쓰겄어? 우리는 그 집 소작인이여. 내가 그런 디를 나가 봐. 그 영감 성질에 소작을 그대로 붙여둘 것 같아?"

송덕보는 뒤집어쓰고 있던 이불을 힘없이 젖히고 얼굴을 반쯤 내놓으며 시르죽은 소리로 달래듯 말했다. 송덕보는 어제 저녁 정참봉 머슴 김만석의 심부름을 해준 일이 들통이 날까 싶어 속이 바지직바지직 타고 있는 판이었다. 김만석이 하도 다급하게 헐떡거리고 달려온 바람에 그 기세에 밀려 앞뒤 생각하지 않고 시킨 대로 달려갔다. 그런데 일이 너무 크게 벌어진데다 김만석도 집에서 도망을 쳐버리고 정참봉까지 험하게 잡혀갔다는 소리를 듣자 송덕보는 안 그래도 잔뜩 올라붙었던 간에서 쩍쩍 금이 가는 소리가 나는 것 같았다. 이 판에 소갈머리 없는 여편네가 한가하게 매화타령을 하고 자빠졌으니 미칠 지경이었다. 어제 저녁 천원댁은 물레 품앗이 방에 가고 없어 남편이 한 일을 까맣게 모르고 있었다.

"그람 다른 사람들은 으째서 다 나간다요? 우리 동네서도 당신만 안 나갔제 안 나간 사람이 한 사람도 없습디다. 낼은 이 동네 여자들도 다 나간다요. 읍내는 시방 으짠지나 아시오? 오매 오매, 흐연 쌀밥을 누구든지 한 그릇썩 그릇그릇 기냥 감투밥으로 꾹꾹 눌러서 담아주더라요. 백설 같은 쌀밥을 가마솥에다 가득가득 삶아갖고 거그온 사람도 지내가는 *까무구도 불러다 주더라요. 그래서 놈들은 그 보리 한 태기도 안 섞인 흐연 쌀밥을 기냥 배가 터지게 묵고 왔소. 묵고 왔어. 옆집 한몰댁은 자기 묵을 밥은 묵을 밥대로 배가 터지게 다 묵고도 밥을 한 그릇이나 따로 싸갖고 왔닥 합디다. 오매 오매, 그 쌀바압!"

천원댁은 그릇그릇 꾹꾹 눌러 담았다고 할 때는 손으로 꾹꾹 눌러 담는 시늉까지 했고, 감투밥이라고 할 때는 감투 무더기의 크기

290

를 중두리 크기만 하게 형용을 하면서 군침을 삼켰다. 동네 사람이 다 나갔다는 말도 사실이 아니었다.

"강고댁이 그러는디 한몰댁이 갖고 온 쌀밥 본게 얼매나 꾹꾹 눌러서 담았는지, 그 한 그릇이면 우리 같은 집은 야닯 식구 두 끼니도 묵겠더라고 합디다. 한몰댁이 시방 얘기들 옷 꼬매는 것 본게 널은 자기만 나가는 것이 아니라 애기들까지 몽땅 데리고 나갈 눈치드랍디다. 그라면 애기들도 모도 그런 쌀밥을 한 그릇쓱 독차지하고 배가 터지게 묵을 판이구만이라우. 오매 오매, 우리 새끼들도, 배가 고파서 걸걸한 새끼들, 그런 쌀밥 한 그릇쓱 맡개노면 활원도 그런 활원이 어디가 또 있겄소? 우리가 은제 새끼들 배 한번 지대로 채와 준 적이 있소? 있으면 있다고 말을 혀보시오. 시상에 우리는 복쪼가리를 타고나도 먼 복쪼가리를 타고났으면 공짜로 묵을 밥도 못 얻어묵으까? 아이고, 내가 미치제 못살아."

천원댁은 손바닥으로 방바닥을 탕탕 때리면서 바글바글 끓었다.

"그러면 임자라도 새끼들 데꼬 나가면 쓸 것 아녀!"

송덕보는 다시 이불을 거두고 힘없이 이죽거렸다. 자신의 눈앞에도 허연 쌀밥이 덩실하게 떠오르자 맥이 탁 풀리는 모양이었다. 아침저녁 하루 두 끼, 그나마 얼굴이 비춰보이게 멀건 맨 죽이라 숟가락 놓고 돌아앉으면 앉은 자리에서 허기가 질 지경이었다.

"그것이 시방 먼 소리라요? 배룩도 낯짝이 있더라고 그 판이 먼 판인디, 남정네도 안 나간 집 여팬네가 새끼들까지 대꼬 나가라우? 남정네들이 나가사 남정네들 밥수발한다고 그 펭계로 여팬네도 나가제, 정신없는 늙은이 죽은 딸네 집 가대끼 남정네도 안 나갔는디,

먼 염치로 우죽우죽 나간다요?"

천원댁은 이불 속의 남편 대가리 쯤을 허옇게 노려보며 오금을 꼭꼭 박아 앙칼지게 쏘아대고 있었다. 송덕보는 이불 속에서 말이 없었다. 아무리 쌀밥에 배가 터지고 여편네가 앙탈을 해도 자기는 나가서는 안 된다고 마음을 도사렸다. 어제 저녁 일이 들통이 나는 날에는 소작이 아니라 모가지가 열두 개라도 못 당할 지경인데, 거기다가 농민군에까지 낯 내놓고 나가놓는 날에는 모가지가 백 개라도 못 당할 것 같았다. 무슨 일이 있든지 이렇게 안 나가고 버티고 있어야 어제 저녁 일에 무슨 꼬투리가 잡히더라도 발명을 할 언덕이 있을 것 같았다.

"조병갑을 잡는 날에는 잔치판을 벌여도 큰 잔치판을 벌일 것이라고 합디다. 그때는 소를 잡을지 모른다요. 소를 잡아도 여러 마리를 잡을 것이락 합디다. 우리가 은제 쇠괴기 맛본 적이 있소? 나는 이 집 와서 비린 갈치자반 한 꼴랑지도 지대로 맛본 일이 없소. 우리보담 못한 한몰댁도 지난봄에는 멜치젓 담고, 지난 설에는 맹태를 사왔어라우. 봄에 멜치젓 반 동우만 담아도 있는 꼬치에 꼬치젓 담아서 꾹꾹 눌러노면 감기꼬뿔이래도 걸려서 밥맛없을 적에 오죽이나 좋간디라우. 지난 참에 몸살로 자리 지고 눴을 적에 한몰댁이 멜치젓 한 접시 갖다 주그래 꼬치 한나를 집어갖고 툭 씹었등마는, 삼천리나 떨어졌던 밥맛이 대번에 꿀맛입디다. 없네 없네 해도 놈들은 다 이렇게 살아라우. 당신은 당신 사날로 비린 갈치자반 한 꼴랑지 사다 줘봤소? 이럴 때라도 놈 나가는 디 나가면 당신도 당신이제마는 집안 식구들도 그 흐연 쌀밥에 그 귀한 쇠괴기 한 점이라도 맛볼 것 아니냐 말이오. 으짜요, 내 말이 그른 디가 있소, 그른 디가 있어? 그른 디가 있으면 있다고 말해 보씨오. 왜 말을 못 허요?"

천원댁은 시퍼렇게 쏘아붙였다.

"아이고, 저 소갈머리 없는 놈의 예팬네, 이런 일이 어떤 일이라고 이 야단인가 모르겄네. 일이 잘못 되아놓는 날에는 모가지가 날아가도 여럿 날아가. 우선 묵기는 꽃감이 달제마는, 두고 봐."

송덕보는 이불을 젖히고 꽥 악을 썼다.

"아이고, 잘났소 잘났어. 정익서 씨야 신중리 대화 아재야 그런 똑똑한 분네들도 다 나섰다는디, 그런 사람들이 그런 물정 모르고 그라고 나선다요. 다 그만치 내다보는 것이 있은게 나서제."

천원댁은 앙칼지게 쏘았다.

"참말로 사람 미치고 환장하겄그만잉. 가고 잡으면 혼자 가. 내가 안 나가도 임자보고 누가 못 나오게 가로막을 사람 없을 것인게 혼자래도 나가란 말이여. 끙."

송덕보는 매듭힘을 끙 쓰며 한쪽으로 홱 돌아누웠다.

"바늘 간 데 실인디, 당신이 나가사 나도 따라나가제, 핑계 없이 어떻게 그런 음석 끝에 뽀짝거린다요?"

"정 염치가 없으면, 남편은 아파서 못 나온게 나래도 나와서 거들어 줄라고 나왔다고 나가란 말이어. 나도 그쪽 소식이 궁금한게 갔다 와."

송덕보는 또 이불을 젖히고 힘없는 소리로 말했다. 속에서는 *질탕관에 두부장이 끓는 모양이었으나, 안간힘을 써서 꾹꾹 누르고 말을 하는 것 같았다.

"소식이 궁금해라우? 그런 디 나가도 않은 사람이 소식이 궁금하기는 멋이 궁금해라우? 으이고, 저래갖고 어떻게 놈의 축에 드까?"

천원댁은 치맛귀를 축 채서 한쪽으로 여미며 팽글 돌아앉았다.

"사람 미치겠구만."

송덕보는 다시 저쪽으로 돌아누우며 끙, 신음소리를 했다.

정읍에서는 어제 저녁에 거기 간 김도삼한테서 소식이 왔다. 조병갑 행방은 아직도 오리무중이라는 것이다. 현아에도 분명히 안 나타났고 어디로 갔는지 행방을 알 길이 없다는 것이다. 그러나 정읍 읍내로 들어온 것은 틀림없는 것 같으므로 그대로 전주 가는 길목은 단단히 지키고 있겠다고 했다.

최경선은 두 쌀가게와 돈놀이하는 갖바치 문서를 세밀하게 검토하고 군아의 세미 문서도 대충 검토를 했다. 오늘부터는 본격적으로 아전들 문초를 할 작정이었다.

최경선은 이방 은인식부터 끌어왔다. 그는 보통 키에 몸매가 다부졌으며 눈은 똥그란 쥐눈이었다. 그는 매사에 빈틈이 없는 자였다.

"당신은 이런 문초에 이골이 난 사람이오. 내가 당신 같은 사람을 앉혀놓고 문초를 한다는 것은 공자님 앉혀놓고 논어 타령을 하고 있는 짓일 것이오. 그래서 당신 스스로가 당신 스스로를 문초하도록 하겠소. 무슨 말이냐 하면, 내가 조목만 말을 할 것이니 당신이 다른 사람 문초하듯이 당신이 한 일을 자세히 적으란 이야기요. 우리를 속이려면 머리카락 하나도 들어갈 틈이 없이 속이시오. 그러나 만약 거짓이 들통이 나는 날에는 어떻게 될 것인지 그것은 당신이 더 잘 알 것이오. 숨기는 흔적이 우리 눈에 보이면 당신은 그대로 죽소. 죽으려면 호랑이굴에 들어가서 낮잠인들 못 자겠소. 알아서 하시오. 내 말 알겠소?"

최경선이 착 가라앉은 소리로 말했다. 이방은 고개를 크게 주억거리며 알았다고 했다.

"지난번 수세 노적 방화 까탈로 잡혀 들어온 사람들을 내주면서 당신이 *취심한 돈이 얼마인가, 곰곰이 생각해서 사람들 이름하고 돈 액수를 똑똑히 적으시오. 차분하게 적을 짬을 주겠소. 지금은 큰 조목만 치부를 하시오."

이능갑이 지필묵을 이방 앞으로 가져다 났다. 이능갑은 정익서 동네 젊은이로 셈속이 능해 이 일을 거들어달라고 데려온 젊은이였다. 이방은 종이를 펴고 간단히 적었다.

"벌써 재작년 일이 되었소마는, 나졸들 살변 났을 때도 당신들 이 속들은 잠채꾼 신혈 만나듯 재미를 보았소. 그때 살변 혐의로 돈 받은 것도 누구한테서 얼마 받았는가 자세히 적으시오. 이름이 생각 안 나면 성이나 동네 이름만 적어도 되요. 따로 당신들한테 돈을 준 사람들한테서 발고를 받아 일일이 맞대볼 것이오. 누구한테서 얼마 받아서 조병갑한테는 얼마 주고 나는 얼마 챙겼다, 이렇게 적는 거요."

이방은 최경선을 똑바로 보며 듣고 있다가 치부를 했다.

"저 창고에 쌓여 있는 명색 공초첩이란 것을 보았더니, 조병갑이란 자가 온 이후로 여기 잡혀 들어온 죄인이 오백 명이 넘습디다. 죄목이 열에 아홉은 불효, 불목, 사통, 상피였소. 여기서 진짜 불효, 불목, 사통, 상피를 한 사람은 당신 소견에 몇 명이나 된다고 생각하시오?"

최경선은 웃으며 물었다. 이방은 고개를 떨어뜨렸다.

"어디 대답을 한번 해보시오."

최경선은 웃으며 다그쳤다.

"백에 하나도 안 될 것입니다."

이방은 기어들어가는 소리로 대답했다. 최경선은 희떱게 웃었다.

"이 공초첩을 드릴 것이니 이 가운데서 당신이 돈을 받은 사람을 모두 뽑아내서 그 사람한테서 받아 군수한테 전한 액수하고 당신이 중간에서 챙긴 액수를 낱낱이 적으시오."

이방은 말없이 치부만 했다.

"이것도 우선 조병갑 죄를 밝혀내려고 묻는 것이니 바른 대로 대답하시오. 수령이 신관으로 도임해 오면 아전들이 임뢰任賂를 바치지요? 이방이라면 이속 가운데서는 가장 큰 자리니 응당 임뢰도 제일 많을 것이오. 조병갑이 처음 여기 도임해 올 때 당신은 얼마 바쳤소?"

최경선은 차근하게 물었다.

"3천 냥 바쳤소."

이방은 지체 없이 대답했다.

"뭣이, 3천 냥?"

최경선은 상판을 일그러뜨리며 빠듯 말꼬리를 추켜올렸다. 이방은 똥그란 눈으로 최경선을 건너다보고 있었다.

"틀림없어?"

"예."

"호방이 3천 냥을 줬다는데 이방이 3천 냥이란 말이야?"

최경선은 계속 상판을 일그러뜨리고 반말이었다.

"그 뒤에 2천 냥을 더 바쳤소."

"얼마나 뒤에?"

"보름 뒤에요."

"야, 이 자식아, 이제부터 너보고 너라고 하겠다. 너희들을 죽일 때는 죽이더라도 웬만하면 사람대접을 하려고 두령들이 지금 무진 애를 쓰고 있다. 그런데 그런 하찮은 것을 가지고 거짓말을 해? 이놈 아, 처음 온 수령한테 자릿값을 주는데 보름 사이를 주고 나눠 준단 말이냐? 다시 거짓말을 하면 그때부터는 개 취급을 하겠다. 몽둥이 로 조진단 말이다."

최경선은 경멸이 가득한 표정으로 말했다.

"잘못했소."

"임마, 지금 농민군들은 너희들 모가지부터 매달자고 아우성이 다. 조병갑한테 품은 포한보다 너희들한테 품은 포한이 몇 배나 더 크다. 이런 것이라도 바른 대로 대서 죄를 빌 생각은 하지 않고, 너 희들이 지금 믿을 게 무어냐? 오늘 감영군이 쳐들어온다 하더라도 너희들 목숨은 당장은 농민군들 손아귀에 있어. 지금 저기서 아우성 치고 있는 사람들은 물불 가리지 않는 사람들이다. 여기 앉아 있는 나도 마찬가지다. 내 말 알겠냐?"

"예, 잘 알겠습니다."

이방은 잔뜩 굽실거리며 대답했다.

"조병갑은 재작년 4월에 도임해서 지난해 동짓달까지 달수로 치 면 21개월을 여기 눌러 있었다. 그 동안 그렇게 임뢰 명색으로 돈을 바친 것은 몇 번이었으며 그 돈은 전부 얼마쯤 되냐?"

"석 달 만에 한 번씩 바쳤는데, 많이 바칠 때는 3천 냥, 적게 바칠 때는 2천 냥씩 바쳤습니다."

"한 철에 한 번씩 바친 셈이구먼. 그런데 왜 그렇게 차이가 있냐?"

"가을이나 겨울 같은 철에는 3천 냥씩 바치고 여름 같은 때는 적게 바쳤습니다."

그러니까, 농민들이 농사를 지어 뜯어낼 것이 있는 가을이나 겨울처럼 벌이가 좋을 때는 많이 바치고 봄이나 여름 같은 때는 적게 바치는 모양이었다. 이자들 벌이도 계절을 탄다는 소리였다.

"좌수 김봉호는 임뢰를 얼마나 바쳤냐?"

"서로 은밀하게 주고받는 것이라 남이 주는 것은 잘 모릅니다."

"은밀하게 주고받다니? 주고받을 때는 은밀하게 주고받겠지만, 주기 전에 얼마씩 줄 것인가 귀를 짜지 않는단 말이냐? 좌수가 이방보다 많이 줘버리면 낭패 아니냐?"

최경선이 핀잔을 주었다.

"좌수는 저의 반쯤 되지 않았을까 싶습니다."

"조병갑이 처음 여기 도임해 왔을 때 부자들한테 존문편지를 몇 장이나 보냈고, 대충 얼마나 뜯어냈냐? 고부 부자들 이름하고 재산 형편이 낱낱이 적혀 있는 문서철을 보았다. 그때 뜯어 들인 돈도 아는 대로 자세히 적어."

수령은 처음 도임하면 아전 등 임직들한테서는 임뢰라는 것을 받았고, 부자들은 부자들대로 그들한테서 뜯어내는 관례가 있었다. 임뢰는 글자 그대로 자릿값으로 주는 뇌물이었으나 그것은 내부적으로 거의 공식화되다시피 했다. 그리고 부자들한테는 존문편지라는 것을 내어 뜯어 들였는데, 이것도 거의 관례화된 것이었다. 존문편지란 원래는 내가 이 고을 수령으로 도임해 왔다는 단순한 인사 편지였으나, 관이 부패하기 시작하면서 그 편지를 받은 사람들은 자기 재산 형편에 따라 돈을 바쳐야 했으므로 그건 세금 고지서나 마찬가지였다. 재산 형편에 비해서 바치는 돈이 부실하면 대번에 보복을 했다. 무슨 꼬투리를 잡든지 잡아 그보다 몇 배 더 뜯어냈다. 그러니까 수령들은 임지에 도임하면 이속과 부자들한테서 관례로 뜯어먹게 되어있는 것만으로도 그들이 수령 자리를 얻어올 때 위에다 바친 돈을 너끈하게 대봉을 했다.

"그 다음, 균전사 김창석과 조병갑이 짜고 결세 않는다던 진황지에서 결세를 받았는데 인징까지 물려 착복을 했다. 이 세미에서 조병갑이 챙긴 돈은 대충 얼마나 되냐?"

"그것은 우리가 간여하지 않아 전혀 모릅니다."

"그러면 전운사 조필영하고 짜고 전운미 긁어서 나눠먹은 것도 모른다는 소리냐?"

"그것도 전혀 그 내막을 모릅니다."

"그럼, 지금 곳간에 쌓여 있는 쌀은 무슨 쌀이냐?"

"저 쌀들이 무슨 명색인지는 우리도 모릅니다."

"그럼 알 만한 것 한 가지 물어보자. 지난번 수세 노적가리에 불낸 사람은 누구냐?"

최경선은 이윽히 이방을 건너다보며 물었다.

"아직 범인을 짐작할 수 없습니다."

이방은 최경선 눈치를 힐끔 보며 대답했다.

"그 범인이 농민들이라 생각하느냐?"

최경선이 피글 웃으며 물었다. 이방은 멍청하게 최경선만 건너다 보고 있었다.

"이번에 방화 혐의를 뒤집어쓰고 옥에 들어갔다 나온 사람들이 진짜 범인을 잡아낼지도 모른다. 너는 그 사람들 문초도 했고 내주 면서 돈도 받아먹었으니, 누가 방화를 했겠는가, 소견이 있을 것이 다. 그 소견을 자세하게 써라. 아마 그것을 잘못 썼다가는 그때 들어 갔던 사람들한테 죽을 것이다."

이방은 알아보게 당황하는 표정이었다.

"다음으로 넘어가자. 만석보를 막을 때 맨 처음 조병갑한테 만석 보를 막으라고 제안한 사람은 누구냐?"

"조성국입니다."

"전에 태인 현감을 지냈던 조병갑의 아비 공덕빈가 비각인가를 세우자고 제안한 사람은 누구냐?"

"향청에서 한 일이라 잘 모르겠습니다마는 좌수 영감이 아닌가 싶습니다."

"뭣이, 모두가 수령 손아귀 속에서 한 패거리로 놀아난 놈들이 그 런 일에 아전 따로 향임 따로란 말이냐?"

최경선이 소리를 높였다.

"그 일은 순전히 향청에서 결정해 가지고 우리한테는 알리기만 했습니다. 그 일은 처음부터 갈팡질팡했는데, 처음에는 그이 비를 세운다고 했다가, 그이 비가 태인에 세워졌다고 하자, 그럼 비각을 세우자고 했다가, 가서 비를 보고 와서는 지금 있는 비는 너무 작으 니까 비도 새로 세우고 비각도 같이 세우자고 했습니다. 그러다가 사또가 체개 발령이 나자 주춤하고 있는 판에 이런 일이 터져버렸습니다."

"그러면 그 일이 향청 일인데 전창혁 씨가 반대했다고 너희들이 잡다 곤장을 친 까닭은 무엇이냐?"

"우리는 사또 나리 영에 따랐을 뿐입니다."

"또 병갑의 어민가 누군가 하는 사람 죽었을 때 민부전을 내자고 한 것도 향청에서 발의한 일이냐?"

"그렇습니다."

"향청이란 데는 원래 무엇을 하는 곳이냐? 어디 한번 말해 봐라."

"원래는 풍속을 바로잡고, 더러 수령이 하는 일을 거들기도 하지만, 그중에서 가장 중요한 일은 수령이 백성한테서 돈을 거두려고 하면 어디까지나 백성 편에 서서 진언을 하는 곳이었소. 그래도 수령이 무리하게 나오면 옛날에는 고을 사람들한테 향회를 열도록 하여 수령의 남징을 막기도 했지요."

"그래, 방금 그 말은 맘에 든다."

이방은 고개를 주억거렸다.

"그러면 만석보 수세 같은 무리한 짓은 응당 견제를 했어야 할 것이고, 한걸음 더 나아가서 인징, 족징 같은 무지막지한 짓도 못하도록 했어야 할 것이다. 그런데 그런 짓을 하기는커녕 되레 백성 늑탈하는 수령 앞잡이가 되어 백성을 뜯어먹기에만 혈안이 되었을 뿐만 아니라 그런 일에 반대하는 사람은 수령한테 고자질을 해서 물고를 냈다. 이런 일을 이방은 어떻게 생각하지?"

"원래 향청이 생길 때는 그런 일 하라고 생긴 것이지요. 그렇지만 요새 수령들의 그 무지막지한 서슬 앞에서 그런 일을 엄두인들 내겠습니까? 일이 이 지경에 이르고 보니 향청 사람들보다 우리는 더 부끄럽습니다마는, 사실은 우리도 수령들 밑에서 항상 바늘방석에 앉아 있는 꼴이었습니다."

이방은 최경선의 눈치를 살피며 한마디 했다.

"그런 일은 그 무자비한 수령들 서슬에 눌려 못한다 하자. 그렇다면 그 조병갑 아비란 작자 공덕빈가 비각인가는 또 뭐냐? 그 아비가 선정을 베풀었건 악정을 베풀었건, 고부하고는 생판 아무 상관도 없는 태인에서 사또질을 했는데, 그런 놈 공덕비를 고부 사람들이 돈을 거둬 세우자고 했다. 이런 짓을 한 놈들은 어떻게 처단을 하는 것이 옳다고 생각하느냐?"

이방은 입을 다물고 있었다.

"이것은 내가 장난으로 묻는 소리가 아니다. 사또한테 잘 보이고 제 사복을 채우자고 그런 무지막지한 짓으로 백성을 늑탈한 자는 어떻게 처단하는 것이 옳은가, 이 점에 대한 소견을 소상히 적어라."

"그때 두 번의 방화사건 때문에 사또 나리가 하도 펄펄 뛰던 판이라 그러다가는 무슨 일이 나도 나겠다고 사또 나리 비위를 맞추자고 방도를 생각한다는 것이 기껏 그런 지질한 방도를 비벼냈던 것 같습니다."

이방은 최경선 눈치를 보며 한마디 했다.

"불? 쌀가게 불은 몰라도 수세 노적가리 불은 누가 지른 것인데, 그런 염치없는 말을 하고 있냐?"

최경선은 잔뜩 경멸하는 눈초리로 이방을 노려보았다.

302

"그 다음, 햇머리로 작년 농사는 여기저기가 다 구메농사여서 고부만 하더라도 북쪽 4개면 결세를 전부 남쪽 농가에 풀어서 날파를 해서 지금 받고 있는 중이다. 그 경위를 말해 보아라."

"처음에는 북쪽 4개면 결세는 재결로 쳐주도록 감영에 요구를 해달라고 그쪽 사람들이 사또 나리께 요구를 했습니다. 그러나 그런 소리는 들은 척도 않고 그 지역에서 결세와 전운미를 다 받았습니다. 그런데 느닷없이 그 결세를 다른 15개면에다 다시 날파를 했습니다."

이방은 그 경위를 간단히 설명했다.

"거기까지는 제대로 말을 했다. 그런데 거기에는 그보다 더 엄청난 농간이 있는데, 왜 그 말은 않느냐?"

"저는 아는 대로는 전부 말씀드렸습니다."

"더 큰 농간을 정말 이방은 모른단 말이냐?"

"예, 그 이상은 전혀 모릅니다."

최경선이 혼자 웃었다. 이방은 눈을 똥그랗게 뜨고 최경선을 빤히 건너다보았다.

"조병갑이 감영에다 그 4개면의 재결을 신청해서 감영에서 승인이 났다. 조병갑은 감쪽같이 그것을 숨기고 세미를 다 받았다. 그러면 그 4개면의 결세하고 전운미는 다 어디로 갔겠으며, 또 15개면에서 새로 받은 것은 어떻게 되겠냐?"

최경선이 웃으며 이방을 건너다봤다.

"처음 듣는 이야기올시다. 그런 일이 있었다면 해도 너무한 일입니다."

이방도 그 사실을 처음 듣는 듯 한껏 놀라는 표정이었다. 전봉준과 최경선이 북부 4개면의 재결 승인이 났다는 사실을 안 것은 바로 며칠 전이었다. 김덕호가 알고 와서 귀띔을 해주었던 것이다. 그러나 그 내막을 소상히 알아내고 여기에도 아전들의 농간이 끼지 않았는가, 그것을 파낸 다음에 알리려고 입을 다물고 있었다.

"그것도 아는 대로만 그 경위를 소상히 적어라. 그건 그렇고, 중요한 일로 넘어가기 전에 조그만 일 한 가지 더 묻겠다. 지난 초여름에 조병갑이 첩을 살리려고 장문리 쪽에다 집을 사서 그 집을 고칠 때 장문리 두레 임직들을 잡아다 작살을 낸 일이 있다. 그 내막을 말해 보아라."

"그 일은 해도 너무한 일이어서 우리도 낯을 들 수가 없었습니다. 그 집을 고칠 때 장문리 두레꾼들이 토역을 해주기로 했습니다. 아시다시피 그때 날이 어떻게나 가물었던지 웬만한 논은 모내기를 못하고 메밀이나 뿌릴까 하던 판인데, 그날 저녁 비가 *후북이 쏟아졌습니다. 모내기를 거진 작파하고 있는 판에 비가 그렇게 쏟아졌으니 이럴 때는 부모들 발을 뻗쳐놓고도 모를 내는 법이 아닙니까? 그래서 그 약조한 날 토역을 하지 않고 모를 심었던 것인데, 그게 사또 나리를 그만큼 얕본 것이라고 그 동네 두레 임직들을 잡아다 작살을 냈던 것입니다."

"그 집에 살릴 여자는 이방이 조병갑한테 바친 이방 첩이고, 그 사람들 작살을 낸 것도 이방이었다는데 사실이냐?"

"부끄러운 일입니다마는, 그 여자가 제 첩이라는 것은 사실이온데 제가 제 사날로 바친 것이 아니라 사또한테 빼앗겼습니다. 원래

304

그분은 색을 너무 밝혀 눈에 드는 여자만 있으면 사족을 못 씁니다. 그리고 집을 지을 때 그런 일이 있어서 원성을 샀습니다마는, 솔직히 말씀드려서 저는 그 여자를 빼앗긴 사람인데 그 여자가 살 집을 짓는 일에 제가 스스로 앞장을 서서 그런 짓을 했겠습니까?"

"그럼, 누가 그랬냐?"

"누가 했다기보다 사또 나리가 영을 내리니까 할 수 없이 잡아왔습니다."

"그 경위도 소상히 적어라. 이제 중요한 일 두 가지를 묻겠다. 환곡하고 군포 문제다. 아직도 경주인, 영주인을 끼고 너희들이 농간 부린 일 등 문초할 일이 많이 남았다마는, 그런 것은 다음에 묻기로 하고, 이 두 가지에서 농간 부린 일을 제대로 밝혀라. 지금 동포전 걷는 데, 그 농간이 이만저만이 아닌 것으로 알고 있다. 그리고 환곡도 그 이전 것은 묻지 않겠다. 조병갑이 온 이후의 농간만 제대로 밝혀라. 이 일에 대한 너희들 태도를 보고 정말 뉘우치고 있는가 어떤가 판가름 할 것이다. 내 말이 무슨 말인지 알겠냐?"

최경선이 이방을 똑바로 보면서 말했다.

"알겠습니다."

이방은 고개를 주억거리며 대답했다.

"아까도 말했지마는, 우리를 속이려면 제대로 속이고, 어설피 속이려다가 들키려면 처음부터 적지 말고 낮잠이나 자거라. 잔소리 더 하지 않겠다."

최경선은 이능갑에게 이방을 동헌 뒤 불 땐 방으로 보내고, 수교를 데려오라고 했다. 이능갑은 윗목에 있는 다른 벼룻집과 종이를 챙겨들고 이방을 데리고 밖으로 나갔다. 밖에 섰던 별동대원들이 벼룻집을 받았다. 이능갑은 이방이 뒷방으로 들어가는 것을 보고 돌아섰다.

"잘 지켜!"

이능갑이 별동대원에게 말하고 돌아서자 정참봉 방 앞에 파수 섰던 별동대원이 이능갑을 따라왔다.

"정참봉이 전봉준 접주님만 뵙게 해달라고 저 야단이오."

별동대원이 낮은 소리로 속삭였다.

"안 된다고 몇 번이나 말했잖아?"

이능갑이 툭 쏘았다.

"아무리 안 된다고 해도 저 야단 아니오? 참말로 죽겠는가, 으짠가 끙끙 앓는 소리가 *우황 든 소 앓는 소리요."

이능갑이 최경선에게 그 말을 했다. 최경선이 정참봉한테로 갔다.

"무엇 때문에 접주님을 만나자고 하시오?"

"도대체 제가 무슨 죄가 있소? 지금 내 몸이 말이 아니오. 나가서 치료를 하지 않으면 여영 병신이 될 것 같소."

정참봉은 제법 의젓하게 말했다.

"접주님을 만나자는 것이 그 소리 하자는 것뿐이오?"

"세상에 이렇게 억울한 일이 어딨단 말이오? 내가 무슨 죄가 있소?"

정참봉은 숨을 씨근거리며 대들었다.

"당신 설맞았구만. 그때 당신 집에 조병갑이 하고 온 꼴을 보면 무슨 일인지 뻔히 알았을 텐데, 옷까지 준 작자가 무슨 잔소리요?"

최경선은 매몰스럽게 쏘아붙였다.

"나도 조병갑한테 억울하게 당한 사람이오. 이 일에 돈이라도 내서 나도 농민군들을 거들겠소. 돈은 얼마든지 내리다."

정참봉은 이내 굽히고 나왔다.

"잔소리 말고 조병갑을 잡을 때까지 여기 가만있으시오. 지금 당신은 여기 있는 것이 사는 길이오. 내노면 어느 대창에 찔려죽을지 몰라요."

최경선이 쏘아놓고 나와버렸다.

# 11. 쫓기는 사람들

 

강쇠네는 예동댁과 하학동 여자들을 달고 바람같이 읍내로 내닫
고 있었다. 감역댁이 읍내 소식을 알아오라고 했던 것이다. 강쇠네
는 그 말을 듣자 마치 어디 갇혔다가 풀려난 사람처럼 들떠버렸다.
그 길로 치맛귀에 바람을 일으키며 장일만 집으로 달려갔다. 그러나
집이 텅텅 비어 있었다. 산매댁은 아침 일찍 아이들을 전부 몰고 온
식구가 모두 읍내로 간 것이다. 강쇠네는 예동댁한테로 달려갔고,
김천석 아내와 김덩실 아내를 들쑤셨다. 그는 그들을 거느리고 마치
자기가 여자 봉기군 대장이라도 된 것같이 단숨에 천치재를 넘어 늦
참한 상주 제청에 뛰어들듯 읍내로 내닫고 있었다. 김천석 아내와
김덩실 아내는 둘이 다 아이들을 하나는 업고 둘은 앞뒤로 걸리고
있었다. 아이들 가운데 다섯 살배기는 강쇠네가 업고 가다 손을 자
고 가다 정신이 없었다. 그러나 어린 것들이 잘도 따라갔다. 가파른

재를 넘어 십리길을 칭얼거리는 놈 하나 없었다.

어제 장일만 집 아이들이 누룽지 먹는 것을 본 뒤로 두 집 아이들은 어제부터 누룽지 타령으로 지샜다. 그런 판에 어머니들이 읍내 가자고 하자 모두 제정신들이 아니었다. 대번에 누룽지가 눈앞에 어른거리는 모양이었다. 그들은 죽을 동 살 동 모르고 내달았다.

금방 읍내 가자고 할 때도 누룽지 노래를 부르고 있었다.

"오늘은 우리 아부지도 깐밥 갖고 오까?"

"참막둥이 아부지도 갖고 왔는디 갖고 오제 안 갖고 와? 우리 아부지는 더 큰 놈 갖고 오거이다."

장일만 아들 참막둥은 그냥 막둥이 바로 밑이었다. 이제 이놈이 참말로 막둥이가 되고 제발 그만 나오라고 참막둥이었던 것이다. 그러나 또 아이를 낳아버리자 결김에 장일만이 일을 저질렀던 것이다.

"어른들이 되아갖고 애기덜매이로 깐밥을 다 갖고 댕긴다냐?"

그중 나이 먹은 놈이 핀잔을 주었다.

"그라먼, 참막둥이 아버지는 어른인디 왜 어지께 깐밥을 갖고 왔어?"

"참막둥이 아부지가 어른이라냐?"

"왜 어른이 아녀? 낫살도 많이 묵고 씨엄도 났는디?"

"낫살만 많이 묵고 씨엄만 났다고 어른이라냐? 자지를 짤라불고 자지도 없는디."

나이 먹은 놈이 툭 튀겼다. 어린놈들이 낄낄거렸다.

"자지를 짤라불먼 씨엄이 나도 어른이 아니까?"

"새꺄, 느그들은 그런 것 모른게 시끄러."

"참막둥이 아부지는 왜 자지를 짤라부렀어? 오짐은 어디로 눌라고?"

"자지를 짜르먼 안 아프까?"

"시끄럽당게."

"우리 아부지는 어른이제마는 그래도 깐밥은 하나 갖고 오제, 진장."

"깐밥이 이만한 놈이 하나 하늘에서 이리 뚝 떨어지면 얼매나 조까?"

그때 강쇠네가 설치고 다니더니 읍내를 가자고 했던 것이다. 김천석 아들 여덟 살배기는 돌부리에 발가락이 깨져 신총에 피가 벌겄다. 엄지총 밖으로 나온 발가락에는 살점이 너덜너덜했지만, 그놈은 울지도 않았고 발가락 깨졌다는 말도 하지 않았다. 혹시라도 못 따라오게 하지 않을까 겁이 나서 숨기고 가는 것 같았다. 발가락이 깨졌어도 눈알은 이슬 받은 머루처럼 반짝이고 있었다.

"오매 오매, 선상님 큰애기가 고생한 거."

장막으로 들어간 강쇠네가 쌀을 퍼주고 있는 연엽이 곁으로 가며 너스레를 떨었다.

"어서 오셔유, 예동댁도 오셨네."

쌀섬에서 쌀을 푸고 있던 연엽이 허리를 펴며 반색을 했다. 소매를 걷어올리고 여자들 사이에 성큼하게 서 있는 연엽의 모습은 눈 쌓인 산봉우리같이 흰했다. 그는 마치 이런 일에 그렇게 맞춰서 온 사람처럼 제자리를 찾은 것 같았다.

"고상도 안 혀본 큰애기가 동학 강이나 허제 먼 일을 이런 일까장 허요? 쌀은 내가 퍼줄란게 바가지 이리 주시오."

강쇠네는 변죽 좋게 다가서며 연엽의 손에서 바가지를 빼앗았다.

"한 사람 앞에 다섯 바가지쓱만 퍼주서유."

연엽이 바가지를 강쇠네한테 넘겼다.

"워매 워매, 쌀도 깨끗하고 참말로 좋다."

강쇠네는 쌀을 퍼주다가 쌀을 만져보며 생전 못 본 것이라도 본 것처럼 감탄을 했다.

"이 많은 밥을 어떻게 하까? 우리 같으면 정신 사나서 못 하겠네."

강쇠네는 쌀을 푸면서 연방 씨월거렸다.

"그란게 하느니 그 말이오. 이 선상님 큰애기 아니면 참말로 정신 사나서 가닥을 못 취리겠소. 이 선상님 큰애기가 유식하고 말만 잘하는 중 알았등마는, 이런 일 단도리하는 것도 일가닥 취리는 것이 일일마다 똑똑 소리가 나요. 우리는 가르친 사우로 큰애기 선상님이 시킨 대로 일만 하먼 걱정을 하제도 하잘 것이 없이 일이 척척 맞아 돌아가요."

송덕보 아내 천원댁이 너스레를 떨었다. 천원댁은 오늘 아침 동네 여자들이 나서자 자기도 염치 불구하고 아이 하나를 달고 엉거주춤 따라나섰던 것이다. 그런데 정작 여기 와서 보니 별의별 사람들이 다 온 것 같아 옥죄었던 마음이 풀렸다. 장막을 기웃거리다가 밥하는 여자들을 봤다. 처음에는 그 여자들이 두령들 아내랄지 그렇지 않으면 특별히 뽑힌 여자들인 것 같아 나도 저런 데 한번 뽑혀봤으면 원이 없겠다고 생각했다. 그때 마침 아는 여자가 하나 눈에 띄어 그 곁에 조심스럽게 끼어들었다. 그 사람 데림추처럼 다른 사람들 눈치 보며 불도 때고 쌀도 씻고 했다. 그러는 사이 어쩌다가 연엽 심부름을 한 가지 하게 되어 그때부터 연엽한테 찰떡같이 달라붙어 버린 것이다.

정말 연엽은 천원댁 말대로 난장판 같은 부엌일 가닥을 잡아 제대로 추려나가고 있었다. 여기 나온 여인들은 거개가 연엽하고는 구면이라 모두가 친정 일가같이 이물 없고 시키는 대로 잘 따라주었다. 연엽은 옛날 자기 집이 부자였던 터라 큼직큼직한 대사가 많아 그 어머니가 여러 사람을 부려 일을 추려나가는 것을 곁에서 거들었던 경험이 있기도 했다.

예동댁은 뒤에 멀찍이 서서 강쇠네가 쌀 퍼주는 것을 보고 있었다. 그는 아까 강쇠네가 읍내 가자고 설레발을 칠 때는 가슴이 철렁했다. 어제 저녁에도 이상만이 다녀갔던 것이다. 가고 싶은 마음은 굴뚝같았으나, 그런 데서 남편 얼굴 볼 일도 두렵고, 그런 나들이가 무슨 빌미가 되어 자기의 깊은 허물이 드러나지 않을까 두루 마음이 조였던 것이다. 강쇠네가 끌다시피 하는 바람에 못 이긴 듯 따라나서기는 했으나, 정작 여기 와서 이렇게 여러 사람 앞에 자기를 내놓고 보니 여기저기서 자기만 보는 것 같아 가슴이 더 옥죄었다. 그는 요사이 동네 여인들이 자기 이야기를 숙덕이는 것 같아 전부터 다니던 물레방 말고는 누구를 만날까 싶어 새벽 우물길도 남보다 먼저 다녀와 버렸다. 자기를 보는 남편의 눈도 예사롭지 않은 것 같아 남편을 대할 때면 남편의 잔기침 소리에도 깜짝깜짝 놀라곤 했다. 그러나 남편이 농민군에 나가고 이틀 밤이나 집이 비자 마음이 겨울 들판같이 허전하고 남편이 더 그립고 안쓰러워 도무지 견딜 수가 없었다. 오늘은 기왕 여기 왔으니 남편 얼굴이라도 한번 보고 싶었으나 남편을 만나면 어떻게 해야 자기 속마음이 겉으로 표가 나지 않을 것인지 그냥 아득하기만 했다.

"왔는가?"

장일만 아내 산매댁이었다. 산매댁은 애를 업었으나 나닥나닥 기운 저고리 밑으로 살이 허옇게 드러나 있었다. 애를 받쳐 업은 포대기도 시늉뿐이어서 앞에까지는 돌아오지 않았다.

"은제 왔소. 글 안해도 아까 여그 올람시로 집이 가본게 없습디다."

강쇠네가 반갑게 맞았다. 산매댁 곁에는 아이들이 셋이나 치맛귀를 잡고 서 있었다. 모두 아랫도리는 벌건 맨살이었다. 발에 꿴 짚신만은 또실또실 총이 골랐다. 장일만 아내는 어제 저녁나절부터 아이들을 있는 대로 업히고 걸리고 달려와서 오랜만에 배가 터지게 밥을 먹고 해가 진 뒤에야 집에 갔다가 오늘도 새벽같이 달려왔다. 신혈 찾은 *잠채꾼처럼 아무한테도 말을 하지 않고 오늘 새벽 날이 새자마자 또 업히고 걸리고 달려왔던 것이다. 그는 밥솥에 불을 때다 왔는지 얼굴이 벌겋게 익어 있었다.

그때 강쇠네가 연엽 곁으로 갔다. 무슨 일인지 연엽 귀에다 바짝 입을 댔다.

"저 멋이냐, 간밥 쪼깨 없소?"

강쇠네가 웃으며 낮은 소리로 속삭였다.

"아이고, 내가 깜박 잊었구만유."

연엽이 깜짝 놀라며 천원댁을 불렀다. 누룽지 남은 것 있냐고 하자 있다고 했다. 네 덩어리만 가져오라고 했다.

"늬들은 아깨 묵었은게 이 애기덜만 준다."

연엽은 산매댁 아이들한테 말해 놓고 네 아이들한테 큼직큼직한 누룽지를 하나씩 안겨줬다. 아이들은 대번에 입이 바지게로 벌어졌다. 이놈들부터 소원 성취를 했다.

그때 장막 밖에서 풍물 소리가 요란했다. 오늘은 풍물패가 세 패로 나뉘어 판을 일구고 있었다. 한 패가 150여 명씩은 되는 것 같았다. 창의기와 농기도 똑같이 나누어 들었다. 오늘은 풍물패가 각 동네를 돌기로 한 것이다. 고부 전 고을 마을마다 다 돌 수는 없지만, 어지간한 동네는 한 바퀴씩 휘저어 이 일이 앞으로 어떻게 될 것인가 겁을 먹고 있는 사람들을 안심시킬 참이었다.

세 패 중 한 패는 고부 북쪽인 영원을 중심으로 돌고, 한 패는 서쪽 흥덕으로 가는 길 일대의 마을을 돌기로 했으며, 나머지는 정읍 가는 쪽 마을을 돌기로 한 것이다. 말목 쪽은 어제 수세를 나눠주고 풍물을 가져올 때 치고 왔으므로 돈 것이나 마찬가지였다.

새로 농민군에 들어온 사람들의 조직을 끝내고 나자 이제 풍물을 치고 동네를 한 바퀴 돌자는 의견이 나와 두령들의 허락을 받은 것이다.

풍물패는 휘황찬란한 창의기들을 앞세우고 세 방향으로 길을 잡아 섰다. 구경꾼들도 실없이 풍물패 뒤를 따라가고 있었다.

읍내에 다녀온 강쇠네는 숨을 헐떡거리며 동네로 쏠려들었다. 자기 집 앞에 이르자 번득이는 눈으로 주위를 한 바퀴 휘둘러보고 부엌 안으로 들어갔다. 여기저기를 희번덕거렸다. 살강 곁에 채반이 놓여 있었다. 채반을 들고 방으로 들어갔다. 치마 밑에서 무얼 꺼냈다. 큼직한 누룽지였다. 애호박만한 누룽지가 두 개나 나왔다. 채반 위에다 누룽지를 쪼갰다. 수제비 심 떼듯 잘게 떼었다. 누룽지를 그렇게 채반에다 말릴 모양이었다. 누룽지를 고르게 골랐다. 윗목에다 채반을 놓고 바삐 부엌문을 열었다.

— 떵.

부엌문을 바삐 나서려다 이마를 떵 찧었다.

"아이고, 이 징헌 놈의 문."

강쇠네는 잔뜩 상판을 으등그리며 신을 꿰었다. 바가지고 냉수를 듬뿍 떠서 벌컥벌컥 들이켰다.

"아이고, 살겄다. 후유."

몽당치마 치맛귀를 잡아 입을 훔치며 길게 숨을 내쉬었다. 나뭇단 삭정이에서 나뭇가지를 하나 꺾어 방으로 들어가서는 부엌문 돌쩌귀에 단단히 찔렀다. 부엌을 나와 감역 댁 집으로 쪼르르 쏠려갔다.

"마나님 기시오?"

"어서 들어오게."

감역댁은 반가운 사돈 맞듯 반색을 했다. 이주호도 내다봤다. 이주호는 어제 뒤늦게야 정참봉이 잡혀갔다는 소식을 듣고 겁이 나서 정읍으로 피신을 했다가 집안 소식에 좀이 쑤셔 금방 집에 온 것이다. 이상만은 태인 처가로 피신했다. 강쇠네는 안방으로 들어갔다. 그는 좀해 이 집 안방에는 들어와 본 적이 없었다. 강쇠네는 조심성스럽게 윗목에 쭈그리고 앉았다.

"으짜든가? 오늘도 사람이 많이 뫼았등가?"

감역댁이 물었다.

"오매 오매, 말씀도 마씨오. 오늘도 사람이 어떻게나 많이 뫼아부렀는지 몇 사람 죽애도 살인도 없겠습디다. 엿장사야 떡장사야 장판도 그런 장판이 없고, 장막에서는 오는 사람마당 흐연 쌀밥을 배가 터지게 퍼주고 기냥, 오매 오매 그 쌀밥! 그 귀한 쌀밥을 그릇그릇 감투밥으로 퍼주는디, 예팬네들은 자기만 묵는 것이 아니고라, 기냥 두 그릇 시 그릇쓱 집으로 꼼채갖고 가고 굿도 굿도 그런 굿이 없습디다. 오매 오매, 그 쌀이 어디서 다 나서 그렇게 밥을 삶아자치는가 모르겠습디다."

강쇠네는 쌀밥타령에 침이 밭았다.

"정참봉을 어짠다는 소리는 없던가?"

"정참봉이 누구라요?"

이주호 물음에 강쇠네가 뚤럼한 눈으로 되물었다.

"아이고, 구먹이라고는 밥 들어가는 구먹뱅이는 안 뚧애졌구만."

이주호는 비위가 팩 상한 듯 고개를 돌려버렸다.

"사또 나리 숨겨줬다고 잽혀 온 정참봉도 몰라?"

감역댁이 거들었다.

"맞소. 그런 양반이 잽해 왔다는 소리는 들었는디, 어짠다는 소리는 못 들었구만이라."

이주호는 한심하다는 표정이었다.

"호방이랑 아전 놈들 쥑인다는 소리도 없던가?"

"예, 그 사람들은 시방 읍내 시거리에다 목을 매달라고 문초를 단단히 한다요. 그 사람들은 가만둬서는 안 된다고 입 달랬다는 사람마다 몽그래쌌드만이라우."

"다른 사람들 더 잡아온다는 소리도 없던가?"

"먼 사람을 또 잡아온다요? 농민군들은이라우, 여그저그 질갓에 대창만 들고 건성으로 섰제, 누구 잡을 생각은 없는 것 같고라. 모도 밥 묵고 나면 깽매기만 치니라고 정신이 없등만이라우. 사또 나리는 정읍 읍내 어디 숨었은게 독안에 든 쥐라고 금방 잡아올 것이라는 소리도 있고, 폴새 어디로 내빼부렀는갑다는 소리도 있고 그럽디다."

"또 갈랑가?"

"갈라요. 우리 동네 여자들이 많이 있는게 또 갔다가 달도 있고 그런게 저녁에 같이 올라요."

"가그던, 내가 알아보라던 소리 하지 말고 강쇠한티 물어봐. 정참봉을 어짠다든가 그것하고, 사또 나리 소식이 어쩐가, 그 두 가지를 알아보라더라고 해서 똑똑히 듣고 오게."

"예, 염려 마시오. 그것은 지가 꼭 알아보고 올랑만이라우."

강쇠네는 꼭에다 힘을 주어 다짐을 하며 일어섰다. 핀잔을 당했던 다음이라 마음을 단단히 도사리는 것 같았다. 강쇠네가 밖으로 나왔다.

"아이고매, 마나님 나오시오?"

강쇠네가 방에서 나오다가 김제댁을 보자 허리를 잔뜩 굽혔다.

"흥, 자네도 안암팎으로 살판들이 났구만. 덩덩한게 메밀개떡굿인지 알고 민물 갯물 없이 후덩거리고 댕긴다마는 맻 조금이나 가는가 어디 보자."

김제댁은 매듭힘을 꽁꽁 쓰며 핀잔이었다.

"아이고, 후덩거리기는 누가 후덩거린다고 그라시오? 메밀개떡 굿도 굿은 굿인게 밥은 얻어묵고 기냥 귀갱 댕기는 것이지라우."

강쇠네는 넉살 좋게 깔깔거렸다.

"그란게, 누가 못 가게 하는가? 어서 가서 밥도 많이 얻어 묵고 눈이 진무르도록 귀갱도 해."

"아이고, 마나님도. 깔깔깔."

강쇠네는 웃음으로 엉너리를 치며 엉덩이 채인 걸음으로 팔랑팔랑 대문을 향했다. 강쇠네는 자기 집 부엌으로 들어가서 문 돌쩌귀에 찔러놨던 나뭇가지를 뽑았다. 윗목 채반 위 누룽지를 한번 본 다음 문을 닫고 새로 나뭇가지를 더 큰 놈을 꺾어다 단단히 찔렀다. 강쇠네는 내외밖에 없는 홀앗이 살림이라 집안 걱정 없겠다, 불난 집 며느리 싸대듯 발걸음이 부산했다. 그가 동구쨤에 이르렀을 때였다. 말목 쪽에서 조망태 아내 두전댁이 가쁜 숨을 내쉬며 오고 있었다.

"어디 갔다 오시오?"

강쇠네가 변죽 좋게 생글거리며 물었다.

"읍내 가는가?"

두전댁이 눈을 밝히며 물었다. 두전댁 얼굴에서는 왠지 찬바람이 나는 것 같았다.

"예, 할 일 없는게 그런 귀경이나 댕기요."

강쇠네는 노상 생글거렸다.

"자네 마침 잘 만났네. 가서 우리 집 애기 아부지 만나거든 꼭 한 마디만 전해 주소. 시방 이것이 멋인 중 안가?"

두전댁은 손에 들고 오던 것을 느닷없이 강쇠네 앞에 내밀었다.

마른 토란잎을 끌러 보였다. 얼핏 엿조각 같았다.

"잘 보고 가서 말하소. 이것이 멋인 중 안가? 양잿물이네, 양잿물. 나도 말만 들었제 양잿물을 오늘 첨 봤는디, 돈 없는 사람이 빨래 해 입을라고 이런 것을 사오겄는가? 이것 한 조각만 묵으면 대번에 죽는다고 하글래 묵고 죽을라고 사오네. 그런게 가거든 우리 애기 아부지한티 두말 하지 말고 내가 양잿물 사오더란 소리만 전해 주소."

두전댁은 마디마디 힘을 꼭꼭 박아서 말을 했다.

"오매 오매, 시방 그것이 먼 소리라요?"

강쇠네가 깜짝 놀라 눈이 주발만해졌다.

"그것은 챙견 말고 가서 그 소리만 전하게. 꼭 그렇게 전하소잉."

두전댁은 다시 토란잎으로 양잿물을 싸며 꼭에다 힘을 주었다.

"가서 말은 헐라요마는 그래사 쓴다요."

강쇠네는 울상을 지으며 발을 굴렀다. 두전댁은 참견 말고 어서 가라며 동네로 들어갔다. 강쇠네는 겁먹은 눈을 뒤룩거리며 천치재를 향해 정신없이 달렸다. 두전댁은 오늘이 말목 장날이라 장에 갔다가 다른 점쟁이한테 또 점을 쳐보았다. 점괘가 더 흉하게 나왔다 . 이제는 정말로 남편하고 사생결단을 해야겄다고 마음을 독하게 먹고 자기 말마따나 없는 돈에 양잿물을 사오고 있던 참이었다.

강쇠네가 나가고 나자 이주호 내외는 근심스런 표정으로 이야기를 하고 있었다.

"청룡바우란 놈은 으쩌? 그놈도 놀아나는 것 같아?"

이주호는 말없이 앉아 있다가 아내에게 한마디 던졌다.

"지금 같아서는 괜찮을 것 같습디다. 자네는 안 나가는가 하고 지내가는 소리로 떠봤등마는, 나 같은 놈이사 나가제도 나갈 건덕지가 있어사제라우 하고 피글 우습다. 어지께도 읍내 가기는 갑디다마는 일쩍 와서 잡디다."

"이랄 때는 드나나나 집안 못 미더워서 똑 죽겄그만. 그놈이래도 집안에 버티고 있어줬으면 쓰겄는디……."

이주호는 장죽으로 재떨이를 나꿔다 탕탕 재를 떨며 고추 먹은 소리를 했다.

"저, 멋이냐, 그놈한티 쪼께 잘 해줘. 불뚝성이 살인내더라고, 저런 놈들이 멋모르고 나대기로 하면 앞뒤를 안 가린단 말이여."

"청룡바우헌티사 새경이야 뭐야 우리가 별로 섭섭하게 한 일이 없소마는."

"그래도 시상이 이래노면 모두 한 패거리라 바람이 들기 마련이여."

이주호는 담배를 쭉쭉 빨다가 연기가 제대로 나지 않자 재떨이에 탕탕 떨고 다시 담배를 재었다.

"그리고 말이여, 지난번에 이야기 나왔던 그 소작 말이여, 그것도 그런 집 예팬네들한티 염려들 말라고 이야기하고 말이여, 또 장춘동이란 놈이 우리 동네 사람들을 시방 좌지우지하는 모냥인게, 그놈한티는 소작이 영락없다고 그 마누래한티 똑떨어지게 말을 해줘 부러."

이주호는 다급한 판이라 풋엿장수 인심 쓰듯 했다.

"알겄소."

"그라고 말이여, 산매 별산 영감이라고 있잖아? 그 영감이 전봉준하고는 그 부친이 살았을 적부터 혓바닥 맞물고 살았다는디, 그

손주 놈이 젊은 놈들을 뫄서 별동댄가 멋인가를 만들어갖고 좌지우
지하는 모냥이구만. 그 영감이 나 괄시 못할 처진게 말이여, 모레가
보름이고 한게 명태 죽이래도 보내라구. 그라고 어제 여그 왔던 말
목 털보 말이여, 그 작자도 전에 죽은 김한수하고 등소 때 장두도 섰
제마는, 그 아들놈이 아까 그 별산 영감 손주하고 한 짝이 되아갖고
기세가 등등한 모냥이구만. 거그도 멀 쪼깨 보내라구."

이주호는 다급하게 주워섬겼다.

"여태까지 그런 일이 없다가 이럴 때 그런 걸 보내면 속보이잖으
께라우?"

"시방 때가 어느 때라고 그런 정신없는 소리를 하고 있어? 수염
이 대자라도 묵어사 양반인디, 코아래 진상이 물때 있었어?"

이주호는 아내한테 눈을 허옇게 떴다.

"그라고, 말목 갑출이란 놈 말이여, 그 자식이 시방 어떻게 놀고
있는지 모르겄는디, 그 자식도 이런 일에 한 패거리로 덤벙거리기로
하면 크게 덤벙거릴 놈이란 말이여."

이주호는 잔뜩 눈살을 찌푸리며 대통으로 화로를 뒤져 담배를 뻑
뻑 빨았다.

"허 참, 어쩌다가 그런 느자구 없는 것이 내 곁에 생개 갖고 이럴
때나 저럴 때나 애물도 참말로 그런 애물이 없구만. 하아."

이주호는 미치겠다는 표정으로 고개를 꼬며 하아 소리가 매운 고
추 씹은 소리로 요란스러웠다.

"그 사람이사, 주란대로 방불하게 줬는디, 우리한티 달리 해꼬지
사 하겠소?"

"이럴 때 본게 미운 놈 떡 하나 더 주더라고, 그때 애리나 씨리나 뚝 떼어 줘분 것이 잘하기는 백번 잘했는디, 그런 새끼들은 항상 시세 따라서 노는 놈들이라 맘을 못 놓겄단 말이여. 더구나 그놈의 새끼는 변덕이 죽끓듯하는 새끼라 숙주나물 맛 변하듯 언제 등을 돌리고 칼을 겨눌지 모른단 말이여."

"자기 입으로도 말을 했제마는, 그래도 한 핏줄인디, 그러기사 하겄소? 그 사람은 너무 염려 안 해도 될 성부르요."

"하도 염치가 놋그릇 밑바닥 같은 놈이라 이럴 때 혹시 넉살좋게 우죽우죽 우리 집에 기어들어올지 모른게, 혹시래도 나 없을 적에 기어오거든 혼연스럽게 혀."

"그런 걱정은 마시오."

"그리고, 장춘동 말이여, 그 마누래한티 보름 쇠라고 명태 마리라도 푸짐하게 안기라구. 정참봉 잡아갈 적에 했다는 소리 들어본게 지금 저 사람들이 겉 다르고 속 다른디, 우리 같은 지주들한티 언제 안면 바꾸고 나올지 모르겄어."

"정참봉을 어쨌간디라우?"

"아이고, 말도 말아. 상투도 몽땅 뽑아불고 어떻게나 무지막지하게 패든지 그 콧대 높은 정참봉이 두 손을 싹싹 비빔시로 빌더라여. 잽혀갈 적에 자기 발로 걸어가기는 갔는디, 가서 안 죽었는지 모르겄다고 모두 혀를 내두르고 있어."

"오매, 그랬그만이라우."

감역댁의 눈이 둥그레졌다.

"한양 소식은 시골 가서 듣더라고 정읍 가서 들어본게사 여그 소식을 지대로 듣겠는디, 전봉준이란 사람이 여그 한 골만 으짜자고 일어난 것이 아니라는 소리여. 시방 동학 접주들이 전부 귀를 짜놓고 전봉준이 몬자 일어난 것인디, 방도 그렇게 써서 내걸었제마는 시방 전라도 접주들이 전부 눈을 부릅뜨고 고부로 감영군이 쳐들어오기만을 기다리고 있대여. 감영군이 쳐들어오는 날에는 전라도 천지 동학도들이 한날한시에 들고일어나서 즈그들 말대로 천지개벽을 하고 말 것이라여. 그때 가면 동학 접주들이 도술을 비래도 지대로 비리고 나올 것이라고 정읍은 여그보다 사람들이 더 난리속이구만."

"도술이사 그것이 별것 있겄소마는, 일은 크게 벌릴 판이구만이라우. 그란디 사또 나리는 어떻게 되았다요?"

감역댁이 도술이야 그게 별것이겠느냐고 하는 것은 그가 천주학 신자이기 때문이었다.

"이런 소리는 큰일날 소린게, 다른 데서는 입도 짝 하지 말아. 시방 읍내나 그 근처 어디 콱 백혀 있다는 소문이여. 거그 아전들한티서 나온 소리라는디, 정읍 현감하고 둘이 사이에만 은밀하게 사람이 왔다갔다하는 눈치라여."

"오매, 그러면 깐딱하면 잡히겄그만이라우."

"하느니 그 소리구만. 동학도들이 지금까지 숨어 있어서 그라제 긴다난다 하는 사람들이 수두룩허다여. 하애간에, 언제 먼 일이 벌어질 중 모르겄어. 나는 왔다갔다 헐란게, 읍내 소식 잘 챙개 듣고 아까 멋 보내란 집 말이여, 내가 시킨 대로 돈 애끼지 말고 보내라구."

"알겄소."

이주호는 갓망건을 챙겨 썼다. 방문을 열려던 이주호가 다시 돌아섰다.

"상만이 언제 온다는 말 안하고 갔어?"

"그런 말 저런 말없이 갔소."

"참말로 그놈의 새끼나 사람 같으면 쓰겄는디, 하얘간, 내가 그러더라고 이럴 땔수록 처신 조심하라더라고 그려. 처신을 살얼음판 건대기 하라고 열 번 백 번 이르더라고 혀. 아이고, 이럴 때는 그놈의 새끼 못미더워서 똑 죽겄그만."

이주호는 미치겠다는 표정으로 나갔다.

"알겄소. 아이고, 참말로."

이상만 말이 나오자 감역댁도 얼굴을 찌푸렸다. 어제 저녁에도 한밤중에 어디를 나갔다 오더라는 행랑아범 말을 듣고 가슴이 조마조마하는 판이었다. 감역댁은 예동댁과의 관계를 어렴풋이나마 눈치를 채고 있었다.


"저놈의 닭우새끼들, 휘! 꽹이를 정지에다 뒀다냐?"

조병갑이 숨어 있는 집 주인 김풍만이었다. 김풍만은 부엌방에서 들으라고 허튼소리를 크게 하며 부엌문 앞으로 다가왔다. 조병갑은 고구마 두대통 이불 속에서 발딱 일어나 뾰조롬히 고개를 내밀었다. 조성국이 조병갑한테 눈짓을 해놓고 방문을 열고 부엌으로 내려섰다. 안으로 잠가놓은 부엌문을 따주었다. 김풍만이 아니라 정참봉 마름 김덕삼이 들어왔다. 조병갑은 김덕삼을 보자 깜짝 놀랐다.

"현감 만났소?"

조병갑이 두대통 속에서 얼굴을 반만 내놓고 퉁방울만한 눈알을 뒤룩거리며 다급하게 물었다.

"사람을 보냈더니 현감 나리께서 말씀을 전해 왔습니다."

"뭣이라고?"

조병갑은 고개를 두대통 너머로 잔뜩 뽑으며 숨을 씨근거렸다.

"당분간은 여기 가만히 계시는 것이 상책이라고 하시더랍니다."

"그 개 같은 놈, 몸사리는구먼."

조병갑이 가쁜 숨을 내쉬었다.

"내려오시지요. 의논할 일이 있습니다."

"뭔데?"

"앞으로 어떻게 해야 할지 대책을 의논하십시다."

김덕삼이 다급하게 말했다. 그래도 조병갑에 비하면 김덕삼은
*아이에 어른이었다. 조병갑은 그제야 내려오려고 이불 속에서 몸을
뽑았다. 조병갑이 두대통 댓가지 사이로 한 발을 내밀었다. 조성국
과 김덕삼이 조병갑의 발을 받쳤다. 두대통을 막은 댓가지가 천정까
지 닿아 넘어오기가 이만저만 곤란하지 않았다. 댓가지가 서너 개나
부러졌다.

두 사람은 조병갑 몸뚱이를 떠메 내리듯 들어서 내렸다. 그 동안
조병갑의 발은 부기가 조금 가라앉았다.

"김처사가 현감 놈을 직접 만나지 않고 왜 사람을 보냈소?"

"그러고 다니다가 제가 고부 놈들한테 잡혀놓는 날에는 무슨 꼴
이 되겠습니까? 현아 나졸 놈들도 전부 저놈들 편이라고 보아야 합
니다. 그리고 그놈들이 어제 우리 집을 그렇게 발딱 뒤지고 나서도
지금 골목을 기웃거리고 있답니다."

김덕삼이 좀 겁먹은 표정으로 말했다.

"그럼, 금방 여기 올 때 누가 뒤따르지 않았소?"

조병갑이 뒷문 쪽으로 한걸음 옮아앉으며 다급하게 물었다.

"염려 마십시오. 눈치껏 왔습니다."

김덕삼은 오늘 아침에도 자기가 현감한테 직접 가지 않고 다른 사람을 보내 조병갑이 여기 와서 숨어 있다는 말을 전했고, 방금도 역시 다른 사람을 보내 조병갑이 현아로 들어가겠으니 호위할 나졸을 보내달라는 말을 전했다.

"혀, 현감 놈은 뭐라 하면서 여기 있으라고 하더랍니까?"

조병갑이 다급하게 물었다.

"지금은 전혀 움직일 생각 마시고, 여기 가만히 계시는 것이 상책이라고 하시더랍니다. 사또 나리께서 현아로 들어가시면 나졸들 눈에 띄지 않을 수 없을 것이고, 그렇게 되면 그 소문은 대번에 퍼져 당장 고부로 알려질 것이며, 그러면 틀림없이 고부 사람들이 몰려올 것인데, 그 사람들이 현아로 들이닥치는 날에는 속수무책이 아니냐고 하시더랍니다. 지금 고부에 모인 농민들이 만 명도 더 된답니다. 현감 나리께서는 여기 읍내에도 지금 고부 놈들이 여기저기 수없이 박혀 있으니 우선 저부터 잡히지 않게 조심을 하라고 하시더랍니다."

김덕삼이 조용하게 말했다.

"그러면 당신은 잡히면 어쩌려고 이러고 댕기요?"

조병갑은 눈이 둥그레지며 말꼬리를 올렸다. 이 작자 말은 종잡을 수가 없었다. 김덕삼더러 직접 현감을 안 만났다고 다그쳤다가, 이번에는 이러고 다닌다고 닦달이었다.

"대책을 의논하려고 하는 수 없이 왔습니다."

"대책이라니?"

조병갑이 바삐 물었다.

"제 생각은 이렇습니다. 지금 정읍 읍내는 고부 놈들이야, 정읍 동학도들이야 쫙 깔려 있습니다. 이 집도 언제 눈치 챌는지 모릅니다."

"뭣이오, 이 집도?"

조병갑은 펄쩍 뛰었다.

"어디든 오래 있으면 위험하지 않겠습니까? 한 가지 계책이 있습니다."

"계, 계책이 뭐요?"

"말씀드리겠습니다. 지금 여기저기 눈을 밝히고 있는 놈들을 전부 한 군데로 따돌려버린 다음에, 사또 나리께서는 장교 너댓 명과 함께 장교 복색을 하고 말을 타고 전주로 달리는 것입니다."

"어떻게 그놈들을 한쪽으로 따돌린단 말이오?"

"사또 나리께서 가마를 타고 가시는 것처럼 무장한 나졸들 20여 명의 호위를 받으며 가마가 한 채 갑니다. 물론 그 속에는 사또 나리께서 타지 않으셨지만, 20여 명의 나졸들이 삼엄하게 호위를 하고 가면 틀림없이 사또 나리께서 타신 줄 알고, 지금 여기저기서 길목을 지키고 있는 놈들이 전부 그리 몰려갈 게 아닙니까? 그놈들은 습격하기 좋은 데까지 숨어서 따라갈 것입니다. 그때 사또 나리께서는 장교 대여섯 명과 함께 장교들과 같은 복색을 하고 말을 타고 다른 방향으로 빠져나가는 것입니다."

김덕삼이 두 사람 귀에다 입을 대고 낮은 소리로 속삭였다.

"음, 그럴듯한데. 그렇지만 내가 말을 그렇게 잘 타든 못하는데? 안 돼요. 말 타고 달리는 것은 안 돼요. 그것은 위험합니다. 초, 총, 그 양총, 사냥꾼들 그 양총, 그것 지금 우리나라에 많이 들어왔소. 저놈들이 오래 준비를 한 것 같은데, 그런 양총 준비 안 했겠소? 만약 포, 포수 놈들이 끼어갖고 그 양총으로 쏘면 그, 그만이오. 더구나 그렇게 총 든 놈들은 이 근처에만 숨어 있는 것이 아니라, 더 먼 데도 숨어 있을 게요. 안 돼요."

조병갑은 마치 지금 누가 양총으로 자기를 쏘기라도 하는 것같이 두 손을 내두르며 팔팔 잡아뗐다.

"그러면 그 점은 다른 방도를 한번 생각해 보아야겠습니다."

김덕삼이 고추 먹은 소리를 했다.

"다, 다른 계책은 없소?"

조병갑이 떨리는 소리로 물었다.

"없습니다. 그렇지만 고부 사람들이 눈에다 불을 켜고 여기저기 하도 많이 깔려 있는 것 같다고 하니, 그런 술수를 쓰지 않으면 도저히 빠져나갈 방도가 없을 것 같습니다. 여기서 빠져나가는 방도는 얼마나 그럴듯한 술수를 생각해 내느냐, 그것뿐입니다. 잘못 움직이거나, 섣부른 술수를 썼다가는 큰 일날 것 같습니다. 여기도 오래 계실 수가 없고, 하여간 저녁에 다시 올 테니 두 분께서도 방도를 생각해 보십시오."

김덕삼은 말을 마치며 일어서려 했다.

"자, 잠깐! 여, 여기 주인은 믿을 만한 사람이오?"

"예, 그것은 염려 없습니다마는 혹시 누가 눈치를 챌까 싶어 그것이 조마조마합니다."

"하여간, 여기서 나만 무사히 빠져나가게 해주면, 그 은혜는 꼭 갚겠소. 벼슬을 시켜 달라면 벼슬을 시켜 주고, 도, 돈을 달라면 돈을 주고, 하여간, 톡톡히 은혜를 갚을 테니 잘만 해주시오."

조병갑은 자기 살이라도 베어줄 듯 *야살을 떨었다.

"하여간 좋은 방도를 생각해 봅시다."

김덕삼이 나갔다.

"조, 조생원, 좋은 방도가 없겠소?"

조병갑이 아까보다 더 떨리는 소리로 말했다. 조성국은 겁먹은 표정으로 무얼 생각하고 있었다.

"제 생각에는 아까 그 계책이 좋은 계책 같습니다."

조성국이 눈을 밝히며 말했다.

"초, 총을 어떻게 방지할 게요?"

"총을 피할 방도만 한번 생각해 봅시다. 꼭 말을 타고 가시지 않을 수도 있을 것 같습니다. 순창 쪽으로 빠져나가면 거기 제 처가가 있습니다. 거기만 가면 안심인데……"

조성국은 혼잣소리로 중얼거렸다.

"어, 어떻게 그리 빠져나간단 말이오?"

"글쎄요."

조성국이 고개를 갸웃거렸고 조병갑은 눈알만 뒤룩거리고 있었다. 궁지에 몰린 짐승들의 가련한 꼴이었다.

## 12. 공중배미

월공과 달주는 다른 일행 세 사람과 함께 화개장터에서 배를 내렸다. 하동에서 섬진강을 거슬러 올라온 배였다. 다른 일행은 월공의 일을 돕고 있는 임군한 졸개들이었다. 이들 세 졸개는 임군한이 특히 믿고 있는 자들로 저마다 칼솜씨나 표창 던지는 솜씨며, 박치기 등 모두가 무술도 한 가지씩 출중한 가락수를 지녔거니와, 틀거리들도 그럴싸하고 구변이며 눈치가, 완력만 쓰는 예사 졸개들하고는 달랐다. 장호만, 이천석, 김만복 등이었다.

일행은 지금 지리산 피아골 연곡사로 가는 길이었다. 월공은 이쪽에서 자기 일을 거들고 있는 사람들을 정월 보름날 모두 연곡사로 모이게 한 것이다. 그 사이 각자 한 일을 점검하기도 하고 명절을 맞아 며칠 푹 쉬자는 것이었다. 정월 보름은 중들의 동안거冬安居가 끝나는 날이기도 했다.

화개에서 점심을 먹고 길을 떠났다. 화개에서 구례 쪽으로 2마장쯤 올라가면 외곡이란 동네가 나오고, 거기서 골짜기를 따라 20리쯤 거슬러 올라가면 연곡사가 나온다. 이 피아골 골짜기는 지리산에서 쌍계사 골짜기와 첫째 둘째를 다투는 긴 골짜기로 이 두 골짜기 사이의 불무장등이라는 능선은 전라도와 경상도 경계를 이루는 큰 산줄기였다. 그러니까 구례 쪽에서 흘러오는 섬진강 본류와 쌍계사 쪽에서 흘러오는 지류가 바로 이 산줄기 끝에서 만나는데 바로 그 끝이 화개였다.

달주는 장에서 생선 몇 마리와 명태 한 *꿰미를 사서 봇짐에 얹었다. 이 피아골에 자기 동네서 도망쳐 온 김칠성과 이세곤이 산다는 소리를 전봉준한테서 들은 적이 있었으므로 여기 온 김에 그들을 찾아갈 참이었다. 이세곤은 진즉 이리 들어와서 살고 있었는데, 진황지를 일구며 3년간 결세 않는다는 소리를 듣고 다시 옛날에 살던 하학동으로 돌아와 진황지를 일궜다가 결세를 하는 바람에 낭패를 당하고 다시 밤봇짐을 쌌던 사람이었다. 김칠성도 역시 진황지를 손댔다가 낭패를 보고 이세곤을 따라 이리 들어왔다. 마침 대명절이 다가오고 있어 달주는 아쉽면을 하려고 생선 등을 산 것이다.

"아따, 논배미들 한번 인물 나게 생겼다."

산골짜기의 올망졸망한 논배미들을 보며 이천석이 이죽거렸다.

"삿갓배미란 소리 들어봤어?"

별로 말이 없던 김만복이 빙긋 웃으며 말했다.

"삿갓만한 것이 삿갓배미제 멋이여?"

이천석이었다.

"그 소리는 그 소린디 이얘기가 있어."

"이얘기라니?"

"옛날에 어떤 쟉인이 말이여, 논에서 일을 하다가 해가 저물어서 집에 가려고 논배미를 시어본께 논배미가 한 배미 부족하잖겄냐? 다시 세어봐도 한 배미가 비어. 묘한 일도 다 있다고 고개를 갸웃거림시로 다시 촘촘히 세어봐도 한 배미가 없어. 쟉자는 별일도 다 있다고 고개를 기우뚱갸우뚱하다가 할 수 없이 그대로 갈라고 혼자 구시렁거림시롱 벗어놨던 삿갓을 집어든께 이것이 멋이여, 그 삿갓 밑에서 한 배미가 나오잖겄어?"

모두 웃었다.

"쟉자는, 그랬으면 그랬지, 너털웃음을 웃음시로 안심하고 돌아갔다는디, 그런게 그 쟉인이 바로 이런 산골짜기에서 저런 논을 벌어묵고 살았던 모냥이제."

김만복이 혼자 한 번 웃었다.

"이얘기가 참 재미있구만요. 그러면 내가 한 가지 물어볼까요?"

말없이 앞서 가던 월공이 웃으며 뒤를 돌아봤다.

"여기 네 사람 다 농사를 짓고 살았었다니, 대답해 보시오. 왜 그 농부가 일을 하고 돌아갈 때 논배미를 세어봤을까요? 돼지새끼라면 어디로 도망을 칠 수도 있고, 쌀가마니라면 누가 떠메가기라도 하겄지만, 논배미는 땅덩어리라 어디로 도망칠 이치도 없고, 누가 훔쳐가라 물건도 아니잖아요? 그런데 왜 그 삿갓배미 주인은 그 논배미를 세어봤을까요?"

엉뚱한 소리에 일행은 멀뚱한 표정들이었다.

"땅에 박혀 있는 논배미를 세고 또 세다니 그게 이상하잖아요?"

"하하, 그렇게 물어본게 그것이 이상하기는 하요마는, 이런 알량한 논배미나 벌어묵고 살았으면 지나내나 별 볼일 없는 무지랭일 것인디, 얼매나 대단한 까닭이사 있었을랍디여? 그냥 재미로 세어봤겠지라우."

이천석이가 웃으며 말하자 모두 따라 웃었다.

"대답이 조금 된 것 같소마는, 더 확실하게 대답을 한번 해보시오."

"이런 산꼴짜기에서 곰 사촌으로 사는 사람들이라……."

"아이고매!"

그때 김만복이 깜짝 놀랐다.

"주막에다 웅담을 놔두고 와부렀네."

"아이고, 저런 병신. 천천히 갈 것인게 얼른 가서 가져와."

장호만이가 핀잔을 주며 소리를 질렀다. 웅담이 아직 마르지 않아 봇짐 곁에다 달고 오다가 점심 먹을 때 방 안 못에다 걸어두었다. 그걸 깜박 잊고 오다가 월공이 곰 소리를 하자 생각이 난 것이다. 하동서 비싸게 산 것이었다. 김만복은 자기 아버지가 나무하다 허리를 다쳐 시난고난 몇 년째 자리를 지고 있다며, 자기가 가지고 있던 돈을 다 털어도 모자라 이천석한테 꾸기까지 해서 샀던 물건이었다.

김만복과 이천석은 오던 길을 되짚어 달렸다.

"곰 사촌으로 땅 뒤지는 재주밖에 없는 사람들이라 곰같이 미련해서 논배미를 세었을까요? 그럼 그것은 잠깐 수수께끼로 놔두고, 저기 저 논배미를 한번 보라구. 저기 저 논배미는 평수로 따지면 다섯 평 남짓 되겠지?"

월공이 발을 멈추며 달주를 향해 논배미 하나를 가리켰다. 그만 그만한 논배미들이 산자락에 마치 고기비늘처럼 나닥나닥 붙어 있었다.

"저 논두렁 석축 높이는 한 길 반이 실하겠고, 길이는 빙 둘러 다섯 발이 넘겠구만, 그렇지?"

장호만이와 달주는 건성으로 고개를 끄덕였다.

"저 논 한 배미를 만들려고 저렇게 높이 석축을 쌓았는데, 저 석축에 돌이 몇 짐이나 들었겠냐? 어디 달주 한번 맞춰봐라!"

"백 짐?"

"예끼, 이백 짐도 더 들었겠다."

장일만이었다.

"모두 농사는 지어봤지만, 저런 논배미 치는 일은 안 해본 모양이구만. 실하게 오백 짐은 넘겨 들었을걸."

"오백 짐이오?"

달주가 그게 될 법이나 한 소리냐는 표정이었다.

"들어봐. 논두렁 석축을 저렇게 높이 직선으로 곧추세워서 싸려면 저 석축 젤 밑바닥은 폭을 저 안쪽으로 석 자는 잡아야 했을걸. 그래야 저 석축이 허물어지지 않고 버틸 게 아냐? 그러니까 저 밑바닥은 겉으로 보이는 돌보다 안에 들어간 돌이 여닐곱 겹은 되어야 한다는 얘기지. 그것이 위로 올라갈수록 좁아지다가 맨 위에는 저렇게 한 겹이 된 거야. 그렇게 석축을 쌓아놓고 그 위에다 흙을 져다 부은 거지."

두 사람은 고개를 끄덕였다.

"그렇지만, 돌이 오백 짐토록이야?"

달주가 고개를 갸웃거렸다.

"그건 내가 저런 논을 치어봐서 잘 알아."

"스님이 언제 저런 논을 쳐봤단 말이오?"

장호만이 놀라 물었다.

"그렇게 논도 치고 농사짓고 살다가 일하기 싫어서 절로 내뺐지요."

월공이 웃으며 말하자 두 사람도 따라 웃었다.

"그럼, 흙은 몇 짐이나 져다 부었겠어?"

월공이 또 물었다.

"허, 그리고 본께 흙도 다른 데서 져다 부었겠네. 흙도 돌하고 비슷하게 들어갔을 것 같은데요."

달주는 자신 없이 대답했다.

"그럼 저 손바닥만한 논배미 하나 치는 데 돌하고 흙하고 합해서 천 짐이 들어갔다는 소리요?"

장호만이 놀라 물었다.

"그래도 경사가 저만하기 때문에 그쯤밖에 안 들어갔을 거요. 그렇다면 그 천 짐을 져 나르는데 날짜로 치면 며칠이나 걸렸겠어? 흙은 가까운 데서 져다 부었을 테니 한 나절에 이,삼십 짐. 하루에 오, 륙십 짐씩 져왔다 치면, 흙 져다 붓는 날짜는 열흘, 돌은 먼 데서 하나하나 주워서 져왔을 테니 하루에 스무 짐, 그러면 돌 오백 짐을 져 나르는 날짜는 25일이구만. 다른 논들 봐. 저렇게 논두렁을 말짱 돌로 쌓았으니 가까운 데서는 먼저 쌓은 사람들이 다 져와 버렸을 것이고, 저 산에까지 올라가서 져왔을 것인데, 저 많은 돌을 주워서 지고 오려면 얼마나 먼 데까지 갔겠어? 돌은 하루에 스무 짐도 어려웠을걸. 그렇지만 그냥 하루에 스무 짐이라 쳐도 25일이니, 논 다섯 평 일궈내는 데 35일이 걸렸다는 소리구만."

"허, 그럼 논 한 평에 7일이 걸렸다는 얘긴가?"

"그런데, 일이 그것으로 끝난 것이 아니라 더 험한 일이 또 있소."

월공이 거듭 웃으며 말했다.

"그것은 또 뭣이오?"

장호만은 그런 험한 일이 뭐가 또 있느냐는 표정이었다.

"농사지을 물은 그냥 어디서 공짜로 흘러오는가요?"

"아, 또 봇일이 있겠네."

"여기 이 봇길 한번 보시오. 내가 지난번에 여기를 가면서 유심히 봤더니 이 봇길은 실하게 2마장은 되겠습디다. 냇가를 가로질러 보를 막는 일도 예삿일이 아니지만, 이렇게 봇길을 만드는 일은 또 오죽이나 힘든 일이오? 잘못 만들어놓으면 물이 중간에서 전부 새버립니다."

장호만과 달주는 그렇겠다는 듯 크게 고개를 끄덕였다.

"이제 정말 기막힌 논배미가 하나 나옵니다. 저기 저 논배미 한번 보시오."

월공이 앞을 가리켰다. 길 아래쪽으로 길쭉한 논이었다. 그 논두렁은 석축이 냇가 절벽 쪽은 두 길이 넘었다.

"뒤에 오는 사람들도 기다릴 겸 기왕 말 나온 김에 이 논배미 한번 찬찬히 구경합시다. 지난번에 나는 혼자 여기를 지나다가 이 논배미를 보고 하도 기가 막혀서 혼자 멍청하게 서 있었습니다."

월공이 웃으며 논바닥으로 들어섰다. 30평쯤 되어 보이는 널찍한 논배미였다. 이 산골에서는 보기 드물게 넓었다. 월공은 논 끝으로 가서 냇가 쪽의 석축을 내려다보았다.

"이 석축은 몇 길이나 될 것 같으냐?"

"세 길?"

"여기는?"

두 사람은 입을 떡 벌리고 말았다. 네 길이 가까웠기 때문이다. 그리고 그 아래는 피아골 골짜기 연곡천 본류가 흘러가고 있는 아득한 낭떠러지였다. 어지러울 만큼 아슬아슬한 높이였다.

"다시 이리 나와 봐!"

월공은 다시 오던 길로 나가서 여남은 발짝 위쪽으로 가더니 그 논배미를 돌아봤다.

"저기에 저 논이 저렇게 들어앉지 않았을 때 저기의 본래 산 모양은 어떻게 생겼겠냐?"

산줄기 흘러내려온 것으로 보아 논이 없었을 때는 거의 절벽에 가까운 가파른 낭떠러지였을 것 같았다.

"지금은 저기 저렇게 논이 들어앉았으니까 예사로 보이지만, 도대체 저런 낭떠러지에다 저렇게 논을 만들려고 엄두를 냈다는 것부터가 얼마나 터무니없는 짓이었겠냐? 아무리 땅에 환장한 사람들이라도 처음에 저기다 논을 친다고 했을 때는 모두 미친놈이라고 했을걸."

월공이 웃으며 말했다. 정말 그랬다. 너무도 터무니없는 짓이었을 것 같았다. 그 논배미가 큰길에 접한 부분은 전체의 육분의 일쯤 되고, 나머지는 빙 둘러서 두 길에서 네 길 높이의 석축에 얹혀 있는 셈이었다. 논배미가 숫제 공중에 둥실 떠 있는 꼴이었다.

"이 골짜기에 논을 칠 만한 데는 거진 다 논을 쳤지만, 그래도 여기보다 나은 데는 얼마든지 있잖아? 그런데 왜 하필 이런 데다 논을 만들었을까? 이것도 한번 알아맞혀 보라구. 이건 아까 그 삿갓배미 주인이 논배미를 센 수수께끼보다 좀 쉬울걸."

월공이 웃으며 두 사람을 봤다.

"글쎄요."

달주가 뒤통수를 긁적였다.

"물 때문이야. 봇물 때문이지. 봇물이 이리 지나고 있잖아? 그러니까 먼저 저 아래다 논들을 쳐서 이렇게 봇길을 내놓고 보니까 여기쯤 논이 있었으면 물은 공짜겠구나 싶었던 거야. 바로 이 물 때문에 저런 터무니없는 곳에다 논을 만들 생각을 했던 거지."

그때야 두 사람은 고개를 끄덕였다. 봇물이 큰길과 산자락 사이로 흘러가고 있었다.

"그럼, 이 논을 치는 데는 몇 년이나 걸렸을까요?"

달주가 웃으며 물었다.

"그래. 몇 년이다. 며칠도 아니고 몇 달도 아니고 몇 년이야. 이제 너도 이런 산골짜기 논을 보는 눈이 뜨이는구나."

월공은 껄껄 웃었다.

"아버지와 아들 두 사람이 일을 했대도 2년은 넘게 걸렸을 것이다."

"야, 기가 맥히구만."

달주는 그 석축을 다시 건너다보며 혼잣소리로 장탄식이 땅이 꺼졌다. 장호만은 기가 막힌다는 표정으로 멍청하게 서서 그 석축을 건너다보며 맥살없이 고개만 끄덕이고 있었다. 감탄하는 표정이 아니라 처절한 표정이었다. 그도 농사를 짓고 살았으므로 저 논을 친 심사를 대충 짐작할 수 있는 듯했다.

"그런데, 여기에는 더 기막힌 것이 있다. 저렇게 높은 석축을 보고 있으면 혹시 허물어지지 않을까, 좀 위태롭게 느껴지지 않냐?"

월공은 계속 달주한테 말을 하고 있었으나 월공의 말에 장호만이 더 관심을 가졌고, 월공도 장호만을 그만큼 의식하고 말을 하는 듯했다.

"그러요. 경사가 안으로 져야 안전할 텐데 되레 경사가 밖으로 져 있구만요."

"잘 봤다. 석축이 허물어지지 않으려면 논 쪽으로 경사가 져야 할 텐데 이 골짜기에 있는 논들은 모두가 논두렁 석축이 아무리 높아도 안으로 경사가 지는 법이 없이 그대로 곧추 솟아올라갔거나 되레 밖으로 져 있다. 이 논은 석축이 네 길이 넘는데도 되레 밖으로 경사가 졌잖냐?"

"어어!"

달주가 논두렁에 서서 아슬아슬한 벼랑을 조심스럽게 내려다보며 새삼스럽게 놀랐다. 냇가 아득한 벼랑 쪽의 석축이 허공으로 휘우듬하게 휘어져나가 있었다.

"왜 저렇게 위태롭게 쌓았겠냐? 멍청해서 그랬을까?"

"그것은 나도 알겠소. 논바닥을 한 뼘이라도 더 넓히려고 그랬겠소."

"맞다. 두말할 것도 없이 농토를 한 뼘이라도 넓히자는 것이다.

그렇게 쌓자니까, 여기는 이렇게 크고 넓적한 돌들만 쌓아올렸다. 숫제 이런 돌만으로 뼈대를 단단히 쌓아가지고 그 안에다 흙을 져다 부은 것이다."

"정말, 기가 막히구만."

달주와 장호만은 그 논배미의 맨 끝 벼랑 위에 서서 아슬아슬한 석축을 내려다보며 거듭거듭 감탄을 했다. 감탄이 아니라 탄식이었다.

"이 피아골 골짜기에 있는 논두렁 석축 치고 조금이라도 안으로 경사진 논배미는 한 배미도 없다. 이 피아골 논배미 가운데서 그런 논배미를 찾아내 봐라. 오십 냥, 아니다. 백 냥 걸었다. 한번 찾아봐."

"참말이오?"

달주의 다짐에 모두 웃었다. 두 사람은 냇가 건너편 산자락에 붙은 논들을 다시 건너다봤다. 맞바로 건너다보니 경사를 짐작할 수는 없었다. 일행은 다시 길을 걷기 시작했다.

"저렇게 위태롭게 쌓았다가 물을 실었을 때 허물어져버리면 더 손핼텐데……."

"아까 말했잖아. 석축을 쌓을 때 처음부터 안에다 돌을 그만큼 많이 넣어 뼈대를 실하게 쌓은 거야. 흙 대신 돌을 그만큼 많이 넣었다는 이야긴데 그 많은 돌을 져 날라오려면 얼마나 힘이 들었겠냐? 웬만한 논두렁은 흙으로 쌓을 법도 한데 한결같이 돌로만 쌓은 것은 그렇게 논두렁을 곧추세워 한 치라도 땅을 넓히자는 것이었다. 저 건너 논두렁들을 봐라! 모두가 한결같이 돌로만 쌓았다. 저 산중턱까지 층층이 쌓아 올라간 층수가 도대체 몇 층이나 될 것 같냐?"

연곡척이 이쪽 골짜기 안으로 한바탕 굽이쳤던 *안돌잇길을 지나

다시 *산굽이 길로 나섰을 때 월공이 건너편 산자락을 가리키며 말했다. 가파른 산자락에 논두렁이 수없이 층을 지어 올라가고 있었다. 원기라는 동네 옆이었다.

"저 층수를 지난번에 내가 여기를 지나면서 일삼아 한번 세어봤더니 백 층이 가깝더라구. 저 위 숲속에도 논이 있어. 논두렁 보이잖아?"

"백 층이오?"

달주가 되뇌며 힘없이 웃었다.

"그럼, 이제 아까 그 삿갓배미 주인이 논배미를 세어본 까닭을 생각해 볼 차례가 된 것 같구먼. 아마 그 농부도 이런 산골에서 저런 자잘한 논다랑이를 모두 자기 손으로 일궜을걸."

월공이 웃으며 말했다.

"하하, 그것 참 그렇게 물으니 알다가도 모를 것이 그것이구만."

여태 말이 없던 장호만이 껄껄 웃으며 말했다. 달주도 멋쩍게 웃으며 고개를 갸웃거렸다.

"사실은, 딱 집어 말하기가 조금 막연하기는 하겠지. 그게 뭐냐 하면, 자기 손으로 고생해서 일군 논배미가 그만큼 사랑스러웠기 때문이오. 어렵게 난 자식은 더 사랑스럽더라고 그 한 배미 한 배미를 고생고생해서 일궜을 때 그 고생이 컸던 만큼 그 논 한 배미 한 배미가 얼마나 사랑스럽고 오달졌겠소? 그래서 그 논배미를 논에 올 때 세어보고 갈 때 세어보고, 마치 예쁜 자식 어루만지듯 늘 세어봤을 거요."

장호만과 달주는 비로소 고개를 끄덕였다.

"옳은 말씀이오. 논배미는 땅덩어린디, 그걸 세어보고 갯수가 틀리다고 고개를 갸웃거렸다면, 예사로야 미친놈도 그런 미친놈이 없지요, 하하."

장호만이 허탈하게 웃었다.

"우리 농부들은 모두 그 삿갓배미 주인이나 아까 그 공중배미 주인같이……."

"허, 공중배미?"

달주가 웃었다.

"공중에 떠 있으니 공중배미지. 우리 농부들은 모두가 땅이 마누라나 자식같이 사랑스런 사람들이다. 땅에 미치고 환장한 사람들이지. 저 땅을 그렇게 고생해서 일구고 그렇게도 사랑하는 것은 농부들인데, 정작 그 땅을 가진 사람들은 누구냐? 땅 가진 지주나 관리놈들이 삿갓배미 주인같이 땅에 무슨 사랑을 느낄 수 있을 것 같냐? 농부들한테는 그들이 일군 땅이 자기가 난 자식만큼 사랑스런, 아니지, 자식만큼 사랑스런 것이 아니고 바로 자기가 난 자식이다. 그 사랑스런 땅을 주물러 땀 흘려 가꾼 곡식도 그것은 자신들이 먹고 살 식량이기 전에 자기가 난 사랑스런 자식이야. 땅을 사랑스런 아내에 빗댄다면 농부들이 땅을 주물러 농사를 짓는 일은 아내와 사랑을 하는 일이나 마찬가지고, 거기서 나온 곡식은 아내와 사랑을 해서 난 자식이나 마찬가지다. 그런데 그 땅은 누구의 땅이며 그 곡식은 또 누가 가져가느냐? 내 사랑스런 아내도 지주 것이고 내가 난 사랑스런 자식도 지주들의 것이다. 그 지주들에게 그 땅과 그 곡식은 무엇이냐? 그들에게 땅은 곡식이 나오는 덤덤한 땅바닥일 뿐이고, 그 곡식은 돈으로 바뀔 단순한 재화일 뿐이다. 나에게 사랑스런 자식이 그들에게는 단순히 소처럼 일하는 머슴일 뿐이듯이 땅이나 곡식도 그들에게는 재화일 뿐이다."

월공의 말을 두 사람은 숙연한 표정으로 들으며 가고 있었다.

"아까 그 공중배미는 30평이 될까 말까 했으니, 그런 논배미가 7개라야 겨우 한 마지기다. 그런 땅을 오백 마지기 천 마지기 가진 놈들이 있는데, 그들은 그렇게 가지고 있다는 것만으로도 죄를 짓고 있는 것이다. 그 사랑스런 땅을 차지했으면 제가 그만큼 사랑을 해야 할 텐데 그 땅에 대한 사랑은 날려보내 버리고 그들은 재화로서 흙덩어리만 가지고 있으니 이게 죄를 짓고 있는 것이 아니고 무엇이냐? 농부들이 피땀 흘려 가꾼 곡식을 빼앗아 간다는 것 말고도 그들은 이렇게 또 다른 죄를 짓고 있다."

"이놈의 세상을 뒤엎는 수밖에 없소."

달주는 실없이 주먹을 쥐었다.

"농토나 그 농토에서 자라는 곡식이 농부들의 자식이라고 했다마는, 그것은 조금도 빈말이 아니다. '자식 죽는 것은 봐도 곡식 타는 것은 못 본다'는 소리가 먼 소리냐? 그것은 가뭄에 논밭의 곡식이 타들어가는 것을 보고 가슴이 찢어지는 농부들의 심정을 말한 것인데, 자식 죽는 것은 봐도 곡식 타는 것은 못 본다면 곡식을 자식보다 더 귀하고 사랑스럽게 여긴다는 소리가 아니고 뭐냐? 가뭄에 곡식 타는 것을 보고 그렇게 애가 타는 심정을 그 땅의 주인인 지주 놈은 짐작이나 하겠냐?"

두 사람은 말없이 숙연한 표정으로 걷고만 있었다.

"그것은 그렇다 치고, 이렇게 험한 산골이 멋이 좋다고 이렇게 비비고 들어와서 저 고생들을 하며 살까요?"

장호만이었다.

"그건 달주 네가 대답해 봐라. 너의 동네서 여기 들어와 산다는 사람들은 어째서 이리 도망쳐 왔지?"

"다들 그만한 사정이 있었지요."

달주 말에 월공은 가볍게 웃었다.

"유식한 이야기 하나 할까요? 옛날에 공자가 제자들을 데리고 깊은 산길을 가는데, 어떤 여자가 새로 쓴 묏등 앞에서 서럽게 울고 있었습니다. 우는 소리가 하도 처량해서 까닭을 물었더니, 얼마 전에는 남편이 *호식을 당했는데, 이번에는 하나밖에 없는 자식까지 호식을 당해 그런다는 것입니다. 그럼 사람 많이 사는 대처에 가서 살일이지 어쩌자고 이런 깊은 산속에서 살다가 두 번씩이나 호환을 당하느냐고 하니까, 그 여자가 깜짝 놀라며 관리들의 늑탈 때문에 어떻게 그런 데 가서 사느냐고 탄식을 하더랍니다. 이 말을 듣고 공자가 제자들을 향해서, 들었느냐, '관의 늑탈은 호랑이보다 무서운 것이구나苛政猛於虎'하고 탄식을 하면서 관의 가렴주구가 얼마나 무자비한 것인가를 일깨웠다는 얘기가 있습니다. 옛날 공자가 살았을 때도 그랬던 모양인데, 지금 우리가 살고 있는 나라꼴은 그보다 몇 배더할 게요."

"그럼 이런 데는 관의 손길이 안 미친단 말이오?"

"왜 안 미치겠소? 하지만, 관리들 손길이 미치기는 미쳐도 여기는 이렇게 깊은 산골이라 그 발길이 평지보다는 훨씬 뜸하고 또 관리들도 이런 데서 사는 사람들한테는 그렇게 만만하게 훅트리고 나서지 못한다는 얘깁니다. 여기서 구례읍내까지는 6,70리나 되는데 여기 들어와서 사는 사람들은 모두가 평지에서 밀리고 쏠려 이런 데까지 밀려들어온 사람들이 아니겠습니까? 모두가 악밖에는 남은 것이 없는 사람들이네, 관리들이 분수없이 설치면 가만있겠소? 얼마 전에도 저 윗동네 어떤 젊은이가 벙거지 한 놈하고 시비가 붙어 벙거지를 반 죽여 놓고 줄행랑을 났다고 합디다."

"그럴 법한 얘깁니다."

"관가 놈들이 그렇게 한 번씩 당하고 나면 뒤가 꿀리겠지요."

"두말할 것도 없지요. 누울 자리 봐서 발 뻗더라고, 지금 어디서나 관가 놈들이 그렇게 설치는 것은 백성이 만만하니까 그렇지요. 개도 짖는 개를 돌아보고, 가시 센 나무는 손을 못 대잖습니까?"

장호만은 무슨 생각을 하는지 가볍게 한숨을 쉬었다.

"이런 데 들어와서 사는 사람들은 따지고 보면 별의별 사람들이 다 있습니다. 역모나 민란에 가담했다가 도망쳐 온 사람, 아니꼬운 관가 놈 작살내 놓고 튄 사람, 주인 몰래 내빼온 종, 제대로 짝을 지어 살기 어려운 남녀, 여기 와서 산다는 달주 동네 사람들처럼 세금이나 환자 또는 남의 빚에 몰려 밤봇짐을 싼 사람, 하여간 거개가 평지에서 볕바르게 살 수 없는 사람들일 겝니다. 그런 사람들이 들어와서 아까 그 공중배미 같은 논을 일구며 살고 있는 거지요. 아까 그 공중배미야말로 우리가 살고 있는 이 나라 백성이 얼마나 험하게 살고 있는가, 이 나라 꼴을 가장 잘 말해 주고 있는 논배미일 것 같소. 평지에서 살기가 얼마나 어려웠으면 짐승이 살기에도 으스스한 이 산골에까지 들어와 공중에다 논을 쌓아올려 농사를 짓고 살겠소?"

두 사람은 숙연한 얼굴들이었다.

"이 골짜기에 구석구석 박혀 살고 있는 사람들을 촘촘히 헤아려보면 어지간한 고을 사람 수하고 거진 맞먹을 거라고 합디다."

"허."

달주가 먼지 날리는 소리로 웃었다.

"저기 대밭 보이지요?"

월공은 건너편 산등성이를 가리켰다. 대밭이 보였다.

"이 길에서는 집이 한 채도 안 보이지만, 저 대밭 뒤에 큰 동네가 하나 있소. 나도 가보지는 않았지만, 백 가호가 넘는 동네랍디다."

등성이 생긴 것이 도무지 그렇게 큰 동네가 있을 것 같지 않았다.

"그런데 스님은 농사일을 어쩌면 그토록 잘 아시오? 출가하시기 전에 정말 농사를 짓고 사신 것 같은데, 출가는 왜 하셨소?"

장호만이 웃으며 물었다.

"농사짓다가 일하기 싫어서 도망쳤다지 않았소?"

월공이 웃었다. 그 웃음소리가 공허하고 쓸쓸했다.


숨을 헐떡거리며 화개에 당도한 이천석과 김만복은 자기들이 점심 먹었던 주막으로 들어가려는 순간이었다. 김만복이 우뚝 걸음을 멈췄다.

"워매, 저 새끼, 오거무 아녀?"

두 사람은 눈을 맞댔다. 둘이 다 눈알이 튀어나올 것 같았다. 오거무는 그들을 배신하고 도망친 자였다. 하루에 오백 리를 걷는 비상한 재주를 지닌 놈이었으나 돈 심부름을 하다가 돈을 가지고 두 번씩이나 도망쳤던 놈이었다. 배신자는 죽이는 것이 산채의 철칙이었다. 오거무는 거리에서 웬 사람과 이야기를 하고 있었다.

"저 새끼, 도망치지 못하게 작살부터 내놓고 보자."

이천석이 버선목에서 붓 길이만한 표창 두 개를 뽑아 양손에 하나씩 갈라 쥐었다.

"아녀, 내가 가서 박치기로 한방 믹애부께!"

그때 오거무가 얼핏 이쪽을 돌아봤다.

"거그 가만있어. 내빼면 죽는다."

이천석이 표창을 겨누며 소리를 질렀다. 그 순간, 오거무가 우닥탁 뛰었다. 사슴처럼 껑충한 오거무는 달음질도 비호같았다. 이천석이 쉿 표창을 날렸다. 표창은 기세 좋게 허공을 갈랐다. 표창은 간발의 차이로 오거무를 빗나가고 말았다.

"이놈의 새끼, 거그 안 서냐?"

두 사람은 악을 쓰며 쫓아갔다. 길 가던 사람들이 모두 보고 있었다. 오거무는 쌍계사 쪽으로 내달았다. 오거무의 달음질은 마치 물거미가 물 위를 미끄러지고 있는 것 같았다. 오거무란 별명은 그래서 붙은 것이다. 두 사람은 있는 힘을 다해서 달렸지만 *노루뜀에 돼지 꼴이었다. 오거무는 한참 내빼다가 길가 산 위로 올라붙었다. 거기 큼직한 바위 위에 올라서서 이쪽을 내려다보고 있었다. 앞서 달리던 이천석이 걸음을 멈췄다.

"야, 느그들 내 말 들어봐!"

오거무는 바위 위에 성큼하게 서서 천연스럽게 말했다. 두 사람은 숨을 헐떡이며 오거무를 쳐다보고 있었다.

"이 개새끼, 너 같은 새끼 말은 들어서 어디다 쓰게 들어, 이 새꺄."

이천석이 표창을 겨누었다. 그러나 표창으로는 어림없는 거리였다. 더구나 위를 향해 날려야 하니 평지의 반절도 못 날아갈 것 같았다. 오거무는 태연하게 서서 소리를 질렀다.

"사실은 말이다. 지난번에도 내가 돈을 가로챈 것이 아니라 털린 것이다."

"멋이 으째? 계집년 밑구먹에다 꼴아박은지 모르는 중 알어?"

"허허, 그로코 생각할 중 알고 있다마는, 내 말이 참말이다."

"그라면, 바로 끼대와서 두령님한테 그로코 말을 해얄 것 아녀, 이 씨발놈아?"

이천석이 악을 썼다.

"야, 이노무 새끼, 누구한테 호놈이냐? 저 싸가지 없는 새끼!"

오거무는 서른 살이었고, 이천석이는 스물다섯 살이었다.

"야, 개새꺄, 나이만 처묵었으면 장땡이냐?"

"허허, 저런 쌍노무 새끼. 하여간, 급한 것부텀 말할 것인게 내 말이나 들어라. 벼룩도 낯짝이 있더라고, 두 번씩이나 그러고 난께 기어들 낯짝이 없어서 못 갔는디, 바로 시방 두령님한테 가는 길이다."

오거무는 천연스럽게 말했다.

"멋이 어짜고? 누가 그런 소리를 곧이들을 중 알어, 이 개새꺄!"

"허허, 저 쌍놈우 새끼."

"이놈의 새꺄, 두령님한테 간다면 이리 내려와서 이야기를 해봐!"

"내가 그리 가면 느그들 성질에 나를 가만두겄냐? 느그덜은 시방 아무것도 모르는 것 같은디, 지금 고부에 난리 난 거 아냐? 전봉준 접주가 일어나서 시방 고부 천지가 발딱 뒤집혔다."

"멋이라고?"

이천석과 김만복이 깜짝 놀라 서로를 봤다.

"그래서 당장 쫓아갈라다가 여그 급하게 볼일이 한 가지 있글래 그 일 봐놓고 갈라고 왔다가, 시방 재수 없이 느그덜을 만났다."

"고부에 난리가 났단 말이 참말이오?"

이천석이 어느새 말을 올리고 있었다.

"조뱅갑인가 거그 수령 놈 목을 달아맬라고 했는디, 그놈은 놓쳐불고 시방 고부읍내다 진을 치고 그놈을 잡을라고 눈에다 불을 써고 있다. 그런 일이 일어났으면 나같이 발 잰 사람이 얼마나 크게 소용이 되겠냐? 두령님도 틀림없이 거그 가서 거들고 계실 것 같아서 내가 시방 쫓아가는 길이다. 내가 그리 간다는 소리가, 거짓말인가 참말인가 그것은 내중에 느그들이 거그 와서 보면 알 것이다."

두 사람은 서로 얼굴을 돌아봤다.

"언제 일어났소?"

김만복이 물었다.

"그저께 밤중에 일어났다. 그런디 일어나도 하도 크게 일어나서 감영에서 군사들이 출동할 것 같다는 소문이다."

"하여간, 알았은께 보기 싫게 거그 섰지 말고 이리 내려오시오!"

이천석이 소리를 질렀다. 오거무는 피글 웃으며 내려오기 시작했다.

"어짜다가 군수 놈은 놓쳤다요?"

이천석이 다급하게 물었다.

"중간에 어뜬 간세꾼 놈의 새끼가 한나 있어갖고 알렸다는 것 같다."

"사또 놈을 놓쳤으면 허탕 아니오?"

"사또 놈은 놓쳤제마는, 벙거지들하고 아전 놈들은 싹 뭉꺼부렀 다더라."

두 사람은 이것저것 궁금한 것을 물었다.

"그람 나는 시방 고부로 갈란게 느그들은 담에 와. 나는 지금 떠 나사 오늘 해전에 고부 당도하겠다."

사슴처럼 껑충한 오거무는 웃으며 돌아섰다. 여기서 고부까지는 산길까지 합쳐 이백릿길이 실한데 한나절 사이에 당도하겠다는 것 이다. 오랜만에 그런 꿈같은 소리를 들으니 새삼스럽게 오거무가 다 른 세상 사람 같았다. 몇 발 가던 오거무가 돌아섰다.

"느그들은 언제 올래?"

"오늘 저녁에 연곡사에서 자고 바로 낼 떠날 것인게 두령님한테 그렇게 전하시오."

오거무는 다시 돌아섰다.

"재주는 한나 기막힌 재주를 지녔어. 축지법이 저런 것이까?"

김만복이 새삼스럽게 감탄을 했다.

"그런게, 계집만 쪼끔 덜 보채면 오직 좋겠냐?"

"아까 돈 털렸다는 소리도 새빨간 거짓말이고 틀림없이 계집년 사타구니에다 쏟아 부었을 것이다. 개 같은 놈."

"이 자식아, 너도 놈 말하지 말어."

두 사람은 음충맞게 키들거렸다.

"우리도 오거무 다리를 타고났으면 오죽 좋겠어. 하루에 오백릿 길이라니 생각할수록 기막힌 일이여."

"하루에 천 리를 걷는 사람도 있다잖아."

이용익李容翊 이야기였다. 임오군란 때 장호원에 숨어 있던 민비 심부름을 잘해서 벼슬이 남병사까지 올랐다가 탐관오리로 탄핵을 받아 지금은 잠시 쉬고 있는 자였다. 그자는 정말 하루에 천 리를 걷는다는 자였다. 고종은 그 작자 걸음걸이가 정말 그렇게 빠른가 한 번 시험을 해본 적이 있었다. 그랬더니 아침에 한양을 떠난 자가 그 날 해전에 부채를 하나 들고 돌아와 고종에게 바쳤다. 그 편지에는 전주 감사더러 이자한테 부채를 하나 보내라는 소리가 씌어 있었던 것이다.

두 사람은 연곡사 바로 아랫마을 평도리에서 일행을 따라잡았다.

"고부서 난리가 났다요. 전봉준 접주가 난리를 일으켰다요."

"멋이?"

모두 깜짝 놀랐다. 이천석은 오거무한테서 들은 이야기를 전부 늘어났다. 누구보다도 놀란 것은 달주였다.

"나는 당장 고부로 가고 싶소."

"가야겠지. 나는 여기서 며칠 뒤에 떠나겠다."

월공은 장호만 일행도 내일 곧바로 고부로 가라고 했다. 일행은 연곡사에 당도했다. 절에는 벌써 서너 사람의 스님이 와서 기다리고 있었다.

"나는 얼른 저 윗동네 가서 우리 동네 사람들을 만나보고 오겠소."

달주는 생선 꾸러미와 명태 꿰미를 들고 바삐 절을 나섰다. 스님

들한테 길을 물어 절 바로 옆 골짜기로 올라붙었다. 아까 저 아래서
보니 산중턱에 몇 가호 집이 보였다. 전봉준이 말한 바로 그 동네였
다. 등성이를 오르자 다섯 채의 움막이 옹기종기 모여 있었다. 맨 첫
집을 들여다봤다. 김칠성 내외가 다리토막만한 칡을 붙잡고 톱으로
썰고 있었다.

"잘 계셨소!"

달주가 인사를 하며 들어섰다.

"아니, 이것이 누구여? 오매, 먼 일이여, 이것이?"

내외는 벼락 맞은 사람들처럼 멍청하게 이쪽을 건너다보고 있다
가 반색을 하며 일어섰다.

"여기 산다는 얘기를 전봉준 접주님한테 들었소. 저 아래 절에 일
이 있어서 금방 왔소."

"오매, 이것이 누구라냐?"

그때 이세곤 아내 양지댁이 들어오며 눈을 씀벅였다.

"아이고, 무고하시오?"

"오매 오매, 이것이 누구란가?"

양지댁은 달주 손을 덥석 잡으며 반색을 했다.

"달주!"

뒤따라온 열두어 살배기 사내가 반갑게 달주 이름을 부르며 달려
와 손을 잡았다. 아래로 두어 살 터울의 계집아이도 골을 붉히며 달
주한테 꾸벅 절을 했다. 아이들도 고향 사람을 오랜만에 만나니 몹
시 반가운 것 같았다. 달주는 그제야 손에 든 것을 칠성의 아내에게
건네주었다.

"이것이 멋이여?"

"명절에 맨손으로 올 수가 없어서 생선 몇 마리 사왔소."

"그냥 오면 으짼다고 멋을 이렇게 비싼 것을 사왔소?"

"얼마 안 돼요마는 두 집이 나누시오."

여인들은 생선 구경을 처음 하는 듯 오달져 못 견디는 표정이었다.

"양지 양반은 어디 가셨소?"

"산에 가셨네."

"고부 소식 못 들었지요?"

달주는 고부 소식을 전해 주었다. 모두 눈이 둥그레졌다.

"그 때려죽일 조병갑 그놈을 어짜다가 놓쳐부렀을까?"

김칠성이 대번에 이를 앙다물며 주먹을 쥐었다.

"저는 낼 바로 고부로 떠날라요."

"같이 가자. 나도 당장 가야겠구만. 나 말고도 갈 사람 많을 것이다. 이 골짜기에 고부서 와서 사는 사람이 여남은 집이나 된다. 고부서 그렇게 일어났다는 소리 들으면 그 사람들도 다 나설 것이다. 모두 험하게 당하고 밀려온 사람들이라 모두 이를 갈고 있다."

"어디를 간다고 그러시오?"

김칠성 아내가 잔뜩 상을 찌푸리며 쏘았다.

"그런 큰일이 일어났다는디, 가사제 안 가? 동네 사람들한티 진황지 언걸을 덤테기 씌워놓고 도망쳐온 것이, 그것이 다 뉘 탓이간디? 가서 그때 미안스러웠다는 소리도 해사 쓰겄고, 그런 일에는 손하나가 새로울 것인게 가사 쓰겄어."

"어디를 가신다고 또 저래싸까? 우리 집 양반도 그 성질에 따라

나설 것인디, 모두 가불면 이 산골짝에서 우리 여자들만 남아서 어쩌란 소리요?"

양지댁이 나섰다.

"그것은 의논대로 할 것인게 너무 염려 마시오."

김칠성은 벌써 들떠 마음은 이미 고부로 치닫고 있는 것 같았다.


"아전 놈들 문초는 지대로 하고 있는가?"

"최경선 그 양반이 야물딱지게 닦달을 잘 하고 있다는 것 같구만. 시방 그 도적놈들 도적질한 내막이, 늦가을 돌개바람에 미친년 치매 뒤집어지대끼 활딱 뒤집어질 것이로구만."

장막 한쪽에 몰려 앉은 농민군들이 히히덕거리고 있었다.

"저것이 누구여?"

"이갑출이라던가, 말목 그 건달 아녀? 별것이 다 우줄거리고 나오네."

"산신 제물에는 메뚜기도 뛰어들고 쇠파리도 끓는 것인게."

예동 사람들이었다. 이갑출이 삼거리에서 서서 장막을 건너다보고 있었다. 곁에 따르고 있는 것은 똘마니들인 것 같았다. 이갑출은 말목에다 집을 구해 놓고 그 어머니를 데려왔으나, 그 자신은 거의 줄포에서 지내면서 말목에는 이따금 한 번씩 얼굴을 나타낼 뿐이었다. 그는 건달로 건들거리기는 해도 효성 하나는 지극해서 그 어머니에 대한 공대가 이만저만 극진한 것이 아니라는 소문이었다. 그가이리 이사 온 것도 그 어머니가 기어코 여기만 와서 살겠다고 해서그 어머니 소원을 풀어준 것이라 했다. 그리고 이갑출은 전과는 달리 말목 사람들한테도 태도가 여간 공손하지 않다는 것이다. 사람이 열두 벌 된다더니 사람이 되어가는 것이 아닌가 지켜보고 있다는 것이다.

그는 사람들 틈에 끼여 장막을 한참 건너다보고 있더니 똘마니들을 거느리고 저쪽 주막으로 들어갔다.

"저건 또 멋이여? 판이 걸어논 게 별것들이 다 나오네."

도매다리 김영달이 똥그란 눈으로 주변을 두리번거리며 삼거리 쪽으로 오고 있었다.

"저 알랑쇠는 시방 멋을 여툴라고 촐랑거리고 나오는가 모르겄네."

"통지기년 넋으로 생긴 놈이라 응뎅이 내두를 데 *여투러 나온 모냥이제. 나는 저 자석 저 수염만 보면 묵은 것도 없이 생개옥질이 나올락 해서 못 견디겄어. 아무리 생긴 대로 논다고 저것도 수염이라고 달고 댕기까? 저놈의 수염을 궁중 내시가 보면 아잠씨 아잠씨 할 것이여."

모두 와르르 웃었다. 염소수염같이 노란 김영달의 *가잠나룻이 오늘따라 유난히 간사스럽게 보였다. 김영달은 자기한테 핀잔이 쏟아지고 있는 줄도 모르고 고개를 치켜들고 장막 가까이 오고 있었다. 누구를 기다리는지 자꾸 뒤를 돌아보았다.

"오매, 저건 또 먼 행차여? 이참에는 산지기 공사에 샌님 거동이네."

"먼 일인디, 저 잣것들이 저렇게 낭창하게들 채리고 거룩하게 거동을 하시는고?"

배들 쪽 부자들이 도포에 갓을 쓰고 나오고 있었다. 10여 명이었다. 산매 김승종 할아버지 별산 영감이며 앵성리 김진두도 끼여 있고, 궁동면 풍헌 이진삼도 끼여 있었다.

"응, 저 양반들이 수세 포기 받으러 댕긴다등마는 그 문서 갖고 오는 모양이구만. 앵성리 김진두 씨도 끼여 있구만."

김진두는 전에 조병갑 모친상 때 민부전 걷는 것을 전봉준 아버지 전창혁 씨와 함께 반대했다가 경을 쳤던 사람이었다. 작년에 전창혁 씨가 감세 장두로 자진해서 나서기 전, 김도삼이 장두를 서달라고 찾아가기도 했다. 물론 그때 나서지는 않았지만 그는 부당한 일에는 관가 사람들을 맞대면해서 시시비비를 가릴 만큼 의기가 웬만한 사람이었다. 그러나 전창혁 씨처럼 표 나게 앞에 나서는 법은 없었다.

"정비장에 김비장까지 고루고루 끼였네."

"궁감 비장 나리들이 두 분이나 끼셨구만. 그런게 저 비장 나리들도 수세 포기를 받으러 댕겼단 말이여?"

"저것들이사 돈 있고 권세 있는 데라면 피아말 엉댕이 내두르듯 엉댕이도 내둘러주고 씰개도 뽑아주는 것들인디, 이런 판에 그런 일이라고 안 하겄어."

"저 비장 놈들 살쪘는 것 쪼께 봐. 잘 묵은게 되아지새끼들매이로 살이 투실투실 쪘구마."

김비장과 정비장 등 비장 별호가 붙은 사람들은, 정비장은 예동 사람으로 정길남 일가였고 김비장은 창동 사람이었다. 그들은 동진 강 건너 태인과 배들에 있는 명례궁 궁토 도지(소작)를 백 마지기에서 이백 마지기씩이나 벌고 있었다. 그들이 그렇게 많은 도지를 차

지하게 된 것은 궁감한테 알랑거려 농간을 부린 결과였다. 지금도
궁감이 내려올 때는 한양까지 올라가서 제 할애비 모시듯 모시고 내
려와 한시도 궁감 곁을 떠나지 않았다. 그래서 궁감 비장이라는 별
호가 붙은 것이다. 그들이 궁감 곁을 떠나지 않는 것은 다른 사람이
그들한테 접근할 기회를 주지 않기 위해서였다. 궁동 풍헌 이진삼도
같은 패거리였다. 그는 인품도 웬만하고 어지간히 염치를 차리고 사
는 사람이었으나, 그자들이 끌어넣어 그도 백여 마지기나 궁토를 벌
고 있었다. 두 비장들에 대한 세상 사람들 눈총이 점점 따가워지자
그들은 이진삼을 자기들 패거리 속에 끼워넣었던 것이다.

그들이 도지를 그렇게 도거리로 차지하는 바람에 원래 그 도지를
벌고 있던 소작인들은 모두 도지를 떨어내게 되어 그들에 대한 원한
이 칼날 같았다. 10여 년 전에 빼앗긴 사람들도 있었으나 세월이 지
났다고 그 원한이 누그러지지는 않았다.

그 비장들은 일생을 농간으로만 살아온 자들이었다. 젊었을 적
서당에 다닌다고 건들거리고 다닐 때부터 그랬다. 그자들이 서당에
다니면서 익힌 것이라고는 남의 집 닭서리 솜씨밖에는 없었으나, 과
거철만 되면 과거 보러 갑네 하고 떠들썩하게 소문을 내고 한양 나
들이가 요란스러웠다. 그때마다 같이 서당에 다니는 젊은이들은 금
년 과장 시지試紙에도 오리발 하나씩은 인물날 거라고 피글피글 웃
었다. 그런데 그들이 나이를 먹자 그것이 아니었다. 젊었을 때 과장
출입했다는 것을 밑천으로 *유건을 덩실하게 쓰고 향교 출입에다 향
청 출입이 요란스럽더니, 그러고 다니는 사이 농간 쪽으로만 문리가
틔어 언제부턴가 명례궁 궁감을 싸고돌다가 궁토 도지를 가로채기

시작했던 것이다. 그들을 원래가 농간으로만 살아온 자들이라 도지를 빼앗긴 소작인들 눈초리에 번득이는 칼날이 아무리 초승달같이 날이 서도 왼눈 하나도 깜짝하지 않았다. 무른 자리에 말뚝 박더라고 그만큼 만만한 사람들만 골라 도지를 가로챘기 때문이다.

이런 궁토나 장토의 도지는 일반 지주들의 도지와는 도조가 크게 차이가 있었다. 부자들의 소작은 배매기 반타작이라 도조가 소출의 반이었으나 이런 궁장토는 정조定租여서 도지가 소출의 삼분의 일밖에 되지 않았다. 그런 논을 빼앗긴 소작인들은 그만큼 원한이 사무칠 수밖에 없었다.

그들은 과장 출입을 밑천으로 향교 출입을 하며 양반이라고 건들거렸지만, 본색을 제대로 파보면 거개가 *곤쇠아비 아들이라 이들도 수령들한테 뜯기기는 마찬가지였다. 논이 많은 만큼 되레 더 많이 뜯길 수밖에 없어 수령에 대한 원한은 일반 소작인들하고 다를 것이 없었다. 그들이 수세 포기 문서를 받는 데 앞장선 것은 나름대로 그런 원한도 있었던 것이다.

"저 작자들도 수세 포기 받는 디 한몫 한 모양인가?"

"*두길마보기에 이골이 난 놈들이라 어느 구름에 비올지 모른게 여그저그 그루를 앉혀놓고 보자는 배짱이겄제."

"새도록 *질 닦아논게 용천배기가 몬차 지나간다등마는 벨것들이 다 달라드네."

"그래도 저렇게 표나게 나서는 것 보면 그렇게만 볼 일도 아녀."

"그라면 저것들이 대창 들고 나설 중 알고?"

그들은 삼거리에 서서 넋 나간 표정으로 장막 근처에 득실거리고 있는 사람들을 구경하고 있었다. 그때 그들을 본 김영달이 그쪽으로 달려가서 별산 영감한테 꾸벅 인사를 했다. 별산 영감은 건성으로 인사를 받았다. 그들은 한참 동안 사람 구경을 하고 있다가 군아 쪽으로 발을 옮겼다. 그들 뒤에는 짐을 진 사람들이 따르고 있었다. 큼직한 대석작과 바탱이만한 오지병이었다. 술과 안주가 아닌가 싶었다. 김영달도 그들 꽁무니에 붙어 따라가고 있었다. 아문을 들어서려던 별산 영감이 무슨 낌새를 느꼈던지 뒤를 돌아보았다. 김영달이 무춤했다.

"자네는 멋하러 따라오는가?"

별산 영감이 허옇게 노려보며 쏘았다.

"아니, 기냥."

김영달은 손을 비비며 비굴하게 웃었다.

"우리는 우리대로 볼일이 있어서 가네. 자네도 볼일이 있거든 따로 가서 만나게."

별산 영감이 싸늘한 표정으로 말했다. 알랑쇠로 원체 조명이 난 작자라 어느 대목에서 무슨 티를 보아 농간을 부릴지 모른다 싶어 그렇게 *얀정머리 없이 쏘는 것 같았다. 김영달은 비굴하게 웃으며 한발 물러섰다. *구름발에 안개 쌓이듯 슬쩍 묻어 들어가 이들하고 같은 격으로 행세를 해보려다가 들통이 난 것이다. 김영달은 하릴없이 뒤로 처지고 말았다.

별산 영감 등이 왔다고 하자 방 안에서 전봉준을 비롯한 두령들이 나왔다.

"아이고 큰 일하셨네."

"감사합니다."

전봉준이 뜰로 내려가 맞았다.

"큰일 하셨어."

별산 영감이 전봉준 손을 덥석 잡으며 호방하게 웃었다.

"감사합니다."

모두 방으로 들어갔다.

"고생하셨네. 선친께서 살아계셨더라면 이 감격을 같이 나누는 것인디, 애석하기 그지없구만. 자네가 거사를 했다는 소식을 듣고 그 어른 생각부터 했네."

별산 영감은 전봉준 손을 다시 힘 있게 잡았다.

"우린들 같이 나설 뜻이 없겠는가마는, 나이도 나이고 평소에 같이 안 어울리던 처지들이라 그저 마음뿐일세. 오늘은 수세 포기증서 받은 것도 전해 드리고 계제에 약주나 한잔 대접할라고 *주효를 조금 장만해 가지고 왔네."

김진두가 점잖게 말했다. 여기 온 부자들은 대부분 만석보 막을 때 자기들 산에서 나무를 빼앗기고 묏벌의 도래솔들을 빼앗겼던 영감들이었다.

"감사합니다."

별산 영감은 두령들에게 일행을 한 사람 한 사람 소개했다. 전봉준도 정익서 등 두령들을 소개했다.

"동헌에 들어오잔게, 지난번 만석보 막을 때 나무 까탈로 여기 왔다가 조병갑이란 작자한티 훼욕당한 생각부터 나는구만. 세상에 *불상놈도 그런 불상놈은 처음 봤네. 여그 온 사람들은 거개가 그때 동행했던 사람들일세."

일행은 그때 생각을 하는지 모두 웃었다.

"수세는 가는 데마다 입도 벌리기 전에 도장을 꾹꾹 눌러주더만."

별산 영감이 종이 첩 한 뭉치를 내놨다.

"고맙습니다. 어려운 일을 해주셨습니다. 감사합니다."

전봉준이 증서 첩을 챙기며 치하를 했다.

"이런 것이 다 우리 힘으로 되았겠는가? 자네들이 일을 이렇게 지대로 혀논게 이런 일도 *가을에 밤알 *자위 뜨듯 자위가 떠서 제절로 떨어진 걸세. 우리는 그 밤알을 주워온 것뿐이야."

모두 웃었다.

"원행 중인 사람이 있어서 몇 사람은 못 받았네마는 곧 받아다 줌세."

그때 밖에 있던 젊은이들이 주안상을 차려가지고 들어왔다.

"뭘, 이렇게 많이 장만하셨습니까?"

돼지를 한 마리 잡은 것 같았다.

"이것이 다 그만한 내력이 있는 술일세. 다른 것은 놔두고 오늘 이것은 지난번 만석보 막을 때 우리가 조병갑이란 놈한티 훼욕당한 분풀이 보답이라 생각하게. 다른 것을 다 따지기로 하면 이것이 어디 만분지일인들 보답이 되았는가. 드세."

모두 웃었다. 잔에다 모두 술을 채웠다. 잔을 들었다.

"조병갑이란 놈은 정읍 어디에 박혀 있을 거라는 소문이던디, 사실인가?"

김진두가 조심스럽게 물었다. 그는 전창혁 씨하고 자별하게 지내던 사이라 전봉준한테 말을 놓았다.

"거기 현아에도 나타난 것 같지가 않고, 도무지 행방이 묘연합니다."

정읍에서는, 어제 저녁에 송대화와 함께 그리 간 김도삼이 두 번이나 소식을 전해 왔으나 도무지 조병갑 행방을 알 수 없다는 것이었다. 어제 저녁부터 현감 눈치가 알아보게 달라진 게 조병갑하고 맥이 닿고 있는 것이 아닌가 싶기는 하나, 조병갑이 정읍 읍내에 있다면 현아로 들어가지 않을 리가 없는데 어떻게 된 것인지 알 수가 없다는 것이었다.

정읍 읍내에는 조성국의 가까운 일가나 친척집도 없는 것 같았다. 송희옥이 그런 집이 있는지 알아보라고 해서 송대화가 달려가 가족들을 족쳤으나 그럴 만한 집은 없는 것 같았다. 오늘은 정읍 장날이라 장꾼을 위장하고 빠져나갈지 몰라 정신을 바짝 차리고 있는 모양이므로 그 소식이나 기다리고 있을밖에 없었다.

"방을 본게, 감사란 작자 가슴이 철렁하겠던디, 감영이나 조정에서 크게 나오지 않을까?"

별산 영감이 물었다.

"지금까지 다른 고을에서는 이렇게 일어났다가도 모두 매가리 없이 잦아졌지만 우리는 결단코 그렇게 쉽게는 물러서지 않을 생각입니다. 여러분들께서도 여러 모로 힘이 되어 주십시오."

전봉준이 결의를 보이며 부탁을 했다.

"그렇게 크게 나와야 되레 저자들이 무서워서 함부로 못 나설 것입니다. 동학도들이 그 동안 여러 번 크게 집회를 열어 기세도 보였겠다, 여기 이렇게 엄청난 수가 모였다는 소리를 들으면 감영 놈들도 겁을 먹을 것입니다."

궁동면 풍헌 이진삼이었다. 그는 전부터 궁동서는 내로라하는 사람이었다. 그러나 궁토를 많이 걸태질한 것이 꿀리는 모양이어서 유독 전봉준한테는 턱없이 굽실거렸다.

"이번에 조병갑 그놈을 잡아서 꼭 목을 달아맸어야 하는 건데."

"글쎄 말이여."

예동 정비장이 이죽거리자 같은 패거리 창동 김비장이 맞장구를 쳤다.

"김봉현이란 흉물도 도망을 쳐버렸다지요?"

도매다리 나부자였다. 그는 운학동 나부자 마름질로 부자가 된 자였다. 그는 좌수 김봉현에게 유감이 많았다. 사실은 나가뿐만 아니라 여기 온 부자들은 모두가 향청에 이를 갈고 있는 사람들이었다.

"따지고 보면 향청 놈들 농간은 이속들 농간에 비할 바가 아닙니다. 당장 전접주 선친께서 그 곤욕을 당하신 일도 그놈들 농간 아닙니까? 그 조가 애비 놈 송덕빈가 비각인가 세운다고 그런 천벌 맞을 궁리를 비벼낸 것도 좌수하고 별감 두 놈이고, 돈을 거두는 데도 그 두 놈이 독장을 쳤습니다."

나가는 지주 비위만 맞추며 살아온 자라 벌써 아첨기가 돌고 있었다. 생긴 것부터가 품속에 안아 기른 듯 *두부살에 바늘뼈로 허여멀끔한 상판하며 말가닥 째는 것이 천생 남 앞에 야살이나 떨며 살아먹게 생긴 자였다.

"아시다시피 그놈들 두 놈이 은가들고 배가 맞아 향청에 들어선 뒤로 젤 먼저 작살낸 것이 향회였습니다. 그래도 전에는 향회를 열어 거기서 한마디씩 할 때는 수령 놈들이 그렇게 험하게 놀지는 못했지요. 그런디 그 두 놈이 은가들하고 *똥창이 들어맞아 혀끝 맞물고 돌아가기 시작한 뒤로는 향회를 열어볼 엄두도 낼 수가 없었습니다. 모두 여기 계시니 말씀이지만, 조병갑이란 놈이 처음 도임해왔을 적에도 젤 먼저 잡아다 조진 것이 누구였습니까? 향회에서 말자리나 하던 사람들이었습니다. 바로 그게 향청 놈들 농간이었습니다. 아전 놈들보다 그놈들 죄가 몇십 배 더 큽니다. 전같이 향회를 열 수만 있었다면, 만석보 수세가 무엇이며, 조가 애비 비가 무엇이 겠습니까? 만석보는 수세 이전에 보부터 못 막게 했을 것이오."

옛날이라고 향회가 그렇게까지 크게 맥을 춘 것은 아니었지만, 그래도 거기서 한마디씩 떠들면 수령들이 마음을 쓰는 것 같았다. 그러나 근자에는 향회 자체를 열어볼 엄두를 낼 수가 없었다. 그런 낌새만 보이면 앞장설 만한 사람들을 잡아다가 작살을 내버렸기 때문이다. 그렇게 작살을 내는 데 앞잡이 노릇을 한 자들이 좌수와 별감이었다. 여기 온 사람들은 거개가 그 피해자들이었다. 나가가 말했듯이 전 같으면 만석보 수세는 두말할 것도 없고 그보다 앞서 만석보를 막는 일부터 향회를 열어 떠들었을 것이며, 더구나 그런 향회가 명맥이라도 이어지고 있었다면 바로 그 주도자들인 부자들 선산 도래솔 같은 것은 감히 베어갈 엄두도 못 냈을 것이다. 각종 민부전이나 조병갑 아비 비 세우는 일도 마찬가지였다. 수령들이 향회에서 나온 이야기를 무작정 깔아뭉갤 수 없었던 것은 그것이 바로 조정이나 감영에 등소로 이어질 위험이 있기 때문이었다.

364

"지금 바쁜 사람들 붙잡고 한가하게 그런 소리까지 할 것은 없고, 할 이얘기 있으면 내중에들 따로 와서 합시다."

별산 영감은 자리에서 훌쩍 일어섰다. 사실 바쁘기도 하여 전봉준은 빈소리나마 굳이 붙잡지 않았다.

"전접주, 나 좀 잠깐 보세."

전봉준이 밖으로 따라 나가자 별산 영감이 전봉준을 한쪽으로 따냈다.

"내가 이런 큰일에 이러고저러고 간섭하고 싶지는 않네마는, 모두가 아전들을 징치하자고 하는디, 자네가 누르고 있다는 소리를 들었길래 하는 소리네. 아전들도 아전들이네마는, 진선리 정참봉 말일세. 그자도 이런 험한 세상에서 재산을 지키고 살잔게 조가하고도 두루 얽혔을 것이네마는, 이번 일은 너무 억울하지 않을까 싶네. 수세 포기 받느라 여러 사람을 만나봐서 하는 소린디, 전답 마지기나 지니고 있다는 사람들은 가는 데마다 정참봉 소식에 귀를 쫑그리고 있네. 그 사람들이 정가 염려해서 그럴 것인가? 모두가 소작인들한테는 뒤가 꿀린 사람들이라 농민군들이 자기들한테 어떻게 나올 것인가, 그것을 정참봉 이얘기를 걸어서 떠보는 것 같네. 더구나 정참봉은 나하고는 가까운 사돈간인디다가 엊저녁에 그 집에서 나한티 사람까지 보내왔그만. 김진두 씨나 말목 이진삼 씨도 옴시로 정참봉 염려를 하고 있네. 그런 소리를 여럿이 있는 데서 내놓고 하는 것은 안 졸 것 같아서 내가 이렇게 조용히 자네한티 말을 하기로 했네."

"유념하겠습니다."

"고맙네."

별산 영감은 일행과 함께 총총히 아문을 나갔다. 그들이 오늘 온 목적 가운데 가장 중요한 것은 정참봉 이야기가 아닌가 싶었다. 사실, 전봉준도 정참봉 처리가 이만저만 난감한 일이 아니었다. 소작인들은 잘코사니야 하고 목이라도 달아맸으면 하는 것 같았지만, 별산 영감 말대로 부자들한테는 그게 가장 큰 관심거리일 터이므로 정참봉 처치를 어떻게 하느냐는 이 사건에 대한 부자들의 향배에 결정적인 영향을 줄 것 같았다.

그들이 가고 난 다음 두령들끼리 하던 이야기를 끝내고 났을 때였다. 정익서만 남았다.

"별산 영감이 정참봉 이야기하지 않았습니까?"

"그 이야기였습니다. 나도 그 이야기가 나오지 않을까 했는데 예상대로였습니다. 이거 가둬놓고 있기도 멋하고 내주기도 그렇고, 비 맞은 갈파래짐이라더니 꼭 그짝이오."

전봉준은 난처하다는 표정으로 말했다.

"그분은 뭐라던가요?"

"부자들이 가는 데마다 정참봉을 어떻게 하는가 눈을 밝히고 있다는 것입니다."

"지금은 부자들한테 적대감을 보일 때가 아닌 것 같습니다. 수세만 하더라도 겉으로야 포기증서들을 썼지만, 거개가 우리 위세에 눌려 도장을 찍었을 것이니 속살로는 모두 빼앗겼다고 생각할 것입니다. 정참봉은 조병갑하고 관계가 있으니 입장이 다르기는 합니다마는, 정참봉을 내준다기보다 부자들을 안심시킨다는 뜻에서 이럴 때 크게 한번 결단을 내리실 필요가 있잖을까 싶습니다."

정익서가 진지하게 말했다.

"나도 그 점에는 동감입니다마는, 다른 두령들이나 일반 농민군들 반발이 너무 거셀 것 같지 않소?"

"격렬하게 반대할 사람도 있을 것입니다. 정참봉이 하도 인심을 잃고 살아놔서 유독 농민군들 가운데 그 사람 소작인들 불만이 클 것입니다. 그러나 무슨 일이든지 만 사람한테 다 좋잘 수는 없는 것 아닙니까? 정참봉은 처음부터 아전들하고는 달리 우리가 잡아들이자고 계획했던 사람도 아니니 내주는 쪽으로 한번 생각을 해보시는 것이 좋을 것 같습니다."

"이따 김두령 최두령하고도 의논을 해봅시다."

"그렇게 하지요."

정익서는 고개를 꾸벅하고 자리를 떴다.

## ◉ 녹두장군 5권 어휘풀이

가랫장부  가래의 자루와 가랫바닥.

가르친 사위  창조성이 없이 무엇이든지 남이 시키는 대로만 하는 사람을 낮
　　잡아 이르는 말.

가을 밤알 자위 뜨듯  때가 되면 무리를 하지 않아도 일이 저절로 이루어지
　　게 되는 경우를 이르는 말.

가잠나룻  짧고 성기게 난 구레나룻.

강아지 흥정에도 생애술이 있다  하찮은 일에도 격식과 절차가 있다는 말.

걸태질  염치나 체면을 차리지 않고 재물 따위를 마구 긁어모으는 짓.

겨울 지난 울바자의 수숫대 꼴이다  수숫대 울바자의 수명은 일 년이므로,
　　수명이 다했음을 이르는 말.

결김  화가 난 나머지.

고지기  관아의 창고를 보살피고 지키던 사람.

고패를 떨어뜨리다  약자가 되어 머리를 숙이다.

곤쇠아비  나이 많고 흉측한 사람을 일컫는 말.

구름발에 안개 쌓이듯  이것과 저것을 분간할 수 없는 경우를 이르는 말.

굴원屈原  중국 전국 시대 초나라의 정치가, 시인. 모함을 입어 자신의 뜻을 펴
　　지 못하다가 마침내 물에 빠져 죽었다. 작품은 모두 울분이 넘쳐 고대 문
　　학에서는 드물게 서정성을 띠고 있다.

굽은 나무는 안장감  쓸모 없을 것 같아 보이던 물건도 다 제 용도가 있기 마
　　련임을 비유적으로 이르는 말.

까무구  까마귀.

꽹매기  '꽹과리'의 사투리.

꿰미  물건을 꿰는 데 쓰는 끈이나 꼬챙이 따위. 또는 거기에 무엇을 꿴 것.

남산골딸깍발이  가난한 선비를 놀림조로 이르는 말. 옛날 한양 남산골에 살
　　던 선비들이 가난하여 맑은 날에도 나막신을 신고 다닌 데서 유래한다.

노루뜀에 돼지 꼴  날랜 사람한테 굼뜬 사람을 비겨 하는 말.

대마루판  일이 되고 못 되는 것. 또는 이기고 지는 것이 결정되는 마지막 끝판.

대장간 풀무질 소리  시르죽은 소리를 빗댄 말.

도둑놈 딱장받듯  지나치게 욱대기는 것을 이르는 말. '딱장받다'는 도둑을
　　모질게 닦달하여 죄를 자백하게 하다.

도지賭地  도조賭租 남의 논밭을 빌려서 부치고 논밭을 빌린 대가로 해마다 내
　　는 벼.

두길마보기  일을 할 때 두 마음을 가지고 제게 유리한 쪽으로 붙으려고 살피
　　는 것.

두부살에 바늘뼈  가는 뼈대와 무른 살이란 뜻에서, 몸이 아주 연약한 사람
　　을 이르는 말.

든번  쉬었다가 차례가 되어 다시 들어가는 번番.

딱장받다  도둑에게 온갖 형벌을 주어 가며 죄를 자백하게 하다.

똥 묻은 쇠발 털듯이  철저하게 거절하는 모양을 이르는 말.

똥창맞다  '뜻을 같이하다'를 속되게 이르는 말.

말이 땅에 떨어져 흙 물을세라  묻자마자 곧바로 대답하는 경우를 이르는 말.

망두석望頭石  무덤 앞의 양쪽에 세우는 한 쌍의 돌기둥. 돌 받침 위에 여덟모
　　진 기둥을 세우고 맨 꼭대기에 둥근 대가리를 얹는다.

먹구름 밑에 대목 장꾼 싸대듯  많은 사람들이 아주 바삐 싸대는 모습을 이
   르는 말.

멱라수汨羅水  예전에, 우리나라에서 '미수이 강'을 이르던 말. 중국 초나라의
   굴원이 투신한 강으로 알려져 있다.

못밥  모내기를 하다가 들에서 먹는 밥.

묵묵쟁이  점쟁이.

부개비잡히다  하도 졸라서 본의 아니게 억지로 하게 되다.

부르튼  (비유적으로) 성이 난.

불상놈  아주 천한 사람을 낮잡아 이르는 말.

붙안다  두 팔로 부둥켜 안다.

산굽이  산이 휘어서 구부러진 곳.

삼수갑산三水甲山  우리나라에서 가장 험한 산골이라 이르던 삼수와 갑산. 조
   선 시대에 귀양지의 하나였다.

새판쟁이  새판잡이. 새로 일을 벌여 다시 하는 일.

설렁줄  처마 끝 같은 곳에 달아 놓은 설렁을 울리기 위해 잡아당기는 줄. 하
   인이나 아랫사람을 부르는 용도로 사용했다.

속거천리速去千里  어서 멀리 가라는 뜻으로, 귀신을 쫓을 때 쓰는 말.

속오군束伍軍  역役을 지지 아니한 양인과 천민으로 편성한 군대. 선조 27년
   (1594)에 두었으며, 평시에는 군포를 바치게 하고 나라에 일이 있거나 훈
   련할 때에 소집했다.

송신悚身  채신없이 안달함.

쇄납  '태평소'의 잘못.

시난고난  병이 심하지는 않으면서 오래 앓는 모양.

신들메  '들메끈'의 잘못.

아냘말  아니할 말. 이치나 경우에 닿지 아니하는 말을 이르는 말.

370

아이에 어른이다  아이에 어른만큼 차이가 난다.

안돌잇길  험한 벼랑에서 바위 같은 것을 안고 겨우 돌아가게 된 길.

안악군수  '아낙군수'의 잘못. 늘 집 안에만 있는 사람을 놀림조로 이르는 말.

야살  얄망궂고 되바라진 말씨나 태도.

얀정머리  '인정머리'를 낮잡아 이르는 말.

엄발나다  행동이나 태도를 남들과 다르게 제 마음대로 빗나가게 하다.

여줄가리  중요한 일에 곁달린 그리 대수롭지 않은 일.

여투다  돈이나 물건을 아껴 쓰고 나머지를 모아 두다.

연놈  계집과 사내를 함께 낮잡아 이르는 말.

오달지다  마음에 흡족하게 흐뭇하다.

오리 보고 십리 간다  적은 일이라도 유익한 것이면 수고를 아끼지 아니해야
       한다는 뜻.

옹송그리다  춥거나 두려워 몸을 궁상맞게 몹시 옹그리다.

우황 든 소 앓는 소리  속의 분을 못 이겨 어쩔 줄 모르는 상태를 비유적으로
       이르는 말. 담석중에 걸린 소의 담석膽石을 우황牛黃이라고 한다. 우황이
       든 소는 소화력이 떨어지고 비쩍 마르며 보름달이 뜰 때 전후로 해서 심한
       통증이 오게 되어 달을 쳐다보고 엉엉 운다는 데서 유래한 말이다.

유건儒巾  검은 베로 만든 유생의 예관禮冠.

자리개미  조선 시대에, 포도청에서 죄인의 목을 졸라 죽이던 일.

자위  밤이 완전히 익기 전까지 밤톨이 밤송이에 붙어 있는 자리.

잠채꾼  광물을 몰래 채굴하거나 채취하는 사람.

잠채꾼 신혈 만난 꼴  횡재 만난 꼴. '잠채꾼'은 광물을 허가 없이 채굴하는
       사람. '신혈新穴'은 광물을 캐다 새로 발견한 광맥.

장도막  한 장날로부터 다음 장날 사이의 동안을 세는 단위.

재결災結  가뭄, 홍수, 태풍 따위의 자연재해를 입은 논밭.

절륜하다  아주 두드러지게 뛰어나다.

주효酒肴  술과 안주를 아울러 이르는 말.

질 닦아논게 용천배기가 몬차 지나간다  정성껏 공들여 놓은 일이 그만 보람 없이 되었음을 뜻한다. 같은 뜻을 가진 속담으로 '길 닦아 놓으니까 용천배기 지랄한다' '거둥길 닦아 놓으니까 깍정이가(미친년이) 먼저 지나간다'가 있다.

질탕관에 두부장 끓듯  곤경에 처하거나 화가 나서 속이 끓는 경우를 이르는 말. '질탕관'은 진흙으로 만든 작은 그릇.

취심  추심推尋

치마머리  머리털이 적은 남자가 상투를 짤 때에 본머리에 덧둘러서 감는 딴머리.

칼칼하다  '깨끗하다'의 사투리.

턱걸이 혼사한 사돈네 이바지집 챙기듯  정성스레 챙기는 경우를 이르는 말. '턱걸이 혼사'란 재산이나 사회적 신분이 크게 차이가 있는 집안 사이의 혼사.

파겁破怯  익숙하여 두려움이나 부끄러움이 없어짐.

해유解由  벼슬아치가 물러날 때 후임자에게 사무를 넘기고 호조에 보고하여 책임을 벗어나던 일.

호식虎食  사람이 범에게 잡아먹힘.

후북이  '흠뻑'의 사투리.